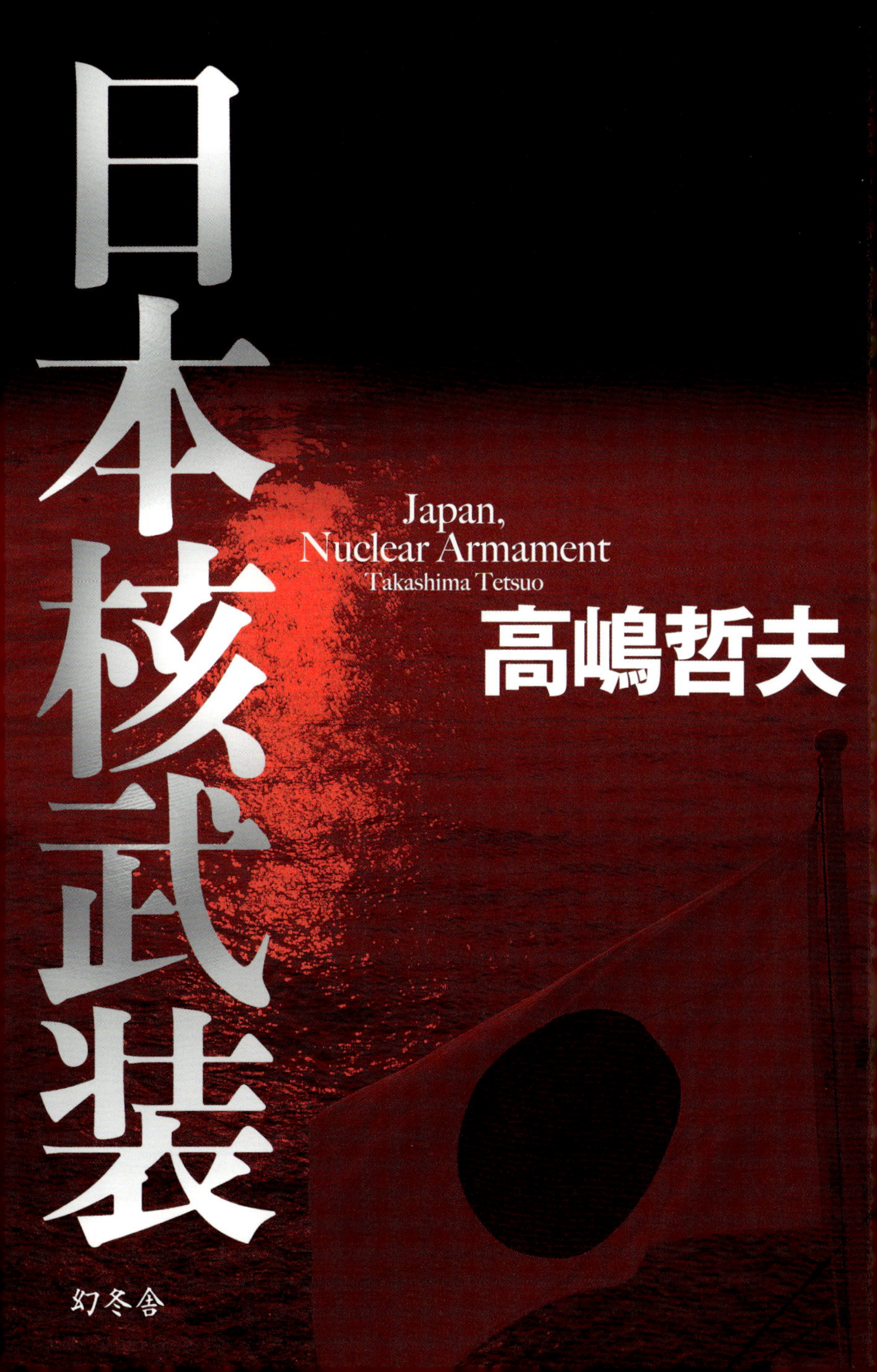
日本核武装
Japan,
Nuclear Armament
Takashima Tetsuo
高嶋哲夫
幻冬舎

日本核武装

目次

プロローグ

「現在、大小含めると世界の十ヶ所以上で紛争が起こっています。同じ人間が銃を持ち、命を奪いあっているのです。民族、宗教、政治、資源、領土、理由は様々です。しかし、世界は変わりつつあります」

キャンベル大統領首席補佐官は大きく息をつき、ゆっくりと会場を見回した。

キャンパスの中心にあるハーバードヤードは卒業生と関係者で埋まり、そのすべての目が自分を見つめている。ある種の高揚感に包まれ、スピーチを続けた。

「冷戦が終結したように、戦いの終わりはいつの日にかやって来ます。きみたちの若い情熱と知性、そしてこのキャンパスで培った友情で平和な世界が訪れるよう、我がアメリカ合衆国政府は――」

その時、キャンベルの身体が大きくよろめいた。

悲鳴とざわめきが会場に満ちる。靴が飛んで来て、キャンベルの顔に直撃したのだ。

「ナイス、キャッチ。さすが大統領首席補佐官。顔で靴を受けたぞ」

前から三列目の男が立ち上がり、叫んだ。

演壇の周りにいた警備員たちが男に駆け寄り、飛びかかる。

一瞬静まり返った場内に笑い声が上がり、怒号が飛び交う。数十のスマートフォンが掲げられた。

「ペンは剣より強し。言葉は靴よりも強しだ。言論には言論で反撃すべきだ」

キャンベルは鼻血をハンカチで拭うと、笑みを浮かべようとしたが、顔は引きつり、声は震えている。

「世界が求めているのはアメリカの力や慈悲じゃない。そんな言葉でごまかすな」

靴を投げつけた男は、キャンベルに向かって拳を突き上げたが、警備員たちに抱えられて、会場から連れ出されていく。

「アメリカは自由の国だ。自由は国家よりも尊く強い」

「靴を投げるのも言葉に代わる権利と自由なのか。私は反対するぞ」

会場からいくつかの声が上がる。

ハーバード大学の卒業式で、恒例の著名人による祝辞が始まって間もなくの出来事だった。

今年はＩＴ企業の若き経営者が招かれるはずだったが、土壇場になってキャンベル大統領首席補佐官になった。低下が続く現政権の支持率を少しでも回復させようとする、政治的な力が働いたと噂されている。

卒業式の映像はユーチューブで一瞬にして世界中に流される。キャンベルのスピーチでアメリカの威信を取り戻そうとしたのだ。それが裏目に出てしまった。

「神聖な式典で、このような蛮行がなされるとは、まさにテロ集団が野放しにされている証拠と言わざるをえません。ここは全米を代表する知性の場だ。私はきみたちの先輩として、蛮行を断固許さず――」

「政府の蛮行はもっとひどいぞ。靴の代わりにミサイルだ」

再びヤジが飛んだが、どこからも笑い声は上がらない。

「ここはイカしたヒッピーの溜まり場じゃない。知性と理性の象徴の場だ。西海岸とは違う。きみたちもそれを自覚し――」

「ジョブズのようなスピーチをしろよ。だったら聞いてやる。政治より人生だ。政府の宣伝よりあんたの生き方を語れ」

今度は一斉に拍手と笑い声が上がった。

正面の演壇を囲むように今日の主役である大学院を含めた卒業生が七千五百人余り、その家族や知人が約二万人集まっている。年代、服装もまちまちで、一見世代を超えた野外コンサートを思わせる。

ハーバード大学の卒業式は町を挙げての一大イベントだ。

「これがアメリカ式卒業式か。さすが、自由と平等と若者のメッカだ」

「知性と行動の融合ってわけだ。若者はこうしてアメリカの民主主義を学んでいく」

「愚かさと衝動の間違いじゃないの。私の国じゃ、あの靴男は残りの人生を狭い檻の中で暮らすことになる。自由をはき違え、知性を踏みにじった愚かなサルとしてね」

三人は声を上げて笑うも、周りの学生たちの視線が集中したので慌てて声を潜める。

真名瀬、デビッド、シューリンは最後部の席で、眼前で繰り広げられる光景を見つめていた。

「愚かなサルを支援し、檻から出すように世界に働きかけるのもアメリカだってことを忘れないでくれ」

「左手にバナナ、右手に棍棒と首輪を持ってね。そして、札束を握って傍観してるのがあなたたってわけね」

シューリンはデビッドから真名瀬に視線を移した。冗談めかして言っているが、目は笑っていない。真名瀬は思わず目を逸らした。

三人は二年前、ハーバード大学のケネディ・スクールで出会った。最初の授業のとき、窓際の最後列の席に並んで以来の付き合いだ。

「きみたちは、やはりこの国で働く気はないのか。俺が紹介するまでもなく、二人ともその気になれば年収二十万ドルの仕事が殺到する。なんせ、ケネディ・スクールの首席と二番だ。俺は——やめておく。成績ばかりが人生じゃない」

デビッドが肩をすくめた。

「三人でビジネスを始めないか。日本、中国、そしてアメリカを股にかけた経営コンサルティング会社だ」

「国に帰る」

デビッドの提案に、真名瀬とシューリンが同時に答えた。

「また、その話か。俺は政府の職員として留学してる。一週間後には帰国して、報告書を書いている」

「お父さんが仕事を手伝えと言って来てる。私もそのつもり」

「もう誘わない。しかし、必ずまた会おう」

二人を見つめるデビッドの青味がかった瞳が潤んでいる。一見粗野なこの男は、見かけより遥かに情熱家で純情なのだ。

真名瀬は空を見上げた。彼も滲んだ涙を悟られたくなかったのだ。シューリンだけがいつも通りの冷静な表情で異国の式典を見つめている。

青い空に飛行機雲が白い筋を引いている。真名瀬はその先のものを思い浮かべた。シューリンの黒髪が風になびいている。六月初旬にしては肌寒い。真名瀬は思わず身体を震わせた。

この式典が終わると、各スクールで学位授与の式典が始まる。

三人は連れだって、自分たちが所属するケネディ・スクールの会場に向かった。すでに大テントの設営は終わっているはずだ。


森島一等海尉はもう一度、双眼鏡を目に当てた。

小さな船影が見える。その船影は徐々にではあるが近づいて来る。

中国海警局の監視船「海警《カイケイ》３５１Ｘ」。ヘリ搭載が可能な五千トン級の多機能海洋監視船だ。

「もう三時間も我々の後方についている」

苛立ちの混ざる声が、無意識のうちに大きくなった。

海上自衛隊第一護衛艦隊所属、護衛艦「あすなみ」は西太平洋の訓練海域から沖縄の南西を通り、日本海に抜ける途中だった。同行する護衛艦「あらなみ」は遥か西方を航行している。近海に海上保安庁の巡視船はいない。

ここ数日、中国海警局の監視船と海上保安庁の巡視船がらみの事件が三件起こっている。

今回はそれとは異なる。監視船には不釣り合いな三十七ミリ連装機関砲と十四・五ミリ機銃を二門ずつ装備しているとはいえ、攻撃能力に歴然とした差のある海自の護衛艦を監視船が追ってくるのだ。

明らかに挑発の意図が感じられる。近寄っては離れて行く。その繰り返しだ。

全員、落ち着いて対処するように。冷静さを欠いた行動が重大な事態を引き起こすこともある。だが重要なのは、いかなる場合にも毅然とした態度を取ることだ。妥協や躊躇はかえって危機を助長する——。

笹山艦長の今朝の訓示が頭をよぎった。その時は、「冷静さを欠いた行動」という言葉に疑問を持った。中国側にこそ聞かせたい言葉だった。数秒前までは忘れていたが、海警３５１Ｘを見ているうちに、ふっと脳裏に浮かんだ。

「まだお互い公海上だ。何ごとも起こらないでくれよ」

北緯二十五度四十二分、東経百二十三度二十五分。東シナ海、石垣島北方約百五十二キロの位置を「あすなみ」は二十ノットで航行している。後方七キロ地点にいる海警３５１Ｘは、速度を増して領海内に入ろうと近づいて来る。

森島は双眼鏡を下ろした。紺碧の空、陽の光、潮の香り、輝く海が眼前に飛び込んでくる。思わず目を細めた。艦橋《かんきょう》右にあるウイングに、すでに夏の熱を含んだ潮風が吹きつけてくる。

その時、アラームが響き渡った。森島は艦橋に入った。

艦橋内は緊張で張り詰めている。

〈総員、戦闘配置に着け。総員、戦闘配置に着け〉

スピーカーが繰り返した。

「なにごとだ」

森島は横にいた二等海尉に聞いたが、彼が答える前に艦内放送が始まった。

〈我が艦は、中国海警局の監視船、海警３５１Ｘの射撃管制用レーダー波を探知。艦内、戦闘態勢維持と同時に情報収集態勢を強化せよ〉

「ただちに、回避行動に入れ」

声と共に護衛艦はすでに急旋回を始めている。

「レーダー照射が止まりました」

「レーダー波の種類は記録したか」

「記録しています」

「官邸と市ヶ谷に送ってくれ」

スピーカーから矢継ぎ早に指示が出る。

「海警351Xの連装機関砲と機銃の砲塔の向きは」

「両砲ともストーポジションであり、本艦に指向していません」

中国艦はレーダーと砲を自動にしておらず、レーダーのみで「あすなみ」を自動追尾していた。

「警告を出せ。貴艦の動きはすべて把握している。我が艦の反撃準備は完了している。中国語、英語、日本語の三ヶ国語でだ」

艦橋中の視線が後方を航行する海警351Xに集中している。

「海警351Xの速度が落ちました。現在、十五ノット」

〈釣魚島は古来、中国固有の領土である。我が国は我が領土を一島たりとも手放さない〉

中国船から日本語と英語、中国語で呼びかけて来る。

そして、森島たちの緊張をあざ笑うかのように、海警351Xは速度を落とし続け、南に針路を変えると「あすなみ」から遠ざかっていく。艦橋から一気に緊張が引いていった。

海自の護衛艦は先制攻撃ができないことを熟知した上での、中国海警局監視船の挑発行為だった。

舘山はアクセルに置いた足に力を込めた。車は一気に加速して高速道路に入っていく。

助手席に置いたカバンに視線を向けた。このカギ付きのカバンに入っている書類の重要性を思うと、身体は緊張で硬くなる。ハンドルを握る手はじっとりと汗をかいている。

自分は上の指示に従っているだけだ。指示を忠実に守れば、それ以外のことを考える必要はない。この問題は自分には重すぎる。善悪の問題でもない。自分の判断を超えたことだ。上が決めればいい。舘山は頭の中で唱えた。

東京タワーが見える。不意に美しさを感じた。あの鉄骨造りの塔は、戦後の日本復興の象徴であることは間違いない。まだ持て囃《はや》されている新しい電波塔よりも、東京と日本の繁栄のシンボルとして遥かにふさわしい。

今日は娘の誕生日だ。家族三人で食事をすることになっていた。だが突然電話があり、「ヤマト」を持ってすぐに来るように言われたのだ。帰りは深夜になるだろう。

車は都内を出て湾岸道路を西に向かって走っていた。

アクセルを踏む足にさらに力を入れる。早くこのカバンを手放したい。

突如、車の横に大型トラックが現われた。十トントラックだ。舘山の車に寄って来る。

舘山は慌ててハンドルを切った。

車がガードレールに接触して激しい音を立てる。前方に出口が見え、その先が鋭くカーブしている。ダメだ。曲がり切れない。

激しい衝撃と共に車が大きく傾き、シートベルトが身体に食い込む。全身がちぎれるほど強く締め付けられる。一瞬意識が遠のいた。

気が付くと身体はシートベルトで固定され、おかしな形に曲がっている。自分の身体が横たわるのは、車の天井部分だということに気づいた。車は高速道路出口のカーブを曲がり切れずにガードレールに激突し、横転してしまったのだ。

エアバッグは作動したが、内側に大きくへこんだドアが腹と足に食い込んでいる。視野が赤く染まり始めた。舘山は逆さの状態のまま、周囲を見回した。

「カバンは……カバンはどこだ」

辛うじて声が出た。

カバンは潰れたシートの間に挟まっていた。腕を伸ばしてカバンの握り手をつかんで引いたが、ダッシュボードとシートに押し潰されている。それでもなんとか引き出し、胸に抱きしめた。

「ガードレールにまともにぶつかってったぜ。トラックはそのまま行ってしまった。当て逃げか」

車を覗き込んでいる顔が目に入った。

「当たっちゃいないだろ。トラックが接近して、車が避けようとしてガードレールに突っ込んでった。ほとんどスピードを落とさないで。トラック運転手、居眠りでもしてたんだ」

「こっちのおっさん、相当ワリ食ったたな」

「おっさん、カバンを抱きしめてる。よほど大事なものが入ってるんだろうな。まさか金か」

「だったら、もらって行こうぜ」

車の外から複数の声が聞こえ、近づいて来る気配がする。

助けてくれ……。声を出そうとしたが空気を吐き出すのが精一杯だった。何をしてる、早く救急車を呼んでくれ。

腕が伸びてきて、カバンをつかまれた。よせ、何をする。必死で叫ぼうとしながらカバンをにぎる手に力を込める。男の腕がさらに伸びてくる。やめろ――。

パトカーと救急車のサイレンの音が聞こえた。

「ヤバい、早くいこうぜ。面倒はゴメンだ」

バイクのエンジン音が聞こえ、遠ざかっていく。

連絡しなければ。携帯電話を探ったが見当たらない。助手席に置いていたはずだが、どこにいった。視線を移動させると、天井とダッシュボードの間に潰れた携帯電話が見えた。

口の中に鉄の味が広がっている。舌で口内を探ったが怪我はしていない。肺か気管の負傷か。確かに空気が思うように吸い込めない。頭が割れるように痛い。

しだいに視野がぼやけ、意識が遠ざかっていく。このまま自分は死んでいくのか。

カバンを抱く腕にもう一度力を込めた。

第一章　東洋の小国

1

「なんで、こんなことになった」

室内に緊張が走った。部屋中の視線が本郷に集中している。

ハト派と言われている本郷は、政治信条同様の穏やかな表情と声で、女性や若者に圧倒的な人気を得ている。その本郷が大声を出した。

内閣総理大臣、本郷壮一郎、五十六歳。性格は温厚で冷静沈着。それでいて、ここ十年の総理の中では珍しくはっきりものも言う総理大臣として支持率は高く、長期政権が期待されている。一方で側近には、一つの失言や失態で政権崩壊もありうるという懸念もあった。

本郷はデスクにファイルを叩きつけるように置いた。

「危機管理意識の欠如とはこういうことを言うんだ。直ちに防衛省の関係幹部を集めろ。国家安全保障会議を開催する」

「このまま、そっとしておくというのも一つの選択肢です」

今まで無言で聞いていた黒井総理補佐官が声を上げた。

総理補佐官は総理を支える専門家集団の一人だ。このポストは前政権時代にアメリカ大統領の補佐官を真似て置かれ、引き継がれている。

本郷は補佐官に向き直った。補佐官の落ち着いた声は本郷をさらに苛立たせた。

「秘密というのはいずれ漏れる。だったら、その前に公表したほうがダメージは遥かに少ない。特に今回は私に責任はない」

「それにも準備が必要です。そのための根回しが」

本郷は考え込んだ。確かに準備は必要だ。

「準備とは何だ。何をすればいい。失敗すれば、政権の命取りになる」

「特定秘密保護法を適用してはどうでしょう。こういうときのための法律です」

「わが国のはザル法だ。なんの抑止効果もない。この法律が適用されたというだけで、かえってマスコミが騒ぎだす。それを見て国民が追従する。一のことが百にも千にもなりかねん」

「そういう事態を防止するための法律です。やはり特定秘密に指定すべきです」

「騒ぎが大きくなれば、マスコミと一部の跳ね上がり者の思うつぼだ。公表内容以上の騒ぎを生むことになる。そうなると、周辺諸国も騒ぎだす。今回はどのような言い訳も通用しない。日本は孤立してしまう」

部屋の者たちは黙り込んだ。

「事故を起こした舘山研究技官はどうしている」

「現在、区民病院に入院しています。救急車で運び込まれた病院です。二十四時間の監視体制を敷いていますが、明日中には警察病院に移します。より監視が行き届きます」

「今日中に転院させろ。容体はどうなんだ」

「意識不明の重体です。病院側が身分証を見て、防衛省に連絡してきました」

「レポートはどうして私に回って来た」

「現場に駆け付けた警官が舘山のカバンを開けました」

「カギは付いていなかったのか。機密レポートの入ったカバンだ」

「事故でカギ部分が潰れていました。簡単に開いたと警察は言っています」

「ということは、警察はこのレポートの存在を知っているのか」

補佐官はしぶしぶという様子で頷いた。

「中身までは見てないようです。極秘の印を見て慌てて防衛省に連絡してきて、舘山研究技官の上司が病院に駆け付けました。ただ、病院に東京経済新聞の記者がいて、舘山の容体を聞いたそうです」

「外部に漏れたのか。早すぎるだろ」

「偶然居合わせただけだと思います」

「はっきりさせろ。舘山はこのレポートをどうしようとしたのだ」

本郷の強い言葉に全員が黙り込んだ。

「海外に売ろうとしたのか。そうであれば、早急にその国を特定しろ」

本郷の声がさらに大きくなる。

「そもそも、なぜこんなレポートが存在し、なぜ舘山研究技官が持っている。彼の所属は防衛省技術研究本部だったな」

防衛省技術研究本部、通称「技本」は、陸海空の自衛隊が用いる兵器や装備品の研究開発を一手に担う機関だ。本部は市ヶ谷の防衛省庁舎内にあるが、それ以外に研究所、センター、試験所、支所が各地にある。

「レポートの作成目的、経緯、携わった人物、すべてを調べるんだ。ただし、極秘でやるように」

本郷は椅子に座り込んだ。全身から力が抜けていく。

政権始まって以来の、いや考えようによっては戦後最大の危機だ。この危機をうまく乗り越えなければ日本の未来はないかもしれない。


真名瀬は背筋を伸ばした。

新宿、歌舞伎町近くのコーヒーショップだった。昼前で店内には若い女性が多い。

ハーバード大留学から帰国して二週間、やっと心と身体の両方が日本になじみ始めている。時差とは違うが、日本時間というのは確かにある。

真名瀬純、二十八歳。東京大学法学部卒業後、キャリアとして防衛省に入省した。「なぜ、防衛省に」と聞かれることがよくある。今でも多くの国民にとってはなじみの薄い、というより特異な省だろう。「自分の成績では精一杯だった」と真名瀬は答えている。嘘だった。真名瀬の成績なら財務省を選ぶこともできた。「日本にとって重要な省だから」と素直に答えることのできない自分に、もどかしさを感じることがある。

ドアが開き、店の女性の目が入口に集中した。一人の男が店内を覗き込んでいる。

真名瀬は男に向かって手を上げた。

クリーム色のスーツにネクタイ姿の森島がやって来て、隣に座った。

身長百八十センチ以上ある細身で姿勢のいい森島が正装すると、それなりに目立つ。海上自衛隊の制服を着て話をすると、普段自衛隊の悪口を言っている女性の考えが変わるという伝説もある。

「二年振りか。ハーバードは、アメリカはどうだった。友達はできたか。まさか、金髪の嫁さんってことはないだろ」

再会するなり、森島が質問をぶつけてくる。

キャリアは入省数年後にはアメリカやイギリスを中心に一、二年間留学する。独自の研究と共に語学研修、国際感覚の習得、そして各国のエリートとの人脈を作ることが目的だ。

「いい経験だった。勉強になったし、友達もできた」

真名瀬はハーバードの卒業式を思い浮かべた。式以来、帰国の準備に忙殺され、二人とは会っていない。メールのやり取りを続けているだけだ。

シューリンは一週間前に国に帰ったと連絡があったきり、メールも途絶えている。デビッドは現在、就職活動の真っただ中だ。結局は親戚に頼るだろう。彼の一族には政財界の大物が多い。

「友人は女か男か」

「両方だ。中国人とアメリカ人」

森島が顔をしかめる。

森島信司は真名瀬の中学、高校を通じての友人で、二人の高校で初めて防衛大学校に進学した。大学時代には母校の高校に講演で呼ばれたこともあり、森島は制服姿で登壇した。卒業後は海上自衛隊に入り、護衛艦「あすなみ」に乗艦している。

中学時代、「僕は海軍大将になる」と森島が真顔で言ったときはクラス中が沸いた。以来、あだ名は大将だ。現在は一等海尉となっている。

「中国人はよした方がいい。少なくとも、深入りするべきじゃない」

「偏狭な考えだ。むしろ、これからは重要だと思う」

「公と現実とは乖離がある。東シナ海と南シナ海の状況は十分承知してるだろ」

「彼ら特有の威嚇にすぎない。いくら中国でも、世界という公衆監視の中でバカはできんだろ」

「バカをバカじゃなくしてしまうのが大国の力、横暴だ。それを見越して最近は、現場であからさまに挑発してくる」

「そんなこと聞いてないぞ」

「報告はすべて出してる。上が重視してないだけだ。いちいち問題にしてたらキリがないからな。危惧してるのは、現場での双方の行き違いだ。とんでもないことに発展する恐れもある」

中国の海洋進出は近年著しい。

特に一九七〇年代、海洋資源が騒がれるようになると、南シナ海で複数の島の主権を主張し始めた。同時に周辺海域に資源探査と称し、実効支配を強めている。そのため、日本を含めた周辺諸国との衝突が絶えまなく起こるようになった。最近ではベトナム、フィリピンとの小競り合いが問題となっている。

戦艦だけでなく、空母の建造も始めている。海軍を増強するのは、海洋進出を目指しているからだという危機感が、周辺国ばかりでなく、アメリカやEU諸国にも生まれている。

「現場はかなりピリピリしている。一触即発の状況だ。この緊張が続き、誰かがミスをすれば、そのまま突っ走ることもありうる」

森島は慎重に言葉を選んでいるが、戦争状態に入ることを示唆している。

「人間である以上、いつか誰かが必ずミスをする」

「そのためのシビリアン・コントロールだ。俺達、文官がいる。戦争なんて絶対にさせない」

真名瀬は強い意志を込めて言い切った。

「だと、いいんだが」

一瞬だが森島の顔に黒い影が漂う。

「どうかしたのか」

「何でもない。由香里ちゃんは元気か」

森島は話題を変えるように聞いた。

「まだ会ってない。帰国して二週間だ。これでも忙しかったんだ。やっと今朝、レポートを出してきた。おまえこそ、家族には会ったのか」

森島が顔をしかめ、首を横に振った。森島の乗艦「あすなみ」が二日前に横須賀に寄港したことを、真名瀬は回って来た連絡表で知っていた。

「結婚式はいつにした」

半年前に見合いをして、〈大いに気にいった〉というメールが送られて来た。三日後のメールには二人で腕を組んだ写真が添付してあった。婚約の報せを受け取ったのは、その翌日だ。

「式は来年六月。彼女がジューンブライドに憧れてる。今年は俺が海にいて間に合わなかった。せめてクリスマスと言ったが、これだけは譲れないそうだ。梅雨の季節は鬱陶しくてイヤなのに」

話しながらも森島の顔はほころんでいる。

「明日のうちに横須賀に戻らなければならない。夜には出港する」

「東シナ海か」

「尖閣周辺のパトロールになるだろう」

乗艦の任務、目的地は士官といえど出港まで知らされない。

真名瀬の胸ポケットで携帯電話が震え始めた。一瞬無視しようと思ったが、通話ボタンを押していた。

〈今、どこだ〉

「新宿です」

〈すぐに帰って来い〉

「すぐに――」

最後まで言わないうちに電話は切れている。

「小野寺次長だ。すぐに帰って来るように、と」

「だったら、急いだ方がいい。今ごろ、おまえを待って部屋中を歩き回っている。俺たちは今夜会える」

森島が話し終わる前に、真名瀬は立ち上がっていた。

小野寺は真名瀬の上司だ。あだ名は小グマ。何か考え始めると部屋の中を歩きだす。小柄だがガッチリした体格の四十七歳だ。

「おまえはこれから――」

「ここにいる。二ヶ月ぶりの陸《おか》だ。もう少し味わいたい」

森島は時計を見ながら言った。どうせ彼女と待ち合わせているはずだ。

真名瀬は店を出ると、迷ったがタクシーを止めた。この時間だとタクシーのほうがわずかだが早い。

防衛省の本省庁舎、通称「市ヶ谷」はJR市ヶ谷駅近くにある。内部部局とともに、統合、陸上、海上、航空の各幕僚監部がすべて入っている。戦前は陸軍士官学校があった場所で、戦時中には参謀本部が設置されていた。大戦後には極東国際軍事裁判の舞台になった。

防衛省に戻り、小野寺の部屋に行くと彼はいなかった。小野寺は入って待っているように言っていたと、秘書が教えてくれた。

真名瀬はソファーに座った。窓から差し込む陽は、空調の強すぎるこの部屋には心地よい。

ドンとソファーを叩く衝撃で目が覚めた。

視線を上げると小野寺が見下ろしている。いつの間にか眠り込んでいたのだ。

真名瀬は立ち上がった。小野寺が窓際のデスクに座る。小野寺信一は防衛政策局次長、将来の事務次官候補だ。真名瀬は彼の下にいる。

防衛政策局は防衛政策、防衛交流、自衛隊の部隊編成・装備、情報の収集、分析に関する事務を担当する。

「待たせて申し訳ない。砥部《とべ》事務次官に会っていた」

小野寺はカバンから一冊のファイルを取り出すと真名瀬の前に滑らせた。

真名瀬の目はくぎ付けになった。

タイトルは、「日本国における特殊爆弾製造および工程表」。右上に「極秘」の印が押してある。防衛省の正式レポートだ。この特殊爆弾とは核兵器のことだ。

「私が見ていいものでしょうか」

「だから呼んだ。私はこれから柴山大臣に会ってくる。彼は官邸だ。ということは総理も同席する。二時間ほどかかるから、その間に読んでおけ。この部屋からの持ち出しは禁止だ。もちろん撮影もだ。スマホを預からせてもらう」

真名瀬はスマホの電源を切って、小野寺に渡した。

「トイレは？」

「大丈夫です」

「部屋のカギは秘書が持っている。当分はこの調子だ。きみにも従ってもらう。面倒は起こしたくないからな。このレポートの存在を知っているのは総理を含めて十人いない。きみはその一人になったわけだ。我が国でこんなものが作られていたとは」

小野寺は軽いため息をついた。デスクの上にあった缶コーヒーを気を取り直すように真名瀬の前に置くと、部屋を出て行った。


真名瀬はソファーに座り直した。

レポートの文字を追いながら缶コーヒーを口に運んだ。すぐに目はレポートにくぎ付けになっていった。

レポートには核爆弾開発の工程、必要な濃縮ウラン、もしくはプルトニウムの量と入手方法、詳細な設計図、製造に必要な事項、人員、機器、装置、各部品製造に関わる企業名、さらに詳細な日程表が付いている。ウラン型、プルトニウム型核爆弾を製造するための必要事項がすべて書いてあるといっていい。別紙参照とあるのは、さらに細部に関する具体的な文書が存在するのだ。

五十枚ほどのレポートだが、別紙を含めればかなりの量になるものだろう。

防衛省の印が押してあるということは、二〇〇七年以後に書かれたことは明らかだ。

防衛省は内閣府の外局だった防衛庁が二〇〇七年に移行した組織だ。内閣の統括の下に独立した行政機関である省となった。

真名瀬はレポートを膝に置くと目の間を揉んだ。目がかすみ、思ったより疲れている。

ドアが開き、小野寺が戻って来た。二時間がすぎている。

「どう思う」

デスクに座るなり聞いてくる。

「かなり具体性があります。相当な専門知識と経験のある者たちが、時間をかけて書き上げたものです。公になると、国内はおろか世界から袋叩き間違いない。政権崩壊は避けられないでしょう。しかし、これがどうしてここに」

「二日前に舘山研究技官が交通事故にあった。彼を知っているか」

真名瀬は首を横に振った。防衛省の職員は制服組と背広組を合わせて約二万人。一部を除いて会うこともない巨大組織だ。

「舘山さんの容体は」

「意識が戻る様子はない。ひどい事故だった。警官が彼のカバンを回収してこのレポートを発見した。防衛省のネーム入りの封筒に入り、極秘の印が押してある。連絡を受けた警察庁が防衛省に報せてきた」

「舘山研究技官が第三者に渡そうとした、ということですか」

「不明だ。追跡調査をしたが、いまのところ外部に漏れた兆候はない。いや、そう信じたい」

さらに、と小野寺が続ける。

「現在の政権はこのレポートの存在を知らなかった。前政権からの申し送りはなかったんだ。私も初めて見るものだ」

「総理もですか」

「今朝、総理に呼ばれて、レポートのことを聞かれた。警察庁経由でレポートが総理の手に渡ったが、その間に漏れた形跡はない」

「まさに爆弾です。特殊爆弾だ」

真名瀬の言葉に小野寺が小さく頷く。

「現在、官邸は沈黙を守っているが、一触即発の状況だ。外部に漏れれば、靖国参拝どころではない。日本は世界から非難される」

「その他の所持品はなかったのですか」

「私用の携帯電話が二台。通話履歴を調べたが、一台は相手は家族と友人で、問題になる通話はなかった。もう一台は潰れていた。シムカードが完全に破壊されていて解読不可能だった。番号が特定ができないので、通信会社に問い合わせることもできない。重要な通話はそっちでやっていたのだろう」

「それでどうするつもりですか。このレポートは」

「消し去る」

小野寺がぼそりと言って真名瀬を見つめている。

「総理の意思ですか」

「発表を考えていたようだが、我々が説得した。一度表に出ると、過去の過ちでは済まされない」

「ここまで具体的なものをすべてなかったことにするということですか。これだけ具体的な内容です。関わっている者も相当数いるはずです。それを無視するということですか」

「それが政治だ」

小野寺が低い声で言い切る。

「日付がないが、いつ書かれたと推測する。防衛省への移行後なのは確かだが」

「おそらく、前政権の時期でしょう。そして、東日本大震災の前」

「私もそう思う。迷走する政権に対する防衛省内部の危機感からか、不満からか。おそらく両方だろう。作成者は何かに使おうとしていたが、東日本大震災の混乱で何もできなかった」

小野寺はため息をつくと気を取り直すように背筋を伸ばした。

「このレポートを作成したチームはすでに解散しているだろう。機密管理は最高レベルで行なわれている。チームの全貌、関係書類と関係物はどうなっているか全く分からない」

「その最重要機密が今になって漏れ出たということですか」

小野寺は軽く頷き、真名瀬を見据えた。

「なぜ舘山がこのレポートを持っていたか。どこで手に入れたか。彼がどこまで関係しているのか。それを調べたい。もちろん、極秘にだ」

「警察や公安に捜査させるわけにはいかない、ということですか」

「きみを舘山の後任にする。キャリアのポストでもないが、突然のことなので暫定的だと言えばまわりは納得するだろう。アメリカ留学後の自由な立場というのもいい。やれるか」

真名瀬は返答できなかった。こういう仕事はやったことがない。自分は国際政治の分析官だ。

黙っていると小野寺が椅子から立ち上がり歩き始めた。

「日本は核不拡散条約に加盟し、非核三原則、核兵器を持たず、作らず、持ち込ませずを堅持してきた。その我が国に、過去の遺産とはいえ、核保有の意思や計画があったことが他国に漏れるようなことがあれば、政権など簡単にひっくり返る。近隣諸国はもとより、世界中からバッシングを受ける。それは、きみも防衛省も望んではいない」

小野寺が歩みを止め、真名瀬を見つめている。思わず真名瀬は視線を外した。

「きみの知識、洞察力と国際感覚は評価している。私の近くにいて、分析官の仕事は続けてもらう。だが、この仕事もやってもらう。日本が世界の信頼を失わないためには、技術研究本部を秘密裏のうちに捜査して、痕跡を残さないように処理してくれ」

真名瀬は頷かざるを得なかった。

「今日付けで辞令が下りるので、すぐにでも行ってもらいたい」

小野寺は受話器を取って、真名瀬に関するすべての人事措置を今日中に終えるよう秘書に告げた。

2

喫茶店に入って見回すと、奥のテーブルの女性が真名瀬に向かって手を振っている。

「先々週帰ってたんでしょ。もっと早く連絡くれればいいのに」

由香里は屈託のない笑顔で言う。

「住むところも決まってなかったんだ。帰国後三日間は防衛省の独身寮にいた。つまり、制服組と一緒だった。俺は気にしないけどね」

「私には汗臭いのは嫌だって言ってたでしょ。でもこの本音は言わないとも。森島さんに聞かれるとボコボコにされるからって」

「反省してる。まったくの失言だった」

これも本音だ。入省後、研修で陸自の訓練に一週間参加させられた。その時から制服組に対する考え方が変わった。国を護るということは、頭だけじゃできない。身体を張る必要がある。自分はあそこまでできない。訓練は身体だけではなく、精神も鍛え上げる。

真名瀬は大学時代、柴山由香里の家庭教師を二年間務めた。

由香里が大学に受かった時、初めて父親の柴山雄平に会った。ホテルの食事会に呼ばれたのだ。

民有党の有力代議士で、新聞やテレビで顔は知っていた。その時、防衛省を選んだ理由を聞かれている。

真名瀬は大学卒業後の防衛省入省が決まっていた。由香里には伝えてなかったが、柴山はすでに知っていた。

何と答えたかはよく覚えていない。国際情勢を考えると、日本の防衛は今後ますます重要になる、その一翼を担いたい、と面接の時と同じようなことを言ったのだろう。

それから由香里とは疎遠になっていたが、由香里が大学を卒業して新聞社に就職してから、時折り会うようになった。由香里が政治部の記者となり、真名瀬が国会に出入りしていた時期だ。

急速に親しくなったのはアメリカ留学時代、由香里が仕事でワシントンDCに来た時からだ。その間に由香里の父は防衛大臣になっている。つまり、真名瀬の上司になった。

「それで住むところは見つかったの」

「当分、四谷にマンションを借りることにした。近いし、気持ちの切り替えができる。寮に入ると二十四時間働いてる気分だ」

「私に言えば一緒に探してあげたのに。それとも、何か都合が悪いの」

由香里が探るような視線を真名瀬に向けてくる。

「忙しいんだろ、このご時世だ。新進気鋭の政治部記者は」

上司、それも企業流に言えば社長の娘に部屋探しを手伝わせるのはやはり躊躇する。由香里が忙しいのは事実だ。中国とベトナム、フィリピン、南沙諸島、そして尖閣諸島の記事が連日、紙面を賑わせている。政府はかなり緊迫していた。由香里もノンビリ食事をしている場合ではないはずだが――。

「そうね、記事には困らない。でもこの先どうなるのかしら」

由香里の瞳に黒い影がよぎる。彼女の署名記事も時折り目にするようになっていた。

ふっとハーバードの卒業式での光景が浮かんだ。彼らはどうしているだろう。中国、アメリカ、日本。あの二年間は、国を超えて通じ合えるものがあった。

真名瀬は時計を見た。そろそろ時間だ。

「本当に私たちが行ってもいいの。せっかく二人で会うんでしょ」

森島と彼のフィアンセに会うことになっている。

「俺たちに彼女を自慢したいんだろ。可愛くて素敵な人だって。それに彼女をちゃんと紹介しておきたいんじゃないか。特にきみに。あいつは海の上が多いから心配なんだ」

森島の気持ちが分かる気がした。自分の不在時に、彼女の相談に乗ってくれる人を作っておきたいのだ。

由香里は適任だった。同い年だし、面倒見がいい。

二人は店を出て、待ち合わせのホテルのレストランに行った。森島と婚約者の山瀬紀子はすでに来ていた。

紀子は色白で優しそうな目鼻立ち、控えめな女性だった。和服が似合いそうな日本風の美人だ。派手な顔つき、積極的な森島とはすべて対照的で、彼の選んだ女性としては意外だった。

簡単な紹介後、食事を始めた。

森島は真名瀬がかつて見たことがないほどよくしゃべり、笑みを絶やさなかった。こんなに楽しそうな森島はやはり初めてだった。

「自衛隊といっても普通のサラリーマンと変わらないんだ。いや、公務員かな。そうだよな」

同意を求めて、森島が真名瀬を見ている。

「おまえの場合、多少海外出張が多くて、家族は寂しいかもしれないな」

「その代わり、陸に上がると休みも多い。旅行にも行ける」

「でも、海に出ると何ヶ月も帰って来ないんでしょ」

「そんなの、年に一度か二度だ。ぜんぜん気にしなくて――」

その時、胸ポケットに手をやった森島の顔から笑みが消えた。一瞬躊躇するも、スマホを出した。何とも表現し難い顔で紀子を見て、その視線を真名瀬に移す。

二人はほぼ同時に立ち上がると、レストランを出た。

「今すぐなのか」

「これから横須賀に行き、そのまま出港だ」

「尖閣か」

「おそらくそうだ。今度はかなりヤバそうだ。おまえにも招集がかかるかもしれない」

「このまま行くのか」

「席に戻るともう発てなくなりそうだ。これで婚約は解消かな」

「大丈夫だ。うまく言っておく」

森島は頼むと真名瀬に目で言うと、車寄せに出てタクシーに乗り込んだ。


森島を見送ってから、真名瀬はテーブルに戻った。

「彼は艦から呼び出しを受けました。おそらく、今夜中に出港します」

何が起こったのか、紀子はまだ納得できない顔でいる。

「こんなことって、よくあるんですか」

「よくあっては困ります。三度目かな」

「自衛隊に入って三度……」

「今年になってです。気にするなってほうがムリですよね。こうして日本の安全と主権は護られてると思ってください。艦に乗る前に時間があれば連絡があります」

「時間があれば……」

「緊急招集です。やることが山ほどあります。それに乗船すれば電話はできません。携帯電話は基地に置いていきます。もちろん艦内の通信設備は万全です。緊急の場合はいつでも連絡は取れます」

「緊急の場合って――」

「そういう意味じゃなくて、家族と話したい場合はという意味です」

真名瀬がしゃべるほど、紀子の表情にある不安の色は濃くなっていく。

その時、真名瀬のスマホが震え始めた。ディスプレイには小野寺の表示が出ている。

真名瀬は席を立ち、レストランを出た。

〈至急、官邸に来てくれ〉

「尖閣絡みですか」

〈中国海軍の艦船が二隻、領海侵犯をしている〉

「海洋警察ではなく海軍ですか」

真名瀬は聞き直した。事実だとしたら、森島の緊急招集はそのためだ。

〈現在、同海域には海上保安庁の巡視船しかいない。装備の違いは歴然としている。それを見越してか、警告を無視して領海侵犯を続けている〉

「『あすなみ』が出港するようですが」

〈すでに、『たかぎり』と『あまゆき』の二隻が向かっている。『あすなみ』と『あらなみ』は、明日中には二隻に合流する〉

急いでくれ、と言う声とともに通話は切れた。海自の護衛艦四隻態勢で向かうということは、かなり緊急の重要事態と捉えているのだ。

真名瀬がテーブルに戻ると、紀子と話し込んでいた由香里が顔を上げた。

「真名瀬さんも役所に帰るんでしょ。いいですよ。ここの支払いさえ済ませておいてくれれば。私たちは女同士、ゆっくり食事をしましょう」

由香里が笑みを浮かべ、紀子に同意を求めた。紀子がぎこちなく頷く。


真名瀬は官邸に着くと、待っていた職員に地下にある危機管理室に案内された。

U字形のデスクには、すでに数名の閣僚が座っている。国家安全保障会議のメンバーは最近の国際情勢から、招集があれば直ちに官邸に駆け付けるように通達が回っているのだ。

正面の壁に並ぶ大型ディスプレイの一つに、黒っぽい映像が映っている。中央の影は艦船だ。海上保安庁の艦船から赤外線カメラで撮ったライブ映像が流れている。

小野寺が柴山防衛大臣の背後の椅子に座っていた。

真名瀬はその隣りに案内された。制服姿の亀山統合幕僚長、高野海上幕僚長もいる。

「緊急事態大臣会合だ。外相がまだ来ていない」

小野寺が真名瀬の方に身体を傾けて囁く。

国家安全保障会議の中でも緊急事態の際に開かれる会議だ。総理、官房長官の他に総理が定めた閣僚、及び関係者が参加する。柴山防衛大臣の横に河岡国家公安委員会委員長もいる。

その時、山倉外務大臣が息を切らして飛び込んできた。

本郷総理によって開会が宣言されると、高野海上幕僚長が立ち上がり、前方のディスプレイを見ながら説明を始めた。

「本日、日本時間午後八時十二分、中国海軍のフリゲート艦二隻、『安陽《アンヤン》』と『三慶《サンチン》』が尖閣諸島二十二キロの領海に侵入しました。海上保安庁の巡視船『みしま』が警告を行ないましたが、中国フリゲート艦は無視して航行を続けています」

「現在も領海侵犯をしているということかね」

外務大臣が確認するように言う。

「領海侵犯をしてすでに二時間が経過しています。現在、海上自衛隊の護衛艦『たかぎり』と『あまゆき』が現場海域に向かっています」

「このまま中国船が我が国の領海内に居座るとどうなる」

「護衛艦が到着次第、さらなる警告をすることになります」

「侵犯を止めない場合は」

幕僚長が柴山防衛大臣に視線を移す。柴山がかすかに頷くと立ち上がった。

「警告を発します」

「それでも、侵犯を続けたら」

「警告を発し続けます」

口調に苛立ちが含まれてきた山倉に、柴山は落ち着いて続けた。

柴山が繰り返す言葉は、現在の日本が置かれた状況を物語っている。

「それ以上の行動は取らないということですか」

「相手次第です。最終的には現場の判断に任せています」

「危険すぎないか。先走るということもある」

「むしろ私は、躊躇することを危惧しております。自衛隊にも自衛の権利は認められています」

「先週だったが、自衛隊の艦船がレーダー照射を受けた。今回もそういう事態になったら」

「やはり、目視して判断するようにとしか言いようがありません」

あの時、自衛隊は中国艦船の状況から、攻撃の意思はないと判断した。

「目視で攻撃意思まで分かるのかね」

「照射レーダーの状況によって識別しています。速射砲のレーダーだと判断し、甲板の速射砲に注意していました。艦長が攻撃の意思なしという結論を出しました」

「危うい判断だ」という声が聞こえる。どっちにとって危ういのか。日本か、中国か。真名瀬は思ったが、自分で考えうるレベルを超えている。

「今回は状況が違う。海警の艦船と海軍の艦船とでは、子供と大人だ」

「カメラを近づけてくれ」

マイクを取った海上幕僚長が言うと、船体が大写しになる。

新型の七十六ミリ単装速射砲を搭載した海軍のフリゲート艦「安陽」だ。対空戦システムとして、長視程・長射程化された三元レーダー、艦対空ミサイル。対潜戦システムとして、対潜ロケット六連装発射機二基も見える。

　速射砲の砲塔はカメラの方を向いている。つまり巡視船に向けているのだ。フリゲート艦がその気になれば巡視船はひとたまりもない。

「現場は相当緊張しています。どちらかがミスを犯せば戦闘状態に突入ということも考えられます」

「ミスとは？」

「誤認、思い込み、独断専行、なんでもあります。現場の戦闘員は極度の緊張状態にあります。何が発端になるか分かりません」

　危機管理室も緊張が張り詰めている。

「そんなこと、ありえんだろ。日本が戦争に巻き込まれるなんて」

　呟きのような声が聞こえる。

「中国政府との対話はどうなっている。総理と華家平国家主席との直接対話が可能なはずだ」

「外務省を通じて呼びかけていますが返事はありません。現在、中国海軍は中国政府とは別の意思で動いている可能性もあります。そうであれば、中国政府も大慌てのはずです」

「この領海侵犯は軍独自の判断でやっていると言うのか」

　海上幕僚長が柴山に視線を向ける。これには防衛大臣が答弁すべきだと判断したのだ。

「ありうることです。現在の領海侵犯といい、南沙諸島の軍事基地化と兵力の拡充といい、最近の中国軍部の暴走は目に余るものがあります。政治的判断を越えているとも思えます」

　柴山が落ち着いた声で言う。

　確かに人民解放軍の暴走には、目に余るものがある。中央政府が制御できない状態が続いているのかもしれない。

　総理の前の電話が鳴り始めた。部屋にさらなる緊張が走り、視線が本郷に集まる。

本郷総理が自ら受話器を取った。

二、三度、分かったと繰り返すとディスプレイに視線を移した。全閣僚の目もそれに向かう。

海上保安庁の巡視船と並走していた中国海軍フリゲート艦の船首の向きが変わっていく。

「中国フリゲート艦が方向を変えています」

海上幕僚長の声が部屋に響いた。ホッとした響きが混ざっている。

3

その夜、真名瀬がマンションに帰ったのは日付が変わってからだった。

防衛省に戻り、今日の事態を分析していた。状況は悪化の一途をたどっている。すべて政治レベルの問題だ。最大の懸念は、現状を正確に認識する政治家が多くはないことだ。日本も、おそらく中国も。

非常事態は一時間前に解かれたが、今夜は徹夜組も多いだろう。

森島の乗船した護衛艦も現場海域に向かっている。四艦態勢は、中国艦艇に領海侵犯を二度とさせないという意思表示だ。

全身が重く、疲れ切っていた。極度の緊張状態が四時間近く続いたのだ。由香里に電話しようとスマホを出すも、ポケットに戻した。連絡がないのは、彼女はすでに事態を知っているからだ。今ごろは関係者に電話をかけまくっている。朝刊には難しいが、夕刊には記事になっているだろう。

マンションのロビーに入ろうとしたとき、男が現われた。薄いブラウンの入るメガネをかけた、痩せた男だ。

「真名瀬さんですね。防衛省の」

丁寧だが、どこか不遜な物言いだ。真名瀬は無意識のうちに身がまえていた。メガネの奥から真名瀬を見る目には、傲慢な雰囲気がある。

「時間をいただきたいのですが。少しでけっこうです」

男は名刺を出した。杉山雄二。東京経済新聞、社会部記者。部は違うが由香里の同僚だ。

真名瀬が答える前に杉山が話し始めた。

「舘山伸治さんをご存知ですか。防衛省技術研究本部の研究技官です」

真名瀬は全身に緊張が走るのを感じた。ここ数時間の出来事で忘れ去っていた懸念が脳裏に甦って来る。

舘山は交通事故で入院している防衛省の職員だ。あのレポートを持っていた。

「あなたの前任者です。数日前に交通事故にあったことは知ってるでしょう。彼の後任なんだから」

黙った真名瀬に問いかけて来る。ただの新聞記者ではない。真名瀬本人でさえ数時間前に口頭で伝えられた人事について、知っている。

「誰から聞きました？　まだ官報にも載っていない」

「そうでしょう。辞令が下りたのは今日だ。いやすでに昨日になっている。人事なんてのは簡単に漏れるものです。特に重要ポストは」

「重要ポスト？　私にはそうは思えませんが。それに暫定的なものだと聞いています」

「その通りです。だから、何でもやれる」

杉山が真名瀬を見つめている。

「何をやると言うんです」

「それを知りたい」

杉山はしばらく考えてから、また口を開いた。

「三日前、友人の見舞いで区民病院に行ったら一人の患者が搬送されてきた。交通事故で意識不明の重体でした。その後、警官の出入りが激しくなりました」

「よくあることじゃないんですか」

「警察庁の者が来るということは普通ないんですよ。単なる交通事故に。それも、そこそこ上の連中です。職業柄、その辺の顔は知ってます。患者は翌日には警察病院に転院しました」

杉山が真名瀬の反応を窺っている。

「私は患者の名前を調べた。すると防衛省の人間だったというわけです。自衛隊の不祥事を警察が嗅ぎつけてもみ消そうとしているのか。最初は飲酒運転か何かと考えていたんですが、出てくる顔が大物すぎる」

杉山が真名瀬の顔を覗き込んでくる。真名瀬は思わず目をそらした。

「技術研究本部、通称技本なんていう、普段は話題にも上らない部署の人間だ。不正経理か、下手すると薬物絡みかとも思ったが、舘山にはおかしな噂もない。真面目で温厚。高校生の娘がいます。そうしているうちに、彼の後任が決まってしまった。アメリカ帰りのキャリア、あんただ」

「私が後任というわけじゃありません。ちょうどアメリカ留学から帰ったところで、上もポストを決めてなかった。だからじゃないですか」

「本気でそう思ってるのかね。だったらこの組織も終わりだな」

「失礼。私は疲れています」

真名瀬はマンションに入ろうとしたが、杉山に腕をつかまれた。

「俺は社会部の記者だ。新聞の社会部なんてのは、いつも世間の裏を漁《あさ》ってるんだ。臭いものは臭《にお》いで分かる。今回はかなり臭うんだよ。ただし、常識は持ってる。護るべきものもな。俺は真実を知りたいんだ」

突然、口調が変わった。杉山は真名瀬から目を離さない。

「防衛政策局のアメリカ帰りのキャリアが技術研究本部への異動か。コレって栄転になるのか左遷なのか」

杉山の口調がさらに強くなる。

「私は知りません」

真名瀬は杉山の腕を外した。今度は杉山も何も言わない。

真名瀬はマンションの中に入った。

エレベーターに乗ってから振り向くと、杉山はまだ真名瀬を見ている。真名瀬は慌ててボタンを押した。

部屋に入り、パソコンを立ち上げると、小野寺からメールが入っている。舘山伸治についてだ。四十八歳。防衛省技術研究本部、技術企画部の主任研究技官で、部長補佐だ。

工科系大学の電子工学科を卒業、国家公務員採用Ⅱ種試験を受けて入省している。関わっていたのは、ミサイルの誘導装置だ。

現在、父親と娘の三人で暮らしている。妻を三年前に心臓疾患で亡くしている。娘は十七歳、高校二年生だ。

二十年前にアメリカのロスアラモス国立研究所に一年半留学している。

ニューメキシコ州ロスアラモスにある研究所は、第二次世界大戦中の一九四三年、マンハッタン計画で原子爆弾の開発を目的として創設された。初代所長はロバート・オッペンハイマー。ここで開発されたウラン型とプルトニウム型の二つの原爆、「リトルボーイ」と「ファットマン」が広島と長崎に投下された。

核爆弾に関わったとすればこのときか。留学時代の研究テーマはレーザーとなっている。

技術企画部に異動したのは五年前だ。以来、主任研究技官として主に研究成果の取りまとめをやっている。経歴におかしなところはない。

この男があのレポートを書いたのか。しかし一人で書けるものではない。高度な専門知識を持った者が少なくとも十人以上必要だ。彼らをまとめたのが舘山なのか。様々な疑問が湧き上がって来る。小野寺はあのレポートを消し去る役目に、なぜ真名瀬を選んだのか。小野寺は真名瀬の事情を知っているはずだ。

真名瀬はパソコンを閉じた。ベッドに横になる。今日一日の出来事が頭をかすめていく。数時間前の危機管理室、緊迫した様子が甦って来る。森島は今ごろ、太平洋を尖閣諸島に向かって南下している。

スマホの呼び出し音で目が覚めた。いつの間にか眠り込んでいたのだ。

〈ジュン、元気か〉

デビッドの能天気な声が聞こえる。

「いま、何時だと思っている」

〈午後三時すぎだ。ティータイムから帰ったところだ〉

真名瀬はハーバード時代のデビッドの部屋を思い浮かべた。デスクには常にコーラのラージサイズとドーナツが置いてあった。

デビッド・ウイリアムズ。真名瀬と同じ、二十八歳だ。ハーバード、ケネディ・スクール在学中に真名瀬の友人となった。身長百七十センチあまり。体重は聞いても笑ってごまかすだけだ。

ハーバード大法学部を卒業後三年間、西部の防衛産業に勤めたが、辞めてケネディ・スクールに帰って来た。人に使われるのに懲りたと言っていた。父親はアメリカ東部の大地主で、企業経営者と聞いている。

叔母が共和党の重鎮、ドロシー・ウイリアムズだ。大統領ともパイプを持っている上院議員。アメリカ滞在中にはデビッドと共に真名瀬もホームパーティーに招《よ》ばれ、紹介された。その時真名瀬は妙に気にいられ、また是非会いましょうと熱烈なハグとサイン入りの著書をもらい、その後たびたび会っていた。

「日本じゃ、午前四時すぎだということは分かるだろ。いくらおまえでも」

〈来月、日本に行く。たったいま、上司に言われた。早くおまえに知らせたくてね〉

「やっと就職できたのか。第一志望は金融関係だったな」

〈金儲けばかりが人生じゃないと言ったのはおまえだろ。仕事はきつくて儲けは薄いが、悪くない職場だ〉

「もったいぶらずに教えろ。日本に支社がある企業か」

〈政府関係だ〉

真名瀬は一瞬沈黙した。結局、親戚のコネを使ったのだ。

「日本に来るって仕事だろ」

〈空いてる時間はある。飯でも食おう。俺はすき焼きがいい。とりあえず、伝えておこうと思ってね〉

「シューリンの消息を知らないか。何度電話しても留守電になる。メッセージを入れたが返事はない」

〈おまえは防衛省の役人だったたな。現在の日本と中国との関係を考えてみろ。遠慮してるんだよ。おまえからも電話しない方がいい〉

「彼女は友人だ。どうしているか知りたい」

〈彼女はハーバード留学組だぜ。そして今は中国に住んでる。分かるか、この意味が。おそらく――〉

珍しく言葉を濁している。

「監視されているのか」

〈盗聴はされている。だから、メッセージを入れても返事しないんだろ。メールもチェックされている。おまえに迷惑をかけたくないんだ。彼女の思いやりだ〉

ありえないことではない。いや、そうに違いない。

「シューリンはいま何してる」

〈知らないのか。おまえは本当に防衛省に勤めてるのか〉

「何か知っているのか。シューリンについて」

〈取りあえず、来月日本に行く。すべてはその時だ〉

電話が切れた。時計を見直すと十五分がすぎている。

真名瀬の脳裏にシューリンの色白の顔が浮かんでいた。

ウェイ・シューリンもケネディ・スクールの同級生だ。北京大学卒業後、父親の仕事を数年間手伝っていたと話していたが、その仕事を聞いてもはっきりは言わなかった。真名瀬の二歳下だが、学力は数段上をいっていた。英会話はネイティブなみ。どこで習ったか聞いたが、映画とテレビだと笑うだけだった。

スマホにかけた指が止まった。当然、昨夜のことは知っているだろう。デビッドの言葉通り監視されていて、外国との連絡は禁止されているのかもしれない。最近の日本と中国の関係は熟知しているだろう。

窓の外はまだ暗い。もう一度寝ようとしたが、眠れそうにない。脳裏には様々なことが交錯している。

真名瀬はベッドを出て、パソコンを立ち上げた。シューリンの名前を打ち込んで検索する。

出てきたのは北京大学卒。ハーバード、ケネディ・スクールを出ている。ツイッターとフェイスブックのアカウントがあるが、両方とも半年前から更新された形跡はない。

気が付くと外は明るくなっていた。出かけるまでには、まだ一時間近くある。

スマホが鳴り始めた。

〈起きてたの〉

由香里の遠慮がちな声が聞こえる。

「今日、いや昨夜は悪かった。紀子さんは怒ってなかったか」

〈怒ってはいなかったけど、驚いていた。婚約者がデートの途中に、電話一本でいなくなっちゃうんだもの。それも挨拶もなく〉

「顔を見ると行けなくなると言っていた。森島は今ごろ、太平洋の上だ。三十ノットで尖閣諸島に向かっている。それを思って許してやってくれ」

〈私に言っても仕方がない。フォローはしておいたけど、最後は当事者同士で話し合うしかない〉

「何の用だ。こんな時間に」

真名瀬は改めて聞いた。

〈分かってるでしょ。中国艦船は何ごともなく去った。昔のように、ぶつかっては来なかったんでしょ〉

由香里は事実をつかんでいないのか、それともカマをかけているのか。

最近、西沙諸島周辺で中国の石油掘削基地建設が活発になった。それに抗議するベトナムの漁船が中国艦船に衝突されたり、放水などの危険行為を受けている。複数の漁船が沈没し、死者も出ている。

日本に対して中国が危険行動に出ないのは、出方を窺っているのだ。少しでも譲歩すると挑発行為はエスカレートするだろう。それが国際政治というものだ。

「今日の朝刊には出るのか」

〈ギリギリアウトってところ。新聞は夕刊。テレビも朝のニュースじゃ、ほとんど何も用意できてない。事実関係程度。政府発表もそのへんを考えてるんじゃないの。官房長官の発表は今日になってからだもの〉

「きみだって昨夜は早めに紀子さんと別れて新聞社に戻ったんだろ。それとも、あの後電話して誰かに調べさせたか」

〈両方よ。でも、紀子さんには心配させるようなこと言ってないから安心して〉

「防衛省を代表して感謝するよ。で、どこまで知ってるんだ。お礼に軌道修正をしてやる」

〈尖閣諸島付近で中国船が領海侵犯をした。巡視船が対応したが領海侵犯は続けられた。それで自衛隊の護衛艦が現地に向かった。分からないのは、いつものパターンなのになぜ海上自衛隊の護衛艦に緊急招集がかかって、そのまま現場海域に直行なのかってこと〉

中国海軍の船だということをまだ知らないらしい。

「先週の事件が尾を引いてるんじゃないのか。僕は部署が違うが」

〈中国海警局、監視船のレーダー照射の件ね。やっぱり今回の政府発表には納得できないことがある。何か隠してる。どうせあなたは本質的なことを教える気はないんだし。私は私で調べる〉

それに、と言って一瞬言葉が途切れた。

〈紀子さん、森島さんに電話したの。でも、電源が切られてたって。せめて留守電にしててくれればって言ってた。これ、十分前の話。私が二十四時間いつでも電話はオーケーよって言っておいたから。でも朝の七時前よ。耐えられなくて私に電話してきた。きっと一睡もしてない〉

由香里は自分の立場を心得ている。父親が防衛大臣ならば仕事はやりにくいだろう。周りは当然期待するが、彼女の性格からして家族を利用することはない。

真名瀬は眠るのを諦めてキッチンに行き、コーヒーを淹れた。


真名瀬が防衛省に登庁すると小野寺はいなかった。官邸に行っているという。おそらく徹夜だ。多少だが後ろめたい気分になった。数時間ではあるが自分は眠っている。

その足で同じ敷地内にある防衛省技術研究本部に向かった。

この部署は防衛省の特殊機関として設置され、メーカーと協力して陸上、海上、航空自衛隊が使用する武器や装備の研究開発を行なっている。

舘山は技術企画部に所属していた。技術調査、技術戦略、研究発表会などに関する業務を担当している。ポジションは部長補佐だが部下はおらず、一人で何でもできる立場だ。

技術企画部の鈴木部長は温厚そうな男だった。半年前に就任したばかりで、一年後には定年を迎える。

「小野寺さんから聞いています。アメリカ留学から帰国したばかりだと。向こうの最新情報と分析方法を勉強したそうですね」

「ハード面じゃなくてソフトについてです。それも政治レベルのものです」

小野寺は真名瀬の人事の意図を話していないらしい。鈴木は何も知らない。

「舘山君の後任ということですが、彼は気の毒でした。私も驚いてます」

「驚くとは――」

「慎重、かつ冷静。石橋を叩いても渡らない男でした。交通事故を起こすような人間ではないんですがね」

鈴木は眉根を寄せて、かすかにため息をついた。

「なぜ、彼のような性格の男が防衛省にと思ったこともあります。私も人のことは言えないんですがね」

「そういう人も必要だと思います」

「実は私もそう思うようにしています。このご時世です。必要以上の慎重さと冷静さが求められる」

鈴木は大きく頷きながら言った。

「それで、舘山さんの仕事について聞きたいのですが」

鈴木はデスクにあった分厚いファイルを引き寄せた。背表紙には年度の下に技本、研究開発一覧とある。

「入省当時はミサイルの誘導装置がメインの研究で、電子装備研究所、先進技術推進センターにいましたが、五年ほど前に技術企画部に配属になっています。主な仕事は各研究所の研究成果の評価と提言です」

技術研究本部は技術企画部のある管理部門に加え、航空装備、陸上装備、艦艇装備、電子装備の各研究所、そして先進技術推進センターなどで構成されている。

「舘山さんは自衛隊の武器関係の研究開発の統括的な役割をになっていたのですか」

「統括と言えば聞こえはいいんですが、研究成果のまとめというか――」

鈴木は言葉を濁している。研究の第一線を退き、窓際的な役職か。

「仕事ぶりはどうでした」

「真面目で熱心、几帳面な男です。出張が多かったですね。部内の全国の研究所、センターを回っていました。企業訪問も多かった。特に先端技術を持った中小企業に興味があったようです」

「彼のデスクは現在どうなっていますか」

「亡くなったわけじゃない。いつ復帰してもいいように部屋は空けてあります。彼は単独で動いていたので、業務の上では何の支障もありません」

歯切れの悪い言い方だった。

「だから、きみに彼の仕事を引き継いでもらうと言われても、正直困っています。何を頼んでいいか分からない」

「引き継ぐわけじゃありません。彼の仕事を知る者がいないと困ります。いずれ、正式な後任が決まった時にスムーズに移行するためです。彼の報告書を見せていただけませんか」

真名瀬は慎重に言葉を選びながら話した。舘山はまだ亡くなったわけではない。

「彼の部屋にあります。誰も手を触れないようにと小野寺次長から指示がありました。大部分が閲覧可能でマル秘なものはないはずなんですがね。ただし、内部の人間であれば、ということですが」

鈴木は隣の部屋の職員を呼んで、真名瀬を舘山の部屋に案内するように言った。職員は藤原という、真名瀬より若い二十代の女性だった。

真名瀬は案内されて舘山の部屋に行った。歩きながら藤原は真名瀬をチラチラ見てくる。

部屋の壁一面は本棚で書籍とファイルが半分ずつ並んでいる。書籍の半分以上が英文だ。大学の研究室のような雰囲気だった。

「舘山さんはここで仕事をしていました」

「特別な仕事ですか」

「詳しくは知りませんが、普通の仕事だと思います。特別な仕事をしている部署のセキュリティはずっと厳しいですよ。私も入れません」

藤原は本当に何も知らないようだ。

「このデスクを自由に使ってください。部長の指示で昨日、入れました」

二つ並んでいるデスクの一つを指した。

「舘山さん、何か問題を起こしたんですか」

藤原ははじめ躊躇していたが、遠慮がちに聞いてきた。

「何か問題って？」

「警察が出て来るようなことです。飲酒運転とか、薬物とか、公金横領なんて関係ないし――」

言葉を濁して、真名瀬を見つめている。

「どうして警察が出て来ると思うんですか」

「お見舞いに行った人が警察に身分証の提示を求められたって言ってました。ドアの前に立っていたそうです。入院先が警察病院だし。舘山さんは見張られてるんですか」

「僕は舘山さんについても、事故についても何も知りません。単に彼が入院している間のピンチヒッターです。ただ、彼について知っていることがあれば教えてください。その方が仕事がやりやすい」

藤原は納得した様子ではなかったが、それ以上は聞いてこなかった。

「何かあれば呼んでください。私は部長の隣の部屋にいます」

頭を下げて出口に向かったが、ドアの前で立ち止まり振り返った。

「舘山さん、奥さんに先立たれ、一人で娘さんを育てています。面倒見が良くて優しい人。変なことなんてやれない人です。交通事故と聞いて、驚いています。娘のためにも長生きしなきゃって言ってたのに」

藤原はそれだけ言うと、再度頭を下げて出ていった。

真名瀬はしばらく部屋の中を見回していた。

デスクは驚くほど綺麗に片付けられている。十冊ほどの英語と日本語の本、パソコンが置かれているだけだ。よほどの綺麗好きか、もう戻る気はなかったので片付けたのか。

ただ、あのまま姿をくらますことは考えられない。旅行の用意もなし。他の所持品にも不審なものはなかった。あのレポートを除いては。

真名瀬はデスクに座った。舘山はここでレポートを書きあげたというのか。やはり一人でできるものではない。

デスクの引き出しにはカギがかかっている。真名瀬は壁の本棚からファイルの一冊を抜き出した。レーザー関係の資料と数種のパンフレットが几帳面にファイルされている。

真名瀬は舘山のデスクに戻り、パソコンを開いた。

小野寺から渡されていたメモを出し、ＩＤとパスワードを打ち込んだ。数十のファイルが入っている。几帳面な男ですという鈴木の言葉通り、過去の研究が綺麗にファイルされていた。その一つ一つを開けて調べていった。

昼をすぎて最後のファイルに近づいた時、マウス上の指が止まった。

一つのファイルが開けない。ファイル名はない。真名瀬はスマホを出して、画面を撮影した。

そのスマホが鳴り始めた。小野寺からだ。

「官邸からの帰りだ。出て来てくれ。昼は食べたか」

まだですと答えると、地下鉄で一つ目の駅を指定された。


真名瀬が地下鉄の改札を出ると小野寺は待っていた。

付いていくと駅近くの小さな食堂に入っていく。小野寺がこんな店を知っているとは意外だ。昼休みをすぎた時間で、客はまばらだった。

「ここは定食がうまい。正午には行列ができる」

「よく来るんですか」

「一人になりたいときにな」

俺は周囲に人が多いと自分を孤独だと感じる、と言った小野寺を思い出した。

「総理との話はどうでした」

「昨日の続きだ。結論の出ない会議だ。いや、出せないと言うべきか」

「有効な手は打てそうですか」

「アメリカとの連携をさらに強め、周辺諸国の協力を取り付ける。中国に遺憾の意と共に、冷静な対応を期待する旨を伝える。いつも通りだ」

「韓国も最近の中国の出方には懸念を抱いているようです。あまりに国際常識を逸脱している。竹島の領有権の主張を危惧している」

「それでも、日中問題になると中国に付く。敵の敵は味方とはいかないのが日中、日韓問題の難しさだ」

小野寺は当然だろうという顔で言う。

「さっきまで、技術企画部の舘山さんの部屋にいました」

「何か分かりそうか」

「彼は独自の仕事をやっていたようです。上司も最近の彼が何をやっていたか知りません。おかしな組織です。すべて極秘事項で許される」

ところで、と言って真名瀬は小野寺を見据えた。

「なぜ私を選んだのですか、この仕事に」

真名瀬は思い切って聞いた。小野寺には何をいまさらという気配が感じられる。

「きみなら、真摯に取り組んでくれると信じたからだ。秘密を漏らすことなく」

「そんな保証はないでしょ。舘山さんだって、偶然あれを見つけ、破棄しようとしていたのかもしれない」

思いがけない言葉だった。一度口にすれば、ひどく自然に感じられる。舘山の性格について、鈴木と藤原から聞いたからかもしれない。

「それを含めて調べてほしい。私はきみがあのレポートについて、特別な想いを持っていると信じている。秘密を守り、レポートを消し去ることができる者だと」

たしかに自分は最適かもしれない。あのタイトルを見た瞬間から、特別な感情を抱いたのは本当だ。嫌悪にも似ている。この世に存在させるものではないと思った。

「舘山さんのパソコンの中のファイルが一つ開けません。渡された以外のパスワードを要求されます。何か分かりますか」

「調べてみる。あんな物騒なものを職場のパソコンに入れるかね」

「あのレポートは舘山さん一人でできるものでもありません。ただ、舘山さんの上司は何も知らないようです。それにデスクの引き出しが開きません。カギがかかっています」

小野寺は考え込んでいたが、時計を見て顔を上げた。

「私は先に出て役所に帰る。きみは私の十分後に出ろ」

小野寺は低い声で言うと、席を立った。

4

その日の夕方、真名瀬は小野寺の部屋に呼ばれた。

デスクの上にメモ用紙が置いてある。

「この数字がパスワードですか」

「分からない。ファイルが開けるかもしれない。キーで言えば、マスターキーのようなものだ」

「防衛省にはこんな便利なものがあるんですか」

「内部のパソコンに対してだけだ。これを知っている者は省内には五人もいない。大臣すら知らない」

「ということは、政治家はだれも知らないと考えていいんですか」

「おそらくいいだろう。これは口頭による申し渡しだ。文書にも残っていない。私もたしかなことは知らされていない」

「驚きましたね。こんなものがあるなんて。記録のないキーですべてのドアが開くなんて」

真名瀬はメモ用紙を手に取った。アクセスレベルの概念が明確でなかった初期の遺物だろう。現在では階級によって、省内のコンピュータへのアクセス権が設定されている。真名瀬はレベル3で、極秘と準極秘以外のファイルは閲覧可能だ。

「記憶したら返すんだ。メモにも残すな」

真名瀬がメモ用紙を返すと、小野寺はデスク横のシュレッダーにかけた。

「舘山さんから話を聞ければ、こんな回りくどいことをやらなくてすむんですがね」

「意識が戻ったとして、彼が果たして話してくれるか。私にはそうは思えないんだがね」

小野寺の危惧通り、もし舘山がレポートを誰かに渡すつもりだったのなら、簡単にすべてを話すとは思えなかった。これは重罪にあたる。それも国家を揺るがすものだ。

舘山の部屋に戻ると、デスクの上のパソコンが消えている。部屋中を見渡してもない。ほんの十五分あまりのでき事だった。

真名瀬は本棚に置いてあった大きめのハサミを持ってきた。

一瞬迷ったが、スチール製デスクの引き出しの間に差し込み、力を入れた。カギの部分がいびつに曲がり、引き出しは簡単に開いた。

中はやはり綺麗に整頓されている。

デジタルカメラ、ノートが三冊あったが何も書かれていない。ペン皿には鉛筆と消しゴム、ボールペンが数本入っている。リボン付きの派手な包装紙でラッピングされた小箱。真名瀬は手を伸ばすも、引っ込めた。娘へのプレゼントかもしれない。舘山のファイルによれば、娘の誕生日は事故当日だった。そして二組の写真立て。

中年女性が一人で写っているのは、おそらく亡くなった舘山の妻だ。もう一つは、舘山とその中年女性とともに少女が写っている。娘だろう。舘山より妻に似ている。生真面目そうな目元だけが辛うじて父親との共通点だ。

二つの写真立てをデスクに置かずいつも引き出しに入れているのか、それとも毎日帰宅時にしまうのか。

舘山の性格の一面を表しているようだ。

他の引き出しも調べたが、仕事上のファイルや資料があるだけで特別なものはない。重要なものを仕事場に残すようなことはないのだろう。

真名瀬は小野寺の秘書に電話してから部屋に向かう。舘山のパソコンが消えたことを小野寺に報告した。

「部屋にカギをかけなかったのか」

「まだカギさえもらっていません。舘山さんも昼間は施錠していなかったようです。カギをかけるのは帰宅のときだけ。省内ということで完全に油断をしていました」

「まずいな、レポートの存在が外部に漏れると。パソコンに入っていればの話だが」

小野寺は考え込んでいた。

「事務の女性に紛失届を出すように言いました。省内で犯人探しのようなことはやらないでしょう。下手をすると大問題になる。廃棄ということになります」

「それでいい」

小野寺はポツリと言った。

「パソコンに関してはこれ以上深入りはするな。彼が何かをやっていた、それを知る者が省内にいることが明らかになった。このまま放っておこう」

真名瀬は反論の言葉が見つからない。ただ、このままでいいという気はしなかった。もしファイルにレポートと添付資料なるものが入っていたら。

「きみは自分の責任だ、などとは考えるな。それより、いつ、どこで、何の目的であのレポートが作られたかを早く調べてくれ。別の方法を考えるんだ」

責任について考えるなと言われてもムリな話だ。カギさえかけず部屋を出た自分には責任が確かにある。部内ということで油断していたのは明らかだ。

「あのレポートには重要と思われる添付資料がいくつかあります。舘山さんは添付資料を所持していなかったんですね」

真名瀬は確認のために聞いた。

「レポートが警察庁から回ってきたすべてだ。私も舘山の周辺を探れば、すぐに出てくると思っていた。甘かったようだな」

「デスクの引き出しは開けられた形跡はありませんでした。あくまで私の見たところですが。入っていたのは私物だけです」

小野寺は無言だった。許可なく開けたことには興味がないらしい。

引き続き調査を続けるように言われて、真名瀬は部屋を出た。

その日の夕方、前日の中国艦船の領海侵犯に関して、柴山防衛大臣が正式発表を行なった。

「昨日、尖閣諸島近海を領海侵犯した中国艦船は中国海軍のフリゲート艦『安陽』と判明。その五キロ後方を『三慶』が追走していた。我が国は今後、同様な行為がないよう、中国大使を官邸に呼んで厳重抗議を行なった。同時に中国政府に対しても抗議文を送った」

柴山防衛大臣は淡々と語った。

ほぼ同時刻、官邸では官房長官が同様の発表をした。


その夜、夕方から降り始めていた雨は本降りになった。

真名瀬はマンションのオートロックを解除しようとした手を止めた。植え込みの横に黒い影が見える。

真名瀬は身構えた。昨夜の杉山という記者が脳裏に浮かぶ。彼からは危険な空気を感じていた。

出て来たのは由香里だった。

「なぜ隠してたの。知ってたんでしょ」

由香里は真名瀬を見つめている。疲れ切った顔をしていた。彼女もまた、昨夜から寝ていないのだろう。

「領海を侵犯したのは中国海軍のフリゲート艦だった。海警局じゃなかった。これって、大変なことよ。あなたは私以上に分かってるでしょうけど」

「だから俺の口からは言えなかった。子供同士のケンカに、いよいよ親が出て来た。強力な武器を持って」

「だったら、思わせ振りなことは言わないでよ。軌道修正するって言ったの、あれはウソだったの。おかげで私は大恥をかいた」

「きみは自分で調べると言っただろ」

「だからって、少しは――」

由香里の顔は上気し、声が大きくなっている。

二人を見ながらカップルが通りすぎていく。

「中に入ろう。ここじゃ人目に付く。それに濡れてるじゃないか」

由香里は動こうとしない。

真名瀬は由香里の腕をつかんで連れていった。部屋に入るまで、由香里は口を開かなかった。ドアが閉まると由香里は床に座り込んだ。

「少し悲しい。上司を含めて、みんなが私に期待するのは父のこと。防衛大臣の娘としての私なの。だから、いつも特別な情報を期待してる。スタート地点はみんなと同じなのに。でも、今回は私の失敗だった。中国海警局じゃなくて海軍が出て来たことは考えるべきだった。森島さんやあなたの様子を見てれば、ただごとじゃないって分かったはずなのに。それに、父も昨夜は家に帰っていない。よくあることだから、気にも留めなかった私の失敗」

由香里は下を向いたまま低い声でしゃべった。

真名瀬は腕をつかんで立たせ、奥の部屋に連れて行くとソファーに座らせた。バスタオルで頭を拭いたが、由香里はされるがままになっている。

「きみはきみのやり方でやればいい。周りのことなど気にするな。中国海軍の名が出ていたメディアなんてなかった」

励ましたつもりだったが、慰めにもなっていないことは分かっている。

真名瀬は由香里の肩に手をやり引き寄せた。


スマホが鳴っている。いつの間にか眠ってしまったらしい。

いつも、放っておこうと一瞬思う。しかし、手に取り耳に当てている。あと十五分で日付が変わる時間だ。

〈十分後に迎えに行く。マンションの前で待っていてくれ〉

有無を言わせない告げ方だった。真名瀬が言葉を発する前に電話は切れていた。

「これから出かけるんでしょ」

ベッドから由香里が見上げてくる。

「あとで連絡する。きみはこのまま寝ててもいいし、帰るのなら十分の間を空けてくれ」

真名瀬は時計を見ながらシャワーを浴びて着替えると、テーブルにカギを置いてマンションを出た。所要時間九分五十秒。雨はすでに上がっていた。

すぐに角を回って来た黒塗りの大型車が止まり、後部座席のドアが開いた。中で小野寺が乗るように促している。

真名瀬が乗り込むと車は走りだした。

「ネクタイが曲がっている。髪は濡れてないな」

小野寺が正面を向いたまま言う。

昔、呼び出されたとき、シャワーの後で髪が濡れていて、乾くまで十分ほど外を走らされたことがある。

二月の雪の降る深夜だった。

「官邸に行くのですか」

小野寺が真名瀬の方を向いた。

「この時間だ。他に行くところはないだろう」

「レポートの話なら、総理にはどこまで話していいんですか」

「すべてだ。相手は自衛隊の最高指揮官、トップだ。知っていてもらわなくては私たちが困る」

確かに自衛隊のトップは内閣総理大臣だ。自衛隊法第七条に、「内閣総理大臣は、内閣を代表して自衛隊の最高の指揮監督権を有する」とある。

勝手な言い分だと思ったが、口には出さなかった。最近は無駄な言葉を極力避けている。どうせ何を言っても、小野寺は自分の考えを曲げることはない。

「パソコンがなくなったこともですか」

「それは言わなくていい」

小野寺は即座に答えた。

だがこれは、パソコン一台が消えたという問題ではない。パソコン内のファイルの重要性とともに、省内で起こったという事実が問題なのだ。

「レポートについては何もつかんではいません。まだ内容を読み込んでいる段階です」

「総理は中国がさらにエスカレートしてきた場合、どうすべきかを悩んでおられる。日本が強気に出たときにあのレポートが公になれば、ただでは済まない。今は世界が日本に好意的だが、一気に逆転する」

やはり自分の手に負える問題ではない。しかるべき機関が乗り出すべきだ。真名瀬は思ったが、口には出さなかった。政府もそれができないから、真名瀬に回して来たのだ。

部屋には本郷総理と蓮沼官房長官、そして柴山防衛大臣がいた。

「きみの調べたこと、感じたことをすべて教えてくれ。推測でもいい。ここにいる者たちは、あのレポートについて知っている」

官房長官が小野寺と真名瀬を交互に見ながら言った。

真名瀬は昨日から舘山がいた技術企画部に後任として入っていることを話した。

「舘山部長補佐はやはり特別な仕事をしていたようです。誰かの指示を受けていたのか、独自でやったのか、まだ不明です」

「この時期、あのレポートの存在が知られると、世界の非難は一斉に日本に向かう。そんなことになれば、我が国の破滅だ。誰にも知られず、絶対に消し去るんだ」

「それには、すべての情報が必要です。政府内部にあのレポート作成に関わった人物はいないんですか」

「分かっていれば、こんな苦労はしていない」

「舘山部長補佐が一人であれだけのものをまとめ上げることはできません。多数の優秀な科学者と技術者が企業の協力も得て初めてできるレポートです。優秀な組織が時間をかけて書き上げたものです」

「そんなに正確なものなのかね」

黙っていた本郷が口を開いた。声の調子と目の奥には意外な驚きというべきものが垣間見える。

「素人目に見ても具体的で、かつ信憑性の持てるものです。専門家に見せて正確な評価をすべきです」

小野寺が真名瀬の靴を蹴った。余計なことは言うなという合図だ。

「真名瀬君はイランの政治分析に関わったことがあります。そのとき、核爆弾についてはかなり詳しい報告書を書いています。十分な予備的知識は持っています。ですから今回の調査に適任と判断しました」

小野寺が真名瀬を補足するように言う。

一時間ほど真名瀬はレポートについての質問を受けた。答えながら真名瀬の中に、「日本国における特殊爆弾製造および工程表」と題されたレポートの重要性が膨れ上がっていった。

官邸に残る小野寺と別れて、真名瀬はマンションに戻った。郵便受けにカギが入っていた。

午前三時を回ったところだった。

やはり部屋に由香里はいなかった。テーブルに綺麗に畳まれたバスタオルがある。

ベッドに横になり、目を閉じると真名瀬の脳裏には舘山の生真面目な顔が現われた。そして写真の二人の女性。彼女たちに由香里の雨に濡れた姿が重なる。紀子は森島を待ち、眠れぬ夜をすごしているのか。

ベッドを出て夜の東京を眺めた。通りにはほとんど人影はない。

目を凝らすと、道路を隔てたマンション正面のコンビニエンスストアの横に一人の男が立っている。その男が真名瀬の方を見た気がした。慌ててカーテンの陰に隠れ、もう一度覗くと人影は消えていた。

ベッドに入り直したが、ウトウトしただけですぐに目を覚ました。まだ陽が昇る前で、外は薄暗い。

5

無駄な時間をすごすことに耐えられず、シャワーを浴びてマンションを出た。

「いつもこんなに早いんですか、真名瀬さん」

声が聞こえた方を振り返ると、杉山が近づいて来る。真名瀬はそのまま歩き続けた。

「始業時間まで二時間近くあるでしょ。コーヒーでも飲んでいきませんか。朝早くから開いている、うまい店を知ってます」

杉山が話しながらついて来る。

「申し訳ないが急いでいます」

「ほんの十分程度だ。損はないと思うが」

真名瀬は黙って歩き続けた。

「私の同僚の女性について、確認したいことがあるんですがね」

真名瀬は立ち止まっていた。由香里がマンションに出入りするところを見られたのか。

「十分だけお付き合いします」

二人は駅前のコーヒーショップに入った。

杉山はモーニングセット、真名瀬はコーヒーを頼んだ。昨夜は何も食べていないが、食欲はない。

「いつから待ってたんですか。マンションの前で」

「来たところですよ。運がよかった。前回はマンション前で二時間待たされました。今日は待ち時間三十分。一時間は覚悟してたんですがね。でも気にしないで。それが仕事です」

杉山は上目づかいに探るような視線を向けて来る。

「で、あなたの同僚の話とは？」

「それより前にまず舘山さんについてお聞きしたい。彼が何をやっていたのか」

「舘山が事故を起こしたのは事実です。警察庁から知らせが来たのも。それは秘密じゃない。個人の交通事故です。ただ、彼にも立場があります。興味本位で人目に触れさせたくないだけです。あなたたちの騒ぎようによって、防衛省も家族も迷惑を受けます」

真名瀬は慎重に言葉を選んだ。

「悪いが、あんたのことも調べさせてもらった。官報で分かる以外のこともね」

杉山の顔に笑みが浮かんで消えた。真名瀬を値踏みするような目で見ている。

全身の血流が速くなったような気がする。落ち着けと自分自身に言い聞かせた。

「私に大した過去はないですよ。それより、新聞社の社会部は、かなり暇そうだ。私を追い掛けて何時間も無駄にしている」

「それは考え方次第です。社会部の記者が忙しすぎちゃ困るでしょう。暇を持て余し、毒にも薬にもならない記事を書いてるときが、もっとも平和な時代だ」

笑みを浮かべて冗談っぽく杉山は言うが、その目は笑っていない。

「防衛省のエリート官僚がハーバード留学から戻ると直ちに閑職に回される。なぜかと考えただけです」

「一時的な人事だと言ったでしょ。舘山が復帰するまでです」

「ハーバードの友人の一人は現在、アメリカ国務省の役人でしたね。彼の前歴は大学の研究機関のスタッフだ。ただの研究機関じゃない。アメリカ政府の依頼を受け、調査報告書を出している。政治、経済、軍事などあらゆる分野にわたる。政府部内に専門家を送り込んでもいる」

杉山はトーストを口に運ぶ手を止めて、真名瀬を見つめている。

これは知らない情報だった。デビッドが勤めていたのは西海岸の防衛産業ではなかったのか。シューリンについてはまだ知らないようだが、何かをつかんでくるかもしれない。

「何が言いたいんです」

「教えてほしい。現在、防衛省内で何が起こっているのか」

「一昨日の夜、緊急の国家安全保障会議が開かれたってことは知ってるでしょ」

杉山は頷いている。

「中国海軍のフリゲート艦が領海侵犯を起こしました。さらに――」

「それは防衛大臣と官房長官から聞いた。俺が知りたいのは舘山についてだ。昨日病院に行くと、警備がさらに厳しくなっていた」

真名瀬にとっては初耳だった。杉山の口調が乱暴になり、苛立ちが混ざっている。

「あれは、やはりただの交通事故じゃなさそうだ」

「あなたのような、想像力豊かな人からプライバシーを守るためじゃないですか」

真名瀬はコーヒーカップを置くと、軽く頭を下げ、立ち上がった。

「大学時代の家庭教師の生徒についてはは教えてくれないのか。彼女の父親についても」

真名瀬の動きが止まり、再度腰を下ろした。

「今はうちの政治部の記者ですね。少々驚きましたが、これは偶然と考えていいんですよね」

再び丁寧な口調に戻っている。真名瀬は答えなかった。

「彼女は優秀な同僚の記者だ。ただ彼女の立場を考えると、やはり問題は多い」

「これはまったくのプライバシーだ。あなたにとやかく言われることはない」

「お互いの立場を考えると、若気の至りと片付けられる行動じゃない。もう少し慎重になるべきだ」

杉山の顔にうすら笑いが浮かんだ。

真名瀬は再び立ち上がり、そのまま店を出た。今度は杉山も止めない。

防衛省の部屋に入って、真名瀬はスマホを出した。数秒迷ったがボタンを押した。

「昨日は悪かった。分かってくれるとは思うが」

〈総理に会ってたんでしょ。たぶん防衛大臣とも。私もそのくらいは分かるようになった。で、何の用なの。謝るためだけじゃないんでしょ〉

由香里の声は意外と明るかった。

「杉山って記者を知ってるか。杉山雄二。きみの社の社会部の記者だ」

由香里はしばらく黙っていた。真名瀬が口を開きかけたときに声が返って来る。

〈辣腕記者。ずい分、特ダネを取っている。社長賞も何回か貰ってるはず。彼がどうかしたの〉

「一昨日の夜と今朝、マンション前で僕を待っていた。舘山部長補佐のことを聞かれた。僕の前任者で現在、交通事故で入院している」

真名瀬は舘山の名前を出して、自分の状況を説明した。

〈その舘山さんって人、本当に交通事故なの〉

「警察はそう思っている」

〈杉山さん、何かをつかんだのよ。だからあなたに近づいた。心当たりはないの〉

　今度は真名瀬が黙る番だった。

〈あるのね。政治がらみじゃないでしょ。彼は社会部だから。防衛省の不祥事ってことは考えられないの。部署によっては莫大なお金が動くんでしょ〉

「そんなんじゃない。警察は単なる交通事故だと考えている。ただ起こしたのが防衛省の人間だったってことだ」

　それに、と言って言葉を濁した。

〈まさか、私たちのこと――〉

「きみについても知っていた。俺が家庭教師をしてたってことも、きみが俺のマンションに来たことも知ってるらしい。しかし、俺たちは何もやましいところはないだろ。お互い独身だ」

〈そうね。やましいところはないか〉

　トーンの落ちた声が返って来る。

「また、何かあったら相談する」

　真名瀬が切ろうとしたとき、由香里が言った。

〈彼、危険かも――あまりいい噂は聞かない。特ダネを取るためには手段を選ばない。そのために傷ついた人も多いし、彼自身が大怪我をしたこともある〉

「有能と危険は紙一重ってことか」

　何が危険なのか、具体的に聞こうとしたがやめた。真名瀬はスマホを切った。

　椅子に座り直し、部屋の中を見回した。ここは間違いなく舘山の部屋だという思いが改めて沸きあがって来る。自分を見つめる舘山の視線を感じたような気がして、慌ててその思いを振り払った。

午後、真名瀬は応接室に呼び出された。待っている人がいるという。応接室に入ると、小太りの男が両手を広げて近づいて来る。

デビッドは真名瀬の肩をつかんで引き寄せた。大げさに再会の言葉を述べる。

「来月じゃなかったのか」

「現実は予定より優先される。日本人には分かりづらいだろうが」

出された名刺を見る目が点になった。肩書きは国務省、東アジア・太平洋局の上級アドバイザーだ。

アメリカの国務省は日本の外務省に相当する機関だが、その重要度は遥かに高く、権限は大きい。トップの国務長官は政府の首席閣僚であり、大統領継承順位も副大統領、下院議長、上院議長に次ぐポジションだ。国内には約五千人の職員がいる。デビッドはその一人となったのだ。

「完全なコネ入省と人事だな」

そうは言ったが、デビッドの場合、複雑な想いも残る。

ときに素晴らしい発言をし、論文を書き上げる。ものの見方が自由で大胆、発想がユニークなのだ。教授もその点は認めていた。特に卒業論文の評価は、真名瀬とシューリンをおさえてクラスのトップだった。

真名瀬の脳裏には杉山の言葉が浮かんでいた。デビッドの前歴は大学の研究機関。それが事実だとしたら、なぜ偽ったりする。

目の前にいるのは真名瀬の知る男とは別人に見える。いったい何が真実なのか。

「今日はラッセル国務次官補とトーマス東アジア・太平洋局長と一緒だ。彼らは日本の防衛大臣と会談している。俺は単なるカバン持ちだからここにいる」

東アジア・太平洋局は東アジアと太平洋地域に関して、政治問題に対処し、これらの地域の国々と合衆国との間の外交政策を扱う機関だ。国務次官の管轄下にあり、国務次官補が監督責任を負う。

「ドロシー叔母さんとは関係があるのか」

「彼女は立場が違う。国務長官とは友人だが。俺は入省してまだひと月もたってない。単なる使い走りだ」

「こうして日本に派遣されるってことは、相当期待されている」

「行き場がなくて卒業論文を叔母さんに送った。すぐに来いって電話があったね。国務省東アジア・太平洋局のスタッフの前でしゃべらされたよ。五時間だぜ。ブレイクタイム、トイレタイムなしで。あと十分で漏らすところだった」

「それでめでたく採用か。だったら我慢しろ」

デビッドは頷いた。

彼の論文は中国と台湾、韓国と北朝鮮、そして日本の関係を述べたものだ。その中には、真名瀬とシューリンと議論していたことがちりばめられていた。ずんぐりした砲弾型の体形とともに、日ごろの軽率とも思える言動で軽く見られがちだが、頭脳は次世代コンピュータ並みだと見直すに十分なものだった。

「シューリンはどうしてる。電話では会ったときに教えると言ってただろ」

真名瀬のひと言で、デビッドの表情が引き締まった。

「彼女について、本当に何も知らないのか」

「電話で話した通りだ」

「僕が就職できたのはあの論文だけが理由じゃない。シューリンと友人だったことも大きいと思っている」

デビッドの声が低くなり、真名瀬の反応を探るように覗き込んでくる。

「彼女は周学智《シュウガクチ》の娘だ」

真名瀬の全身が熱くなった。周は中国共産党中央政治局の重鎮だ。いずれは常務委員に入ると噂されている。

中央政治局は中国共産党を指導し、国家の政策を討議決定する。現在二十五名。この政治局委員と中央書記処書記、中央軍事委員会委員で「中国指導部」を形成する。その中で意思決定を行なっているのが、実質的には総書記を含む七名の常務委員だ。

「嘘だろ。彼女、そんなことひと言も言わなかった」

「言ってたらどうなってる。俺も国務省に入ってから知らされた。国務省が知ったのもそんなに昔じゃない。シューリンは法的には魏志強《ギシキヨウ》の娘ということになっている。魏も中央政治局に所属し、周を支持している」

「愛人の子なのか」

「周学智の学生時代、香港のガールフレンドとの間にできた子だ。ＣＩＡが調べ上げた」

「おまえはシューリンとは連絡を取り合っているのか」

「おまえと俺とは、彼女にとって同じ立場の人間だ。つまりライバル国の政府の人間ってことだ。俺だって連絡をしてもナシのつぶてだ」

「今、彼女はどうしてる」

「宋達喜《ソンダーシー》の下で働いてる。対外政策のアドバイザーだ。俺とおまえの国に対する」

真名瀬は言葉が出なかった。宋は中国共産党のナンバー3だ。

ほんの数ヶ月前まで共に机を並べて学び、徹夜で飲みながら議論していた仲間が、中国政府の中枢に入り込んでいる。その事実を自分だけが知らなかった。

「彼女が俺やおまえのメールに返事を出さなかった理由が分かるだろ」

「だったら、今まで通り友人の振りを続けた方が得策だろ。おまえと俺から情報が入る。俺たちを切ったのは、彼女の友情だとは思わないか。だが、ハーバードでは、俺たちは彼女のアメリカと日本研究の情報源にされてたってわけだ」

「考えすぎだ。おまえはそれでいいとしても、俺を研究してどうなる。国務省に入ったのは叔母さんの口利きだし、今だってカバン持ちの使い走りだ。会談に同席さえさせてもらえない」

真名瀬の脳裏に杉山の言葉が再度甦って来る。

「とにかく彼女は中国政府の中枢にいて、対外政策に関わっているのか」

「それも考えすぎだ。帰国してひと月だぜ。俺と同様、コピー取りと使い走り」

「本気でそう思ってるのか」

「シューリンは優秀だった。教授も彼女を対等に扱ってるところがあった」

真名瀬も納得した。

ノックとともに、柴山大臣の秘書官が入って来る。

「会談が終わりました。ラッセル国務次官補とトーマス東アジア・太平洋局長が帰られます」

「行かなきゃ。これから大使館に寄って大使に伝えることがある」

何を伝える、と聞こうとした言葉を呑み込んだ。

デビッドはしゃべりすぎる。これではいつか、大きなミスをやらかしそうだ。

大臣室から柴山大臣とラッセル国務次官補が並んで出てきた。後ろに続いているのは小野寺だ。

「今度は食事をしよう。俺は牛丼が食べたい」

デビッドが拳を突き出したので、真名瀬は仕方なく拳で叩き返した。彼は学生気分が抜けていない。

二人の行為を大臣たちが珍しそうに見ている。

「デビッド・ウイリアムズか。防衛大臣と国務次官補との会談の立会いをすっ飛ばしてまで会いたい相手がきみだったとはな」

国務次官補の一行を見送ってから、小野寺が真名瀬に寄って来た。

「彼も出席できたのですか」

「もちろんだ。彼の提案で今回の会談が実現した」

真名瀬はもう一度デビッドの顔を思い浮かべた。人懐っこい顔が笑いかけてくるだけだ。

「彼とは親しいのか」

「ケネディ・スクールでの友人でした。ルームメイトだったこともあります。現在の彼の役職は――」

「ラッセル国務次官補の側近。ドロシー・ウイリアムズ上院議員の甥だ。彼女の名前は知ってるな」

「何度か自宅に招ばれて食事をしました」

小野寺は目を見開き、ため息をついた。

「いずれ彼が地盤をつぐという噂もある。彼の東アジアに関する論文が今後の政策の基軸になるらしい」

真名瀬は言葉が出ない。

「留学の目的の一つは人脈作りだ。その点、おまえは成功したな」

真名瀬の脳裏に、たった今別れたばかりのデビッドが浮かぶ。その顔にシューリンが重なる。

シューリンは真名瀬とデビッドを日本とアメリカ研究のターゲットにした。デビッドの国務省入りにシューリンとの親交がプラスに働いた。おそらく、真名瀬も彼の人脈の一人に入っているのだ。

ボストンの町で三人で深夜まで議論し、飲み歩いた思い出が甦って来る。

第二章　島の価値

1

進展のないまま時間だけがすぎていった。

真名瀬はこの数日でレポートの内容をほぼ理解した。理解すればするほど、その重要性が際立ってくる。同時に自分の置かれている立場が重くのしかかった。

核爆弾は通常爆弾の火薬に当たる部分を、核分裂物質に置き換えたものだ。濃縮ウランやプルトニウムといった核物質を、一定量以上集めれば自動的に核分裂反応が起こる。この核反応を制御し熱として徐々に取り出すのが原子力発電所であり、一瞬のうちに爆発させるのが核爆弾だ。

核爆弾は通常、二つに分けた核物質を火薬によって高速で合体させ爆発させる。原理は簡単だが、実際に造り出すとなると最新の科学技術と大規模な工場施設が必要となる。何より、高濃縮ウランかプルトニウムが必要だ。世界にあるそれらの物質は、国際原子力機関（ＩＡＥＡ）によって一グラムにいたるまで管理されている。

レポートは原理的な説明は抜きにして、日本がいかに短期間に、高性能な核爆弾を造ることができるかに絞ったものだ。そのために必要な部品の詳細な図面と、類似した部品を作っているメーカーの名前を挙げている。必要な工期も書いてあった。

最後の章は造り上げた核爆弾の輸送について言及していた。つまり核ミサイルだ。

いくつかの核心部分は別紙資料参照となっていた。その資料が舘山のパソコンに入っていた可能性がある。

総理の危惧が十分に理解できた。このレポートの存在が明らかになると、アジアの周辺諸国はもちろん欧米に及ぼす影響も計り知れない。日本国内も世論は真っ二つに分断されるだろう。現内閣は大混乱に陥り、ただちに総辞職に追い込まれるはずだ。

　日本が遠くない過去に核爆弾製造の計画を立て、しかも一歩手前の段階に行き着いていたことが公になるのは、何があっても阻止しなければならない。

　真名瀬は舘山の行動を五年前からたどった。実際に研究開発に携わる主任研究技官の立場から、部長補佐として市ヶ谷に移ってきた以降だ。

　それ以前の電子装備研究所時代は飯岡支所、先進技術推進センター時代は下北試験場に半年ばかり勤務している。核武装のレポートが書かれた数年前だ。その頃、舘山に何があったのか。真名瀬の脳裏に様々な状況が駆け巡っていく。

　ノックの音で我に返り、顔を上げた。

　返事と同時にドアが開き、藤原が入ってきた。最初にこの部屋に案内してくれた女性事務員で、舘山に関する資料を頼むうちに親しくなっていた。

「ドアのカギ、何とかなりませんか。開けておいてくれれば、真名瀬さんがいないときでも頼まれたものを置いておけます」

「また消えたりすると面倒だ」

　藤原は不思議そうな顔で真名瀬を見ている。

「パソコンが消えただろ」

「あんなこと、私が勤めていて、初めてです」

「だから、二度とあっちゃならない」

「分かりますが。省内の人が持っていったとは思いたくありません。もっと、きちんと調べるべきです」

　警察にも届けず部内で処理したのは、上からの圧力だと感づいているのだ。

「日本の防衛と同じだ。相手を叩くより隙を見せないことが第一だ」

藤原は納得のいかない表情だったが、反論はしなかった。

「舘山さんが出張、訪問した企業の記録です。こんなものが必要なんですか」

真名瀬のデスクに分厚いファイルを置いた。

「数日にわたるもの、日帰りを含めて五年間で百回近くです。カラ出張なんてありません。各地の防衛省の研究所や施設を回るのが仕事ですから。それに防衛産業と呼ばれている企業にもよく行っています。温泉や美術館巡りとは違います」

藤原が舘山をかばうように言う。話を聞きながら、真名瀬は目でファイルを追った。

「舘山さんが何かしたんですか」

「なぜそう思う」

「舘山さんに関して真名瀬さんも何か調べているし、電話もあったから」

真名瀬がファイルから顔を上げた。藤原が真剣な表情で真名瀬を見ている。

「電話は初耳だ。どうして今まで黙っていたんだ」

「これほどまでに真名瀬さんが調べているんで思い出したんです。舘山さんにつないでくれという電話が三件ありました」

「いつの話だ」

「二件は事故翌日、一件はその次の日です」

「相手は分かるか」

「二件は山田と名乗った男性でした。舘山さんの友人で話があると。休んでいるというと、いつ出て来るかしつこく聞いてきました」

「何て答えた」

「分からないと答え、相手の身元を聞き出そうとしました。名前と所属を教えてほしい、こちらから連絡するからと」

「それで相手は」

「また電話すると言って切れました。でも、それっきりです。一件は名乗りもしませんでした。ただ、舘山さんにつないでほしいと。しばらく休みですと言うと、切れました」

杉山かもしれない。真名瀬を見つめる杉山の目がふっと浮かんだ。入院しているのが舘山かどうかを確かめたのかもしれない。

山田と名乗った男は——本名ではないだろうが、あのレポートの関係者かもしれない。舘山がその男から受け取って来たのか、渡そうとした相手なのか。舘山から連絡がないので、問い合わせてきた。

「事故のあった日とその前二日分の舘山さんの電話記録は分からないか」

「たぶん、難しいと思います。それにあまり意味がないかとも。プライベートな電話なら、今はほとんど携帯です。家族とのやり取りは全部携帯電話か携帯メールでしょ。省内の電話を使うことはありません」

「そうだろうな。でも分かる範囲で調べてくれないか」

真名瀬が頭を下げると、藤原はしきりに恐縮しながら部屋を出ていった。

真名瀬はドアが閉まってから、再度ファイルに目を落とした。


三時間近くファイルに集中していると、頭の芯が痛み出す。

ドアの開く気配がしてファイルから顔を上げた。数秒の間があって、ドアの隙間から顔がのぞいた。

真名瀬を見つけると、海自の制服姿の男が挨拶もなく部屋に入ってくる。

「森島じゃないか。脱走でもしたのか」

森島は無遠慮に部屋の中を見回していたが、隅にある椅子を持って来て真名瀬のデスクの前に座った。

「思ったより早く帰ることができた。最低、ひと月は覚悟してたんだが」

「政府は長期戦を想定している。海上自衛隊と海上保安庁の艦船、二艦ずつの計四艦態勢で臨む。だからこまめに交代させてムリをさせない」

「助かったよ、早く帰れて。今回の出動は突然だったから」

「紀子さんとは会ったのか」

今夜会うと森島は言い、しばらく黙ってから続けた。

「由香里さんに礼を言いたい。紀子さんがずいぶん励まされたそうだ」

「電話で何度か話したと言っていた」

「やはり二人も来てくれよ。一人だとうまく説明できそうにない。前回は食事前に帰艦命令が出た。今日はあの日の続きってことで」

「バカ言うな。説明はおまえの役目だ」

電話が鳴り始めた。

〈急いで部屋まで来てくれ〉

小野寺の電話はいつも突然だ。相手を確かめもしないで用件だけを言うと切ってしまう。盗聴のことを考えているのかもしれないが、やはり唐突すぎる。

「小野寺さんか」

「早く紀子さんのところに行った方がいいぞ。あの人の緊急招集の後は必ず何かが起こる。それに省内が慌ただしくないか」

ドアの外を行き交う靴音が心なしか増えている。

「これから彼女の会社に行ってくる」

真名瀬と森島は一緒に部屋を出た。

「おまえ、今何やってる。部屋を出るときカギをかけるような仕事か」

「規律の問題だ。防衛省内とはいっても外部の者も多数出入りする。それに、情勢は海上と同じだ。緊迫度は増している」

「今夜、連絡する。時間があれば呑もう」

「急いだ方がいいぞ。出来るときに出来ることはやっておけ。この前のことを考えろ」

前回の緊急の呼び出しは、紀子のような一般人には異様な世界に映るに違いない。ただ一般人と呼ばれる人たちも、同じ世界で生きているのだ。

「ただし、その服は着替えた方がいい」

森島は乱闘騒ぎを起こしたことがある。相手は一般大学の学生だった。

女子大の学園祭に制服を着て行き、仮装行列とからかわれたのだ。森島は一人で三人と殴りあった。逃げたのは相手側だが、殴られた数は森島の方が多かった。女子大生が警察を呼んだ。森島が殺されると思ったのだ。このときは退学寸前までいったと聞いている。校長は森島に謝るように諭したが、断固として拒否したのだ。仲間の嘆願で一年間の外出禁止で退学は免れた。

「思案中だ」

二人は小野寺の部屋の前で別れた。

小野寺は出かける用意をしていた。

「これについての意見を聞かせてほしい。分析官としての」

渡されたファイルには、二枚の写真と簡単な説明がついている。

「北朝鮮のミサイル発射基地の写真です。ミサイルの発射準備が整いつつあります」

写真の横には今日の日付と午前九時三十分の数字が付いている。

「今ごろは発射準備を終えてどこかに移動していますね」

「十分前にアメリカの情報局から送られてきた。もっと早くお願いしたいね」

「アメリカは何と言っています」

「来月の日米韓合同演習に向けて、ただの脅しだろうと」

「撃ってきたらどうなります。日本政府の対応は」

「アメリカと歩調を合わせるしかない。中国頼みということになるのか」

「中国と北朝鮮が内部では通じているとすれば」

真名瀬の何気ない言葉だったが、小野寺の動きが止まった。

「そんなことはありえんだろう」

ここ数年、中国と北朝鮮の関係は冷えつつある。中国は自国の海洋進出に重点を置き、世界の目を逸らしたい。北朝鮮はうるさい中国より、今ではロシアに目を向けている。

「もう少し状況を見極めるべきでしょう」

「車の中でも意見を聞かせてくれ。官邸で緊急会議がある。それまでに防衛省の見解をまとめたい」

「私の仕事ではありません。その手の分析から離れて二年以上になります」

政情分析を行なうには、常に世界の動向に注目し、可能な限り多くの情報に接していなければならない。世界各国は自国の利益で動き、その国益は時間単位で変わることもある。

「きみはまだ優秀な分析官だ。意見を言うだけでいい」

「総理に提言するのは？」

「伊東浩正だ。彼は国会から直接官邸に向かっている。向こうで合流する」

伊東は防衛省の分析官だ。真名瀬の二年先輩で省内一の切れ者として通っていた。

アメリカに一年、フランスに三年いた。その間、ＥＵ諸国を回っている。最近では防衛省切っての中国通としても知られている。アメリカとフランスにいる間に、自然と中国の世界戦略に目を向けるようになっていたという。

外交政策全体に甘いと言われている真名瀬より遥かにタカ派だ。集団的自衛権容認への節目では、政府のブレーンとして必ず名前が出てくる。

真名瀬は小野寺と共に車に乗り込んだ。車は裏門から出て、数分後には一般車にまぎれて走っていた。

「世界の目が北朝鮮に向けられてる間に、中国は必ず何かやらかします」

「何かとは」

「おそらく南沙諸島周辺で」

「それがきみの意見か」

「確信です」

「防衛省、外務省共に、中国と北朝鮮はうまくいってないというのが主流の見方だ。もちろん政府もだ。それは誤りか」

「誤りではないですが、中国にとってこのまま北朝鮮を見捨てるより、利用したほうが得策でしょう。今まででずい分投資している。それに北朝鮮は地政学上、ロシアと韓国、つまりアメリカとの緩衝国となっています。韓国に駐留するアメリカ軍の抑止です。この地政的な優位性を捨てることはあり得ません」

「投資の回収と抑止か。中国らしいな。説得力もあるが、想像の域を出ていない。間違ってたら大変なことになる。今回は切り離しておいたほうがよさそうだ」

衆議院議員会館の前を通りすぎたとき、小野寺は車を止めるように指示した。

「今の話、頭の隅に置いておく。この話はここだけだ」

小野寺はチラリと真名瀬を見て、正面に視線を移した。

真名瀬が降りると車は走り出した。真名瀬は地下鉄の駅に向かって歩き始める。途中、喫茶店に入った。そのまま防衛省に戻る気がしなかったのだ。

帰国後の短期間であまりに様々なことが起こりすぎた。

窓側の席に座り通りに目をやると、様々な人が足早に通りすぎていく。彼らは各々の生活を持ち、自分の人生を生きている。世界では民間機が撃ち落とされ、無差別に町にミサイルや砲弾が撃ち込まれ、身体に巻きつけた爆薬が爆発し、数十人、数百人単位で人が死んでいる。今目の前を行きかう何人が、日本や世界が直面している現実を我が身のことと捉えているのだろうか。取り留めのない想いが真名瀬の脳裏をよぎっていった。

テーブルに置いたスマホが震え始めた。真名瀬は表示を見て外に出た。

〈先日は申し訳なかった。突然の帰国命令だ。その日の便で帰国した〉

「中国経由の帰国だろ。国務次官補に付いて」

〈俺はカバン持ちだからな。色々と面白い経験をした〉

「誰に会った。馬正濤《バジヨントウ》じゃないだろうな」

〈なんで知ってる〉

思わぬ答えが返って来る。冗談のつもりで出した名前にデビッドが反応した。

馬正濤は国務院総理で、現在の中国ではナンバー2の地位にいる。国務次官補レベルでは普通会うことはできないはずだ。

「日本にも情報機関はある。で、成果はあったのか」

〈成果が出るのは国務長官が出向いて、華家平《ファカヘイ》、中国共産党中央委員会総書記と直接話をするときだ〉

「可能性はありそうか」

〈俺は難しいと思う。このところの中国の頑なさは異常だ。おそらく国内に何かある。俺はそれを――〉

突然、しゃべるのを止めた。真名瀬の誘導に気付いたのだ。ハーバード時代から議論には乗ってくる。

「そっちは何時だ」

真名瀬は話題を変えた。

〈三時すぎだ。日本は四時すぎってところか〉

「違いは午前と午後だけか」

おそらく何かがあって、呑み続けていたのだ。限界に来たころ真名瀬に電話してくる。ハーバード時代によくあったことだ。

「酔ってるのか」

〈俺が酔うなんてことがあると思うか〉

これもデビッドの致命的な弱点だ。評判は酒好き、女好き。酔っても顔にはほとんど出ない。乱れることもない。ただ淡々と呑み続け、口が軽くなる。女好きは疑問だ。実際にトラブルがあったとか、付きあっている女がいるという話は聞いたことがない。それとも真名瀬が知らないだけなのか。

〈おまえの声が聞きたくなった。それに黙っておまえの国を離れたお詫びだ〉

「そんなに律儀だとは知らなかった。シューリンについての情報はないのか」

〈彼女は中国では表面には出ない。まだ若すぎる。あの国では若すぎることは大きなハンディだ。そして女性であり、キレすぎるということも。彼女はあのままアメリカに亡命すべきだった〉

「何が言いたい。俺は仕事中だ。そろそろ時間切れになる」

〈中国が一度撤去した石油掘削基地を再度、南シナ海、西沙諸島付近に移動させている。それに対してベトナム側は断固阻止する構えだ。これはかなりヤバい状況だ〉

中国、フィリピン、マレーシア、ベトナムに囲まれた南シナ海は、形状から「牛の舌」あるいは「赤い舌」と呼ばれている。ここ数年、この海域では海底資源や漁業権を巡って対立が頻発していた。中国がかつて結んだ共同探査計画の協定を無視して、海域確保の動きに出たためだ。

衛星画像によると、西沙諸島では新たな滑走路の建設を進めている。北島の沿岸部を埋め立てていたが、すでに中島までつながっていた。北島では港湾施設も建設している。北島の南方十二キロのウッディー島では地対空ミサイルやレーダーの配備が終わった。

　これに対してアメリカは、日本とフィリピンとの軍事連携強化を発表して牽制を始めた。そのため中国はフィリピンを避け、ベトナム沖に進出している。だがベトナムと世界の激烈な反中行動により、一度は海域調査の終了を告げて撤去した。

「いつものことじゃないのか」

〈中国海軍が石油掘削基地の護衛に乗り出した。海警局じゃないぞ。ベトナムも軍艦を出すつもりだ。一触即発。一歩間違えば戦争になる。中国はそれを期待している節がある〉

「北朝鮮のミサイル発射と関係があるのか」

　一瞬の沈黙の後、言葉が返って来た。

〈それはおまえらで考えろ。北朝鮮に対して日本は独自の事情がある。この電話は盗聴されてない。少なくとも俺の側は。じゃ、またな〉

　電話は唐突に切られた。

　アメリカの国務次官補が北京に出向き、中国ナンバー2の馬正濤に会った。単に南シナ海の石油掘削基地の話ではない。もっと重要で深刻な内容のはずだ。それでデビッドの気分も滅入っている。彼にアルコールをこれほど摂取させるものは何なのか。

　真名瀬は店内に戻ったあと、入店時よりさらに憂鬱な気分になって喫茶店を出た。

　防衛省に戻り、部屋のパソコンで防衛省内部レポートを見ると、尖閣諸島と西沙諸島の最新情報が載っている。デビッドの話には触れられていない。

「尖閣諸島のような南海の孤島に、なぜそれほどこだわる」

高校卒業後の初めての同窓会で、森島が酔ったクラスメートに絡まれたことがある。

「でかくて腕力の強いいじめっ子に消しゴムを盗られた。大したものじゃないからいいや、と与えるか。次は鉛筆を要求してくる。それに応じれば、さらに筆箱を盗られる」

当時、防衛大学校の三年だった森島は答えた。

「そんなムチャする奴はいないだろ」

「それが国益というものだ。その消しゴムがレアもので一万円の価値があるかもしれない。相手はそれを知ってて、自分のだと要求してくる」

真名瀬はちょっと違うと思ったが、否定はしなかった。

中国が尖閣諸島を自国の領土だと主張し始めたのは一九七〇年、国連の資源調査により周辺海域に海底油田がありそうだったからだ。

「やはり納得できないね。小さな島より経済が大事だ。喧嘩するほどのことじゃない」

「なぜここまで島にこだわるのか。日本の国土面積は世界六十二番目だということは知っているか」

森島に代わって発言したのが、真名瀬だった。

一番はロシアで日本の約四十五倍。二番はカナダ、中国、アメリカと続く。ちなみにアメリカは日本の約二十五倍だ。それでも当時、日本のＧＤＰはアメリカに続く世界第二位だった。石油、鉄鉱石、その他の資源の大部分を海外に頼っている国にしては大いに善戦していた。

「狭い島国の日本は資源に恵まれず――と、我々日本人は学校では習い、信じてきた。でも排他的経済水域では世界第六位の国だ」

真名瀬は続けた。森島が頷きながら聞いていた。

排他的経済水域とは領土から二百カイリの水域で、国連海洋法条約に基づいて設定される経済的な主権の及ぶ水域を指す。この範囲内の水産、鉱物資源などの探査と開発に関する権利を有している。同時に資源管理や海洋汚染防止の義務を負う。

「この排他的経済水域の面積で一位はアメリカ。次いでフランス、オーストラリア、ロシアと続いている。そして日本は六位、十五位の中国よりも広い」

中国が島にこだわる理由はここにある。十三億の国民を世界の先進国レベルに引き上げるには、今以上の食料、エネルギー、鉱物資源などが必要となる。海外に進出しなければならないと錯覚している。

「日本最南端、沖ノ鳥島は太平洋に浮かぶサンゴ礁の島だ。島の周りの四十万平方キロが、この水域に当たる。日本の国土面積、約三十八万平方キロよりも広い。最近は浸食が激しく、周囲をコンクリートやブロックで固め、浸食を防いでいる」

他の者は呑む手を止めて、真名瀬の言葉に聞き入っていた。

真名瀬はパソコンから目を逸らした。

脳裏にデビッドの言葉が残っている。彼は酔った振りをして真名瀬に何かを伝えようとしていたのではないか。いや、そんな行動は現在の彼の立場では国を裏切ることにもなる。デビッドはやはりしゃべりすぎる。自分には重要な役割が与えられている。真名瀬は雑念を払うようにデスクの引き出しを開けてレポートを取り出した。

レポートは防衛省の正式な様式で書かれ、マル秘扱いになっている。だが形式などどうにでもなる。藤原が持って来てくれた舘山の出張や訪問先のファイルに目を落とした。

行き先は、圧倒的に中小企業が多い。日本を代表する重電メーカー、原子力産業を支える企業もある。

2

その日、真名瀬は終業時間に役所を出た。舘山がいる病院に寄るためだ。もっと早く行くべきだった。

舘山とは面識はないが、今では目を閉じれば白髪交じりの髪を七三に分けた生真面目そうな男の顔が浮かんでくる。メガネの奥の目はどこか寂しげだ。ここ数日間に写真を何度も眺めていただけに、友人のような気さえした。

　病室の前には制服警官が座っていた。真名瀬とほぼ同年代の警官だ。

「舘山の同僚です。もっと早く来たかったんですが、時間がなくて」

　真名瀬は防衛省の身分証を見せた。警官が眉根を寄せ、写真と真名瀬を見比べる。

「家族以外は面会謝絶です」

「面会できると聞いてきました」

「私は断わるように言われています」

「容体はどうなんですか」

「私には分かりません。担当医に聞いてください」

「どうかしたんですか。警察が見張っているなんて」

「お引き取り下さい。家族以外は入れないように言われています」

　真名瀬がわざと聞いても、警官は事務的な言葉を繰り返すだけだ。

　エレベーターが開き、少女が降りて来た。制服姿でカバンを持っている。警官とは顔見知りらしく、軽く会釈をしただけで病室に向かった。

「明美さんですね。私はお父さんの同僚です。今日はお見舞いに来ました」

　少女は振り返り、驚いた顔で真名瀬を見ている。

「私はあなたに会ったことありません」

「私もです。舘山さんは家では仕事の話はしなかったでしょ。前職の先進技術推進センターにいたときも、しばらく一緒でした」

　真名瀬は嘘を言った。真面目で仕事一筋の男、真名瀬の中には舘山の像ができ上がっている。

明美は考え込んでいた。

「舘山さんはあなたとお母さんと三人で撮った写真をデスクに置いています。山で撮った写真です」

「きっと富士山に行ったときのものです。あれが家族三人で撮った最後の写真になりました」

明美の表情が和らいだ。

明美は警官としばらく小声で話し、真名瀬の前に戻ってきた。

「やはりダメだそうです。上司からの指示で、家族以外誰も通すなということらしいです」

「どうかしましたか」

振り向くと医師が立っている。

明美は医師に真名瀬の身分といきさつを話した。隣りで警官が困惑した顔で二人を見ている。

「出来る限り日常に近づけたほうがいいです。同僚との会話も日常です。いつも通りに話しかけて下さい」

「困ります。誰も入れるなという命令が――」

「私が責任を持ちます。舘山さんが意識を取り戻す可能性があれば何でも試したい」

医師に先導されて真名瀬は明美と一緒に病室に入った。

舘山は穏やかな表情で眠っているように見える。両腕から点滴の管が三本出て、頭には包帯が巻いてあった。写真より痩せている。

とてもあの物騒なレポートに関わっていた人物とは思えなかった。家族想いのサラリーマンが眠っているようだ。

それとなく部屋を見回す。私物はなにもない。

「こんなことになって同僚全員が驚いています。ずい分慎重な人だったのに」

「トラックがぶつかって来たと聞いています。父は避けきれなくて」

「トラックは――」

「まだ見つかっていません。実際に衝突したわけではないので」

「顔色はいい。意識が戻れば、元気になれます」

医師は脈を取り、心音を聞いて言った。

二十分ばかり病室にいて、二人で病院を出た。

明美は毎日、学校帰りに寄るという。

「よかったら、お茶でも飲んでいきませんか。お父さんの話を聞かせてほしい」

明美は最初ためらっていたが頷いた。父親の事故について、真名瀬が何か知っていると思ったのか。

ファストフード店に入った。

「あなたは今、誰と——。お母さんは亡くなってる」

「祖父と一緒です」

小野寺が送って来たデータ通りだ。祖父は七十二歳だ。

「お父さんは家で仕事の話はしなかったの」

「いっさい話はしませんでした。でも、仕事ばかりでした。家でもパソコンの前に座ってるのがいちばん長かったんじゃないかな」

明美の話し方は、テレビなどで見る高校生のものではなかった。几帳面そうで舘山の性格も推測できた。

「特に母が亡くなってからは、ますます仕事にのめり込みました。でも家族を放っておくんじゃない。できる限り時間を作って、私たちと一緒にいてくれました。富士山での写真のときもそうです。母の具合がよくないのを知って、温泉に連れて行ってくれました」

「優しいお父さんなんですね。最近、なにか変わったことは。どんな些細なことでもいいです」

真名瀬は思い切って聞いた。

「父に何かあったんですか。みんなはっきり言わないけど、何かを隠してる。病室の前には警察の人がいつもいるし」

明美が真名瀬を見つめた。

「みんなというと」

真名瀬は明美に聞き返した。

「父の仕事仲間や友達だという人から電話がありました」

「電話の内容は？」

「父の容体を聞いて、必ずよくなるからって。でも、何だか探られているようでイヤな感じがしました」

「舘山さんのこと、ご家族のことを心配してるんです。あまりに突然だったので、舘山さんは関わっていた仕事のために事故にあったんじゃないかと思ってる人もいるかもしれない。でも、そんなことはない。あなたやお祖父さんは心配する必要はない」

「やっぱり、何かあるんだ。真名瀬さんまで弁解するようなことを言ってる。おかしいとは思ってました」

明美は真名瀬を見据え、はっきりした口調で話した。時折悲しそうな目をして唇をかみしめる。

真名瀬は後悔していた。やはり娘を巻き込むべきではない。

「帰ります。遅くなって、祖父が心配するとイヤだから」

明美は立ち上がった。

「困ったことがあれば連絡を。昼間は舘山さんのデスクの隣にいます。携帯は二十四時間オーケーです」

真名瀬は名刺にスマホの番号を書いて、差し出した。明美はためらいながらも受け取った。


マンションの部屋に入ったところでスマホが鳴り始めた。

〈明美です。舘山の娘の〉

「今日はありがとう、話を聞けて。きみのおかげで舘山さんとも会うことができた」

〈ヤマトってなんですか〉

「どこでその名前を」

〈事故の前日、書斎で父が電話で話してました。私がお風呂に入るときかかって来て、出たときも話していました。その会話で何度か、ヤマトって名前が出てました〉

何かのコードネームかと真名瀬は思った。だとするとあのレポートに関係があるかもしれない。

「調べてみます。きみはこのことを誰かに話しましたか」

〈真名瀬さんが初めてです〉

「じゃあ――」

〈誰にも言わない方がいいんですね〉

「きみは頭がいい。お父さんも安心してたんじゃないかな」

明美は沈黙した。父親の状態を思い浮かべたのか。背後でテレビの音がしている。家からかけてるらしい。

「連絡をくれてありがとう。また何か思い出したら知らせてください」

真名瀬は明美の返事を待たずスマホを切った。突然、盗聴という言葉が頭に浮かんだのだ。昼間のデビッドの電話のせいかもしれない。

再びスマホが鳴り始めた。今度は由香里だった。

〈今日、そっちに泊まるから〉

それだけ言うと電話は切れた。

真名瀬の頭の奥で地響きが聞こえる。地震か。起きようとするが身体が強ばって動けない。全身を震わす低い響きはさらに強くなる。それが枕元に置いたスマホの呼び出し音と振動に変わっていった。

闇の中でスマホをつかみ、電話モードに切り替えると同時に森島の声が聞こえる。

「なんの用だ。こんな時間に」

〈あとで電話するって約束してただろ〉

「時間による。今何時だと思ってる」

〈午前二時半だ。彼女を家まで送っていったところだ〉

「よく殺されなかったな、親父さんに。厳しい人なんだろ」

〈午後十時すぎてから、三十分ごとに親父さんに電話してた。午前一時をすぎたら、もういいと言われた〉

「昼間、別れてからどうした」

〈紀子さんの会社に行って、早退してもらった〉

森島の声は弾んでいた。真名瀬の憂鬱な気分がいく分晴れるほどだ。

「この時間までよく話すことがあったな」

〈彼女の第一声、何だと思う〉

声はさらに弾んだ。

「俺は眠りたい」

〈お帰りなさい、だ。後は俺がいなくなったことに触れなかった。別れるときは何と言ったと思う〉

「早くしてくれ。今日も仕事なんだ」

〈今年中に結婚しましょだ。ジューン・ブライドは諦めてくれた〉

「何を話してたんだ。今まで一緒にいたんだろ」

ふと、気になって聞いた。

〈俺がいなかったときの日本と世界のこと。彼女、艦の中にもテレビがあることを知らないんだ。だから、俺のために話してくれた。ほんの数日だけど、何ヶ月もいなかったような気がしたそうだ〉

森島は嬉しそうに続けた。

〈その後、俺は彼女に聞いた。きみは何をしてたかって〉

森島の声が一瞬途切れた。

〈俺のことを考えていたって〉

「そればかりじゃないだろ。二人で何を話したんだ」

〈将来のことだ。子供のことや家のこと。何が好きで何が嫌いかってこと〉

「さっさと結婚しろ」

真名瀬はスマホを切った。闇の中で自然と笑みがこぼれた。

「なに話してたの。森島さんでしょ、今の電話」

由香里が上半身を起こした。

「はしゃいでた。昨日の昼すぎに俺のところに顔を出してから、ずっと紀子さんといたらしい」

「よかった、紀子さん」

「森島はすぐに東シナ海だ。今度は長期戦になりそうだ」

「でも、今は中国より北朝鮮なんでしょ。今日にもミサイルを発射する」

「中国問題は北朝鮮が騒ぎ始めると一気にしぼんでしまう。北朝鮮の最終目的はアメリカまで飛ばせる核弾頭付きミサイルの保有だ。それさえあれば、アメリカと対等だと信じ込んでいる。あながち間違いじゃないが。それだけ核の力は大きいということだ。北朝鮮はそれを知っているから、チラつかせて世界を振り向かせようとしてる。特にアメリカと韓国、日本をね」

由香里が真名瀬を見つめている気配がする。

「我が社は中国に取材を絞ってて、北朝鮮に関しては完全に出遅れてしまった。デスクはカンカン。すべてを網羅するには、薄く広くってことにならざるを得ない」

全国紙の夕刊一面は北朝鮮のミサイル発射予告だった。東京経済新聞は識者のコメントもなく、事実の羅列が中心だった。

「きみはきみのスタイルを貫けばいい。必ずいい仕事ができる」

「それって、軌道修正なの。それとも単なる慰め」

「両方だ。きみのお父さんだってそう言う」

「父の話はやめて。私は本来、政治は嫌いなの。父の仕事を見てるとますます嫌いになる。それなのに会社は私を政治部に縛り付けてる。血縁関係を当てにしてね」

半分本音で半分は嘘だろう。

現在は長男の俊之が柴山防衛大臣の秘書を務めているが、柴山は由香里の意見を聞きたいはずだ。

真名瀬は由香里の家庭教師で柴山家に通っていたとき、俊之とは何度か会っている。彼は大学二年、真名瀬より二歳下だった。真面目で繊細な学者肌の青年という印象だ。政治家になるには線が細すぎる。柴山雄平のあとを継ぎ、影響力を持つにはもっと豪放で黒を白と言いはる図太さ、無神経さも必要だ。

「あなた、何か隠してるでしょ」

由香里の口調が微妙に変わっている。

「開かれた防衛省だ。隠すようなことがあればすぐにマスコミに暴かれ、叩かれる」

「ふざけないで。真面目に答えてよ」

「僕はいつだって真剣だ」

「官邸も防衛省も、そしてあなたも一見いつもと同じ。でも、微妙に違ってる。どこがどうというわけでもないけど何か感じる」

由香里はしゃべりながら、真名瀬に身体を近づけて来る。

その肩を真名瀬は強く引き寄せた。

翌朝防衛省に着くと、真名瀬は舘山の訪問先の一つ、東洋重工に電話をした。舘山は事故にあう二日前に、都内にある東洋重工本社を訪ねている。さらに先月は三度の訪問記録がある。いずれも企画部の者に会っている。

ネットで東洋重工の資料を呼び出した。

資本金五千二百億円、従業員数三十七万人、連結子会社など千二百三十七社を傘下におき、情報通信、電力・電子、建設、輸送、金融システムなど、あらゆる分野に関わっている。家電や電子機器、船舶、産業機器、航空機、ロケットエンジン、鉄道車両、また原子力発電所などのエネルギー関連機器を作り、売上高は十二兆円を超えている。

防衛省には戦闘機、ヘリコプター、護衛艦、戦車などを納入している。軍事部門の売上は四千二百億円強で世界六位だ。

舘山が誰に会って何をしていたのか、知りたかった。真名瀬は所属を明かした後、体調不良で入院した舘山に代わり、しばらく引き継ぐことになったと告げた。

〈防衛省の舘山さんですか。当社には来られていません〉

電話に出た企画部の女性は言った。

「もう一度、調べてもらえませんか。こちらの記録では訪問したことになっています」

〈間違いありません。当社にはいらしておりません。都内に支社もありますし、会社の外で個人的にお会いになっていれば、当方では調べようがありません〉

真名瀬は念のため連絡先を言って受話器を置いた。

十分ほどして電話があった。

〈申し訳ありません。私どもの勘違いでした。確かに舘山様は当社にいらしております〉

「どなたと会ったか分かりませんか」

〈さあ、そこまでは〉

これも数秒の間があっての返事だ。横に誰かがいて指示を出しているのだろう。完全に否定しておいて折り返しの電話をかけてくるとは、普通ではない。

「これから伺ってもかまいませんか」

やはり少しの間があって、再度連絡すると言われ電話は切れた。

出かける用意をして、デスクに座ったとき電話が鳴り始めた。

〈担当者がお待ちしています〉

今度は男の声だった。


一時間後、真名瀬は東洋重工の応接室にいた。

十分ほど待たされてから二人の男が入って来た。

六十代だと思える小柄な男は、ひと目で仕立てがいいと分かるスーツにネクタイ、靴はイタリア製だろう。

名刺を受け取り、真名瀬は相手の顔を見直した。最近、新聞やテレビで時折り見る顔だ。

大貫和男。肩書は東洋重工副社長とある。次期社長に有力視されていると聞いた。

「舘山さんが会った企画部の担当者は、あいにく大阪に出張しております。大貫は舘山さんとは二十年来の友人です。舘山さんがあんなことになって、非常に残念に思っています。今日はできる限りの協力はさせていただきます」

秘書だという男が名刺を出しながら言う。

「まだ意識が戻らないと聞いて、心を痛めています。実は私、大学は工学部出身です。エンジニア志望でした。舘山さんとは私が研究所勤務時代に一緒に仕事をしたことがあります。半年ほど、まさに寝食を共にしました。彼は二十代、私はまだ四十代前半でした。以来、付き合いは続いています」

大貫は温和な笑顔を見せた。

「私は舘山のピンチヒッターというか、舘山が入院中の仕事を任されました。彼一人でやっていたため、その概要を知るだけでも苦労しています。こうして、地道に彼のあとをたどるしかありません」

真名瀬は大貫に向かって頭を下げた。

「舘山さんは、かつてやっていたレーザー技術のことで企画部に来ました」

大貫は持っていたファイルをデスクに置いて開いた。中には古い仕様書と契約書が入っている。

「今じゃすべて電子化されていますがね。当時の代表的なものはいくつか残しています。これもその一つです。ただ、ほとんどの内容が守秘義務に該当します。コピーや持ち出しはご勘弁ください」

大貫は懐かしそうに手に取っている。

「おお、これだ。旧防衛庁に依頼を受けて、わが社が製作を担当しました。戦闘機に装備され、レーザー照射で敵機を捕捉し、攻撃するシステムの一種です。当時としては画期的な技術でした」

「舘山がレーザーをやっていたのはもう二十年も前でしたね」

「舘山さんは優秀な技術者でした。我々の技術は今も少なからずの金を稼ぎ、特許として守秘義務が生きている個所もあります」

大貫は技術的なことをいくつか説明したが、真名瀬には分からなかった。

真名瀬は慎重に言葉を選んだ。レポートについては公にできない、その存在さえ悟られてはならない。両手を縛られてボクシングをするようなものだ。

大貫が頷きながら話を聞いている。真名瀬の精神をえぐるような視線を時折り向けてくる。真意を探ろうとするまなざしだ。

真名瀬の胸ポケットでスマホが震え始めたが無視した。

そのとき、男が入って来て大貫に耳打ちをした。大貫の表情がわずかに変わったが、すぐにまた元の穏やかな表情に戻って話を続けた。いくつか聞こえたのは、現在の世界情勢に関連する単語だ。

一時間ほど話して、真名瀬は東洋重工を出た。

「ヤマト、という言葉をご存じないですか」

部屋を出る前に聞いた。大貫が怪訝そうな顔をしている。

「戦艦大和のヤマトですか」

「舘山のメモに何度か出てきました。旧知の仲であれば、何かお分かりかもしれないと思いました」

真名瀬は大貫の反応を探ろうとしたが、表情は変わらない。そのことがかえって真名瀬に違和感を覚えさせた。

エレベーターの前で二人と別れた。ドアが閉まる直前、秘書に向かって何か指示する大貫の姿が見えた。

真名瀬は監視カメラに向かって軽い息を吐いた。

3

地下鉄の駅に向かって歩きながら、真名瀬は小野寺に電話をした。東洋重工の応接室にいるときにかかってきたのは小野寺からだった。

〈中国の石油掘削基地がベトナム沖に再度移動している〉

「護衛しているのは海警局じゃなくて中国海軍ですか」

〈いいカンしてるな。それとも別ルートの情報か、情報分析の結果か〉

「総合判定の結果です。ベトナムも軍が対応しますか」

〈そうなるだろう。明らかに中国の挑発だからな〉

デビッドの話の通りになっている。

「その情報はアメリカからですか」

〈うちも情報収集能力はある〉

防衛省情報本部のことを言っている。アメリカ国防情報局を参考に作られ、情報収集、分析をしている。本部長には陸、海、空のいずれかの将官、副本部長には防衛省大臣官房審議官が就く。二千五百人のスタッフと五百三十億円を超える予算を持っている。

〈世界はいよいよ、きな臭くなってきた〉

「日本はしばらく静観するわけですか」

〈それしか手はない。下手に騒ぐと当事者になりかねん〉

なればいいという言葉を呑み込んだ。先送りと現実逃避で、過去には失敗を繰り返している。

「北朝鮮のミサイル発射はまだですか」

〈中国がらみという、きみの情報分析だったな〉

「今日あたり、北朝鮮のミサイルが発射されます。それで世界の目は中国から北朝鮮に移ります」

〈昨日の続きか。中国と北朝鮮は通じているという〉

「結論は急がない方がいいということです。北朝鮮のミサイル発射は止められません」

実は――と、小野寺は言いかけた言葉を呑み込んだ。

〈これから官邸に報告に行く。二時間ほどで帰るから私の部屋に来てくれ〉

地下鉄の入り口に来たところで電話は切れた。

小野寺は何を言いかけたのか。盗聴を警戒しているのか。それにしてはよくしゃべった。

スマホを切ってから、大貫に耳打ちした男の言葉が甦った。あれはたしかに、テポドン、太平洋という唇の動きだった。

北朝鮮のミサイル発射は、それから二時間後だった。

防衛省に戻った真名瀬は大貫のことを考えていた。別れ際の違和感が甦る。あのレポートとヤマトについて知っているのかもしれない。

スマホが鳴った。メールに〈北、ミサイル発射。着弾は太平洋沖。日本列島に被害なし〉とある。

一定の役職以上にある職員には、緊急時には一斉メールが流される。訓練の場合がほとんどだが、自分がいる場所を直ちに報告しなければならない。本部は三十分以内に駆け付けることが可能な職員を中心に、即刻緊急態勢をとる。

防衛省は突然、慌ただしくなった。同盟国に問い合わせるなど、情報収集が進められていた。

官邸から帰って来た小野寺に真名瀬は呼ばれた。

「今回はあらかじめ着弾地点を報せて来ていた。初めてのことだ。よほど自信があったのだ」

「結果は?」

小野寺はメモ用紙をデスクに滑らせた。

ミサイルは東京の上空を横断し、太平洋に着弾している。

「ほぼ事前予告通りの地点だった」

「テポドン1Aのさらなる改良型ですか」

テポドン1Aは固体燃料、三段ロケット、有効射程距離は三千キロだ。着弾精度は高くない。

「そうなるんだろうな。正確さ、飛翔距離、どれをとっても格段の進歩だ。北朝鮮というより他国の技術がかなり入ったのだろう。うちのミサイル専門家は中国の技術だとほぼ特定した」

小野寺がレポートを見ながら言う。

真名瀬は再度メモ用紙に目を留めた。テポドン型ミサイルは三段ロケットだから、一段目と二段目はどこかに落ちたはずだ。

「一段目は日本海に落下、二段目は房総半島沖約七百キロの地点だ。ちょうど日本を外している」

真名瀬が抱いた疑問に、小野寺は答えるように言った。

「やはり北朝鮮のロシア接近はダミーで、中国の援助は続いているのですか」

「それはきみの発言だ」

「世界は北朝鮮なら何でもありだと見ています。それを抑えるのは中国だとも。これで中国の重要性は高まり、発言力が増します」

「南沙問題で中国を一方的に非難できなくなるということか。特にアメリカ、韓国、日本は」

小野寺が腕組みをして真名瀬を見ている。

その日、防衛省は情報収集と官邸の要求に応えるのに忙殺された。数時間ごとに行なわれる防衛大臣のプレス発表の準備もある。

真名瀬一人、取り残された気分だった。


マンションに帰り、部屋の中央で足が止まった。

空気が違っている。どこというのではなく、朝出かけたときとは異なるのだ。匂い、漂う粒子、微妙に何かが違う。デビッドの言葉と東洋重工の大貫の態度が脳裏に甦ってくる。

中央に立ったまま、辺りを見回した。壁、天井、床、そして冷蔵庫、ベッド、本棚に机。家具の位置は同じだ。ただ何かが変わっている。

由香里が来たのか。いや、彼女は合鍵を持っていない。渡そうとしたら、「習慣になると怖いから」と断わられた。

本棚の裏、デスクの裏と引き出しの底、時間をかけて慎重に調べていった。なにか変わったところはないか。盗聴器か、カメラか——。

椅子に上がり、天井の電気の笠も調べたが何もなかった。プロであれば、素人の真名瀬が見つけられるような取り付け方はしないだろう。電気を消したまま、カーテンの隙間から外を覗いた。

いつもと変わらない夜の町並みだ。ネオンの輝き、光にあふれた町を行き交う人たち、そして車。通りを隔てて数台の車が止まっているが、人の気配は感じられない。

それでも誰かに監視されている不安に、真名瀬は苛まれた。

インターホンが鳴った。モニターに映るのは、クリーム色のブレザーの男。真名瀬はロックを外した。

「何て顔をしてるんだ。防衛省の部屋に行くと閉まってるし、職員にはもう帰ったと言われた。こんな日に家に帰るのは、出世を諦めた男だけだ」

部屋に入って来るなり、森島は真名瀬の顔を覗き込んだ。

もっと重要な仕事が——口にしかけた言葉を呑み込んだ。

「部署を変えられている。今の俺には北のミサイルは関係ない」

「本流を外されたか。あの小野寺という野郎は信用できないと思っていた」

森島は冷蔵庫から缶ビールを二本持って来て、一本を真名瀬に渡した。

「北朝鮮のミサイルなんかで騒ぐ必要はない。自衛隊がその気になれば、簡単に撃ち落とせる。数時間で北朝鮮の軍事力の九十九パーセントを壊滅させられる。だから北は一発に賭けてるんだ」

「現役の幹部自衛官からそんな言葉を聞いたらマスコミが大騒ぎする」

「なにをやってる。あの部屋で会った時に聞いておくべきだった。俺にも言えないことか」

「事故にあった舘山さんの後任だ。彼が何をやっていたか調べている。しばらくは続けなきゃならない」

「他人事のように言うな」

真名瀬は盗聴されている可能性をメモに書いて見せた。

「考えすぎだ。おまえなんか盗聴して何になる」

そう言いながらも森島は真名瀬の耳元で声をひそめている。

「ストーカーされるほどの男ではないし、仕事がらみなんだろうな」

森島は部屋の中央に立って、周囲を見回した。テレビをつけて音量を上げると、真名瀬の腕をつかんで浴室に入った。

浴室に盗聴器がないか調べた後、スマホを出し、凄い速さでメールを打ち始めた。

「ここは日本だ。警察もむやみに盗聴なんてできない」

「気のせいかもしれない」

「盗聴される心当たりはあるのか」

真名瀬は一瞬、考え込んだ。

「あるんだな」

森島が確認するように言う。

二十分後に二十代半ばの男が来た。大きなバッグを背負っている。

「中山三等海尉。防大後輩の潜水艦乗りだ。実家が六本木でこのすぐ近くに住んでいる。電気オタクだ」

「よしてください、先輩。勘違いされる。電気関係に人より興味があるだけです」

森島と中山はしばらく小声で話し、中山がバッグから小型のアンテナ状のものを出して、壁にかざした。

「盗聴器の微弱電波を探します。何か言ってください」

真名瀬は今日の天気の話をした。

一つはデスクの裏にあった。そこは確認したはずだが発見できなかった。

中山は手袋をした手で慎重に取り外した。

「素人でも丁寧に探せば見つけることができます。これはダミーでしょ」

中山はさらにアンテナを移動させていく。

二つ目は天井ライトの豆電球が盗聴器だった。

「よくできてるし、蛍光灯のノイズもカットします。プロの仕事です。こっちは一般人には発見できない」

「盗聴器もプロ仕様か」

「昔は秋葉原で買えました。今はネットでも買えます」

十分もかからない間に二個の盗聴器を見つけた。

さらに探したが、それ以上はなかった。

ハンカチの上に置いた二つの盗聴器を前に中山が考え込んでいる。

「どうかしたのか」

「あまりに性能が違いすぎます。小学生と大学生くらいの差があります」

「一つはダミーじゃないのか。見つかることを覚悟で取り付けておく」

「それとも仕掛けた相手が二人」

言ってから真名瀬の全身を冷たいものが流れた。いつから盗聴されていたのか。

「盗聴の目的はいくつかあります。いちばん多いのはストーカー。同居中か別れた後もカギを持っていて、部屋に忍び込んで盗聴器を仕掛ける。変質者が多いです。でも男の部屋に盗聴器なんてのは初めてです」

「おまえは心配する必要はない。このことは忘れるんだ」

森島に言われ、中山は首をかしげながら帰っていった。

安心して話せる気分ではなかったので、近くのファミリーレストランに行った。

「まさかおまえの部屋に盗聴器とはな。何か心当たりがあるのか」

「ないこともない」

森島が身を乗り出してくる。

「警察に届けるか」

「週刊誌の記者が飛んでくる。理由が何であれ、防衛省職員が盗聴されていたのは格好の記事になる」

「なんでおまえの部屋を盗聴するんだ。恨まれるような女がいるとも思えんし。いずれにしてもこの非常時に公になると問題が多い」

いつもの森島に似合わず深刻な表情だ。

「これ以上は聞かないでほしい。俺を信じてくれ」

真名瀬は森島を見つめた。森島は納得のいかない表情だったが頷いた。お互い自分たちの立場は理解している。

「次の出港はいつになる」

「来週、出港が決まっている。通常訓練だ。佐世保、沖縄に寄って、尖閣周辺をパトロールする」

「紀子さんには話したのか」

「秘密はなしにしようと二人で決めた。今度、帰って来たときに結婚する。出席するのは家族とおまえたちだ。岸本も呼びたいが、あいつが素直に来るだろうか。これは彼女の提案だ」

岸本は中学、高校時代の同級生で、二人の友人だ。

「気をつけろ。中国が再び石油掘削基地を南シナ海に移動させている。護衛しているのは中国海軍だ。尖閣諸島にも再度、軍が動く可能性が高い」

森島の顔つきが変わった。

「海自にも同様の情報がある。いよいよ、中国は海洋進出を実行に移すのか。広東省湛江《たんこう》にある海軍基地のかなりの数の艦が出港準備をしている」

真名瀬の脳裏にデビッドと小野寺の言葉が交錯していた。

中国の一人っ子政策による少子高齢化はかなり進んでいる。民族紛争も絶えない。その上に何年も前から言われ続けてきた経済破綻が現実味を帯びつつある。テロとデモも相当数起きているが、政府が隠蔽している。国内を支え切れなくなると、国民の目を外に向けるため海外進出に打って出る。今までの常套手段だ。

「日本の戦前と同じようなものだ」

「だったら、何としても衝突は阻止せねばならない。今度起こる戦争は過去とは違ったものになる」

真名瀬は自分の言葉に思わず身体を震わせた。

森島がスマホを出した。真名瀬に隠すようにしてメールを見た。紀子からなのだろう。笑みを浮かべ、立ち上がった。

「おまえが何をやっているかは聞かない。盗聴されるようなことだ。おまえの仕事は、同じ自衛官にも言えないものだ。だったら沈黙を貫け。理解してもらおうなんて思うな。マスコミは盗聴という事実だけを面白おかしく書くだけだ」

「退職したら話せるかもしれない」

真名瀬は言ったが、話せる日は来ないだろう。

森島と別れて部屋に帰ったのは日付が替わってからだった。

盗聴について考えると眠れないと思ったが、いつの間にか意識はなくなっていた。


防衛省はまだ前日の喧騒の名残があった。行き交う職員に殺気のようなものを感じる。半数近くの職員が泊まり込んでいたはずだ。

真名瀬は小野寺の部屋に行った。

小野寺がなんだという顔で真名瀬を見た。昨日と同じネクタイをしている。

真名瀬はビニール袋に入れた二個の盗聴器をデスクに置いて説明した。

「心当たりはあるのか」

ビニール袋をつまんで二つの盗聴器を見ている。

「いくつかあります」

小野寺は顔を上げ、先を促した。

「一つは舘山さんのパソコンを盗んだ連中です。内部の者か、防衛省に自由に出入りできる者です。もう一つは――」

真名瀬は昨日、東洋重工を訪問したときのことを話した。

「ヤマトという言葉に対する副社長の反応に、違和感を覚えたんだな」

「心当たりはありますか」

「ない。経済界の大物が関わっているとなると、我々だけでは手に負えないかもしれない」

「警察に協力を頼むということですか」

「それはない。なぜ、あのようなレポートが書かれたのか。絶対に極秘に調査しなければならない」

「特定秘密保護事項に指定して、せめて省内の一部にだけでもレポートの存在を明らかにして調べるべきです。必ず関与した者がいるはずです」

「私も最初に提案したが、総理はレポートの存在自体が極秘に当たると考えておられる。特定秘密指定した段階でレポートの存在を認め、政府が関与したものとなる。公になれば言い訳できない。そのため独自に捜査に当たることにした。幸い、事故以後はレポートの存在を知る者を把握している」

それでは特定秘密保護法は何のためにあるのか。真名瀬は出かかった言葉を呑み込んだ。頭の片隅では総理の言う通りだという考えもあったのだ。おそらく小野寺も同じだろう。知る者の数が少なければ少ないほど秘密は護られる。

「盗聴器は預かる。指紋が取れるかもしれないし、出所が分かる可能性もある」

小野寺は二台の盗聴器の入ったビニール袋をデスクの引き出しに入れた。


その日の午後、真名瀬は江戸川区にある町工場を訪ねた。

舘山の訪問先ファイルにあった企業で、事故前に頻繁に通っている。

村島製作所。事前にインターネットで調べると、資本金一千万円、従業員七人、年商一億八千万円の中小企業だ。業務は金属加工。大学や企業からの特注品を主に作っている。海外からの製作依頼も多い。

社長の村島時雄は七十二歳。油染みだらけのつなぎを着て現われた。まだ現役で働いているようだ。

真名瀬の出した名刺をメガネをずり上げて見ている。

「それで自衛隊の方が私に何の用ですかな」

「うちの舘山がここに頻繁に伺っています。そのことについてお聞きしたいことがあります」

「舘山という人も自衛隊の人かね」

「ご存じありませんか」

村島は胡散臭そうに真名瀬を見た。

真名瀬は舘山の写真を出した。防衛省の身分証に使われている制服姿のものだ。

村島は長い時間、写真を見ていた。

「田中さんだ。ずい分、雰囲気は違うがね。いい人だよ。機械と電子工学については相当な知識があった」

「彼一人でしたか」

「答える義務があるのかね」

「強要はできません。でも重要なことです」

「あんたらにとってだろ。彼が何かしでかしたのか」

「交通事故にあいました」

村島の顔つきが厳しくなり、声が大きくなる。

「死んだのか」

「現在、入院中です」

ホッとした表情が浮かんだ。

真名瀬は舘山の事故と現在の状況について説明した。村島は真剣な表情で聞いている。

「ヤマト・コーポレーションの技術者だと言っていた。名刺があるよ」

真名瀬の鼓動が速まった。ヤマトは企業名なのか。

「いつも数人で来てた。そのうちの一人を知っていたが彼は東洋重工の技術者だ。名刺はヤマトだったがね。何かの会合で見かけたことがある。向こうは気付いてはいなかっただろうが」

「ヤマト・コーポレーションは東洋重工とつながりがあるんですか」

「俺は知らんね。子会社か関連会社の可能性はあるだろうが」

「舘山――いや、田中は何のためにここに」

「そうだよね。防衛省の人が、なんでうちみたいな中小企業に来るんだ。それも偽名なんか使って」

「ここの技術が素晴らしいからですよ。技術研究本部では最先端技術の研究もやっています。レーザーや光学機器です。特許の問題もあるし、防衛関係ですから公にできないことも色々あるんです。社長も内密にお願いします」

村島は眉根を寄せて真名瀬を見つめている。

「私は彼の後任ですが、仕事内容がまだ十分につかめてなくて」

真名瀬は迷ったが言った。

「それじゃダメだろ。組織というのは一人くらい突然いなくなっても、残りの者で継続して運営できなきゃ。防衛省は例外なのか」

「その通りですが、舘山は何でも一人でやっていましたから。特に機密扱いの仕事が多い部署なので」

「そうだろうな。だから、俺なんかがついていけるはずなかった。しかし偽名でやるような仕事だったとはな。マスコミを気にするはずだ」

「なにをやってたんですか」

村島は考え込んでいる。

「作っていたモノは」

「そりゃ、言えんだろ。企業秘密ってものがある。うちのような小さな企業にも仁義ってものはあるんだ」

「舘山には娘がいます。毎日、父親が入院している病院に寄ってから帰ります。私にできることは舘山の仕事を引き継ぐことです」

「俺だって混乱してるんだ。田中さんが防衛省の人だったとはね。東洋重工と関係してりゃ、ありえんことでもないが」

「身分を言わなかったのは、マスコミ対策だったのかもしれません。必要以上に騒がれたくなかった」

「確かに特許がらみの話でもなさそうだったな。要求されたのは精度だった」

村島はしばらく考えていたが、真名瀬について来るように言った。

真名瀬は村島に続き、工場に入った。オイルの焼ける臭いと金属を削る音が響いている。

村島は隅にある大型のゴミコンテナの前に行った。不良品や加工のときに出た鉄くずが入っている。横のアングルで組んだ棚にはいくつかの製品が並んでいた。

「これがその製品だ。ハネられたんだがね。捨てるのもしのびなくて」

金属製の筒だ。キズもなく錆もまったく付いていない。

「マイクロメートルの精度までうるさく言われたのは、この種のものじゃ初めてだ」

「これらは不良品ですか」

「途中で仕様が変わったんだ。ヤマトじゃよくあることだ。彼らは走りながら考えているようなところがあった。金払いはよかったよ。バックによほど資金力のある組織がいるとは思ったね。やはり東洋重工だ」

「用途は何なんですか」

「それを教えてくれていれば、こうまでムダは出ないんだがね」

村島が苦笑いを浮かべている。

「あんたにはただの筒にしか見えんだろうが、これを作ることのできる工場は世界でここだけだ」

村島がしだいに真名瀬に打ち解けてきた。口数が多くなっている。

「田中――じゃなくて舘山さんとは二年ほど前から仕事をやってる。何の部品か聞いても笑ってるだけで、教えてはくれなかった」

「何かの装置の一部だ、くらいは分かるでしょ。二年もやってると」

真名瀬はもう一度聞いた。村島がじろりと睨んでくる。

「そりゃあんた、企業秘密だよ。仁義ってもんがあると言っただろ。うちは依頼された図面通りのモノを作ればいいんだ。千分の一ミリの精度でね」

筒はどこに使われるのか。レポートにあった設計図を思い浮かべたが複雑すぎてほとんど分からない。専門家にしか理解できないだろう。

「原発の部品じゃないんですか。だったら要求が厳しいのは分かります」

「そうかもしれんな。なんせ材料はインコネルだ。普通使う金属じゃないよ」

インコネルは商標名で、スペースシャトルや原子力関係の部品、タービンやジェットエンジンの部品に使われる。高温における耐腐食性、耐クリープ性に優れている。

「この円筒をどのくらい」

「数十ってところか。種類や大きさは違うがね」

真名瀬は驚きを隠せなかった。すでにそれだけの数の部品を発注製造しているのか。

「実は数日前にも、舘山って男について聞きに来たのがいたよ」

真名瀬は村島を見つめた。

「小柄でくたびれた感じだった。工場をのぞいてたんで、若いのが連れてきた」

「名前と所属は分かりますか」

「新聞記者だって名刺をよこしたが捨ててしまった。下手に関係を持つと、ロクなことはないからな」

村島が真名瀬から視線を外した。過去に新聞記者とトラブルがあったのか。

「杉山って名前じゃないですか」

真名瀬の言葉に村島は視線を戻した。

「そうだったかもしれんな」

「彼は何の話を？」

「あんたと同じようなことだ。防衛省の男が来てないか。それに東洋重工との関わりについてだ」

やはり杉山だ。彼は東洋重工とこの工場まで調べ上げている。

「舘山と一緒に来ていた男について何か思い出したら連絡をください」

真名瀬は礼を言って工場を出た。

地下鉄に向かう真名瀬の心は強いショックを受けていた。

舘山たちはレポートを書き上げたばかりでなく、すでに核爆弾製造に動いていたのか。バックについているのは東洋重工。とすると、すでに完成した部品類は東洋重工のどこかに保管されている可能性がある。真名瀬の胸に焦りと言いようのない不安が湧き起こってくる。地下鉄に向かう足を速めた。

防衛省の部屋に戻って、日本地図を壁に貼った。舘山の訪問先にピンを刺していった。ほぼ全国に亘るが、東京と大阪がとりわけ多い。どれも中小企業だ。

すでに舘山は部品を日本全国の中小企業に発注していたのか。舘山の言っていたヤマトは、ヤマト・コーポレーションのことなのか。もし、これらが事実だとしたら。いや、おそらく事実だろう。

真名瀬の脳裏には様々な思いが交錯している。長い間、壁の地図を眺めていた。

4

夕方、小野寺から電話があった。

〈盗聴器についてだが、二つは別々に付けられた可能性が高い。一つはかなり高性能なもので指紋は出なかった。もう一つはそこらで売られている盗聴器だ。一万円程度で手に入る。指紋は拭き取られていたが、一つ取れたそうだ。調べたが人物を特定できなかった〉

「それ以上は分かりそうにないですか」

真名瀬は警察に調べてもらうべきだと言いたかった。

〈事務次官を通して警視庁に依頼を出した。その結果だ〉

真名瀬の危惧を察してか、小野寺が告げる。

「盗聴器は現在――」

〈警視庁が保管している。経緯についてはいっさい伏せている〉

「これから伺ってもいいですか」

〈明日にしてくれ。これから官邸に行く。帰りについては不明だ。当分、北朝鮮のミサイル騒ぎが続くだろう。その間はきみが言ったように中国についてはお預けになる〉

電話は切れた。真名瀬は再度、壁の地図に向き直った。


マンション前に来たとき、植え込みの背後で人影が動いた。

「いい加減に付け回すのはやめてください。そこにいるんでしょ。杉山さん」

真名瀬の呼びかけに杉山が現われた。

「そんな気はないいんだ。こっちが動くと、あんたが勝手に出て来る。つまり、我々は同じ方角を向いて走ってるってことだ。ただ、あんたの方が先行している。豊富なデータもあるし、有能なコーチもいる」

「札はすべて私が持ってるってことですか」

「舘山の過去、足取り、関係者、すべて把握してるんだろ。おまけに防衛省の内部情報も取り放題だ。その点、俺には経験と人脈しか持ち札はない」

「それがあれば十分じゃないですか。僕は畑違いの土地をさまよっているだけです」

「お互いの立場の主張は終わった。本題と行こう」

杉山が背筋を伸ばして、真名瀬を見つめている。真名瀬の頭の中まで覗こうとする鋭い目つきだ。危険な人――由香里の言葉が浮かんだ。

真名瀬は困惑していた。盗聴器の一つは杉山が仕掛けたのかと思っていたが、そうではないようだ。この男は意外と正統派の記者なのかもしれない。

「あんたは舘山の病院に行った。彼の娘とも会ってる。時間まで言う必要はないよな」

杉山がポケットから出した手帳を繰った。途中で真名瀬の視線に気づいて言う。

「別にあんたを尾行しているわけじゃないんだ。たまたま出会ったり、あんたについて聞いたことをメモしている。それらを繋げるとあんたの動向が分かる。記者の習性でね」

「個人的な見舞いです、病院に行ったのは。その時、偶然会っただけです」

「昨日は東洋重工にも行っている。舘山が何度も足を運んだ企業だ」

「舘山さんは昔、東洋重工と共同研究をしたことがあります。その関係で行っただけです」

「レーザー関係だったな。ミサイルの照準に関係ある。なんといっても、日本最大の軍需産業だ。防衛省技本の人間が訪問してもおかしくはないというわけか」

杉山が軍需産業という言葉を使った。日本人にはどうも馴染まない。

「藤井工業を知ってるか」

唐突に聞いてくる。訪問先のファイルにあったが、真名瀬は首を横に振った。

「否定したいのは分かるが、舘山が行った中小企業のひとつだ」

杉山の視線が真名瀬をとらえている。

「東大阪の社員八人の企業だ。レンズを研《みが》く技術じゃ世界一だろうな。おそらくレーザー関係だと思うが。レーザーの実験ってのは鏡を使うんだろ」

杉山が真名瀬に目を向けたまま続ける。

「東京江戸川区の村島製作所には去年は七度、今年は三度、訪問している。二度は東洋重工の社員と一緒だ。ここもあんたは知らんと言うんだろうな」

真名瀬は何も答えなかった。

「旋盤加工ではマイクロメートル単位の加工もできるそうだ。ＮＡＳＡからも特注品の依頼が来る」

杉山が手帳を閉じて真名瀬を凝視した。

「舘山は何かを造る計画に参加していた。おそらく表には出せない計画だ。それをあんたが引き継いだ」

真名瀬の動悸が激しくなった。悟られないように杉山から視線を外した。

「この計画は特定秘密に指定されているのか。防衛部門の自衛隊装備に関する項目だ」

「私は答える立場にない」

「エリート公務員の常套句だ。無責任極まりない。特定秘密保護法の処罰対象者にはなる。将来がかかってる重要事項だ。その程度の権利はあるかもしれんがね。俺はあんたに敵意があるわけじゃない。むしろ、いい奴じゃないかと思ってる。自分の仕事としてやってるだけだ。悪く思うなよ」

「新聞記者というのは想像力の必要な仕事らしい」

「そりゃそうだ。政府が法律まで作って隠そうとしている事実を暴くんだから。想像に対して裏付けを取って事実に近づけていく」

杉山が真名瀬を見据えたまま言う。反応を見ているのだ。

真名瀬は軽く頭を下げてマンションに入ろうとした。これ以上話を聞いていると何かを探られそうな気がする。いや、すでに探られているのだ。

「次期戦闘機、Ｆ35Ａについてじゃないのか」

真名瀬は足を止め、振り返った。

杉山の射るような視線が真名瀬に向けられている。

「政府は老朽化したＦ４戦闘機の後継としてＦ35を選んだ。だが防衛省は独自開発を諦め切れなかった。何とか国産技術の青写真だけでも残しておきたい。いずれ必ず役に立つ。東洋重工もだ。国産戦闘機の製造が悲願だ。自衛隊と東洋重工との橋渡しをやっているのが舘山だと俺は見てるんだが」

Ｆ35はアメリカなど九ヶ国共同開発の戦闘機だ。速度や旋回性能だけでなく、ステルス性能や情報収集能力、エンジン、センサーなど、全てにおいて高性能化されている。一九七七年、日本は国産戦闘機Ｆ１を造ろうとしたが、アメリカの圧力により諦めざるを得なかった。さらにＦ２では日米共同開発へと追い込まれた。

戦後の長期間、日本は航空機の開発を事実上禁止されていた。戦闘機に関しては、アメリカに開発費の分担金を支払って設計図を買い取り、自国で製造するライセンス国産方式を採ってきた。

「我々防衛省は、政府の決定に逆らうなんてできないですよ。日本はシビリアン・コントロールの手本のような国ですから」

「俺は自衛隊に必ずしも否定的じゃない。このご時世だ。むしろ頑張ってもらいたい。ただ、最近の官邸のやり方はかなり強引だとも思う。官邸と防衛省は必ずしも一枚岩じゃなかったってわけだ」

杉山が皮肉を込めて言いながら、時計を見た。

「そろそろ時間だ。これからも時々、あんたの意見を聞かせてもらうよ」

杉山がかすかに手を上げてから踵《きびす》を返し、歩き始めている。真名瀬は杉山が通りに出るまで見ていた。部屋に入ると辺りを見回した。まだ盗聴器が仕掛けられている気がしてくる。


翌朝、登庁した足で真名瀬は小野寺の部屋に行った。

「また、盗聴されたか。死にそうな顔をしてる」

「死にはしませんが、疲れてはいます。あの部屋で熟睡しろってのはムリです。カギを換えるよう不動産屋に頼みましたが。なぜかって聞かれました。誰かが入ったのは事実です。それも複数」

「部屋を替えるか。うちでクリーニング部隊を出すか。いずれにしても、早急な徹底調査が必要だ」

「盗聴器はもうないと思います。知り合いのプロが調べてくれました」

「思うじゃダメだ。あの部屋での会話や電話について思い出してくれ。まずいことがあれば、報告するように。言うまでもないが、今後も盗聴には注意してほしい。電話で重要事項は話すな」

真名瀬は頷かざるを得なかった。小野寺はそれで何の用だという顔をしている。

「報告とお願いがあって来ました」

昨日、村島製作所に行き、そこで東洋重工と共に、「ヤマト」という名を聞いたことを話した。

「舘山さんは田中という偽名を使い、ヤマト・コーポレーションという会社の名刺で出入りしていました。村島社長は舘山さんが防衛省に所属していることを知りませんでした。ヤマトには東洋重工の社員もいます」

小野寺は真剣な表情で聞いている。

「おそらく、ヤマトは東洋重工が表に出ないためのダミー会社です」

「村島製作所は金属加工では世界的な技術を持っている。日本の中小企業の原点のような会社だ」

小野寺は村島製作所を知っている。東洋重工は自衛隊装備の製造では日本トップのシェアを持ち、艦船、航空機、戦車などを造っている。防衛省とは関係の深い企業だ。その東洋重工が関係する村島製作所を小野寺が把握していても不思議ではない。

「そこで何を作っているか分かったのか」

「村島社長も知らないようです。ヤマト・コーポレーションから図面を渡され、部品を作る。それをヤマトが東洋重工に納める。ヤマトの支払いはよかったようです。当然、ヤマトには東洋重工から資金が出ていると思われます」

「計画の進み具合は分かるか」

「具体的なものは出ていませんが、すでにかなり進んでいる可能性があります」

「なぜそう判断する」

「カンです。それに私が盗聴されたこと」

計画が進んでいるから、用心しているのだ。

「予想でいい、どの程度進んでいると思う」

「我々の予想以上だと思います。東洋重工をバックとしたヤマト・コーポレーションを使って、各企業に部品を発注しています。その部品を集めて、組み立てるのでしょう。舘山さんの訪問先をすべて調べる必要があります」

考え込んでいた小野寺が顔を上げた。

「で、きみの要望とは」

「人が必要です。私一人では限界がきました」

「何人だ」

「十人。信頼できる若手をお願いします」

この話は完全に極秘で行なわなければならない。インテリジェンスの要素の強い仕事に、防衛省は、というより日本は慣れていない。人選はかなり難しいはずだ。

「なぜ、若手がいい」

「私の指示で動いてくれる者が必要です」

「年上は扱い難いか」

「かなり厳しい指示を出すことになります。内輪でもめたくないので。割り切って動いてくれる者がいい」

「はっきり言うな。今日中に人選する。明日の朝、私の部屋に来てくれ。きみの意見を聞きたい」

「鳥羽賢治をぜひ入れて下さい。彼をよく知っています」

真名瀬はアメリカ留学前まで、防衛政策局で鳥羽と机を並べていた。真名瀬の二年後輩だ。

「彼は現在、横須賀にいるはずだが。来月ドイツ留学が決まっている」

「何とか理由をつけて、メンバーに加えてください」

「相変わらずムチャを言うな。だが私も彼は加えたい」

小野寺が言いながら受話器を取った。


真名瀬は昼すぎに防衛省を出て、本郷に行った。

東京大学工学部物理工学科の准教授、岸本智則を訪ねるためだ。

彼は真名瀬の中学、高校の同級生で、理系に進んだ数少ない友人の一人だ。高校時代、成績は抜群で数学と物理は常に学年トップだった。

准教授になったとメールをくれたのは一年前、真名瀬がアメリカにいたころだ。二十代での准教授昇格は異例だと自慢していた。現在は国立原子力研究所と核変換についての共同研究をしている。

国立原子力研究所は名前通り原子力の研究開発を行なう国の機関だ。核変換とは人工的に核種変換を起こすことだ。放射性物質の半減期を短くすることもできる。現代の錬金術だと岸本は説明したが、真名瀬には半分も分からなかった。

岸本は赤と白のチェックのワークシャツに、ジーンズをはいてデスクに向かっていた。真名瀬を見ると満面に笑みを浮かべて近づいてくる。挨拶もそこそこに、真名瀬はデスクに図面を広げた。

最初、岸本は怪訝そうな顔で真名瀬と図面を交互に見ていたが、やがて屈み込んでいった。

「どのくらい信憑性がある」

食い入るように図面を見つめる岸本に聞いた。

「百パーセントだろうな。こんなもの僕に見せてもいいのか。最高機密事項に入るだろう」

岸本は核爆弾の図面であることを認識している。

真名瀬はスマホを出して一枚の写真を見せた。

「これが何だか分かるか」

岸本はスマホを受け取ると、パソコンにつないだ。画面には円筒形の部品が現われる。昨日、村島製作所で村島が従業員と話をしている間に撮った写真だ。機密保持に対して村島は無防備だった。

「長さ一メートル、直径四十センチほどの円筒だ。材質はインコネル。精度はマイクロメートル単位と言っていた」

「核爆弾の心臓部。核物質が入るこの部分かな」

岸本は図面の中央部を指した。

「プルトニウム型核爆弾。この筒の両側にプルトニウムを入れて、その外側で火薬を爆発させて中央で衝突させる。爆縮型核爆弾の詳細な設計図だ。爆縮を効率的に利用できる設計になっている」

プルトニウム型核爆弾では、核分裂反応を起こして超臨界状態にするために、周囲から均等に強い力をかけて中心部を圧縮する必要がある。この圧縮のために爆薬を用いる方法を爆縮という。

岸本が図面を指しながら説明する。

核爆弾には二種類ある。核分裂爆弾と核融合爆弾。

核分裂爆弾はウラン２３５を使用するウラン型と、プルトニウム２３９を使うプルトニウム型がある。ウラン型は広島、プルトニウム型は長崎に投下された。核融合爆弾は水素爆弾といわれているもので破壊力は遥かに大きい。その分、製造は難しい。

分かるか、という顔をして岸本が真名瀬を見ている。真名瀬が頷くと続けた。

「ウランやプルトニウムの核分裂物質は、ある一定量、つまり臨界量以上が集まると核分裂反応が連鎖的に進む。それが爆発的に起こるのが核爆弾。制御することで熱を出し続けるのが原子力発電だ」

岸本はパソコンの写真と図面を交互に見ながら話した。

「この図面にある部品を集めれば核爆弾が造れるのか」

「おそらく。日本で造られたことはない。証明はできない。実験場はないし、実験するわけにもいかない」

「核爆弾のコンピュータ・シミュレーションがある。そのプログラムを使えば実験と同様な結果が得られると聞いている」

アメリカで地下核実験が凍結された時期、さかんに核爆弾の劣化に関するシミュレーション実験が行なわれた。

「理論上はね。理論と実験では違いが出る。特に初めての場合は。さらに極限状態を扱うものについてはね」

「じゃあコンピュータ・シミュレーションでは核爆弾の模擬実験は十分ではないということか」

「そうとも言えない。『京《けい》』がある」

「京」は理化学研究所と富士通が共同開発したスーパーコンピュータ・システムだ。神戸のポートアイランドの理化学研究所の計算科学研究機構に設置され、世界トップクラスの高速計算ができる。名前の「京」は、浮動小数点演算を一秒あたり一京回行なう処理能力に由来している。二〇一一年には計算速度世界一になった。以降、順位は落ちたが何度か改良を加えている。

「京は改良して初期の三倍近い計算スピードだ。あれなら、可能かもしれない」

真名瀬は舘山の訪問リストに神戸があったことを思い出していた。

さらに、と岸本は続ける。

「核爆弾は装置の製造だけじゃできない。重要なのは核反応を起こす濃縮ウランかプルトニウムだ。この二つは国際的に厳重に管理されている。IAEAが定期的に査察を行ない、厳しく監視している。日本が秘密裏に手に入れることはできない」

IAEAは国際原子力機関、国連の機関だ。

原子力の平和利用を目的に一九五七年に設立され、本部はオーストリアのウィーンにある。中心業務は原子力の軍事転用防止。そのために科学者や専門家の訓練、情報交換、技術協力、また加盟国への査察などを実施している。

「世界で核爆弾を持ちたがっている国は山ほどある。イラン、イラクしかり、シリア、エジプトなど、中東諸国はすべてだ。当然、韓国も。さらに世界中のテロリストグループ。核爆弾は製造技術もさることながら、高濃縮ウランとプルトニウムを手に入れることが最大の問題だ」

普通、採掘される天然ウランは、核分裂反応を起こしやすいウラン２３５と起こしにくいウラン２３８の混ざったものだ。その割合はウラン２３５が〇・七パーセントに対してウラン２３８は九十九・三パーセント。原発であれば天然ウランをそのまま使うか、ウラン２３５を三パーセントから五パーセントに濃縮して使用する。核爆弾には九十パーセント以上の濃縮ウラン２３５が必要になる。

「だからアメリカは、IAEAを通じて核爆弾に転用できる高濃縮ウランとプルトニウムの管理に必死なんだ。逆にそれさえクリアできれば核保有国は倍増する」

岸本はかすかに息を吐いた。

「プルトニウムは天然には存在しない物質だ。ウラン238が中性子を吸収し、さらにβ線を出すとプルトニウムができる。しかし、原子炉の使用済み核燃料には、未使用のウラン235に加えてプルトニウムが各々一パーセントほど含まれる。この二つの核物質を回収する技術が再処理だ」

「日本はこの二つの核物質を作る能力はあるのか」

「東海再処理施設がある。国立原子力研究所の東海研究開発センター核燃料サイクル工学研究所に所属する施設で、日本で最初の核燃料の再処理工場だ。量的に本格的な再処理のできる六ヶ所村再処理工場はまだ軌道に乗っていない。核爆弾に使用できるほどの高純度のウランもプルトニウムも手に入らない」

核爆弾に使うウランとプルトニウムは高純度のものでなければならない。使用済み核燃料を再処理して、さらに濃縮が必要だ。膨大な資金と科学・工学の施設が必要になる。

青森県六ヶ所村の使用済み核燃料再処理工場は、使用済み燃料からウランとプルトニウムを取り出し、再利用できるように処理する施設だ。最大処理能力、年間八百トンを目指して、二〇〇六年から稼働させているが、まだ軌道に乗ってはいない。

岸本はもう一度、図面の上に屈み込んだ。

「ＩＡＥＡは一九七〇年に発効した核不拡散条約に基づき、核物質の軍事転用を防ぐ活動として、様々な保障措置を行使している」

具体的には、各国の所有する核物質の「計量管理」、査察官が直接施設に立ち入る「核査察」、核物質の貯蔵器を封印する「封じ込め」、モニタリングを行なう「監視」などだ。こうしたことを行なって世界中の核物質の量を把握し、核物質の核爆弾への転用や拡散を防いでいる。

「日本は五十五基の原発と二百五十ヶ所の査察対象施設を持つ、世界最大の非核兵器国だ。二十名以上の査察官が常駐し、ＩＡＥＡ全予算の四割が対日査察に使用されている」

岸本が図面から顔を上げて真名瀬を見据える。核爆弾に転用できる核物質を日本が秘密裏に保有するのは難しいと言っているのだ。

「こんなもの、どこで手に入れた」

「聞かない方がいい。今日のことは他言無用。おまえだから見せた」

「僕が持っていても、いかれた学者の単なるイタズラ描きだが、防衛省所属の真名瀬純が持っているとマスコミが黙っていない」

「承知してる。防衛省内部でも最高レベルの機密扱いだ」

「どうするつもりだ」

「なかったことにしたい。この図面は、製造方法が詳細に書かれたレポートの一部だ。現在、出所と関わった組織を突き止めるために動いている」

「僕はトラブルに巻き込まれるのはごめんだ。震災以降、原子力はメチャクチャ叩かれてる。これ以上の問題が起これば、核と名の付くモノはすべて日本から排除されかねない」

岸本は真名瀬を見つめながら、続ける。

「なぜ、おまえが関わることになった。いや、おまえだから関わるのか。おまえは――」

「単なる仕事だ。仕事に私情は入れない」

真名瀬は言い切った。この仕事を受けてから、ずっと心の中でくすぶり続けていることだ。

岸本が一瞬、怪訝そうな表情をしたが、それ以上何も言わなかった。真名瀬は時計を見て立ち上がった。

「また、意見を聞きに来る」

「勘弁してくれ。僕は気の弱い一研究者にすぎない」

岸本がうんざりした顔を向けてくる。

「今度はもっと楽しい話をしよう」

「だったら大歓迎だ」

岸本は笑みを浮かべたが、信じていないことは明らかだった。

「濃縮ウランやプルトニウムを扱えるのは研究者だけか。民間企業で扱っているところはないのか」

「核燃料を造っている企業や研究所なら専門家もいるし設備もある。経験も十分ある。たとえば――」

岸本は二、三の企業名を挙げた。そのうちの一社は東洋原子力だ。東洋重工の関連会社で、核燃料を造っている。

「工場を見ることはできるか」

「防衛省の要請でも難しい。マスコミに漏れると大騒ぎになる」

しかしと言って、デスクの図面に目を移した。

「この図面には肝心なところが抜けている。爆縮装置ともいえるところだ。核物質の爆発を引き起こす最も重要な部分だ」

研究室を出るとすでに陽が傾き始めている。

真名瀬は立ち止まって目前に広がる朱色の景色をしばらく眺めていた。

防衛省に戻り、部屋に一歩入って立ち止まった。

舘山のデスクに男が座っていて、真名瀬を見て立ち上がった。背が高い。

「やはり真名瀬さんでしたか。昼食に出ようとしたら上司に呼ばれて、ここに来るよう指示されました。カギは事務の女性が開けてくれました」

鳥羽賢治は真名瀬の二歳下のキャリアだ。法学部出身でありながら、コンピュータに強い。誤って消してしまった文書の復活やウイルスのチェックで、真名瀬も何度か助けられている。

「待たせたか」

「三時間ほど」

ということは、真名瀬が大学に向かった直後にやって来たのだ。

「気にしないでください。退屈はしなかったです。地図を眺め、本棚の本を読んでいると時間はすぐすぎました」

鳥羽が本棚に目を向けた。デスクの上にも数冊の本とファイルが積まれている。

「こんな部屋があったんですね。ここで何をやろうというんですか」

「それを聞いたら抜けられなくなる。いいのか」

「いいわけないでしょ。突然、上司からドイツ留学の延期を告げられました。理由はここなんでしょ。もうマンションを出ることを管理会社に言ってるし、親戚から餞別だってもらってます。ガールフレンドとも別れ話をしたし、どう言い訳すればいいんですか」

「日本と世界を救う任務が入ったと言ってくれ。防衛省とはそういう組織だ」

「聞かせてください。どうせ僕なんかの意思では、抜けられない仕事だ」

真名瀬が拍子抜けするくらい簡潔に返事をする。

「本当にいいのか。もっと考えなくて」

「考えたくても内容を聞かなきゃ無理です。それを聞くには参加するしかないんでしょ」

真名瀬はレポートとここ数日のことについて話した。

途中から鳥羽の表情が変わった。事の重大さに気付いている。

「そのレポートで日本に核爆弾ができるんですか。日本が核保有国になる」

「その可能性は極めて高い。私は専門家ではないが」

「世界の軍事バランスを崩そうっていうのですか。中国と韓国が黙っちゃいない」

「アメリカを含めて他の国もだ。日本が袋叩きにならないために、レポートを消し去らなきゃならない」

「消していいんですか。僕は日本の核武装には反対じゃないんですがね。真名瀬さん、知ってるでしょ」

鳥羽と一緒にいたころ、何度か話題になった。お互い本音で公にできないことを話したこともある。

「それは承知している。きみが自分の感情で動かないことも知っている」

「でも真名瀬さんこそ、こんな仕事をよく引き受けましたね。日本に限らず核武装には絶対に反対じゃなかったんですか」

「だから引き受けた。できるだけ早急に全貌を暴いて、消し去らなければならないレポートだ」

鳥羽が考え込んでいる。

「分かりました。僕もそう思います。現時点ではということですが」

「決まりだ。今日中にここに席を移してくれ。あと何人か補充を頼んでいる。決まればもっとセキュリティのしっかりした広い部屋が使える」

真名瀬はデスクの上にファイルを置いた。

「これが問題のレポートですか」

「コピーは二部。一部はこれで、もう一部は官邸だ。原本は小野寺さんが持っている。部屋から持ち出しは禁止だ。ここで読んでくれ。レポートの存在を知る者は総理と防衛大臣を含めて十人もいない」

「それでこの部屋はカギ付きなんですか」

「日本のセキュリティの甘さを正したいだけだ。きみらも気を付けてくれ」

「この程度でセキュリティと言えるんですかね。他国のセキュリティと比べれば、幼稚園レベルだ」

真名瀬も同感だ。舘山のパソコンが消えたことも、いずれ話さなければならないだろう。

「今週中にこの棟に入るにはカードが必要になる」

「小学校レベルに格上げですか」

鳥羽がレポートの上に屈み込んだまま言う。

その姿に真名瀬の胸には理由のない不安が湧き上がってくる。

闇に引き込まれる。

5

必死に叫ぼうとした。助けて、ばあちゃん。どうしても声にならない。かすれた呻きのような音が漏れるだけだ。祖母が手を伸ばしている。懸命につかもうとするが、つかむことができない。

やっとのことで、その手をつかんだ。瞬間、ズルリと皮がむける。思わず悲鳴を上げた。

「起きてよ、純。また悪い夢、見てるんでしょ」

気が付くと、目の前に心配そうに覗き込む由香里の顔がある。

由香里に支えられて上体を起こした。激しい動悸、全身に汗もかいている。久し振りに見る夢だった。

「また、お祖母さんの夢だったんでしょ」

真名瀬は答えず、深く息を吸った。少しずつ気分が落ち着いていく。

「最近、疲れてるんじゃないの。顔色もよくないし。こんなところに来るなんて」

真名瀬は昨夜、由香里を誘い、ホテルに泊まった。

自分の部屋には戻りたくない。一人になりたくもなかった。自分の周りで、なにか得体の知れないモノが蠢《うごめ》いている気がしたのだ。

「たまには変わった場所もいいかと思って」

「バカみたい。歩いて十分もかからないところに自分の部屋があるのに。何かあったんでしょ。絶対に」

由香里が真名瀬を見つめている。

「ヒロシマに関係あることなんでしょ。前もそうだった」

真名瀬は由香里に、自分が被爆三世だと話していた。同じような夢を見て、由香里を驚かせたこともある。

祖母のふるさとは広島で、十三歳のとき被爆した。真名瀬が小学生のころ、どんなに暑い日でも祖母が半袖を着ないこと、風呂には必ず最後に一人で入ることが気にかかっていた。

中学時代、何かの拍子に祖母の背中を見て声を上げそうになった。背中から腰、両肘にかけて、赤黒い皮膚の引きつれが広がっていた。

原子爆弾による火傷だと知らされたのは中学三年、祖母の通夜のときだ。

「お祖母さんは気の毒な人じゃった。きれいな人じゃったから、もっとええ縁談もあったじゃろうに。死んだ祖父さんからも醜い言うてなじられとった。だったら結婚せにゃええのに、金持ちの家付き娘じゃったからのう。あんたのお母さんも結婚のときは苦労した。何もおかしなとこはなかったけどのう。被爆二世じゃけ。お父さんには感謝せにゃいけんで。祖父さんと違うて、優しい人じゃ。あんたが五体満足で生まれたときには、お母さんもお父さんも涙を流してたんよ」

伯母さんは酔いに任せてしゃべり続けた。

「ピカは子々孫々まで苦しめる。だから怖い。そんで憎い」

真名瀬は意味がよく分からないまま、その場を逃げ出したい衝動にかられた。

被爆三世であることを、真名瀬は付き合う女性には話すことにしている。それで去る女性はいなかったが、内心気にする人はいた。言葉の端々や何気ない態度で分かる。

身体に異常があるの――聞いたのは由香里だった。

真名瀬はないと答えるしかないし、事実だった。

「あれば教えてよ。被爆三世の異常なんて聞いたことないんだから」

由香里は好奇心いっぱいの顔をしていた。

防衛省入省時の経歴には書かなかったが、人事部は戸籍や祖母の被爆手帳など、すべて調べたはずだ。だから小野寺にこの任務を任されたとき、少なからず驚いた。

核爆弾に偏見を持っていない、と言えばウソになる。あってはならないものという意識は強い。そのために自分が選ばれた、とも考えた。

「早く寝た方がいい。睡眠が必要な仕事でしょ」

由香里が呟いた。真名瀬が水をひと口飲んだとき、ナイトテーブルでスマホが鳴り始めた。

午前三時を回っている。出なさいよという顔で由香里が真名瀬を見ている。

「こんな時間に電話してくる非常識な奴はデビッドだ。放っておけばいい」

「出るまで鳴り続けるんでしょ。前に言ってた」

真名瀬がスマホのディスプレイを見ずに通話ボタンを押すと、森島の声が返ってくる。

〈こんな時間に悪い。出動命令が出た。いま、基地に向かってる〉

「紀子さんのことは任せておけ。明日、由香里と一緒に会って話す」

〈いま、電話したところだ。彼女は俺の仕事を理解してくれてる〉

「やはり尖閣か」

〈艦に乗らなきゃ分からない。情勢についてはおまえのほうが詳しいだろ〉

「いまは違う仕事していると言っただろ」

〈早く白黒つけてほしい。頻繁に呼び出されると落ち着かない。精神的に参る者もいる〉

真名瀬は由香里に目をやった。布団を被っているが、聞き耳を立てているのは間違いない。

〈俺のいない間、紀子を頼む。それだけ言っておきたかった。陽が昇るころには艦の上だ〉

森島はまたなと言って電話を切った。

真名瀬は森島の言葉が気にかかった。精神的に参る者もいる——現場の人間の本音だろうが、もっとも危険なことだ。冷静さを欠く行為が深刻な事態を引き起こした例は限りがない。

「森島だ。いま、横須賀に向かってる」

真名瀬は由香里に伝えた。彼女は無言だった。

窓を見るとカーテンの隙間からネオンの輝きが見える。

夜明けまでにはまだ時間があるが、眠れそうになかった。


真名瀬と由香里は早めにホテルを出た。

ファミリーレストランに入り、モーニングセットを注文した。

「あなたが言った通り、中国が不穏な動きを見せてる。それに対して世界は沈黙を続けてる」

由香里がコーヒーカップをテーブルに置いた。

「具体的に話してくれ」

「それはあなたのほうが詳しいんじゃないの」

「そうとも限らないのが悲しいところだ。政治家や官僚が週刊誌の記事に驚き、慌てるのが恒例になっている」

「尖閣に中国船が近づき、島に上陸するって情報がある」

「政府から金をもらった民間人か。いつも噂はある」

「それが八一旗を掲《かか》げた船だったら」

中国海軍の旗だ。八一とは八月一日、人民解放軍建軍の日を意味する。

真名瀬は数時間前の森島の電話を思い出していた。海上自衛隊も握っている情報なのか。

「情報の出所は」

「言えるわけない。今話したことさえ、会社の機密保持契約に違反してる。次はあなたの番よ」

由香里が真名瀬の目を改めて見つめた。

「現在、政府は知られたくないスキャンダルを抱えてる。これが漏れると内閣はひっくり返る」

「まさか、総理のガールフレンドの話？　中国はそういうのをネタに脅すの大得意よ。外国要人の金、女、性癖、交友関係、その種のネタは山ほどつかんでるって話。親中派の政治家や官僚、実業家、評論家、大学教授は全員よ。特に女性関係は怖い。昔、中国に対して強硬な姿勢に出られなかった総理がいたでしょ。ハニートラップに引っかかってAVまがいの写真を撮られてる」

真名瀬はコーヒーをひと口飲んだ。苦みが口中に広がる。

「安っぽいスキャンダルか。読者には面白いだろうけど、私の好みじゃない。でも、それで政権がひっくり返るんだから、寂しい話よね。女の力は絶大ってことか」

由香里がうんざりした口調で言う。

三十分ほど話をしてレストランの前で別れた。由香里は一度家に帰り、着替えてから出社する。

早めに小野寺の部屋に行くと、秘書が会議室に向かうよう告げた。

会議室に入った真名瀬の足が止まった。視線がいっせいに真名瀬に集まる。

背広組が五人に制服組が四人。それぞれ、女性が一人ずつ含まれている。背広組の三人は知っている顔だ。

二人は真名瀬がアメリカにいる間に入省したのだろう。制服組は一人を除き初めての顔だ。

鳥羽は最後列の端に座っていた。真名瀬を見ると目を吊り上げた。

「真名瀬君は、きみたちとほぼ同世代だ。彼がきみらの意見を聞きたいと言ってる。今後の自衛隊組織の在り方の参考にしたいそうだ。ここでの討論は記録されることはない。考えていることを言ってほしい」

最初に小野寺が真名瀬を紹介し、招集の趣旨を説明した。

「特定秘密保護法、集団的自衛権が国会を通った。諸君はこの二つについてどう思うか議論してほしい。時間は二時間。議事進行は真名瀬君が務める」

小野寺はそれだけ言うと、あっけに取られている真名瀬を残して部屋を出ていった。

二時間の討論の後、真名瀬は鳥羽を連れて小野寺の部屋に行った。

「除きたい者がいれば言ってくれ」

「あれって、試験ですか。なんかずるいことやりますね。思想調査みたいだ」

鳥羽が不満気な口調で言う。

「あの九人と私たちでチームを組みます。思想調査なら入省前にやってるでしょう。大きな問題になりません」

真名瀬は淡々とした口調で小野寺に言った。

「思想信条は時と共に変わっていくものだ。それが人だ」

「極端な考えでなければ思想信条なんてどうでもいい。大切なのはきっちり職務をこなす能力があるかどうか。秘密を守ることも職務のうちです」

「午後には全員集まってもらっていいんだな。あとはきみが指揮を執って、早急にレポートの全容を解明してくれ」

小野寺が秘書を呼んで、いくつか指示を出した。

「今日もこれから官邸だ。世界の中心は中国だという気さえしてくる。何とかして、この動きを止めなければならない」

そう言うと、慌ただしく出ていった。

午後、新しい部屋に若手全員が集められた。

「ここに集まった者はこの任務から抜けられないと覚悟してくれ」

真名瀬の言葉に若手たちの顔色は変わらない。すでに特別な任務であることを感じているようだ。

「これから三時間やる。各自、デスクのレポートを読んでもらう。三時間後に回収する。その間は部屋にカギをかけ、トイレにも行けないから今のうちに済ませておくように」

真名瀬は初めてレポートを見せられた時の小野寺の言葉を繰り返す。鳥羽に全員のスマートフォンを集めるように指示した。

真名瀬は舘山の部屋に戻った。一人になって考えたかった。事態は思っていた以上に早く動き始めている。秘密厳守を第一に考えなければならないが、それでは前に進めない。

小野寺に渡された九名の履歴書を広げた。防衛政策局、防衛研究所、情報本部、技術研究本部、陸、海、空の自衛隊部隊と、所属は多岐に亘っている。真名瀬はその全てに目を通していった。

三時間後、真名瀬は若手たちがいる部屋に戻った。

食い入るようにレポートを見つめ続ける者、目を閉じて考え込んでいる者、真名瀬に問いかける視線を向けてくる者と、様々だった。三時間前とは違った雰囲気が全員から感じられる。

「質問があれば言ってくれ」

真名瀬は部屋にいる一人ひとりに視線を向けた。

一斉に手が挙がった。真名瀬は脇坂創という情報本部から来た男を指名した。

「このレポートを書き上げた人というか組織を見付け出して、どうするというんですか。警察に突き出すとか、マスコミに公表するということはできないんでしょ」

「レポートとすでに作られたものを、すべてなかったことにする」

「まさか、暗殺ってことじゃないですよね」

冗談のつもりで言ったのだろうが、誰も笑わない。

「調べたことを上に報告するだけだ。あとは上が考える。我々の仕事は調査して、全容を明らかにすることだ」

次に真名瀬は最前列の女性を指した。

「ものは燃やしたり破壊すればいいですが、人はどうするんです。このレポートは一人で書き上げたものじゃない。かなり高レベルの専門家集団が数ヶ月、あるいはそれ以上かけて作り上げたものです」

技本の根木純子という研究員だ。俺もそう思う、という声が聞こえる。

「それに参照と書かれている部分がありません。重要な箇所が相当数抜けています。それがそろわなければ完全なものとはいえません。すでに発見して廃棄したのですか。あるいは我々にも見せられないのですか」

「今のところ行方不明だ。それを探し出すことも我々の任務に入っている」

「個人は別にして、関わった組織は最終的にどうなるんですか。このレポートの存在が表に出せないなら公にするわけにもいかないし。おそらく防衛省内部で――」

「その心配はすべてが解明できてからだ。言ったように、それは我々が考えるべきことじゃない」

真名瀬は根木の言葉を遮った。今まで考えないようにしてきたことだ。すべてを闇に葬る。

「我々はこれから何をやればいいんですか。刑事もどきの捜査ですか。素人集団ですが」

張り詰めた緊張を緩めるように、鳥羽が話題を変えた。

「慣れない仕事になる。絶対に外部に漏れてはダメだ。だから警察にもマスコミにも協力を求めることができない」

真名瀬は一人ひとりに視線を向けて話した。部屋は静まり返り、緊張した息遣いのみが聞こえてくる。

舘山の写真とともに、舘山の訪問した大学、研究所、企業のリストを配った。

「各自、これらのリストの担当者に会って写真を見せ、舘山さんの訪問目的を調べてほしい。その際、自分の身分は正確に述べてくれ。舘山さんが事故に遭ったことを話し、自分がその部署に入り、引き継ぎのために来たことを告げること」

「防衛省の名前を出していいんですか。相手は警戒して話すのを躊躇すると思います」

「それを説得して真実を調べるのがきみたちの役目だ」

その日のうちに各自の担当と役割を決めた。チームは二人ひと組。連絡係は技本の根木と情報本部の脇坂が担当することになった。

レポートは部数を確認して、真名瀬の立ち会いでシュレッダーにかけられた。

翌日には、各組が担当の大学、研究所、企業に向かうことになった。真名瀬と鳥羽は再度東洋重工を訪問する手はずを整えた。

6

総理官邸、閣議室は静まり返っていた。

円形テーブルに座る閣僚たちは一様に黙り込んでいる。もう十分近く、本郷総理は坪庭に向かって立ったまま動かない。

「このまま放置しておくと、挑発行為はエスカレートするばかりです。それが日常となり、いつの間にか島は相手の領土に組み込まれてしまう……」

外務大臣の山倉が最初に口を開いた。それを合図に閣僚たちが話し始める。

「そんなことは絶対に許せないと、世界に向かって発信しなければなりません」

「相手が譲らず、それを放置していれば、いずれ事実になります。まずは実効支配です」

「そんなことしたら何が起こるか分からない。その前にやれることはないのか」

尖閣諸島周辺で中国艦船の挑発行為が増えている。ここ数日で二十件以上の領海侵犯が報告されていた。海上保安庁の船が警告を行なっているが、領海侵犯は徐々に広域、かつ長時間になっている。

「どうするというのだ」

「断固とした措置を」

「だから、その措置とはいかなるものかと――」

「キューバ危機のようにか」

本郷の声が閣僚たちの話を遮った。全員の視線が総理に集中する。

一九六二年十月の二週間、世界は核戦争の危機に直面した。

当時のソ連がアメリカのフロリダから二百キロ余り南に位置するカストロ政権下のキューバに、ミサイル基地を作ろうとした。当然、核弾頭付きのミサイルが配備されることになる。アメリカにとっては喉元にナイフを突き付けられているような事態だ。

キューバ上空を飛行していたU－2偵察機が中距離弾道ミサイルも発見したが、ソ連軍の地対空ミサイルによって撃墜された。

ほぼ同じころ、ミサイルを積んだソ連の貨物船がキューバに向かっていた。アメリカは海上封鎖し、空軍・海軍さらに海兵隊、沿岸警備隊などを総動員して、航行する全ての船舶に対して臨検を行うよう指示した。

ソ連のフルシチョフ首相とアメリカのケネディ大統領は一歩も譲らず、激しい駆け引きを繰り広げた。ギリギリのところでソ連が譲歩し、ミサイルを積んだ貨物船はキューバ沖から引き上げていった。戦争を回避できたのは、一線を越えると世界が滅びかねない、核兵器の恐怖を双方がわかっていたからだ。

「アメリカとのパイプをより強くしなければ。ハシェット大統領の反応が気にかかる」

「アメリカも日本とより強い連携を望んでいるはずです。やはり最近の中国の出方は強引すぎます」

「問題はそれだけじゃありません。エネルギー問題に揺るぎが出ています」

外務大臣に対抗するように、経産大臣が発言する。シェールオイルを念頭に置いているのだ。

「期待通りとはいかないようです。環境破壊と埋蔵量が初期の報告とはかなり違っていたらしい。埋蔵量は半分にも満たない可能性があります」

「中国もエネルギーについてはアメリカ同様、世界から買いあさっています。アメリカは何を遠慮しているのですか。もっと強硬に出るべきです」

「今あからさまに敵対しては損だということでしょう。アメリカもエネルギーを求めています。協調して交渉したほうがなにかと便利です。震災後の日本はそれができなかった。やみくもに札束をチラつかせるだけでは足元を見られるだけです」

「今後、アメリカは中国にすり寄っていくということですか」

外務大臣が経産大臣に不満気な視線を向ける。

「あらゆる可能性を考慮すべきだと言っているのです」

「アメリカは七十年に亘り、日本の一番の同盟国、友人でした。今後もそうだと信じています」

外務大臣が言ったが、説得力はない。

「当分の間、緊急閣議の招集が増える。各自、心得ておくように」

本郷は解散を告げ、立ち上がった。


本郷は柴山防衛大臣と総理執務室に戻った。部屋には小野寺が待っていた。

中国関係の最新情報が、小野寺によって総理と柴山に伝えられた。

「中国とベトナムの武力衝突がありえると、防衛省は考えているのか」

小野寺が一瞬躊躇して柴山を見た。省としての見解はまだ出していない。

「きみの意見でいい。知っておきたい」

「中国に準備ができ次第、南シナ海で軍事衝突が起きます」

本郷は平然としていた。少なくとも表面的には。

「準備とは？」

「艦船はいつでも動かせます。国際情勢を見極めているということです」

「北朝鮮の核実験とミサイルに世界の目が集中している間にか」

小野寺が頷く。

「やはりやるのか。彼らは何を考えているんだ」

「中国共産党の存続です。十三億の民のコントロールは難しいということです。目は常に外に向けさせておく必要がある」

「だからなりふり構わず海外に出ようとしているというのか。七十年前の我が国と似てなくもない」

本郷はできる限り冷静に考えようとした。立ち上がって数歩歩いて止まる。

「例のレポートについての情報はどうなっている」

「難航しています。防衛省内部の人間だけでは、やはり難しい仕事です」

「現在の国際情勢でレポートの存在が明らかになれば、中国と韓国が周辺諸国を巻き込んで騒ぎ始める。世界世論はジャパン・バッシングに走り、何らかの国連制裁決議がなされる可能性がある。日本の言い訳は通じない。日本の信用は地に落ちる」

「ヤマト・コーポレーションが前面に出てすでに部品調達に動いています。バックは東洋重工です」

「あそこは核以外の武器製造のノウハウはすでに持っている。早急になんとかせねば……」

本郷は椅子に倒れ込むように座った。


「特別任務の自覚を持て」

落ち着きなく視線を部屋中に向ける鳥羽に、真名瀬は断固とした口調で言った。

「さすが日本を代表する重機メーカーですね。防衛省の応接室とは格が違う」

真名瀬も内心驚いていた。先日訪ねたときの応接室とは違う。数段格上の部屋だ。飾られている絵も置き物も、真名瀬が見ても高価そうだ。

「前回は大貫副社長と秘書が対応した」

「役員がヤマトに関わっているということですか」

「当然だろう。前代未聞のプロジェクトだ。ヤマトがヤマト・コーポレーションなのかも、はっきりさせたい」

「違うのですか」

そのとき、ノックとともにドアが開いた。真名瀬と鳥羽は立ち上がる。

大貫と初めて見る男が入って来た。

「後藤相談役です。前川社長の三代前の社長です」

大貫が紹介した。後藤は八十歳はすぎているはずだが、背筋は伸び、歩き方もしっかりしていた。

名刺には後藤浩三とあるだけで、肩書きも連絡先もない。

真名瀬は名前だけは知っていた。経団連の会長就任を固辞して、引退したことを覚えている。それ以上のことは浮かばない。

「ヤマトとは何ですか。今度は納得いくようお答え願いたい」

真名瀬は大貫と後藤に向かって口を開いた。鳥羽が戸惑った表情で真名瀬に視線を向ける。いきなり切り出すとは思っていなかったのだろう。

大貫も驚いた様子だった。後藤だけが顔色一つ変えない。

「何を聞きたいのです。我々もそのようなことは――」

「どこまでご存じなのかな。ヤマトについて」

後藤が大貫の言葉を遮り、真名瀬を見据えた。大貫と鳥羽が後藤に視線を向ける。

「日本中の企業と技術を総動員して特殊爆弾を造ろうとする動きがあります」

「特殊爆弾とは」

後藤は落ち着いた表情で真名瀬を見つめている。

「核爆弾です」

真名瀬の言葉に後藤以外の二人は驚きの表情をしている。真名瀬は続けた。

「ウラン型かプルトニウム型かは不明です。あるいは両方かもしれない。我々はその製造レポートを入手しました。詳細、かつ正確なものです」

「それが東洋重工とどのような関係があると言われるのかな」

「それを知りたいと思って今日は参りました」

「知って、どうなされるおつもりですか」

「すべてをお聞きしたうえで、なかったことにしたいと思っています」

「なかったことというと」

後藤の表情、口調はずっと同じだった。大貫と鳥羽は真剣な顔をして、二人のやりとりを聞いている。

「レポート、そして今までに作り上げたもの。すべての痕跡を消します。誰もこのことに関して何も知らない。当然、どのような罪にも問われないということです。東洋重工は従来通り、我が国の防衛産業の中核であり続けます」

後藤がかすかに笑った。

「もし我々がそのような物騒なものを持とうとしていたら、それはなぜか。あなた方は考えたことはおありですかな」

後藤の問いに真名瀬は答えることができなかった。彼らが何を望んで核爆弾を造ろうとしているのか。疑問としてはあるが、まだ深くは考えていない。レポート作成の組織を解明してからだと思っていた。

「そのようなものの製作を一企業が望んでできるものではないでしょう。お引き取り下さい。そして、このことは忘れてしまうことです」

大貫が真名瀬に強い口調で言うと、立ち上がった。

後藤は何も言わず、真名瀬を見ている。

一時間ほどで真名瀬と鳥羽は東洋重工を出た。

「慇懃無礼とは彼らのことですね。完全にこっちの弱味に付け込んでる」

鳥羽が歩きながら腹立たしそうに言う。

「我々が公にできないと知った上ですっとぼけてるんです。真名瀬さんは何か考えてるんですか」

「きみと同じだ。とにかくこのままだと前に進まない」

そのとき、真名瀬は鳥羽に身体を寄せた。

「振り向くな。付けられてる」

真名瀬は前方に目を向けたまま言った。

「どうするんです。僕は腕力にはまったく自信がありません。先輩もでしょ」

「防衛省職員が二人そろって情けないな。コーヒーでも飲みながら考えよう」

二人は最初に目についた喫茶店に入った。

窓際の席に座るとすぐに杉山が入って来た。鳥羽をじろりと睨むと真名瀬の隣りに座る。

「よく会うな。あんたも東洋重工に行ってたのか。今日は何の用だ」

「目的は分かってるんじゃないですか。杉山さんこそ、何の用です」

「裏が取れなくてな。社員に当たったがラチがあかない。俺のカンが狂っていたと思い始めた。あんたに踊らされてるんじゃないかって」

「だからって付け回すことないでしょ」

「俺にはあんたのように魔法の杖はない。乏しいターゲットを追うしかないんだ。今日は帰る。疲れたよ」

立ち上がった杉山が、すぐに座り直した。

「あんたらが東洋重工に入った直後に、後藤が乗る車も来た。後藤浩三、知ってるだろう。何代か前の社長だ」

「会社に用があったんでしょ」

「俺はあんたらと会ったと思ってる。教えたくなったら言ってくれ」

杉山はそのまま店を出ていった。

「何です、あの人。付けられてるって、彼にですか」

「東京経済新聞、社会部の記者だ」

「新聞記者が我々を監視してるんですか。ヤバいですよ。絶対に漏れますよ」

「だったら、それでもいい」

「ムチャですよ。大変なことになるって言ったの先輩です」

「小野寺さんだろ。俺は言ってない」

鳥羽が呆れたという顔で真名瀬を見ている。

「きみに調べてほしいことがある」

真名瀬はコーヒーカップを置いて背筋を伸ばした。

「東洋重工と防衛省との関係だ。人脈、過去の取引、天下った人物。制服組、背広組、すべてだ。特に高級幹部、佐官クラスと将官クラス。背広組についても詳しく調べてくれ。東洋重工もだ」

「真名瀬さんは、東洋重工と防衛省の幹部が組んで核爆弾を製造しようとしていると」

「民間企業一社だけではとてもできないことだ。まず二つの組織の関係を知りたい」

「最終的には、ヤマトとどう関わりがあるか調べるんですね」

真名瀬は頷いた。

真名瀬と鳥羽が防衛省の部屋に帰ると、都内の大学に行ったひと組のチームが戻っていた。

さらに数時間後にはふた組が戻り、地方の施設を訪ねたスタッフからも連絡が入った。

脇坂と根木が壁に貼った地図上に、送られてきた情報を書き込んだり貼り付けていく。写真も多くあった。建物、図面、部品、工作機械、そして人間。明らかに隠し撮りしたモノもある。

真名瀬は地図の前に立ち、腕を組んで眺めている。

鳥羽が新しい写真を持って来て、貼った。何かの部品と図面だ。「極秘」のスタンプが押してある。

「みんな、結構やりますね。撮影禁止なんて彼らには関係なさそうだ。明らかに違法すれすれのものもある。いや、相手が訴えれば負ける」

「スマホのおかげだ。解像度も高いし、ビデオもボイスレコーダーも付いてる」

「確かに。ひと昔前のスパイ映画のスパイグッズなんておもちゃだ。スパイもやり易くなった」

「日本ではな」

日本ではスパイ活動に関する法律が整備されていない。特定秘密保護法で一部がカバーされたにすぎない。

真名瀬は頭の中で、部品の写真をレポートにあった図面に置いていった。パズルを埋めるように円筒形の図面が埋まっていく。すでに半分以上が埋められている。すべてを集めれば完成に近いのかもしれない。真名瀬の身体に冷たいものが流れた。鳥羽が一歩下がって眺めている。

「まさに日本全土における科学技術の結集、総力戦ですね」

「日本の底力というところか」

「これを組み合わせると核爆弾ができるんですかね」

「八割といったところか。不明な部分も多いが、これらの部品は実際に集められ、組み立てられている」

「部品の行き先を突き止めるのがやはり先決ですね」

「それと、レポートの参照部分を見つけることだ」

この図面には肝心なところが抜けている。爆縮装置ともいえるところだ。核物質の爆発を引き起こす最も重要な部分だ――真名瀬は岸本の言葉を思い浮かべていた。

真名瀬のスマホが鳴り始めた。

「日本に来ているのか」

相手が言葉を発する前に言って、部屋の隅に移動する。現在のワシントン時間は午前三時だ。

〈まだワシントンだ。近いうちに日本に行くことになりそうだ〉

デビッドの威勢のいい声が返ってくる。

「そっちは、夜中だろ」

〈俺たちは親友だと思ってる。国のために我々の関係が壊れるのは忍びがたい。だが、外交とは自国の利益を最優先に考える〉

「何が言いたいんだ」

〈言葉通り。俺が言えるのはここまでだ。過去より、現況を重視しろ〉

そこで電話は切れた。デビッドの様子がいつもとは違う。

デビッドの言葉の意味を真名瀬は考えた。彼は何を伝えたかったのか。

「どうかしたのですか。ぼんやりして」

「何でもない」

脇坂に答えたとたん、真名瀬のスマホが再び鳴り始める。

〈すぐに部屋に来てくれ〉

小野寺だった。いつにも増して深刻な声に聞こえる。

部屋に入ると小野寺は電話中だった。真名瀬に座るよう目で合図する。真名瀬は椅子を引き寄せてデスクの前に座った。

自衛隊機、中国空軍、領空侵犯、J11戦闘機、P8哨戒機という単語が小野寺の口から出る。真名瀬にも聞こえるように話しているのだろう。小野寺は受話器を戻すと真名瀬に向き直った。

「尖閣周辺を偵察していた航空自衛隊のP8哨戒機に、中国空軍のJ11戦闘機が異常接近した。笑っているパイロットの顔まで識別できたそうだ」

異常接近のあった場所は、尖閣諸島周辺の領海と公海の境界上空。公海上だと主張する中国政府に対して、日本政府は領海上という見解を示している。

通常の偵察飛行をしていた自衛隊機の上空二十メートル付近を中国軍機が通過した後、急旋回して、自衛隊機の下を通りすぎていった。

「自衛隊機のパイロットの話だと中国軍機は完全武装していたそうだ」

「政府の反応は」

「ただちに中国大使を呼んだ。同時にアメリカ大使と会って今後の方針を話し合う」

「海軍に続いて空軍の挑発行為ですか。ここ最近、日本に対してだけではなく、南沙諸島の周辺国に対しても、軍の挑発がエスカレートしています。これは――」

「党中央が軍部を統制し切れていないということか。前にも言っていた」

「そうとでも考えなければ説明が付きません。あまりに強引すぎます」

真名瀬は数秒の間を置いてから答えた。

「華国家主席は今までになく軍の評判がいいと言われている」

「評価されるのと、実権を握るのとは違います。軍の言いなりだから、受けがいいという見方もできます」

「馬国務院総理の動きは」

中国共産党のナンバー2だ。いっとき華主席との不仲説が上った。トップを争っていると言われている。強硬派と見られている馬国務院総理は軍との結び付きが強い。

「野心はあるようですが、今のところ動きは封じ込められています。それも華主席が軍を掌握していると信じられているからです」

真名瀬が小野寺に言う。

「今後、中国の挑発行為はさらにエスカレートすると思うか」

「個人的にはそう思います。楽観視する見方も多いようですが」

これ以上のエスカレートとは軍事衝突だ。誰もが信じたくない。

「今後ますます、アメリカとの同盟強化が必要になるということか」

小野寺が軽く息を吐いた。真名瀬はデビッドの電話を思い出していた。

過去より、現況を重視しろ――聞き流した言葉が、鮮明に脳裏に響いて来る。

「アメリカは動きません。中国側に立つかもしれません」

「根拠はあるのか」

小野寺が意外そうな顔で聞いて来る。真名瀬は言葉に詰まった。デビッドは明言したわけではない。

「アメリカの利益を考えてください。日本に付いた方が得か、それとも中国が得か。国益の問題です。過去より現況です。小野寺さんが常に言っていることです」

「アメリカと我が国には、七十年近く続いた安保条約がある」

「大統領の意思次第で解釈が変わるのも国際条約です。それじゃ困るんですがね」

「確かにアメリカは尖閣諸島が日本の領土だと言っているわけでもない」

小野寺が考え込んでいる。表情は十分前よりさらに曇っているように見えた。

真名瀬は窓の外に視線を移した。西の空を黒い雲が覆っている。間もなく雨になるかもしれない。

第三章　南海の戦闘

1

都内のホテルの会場は終始、和やかな雰囲気が漂っている。

本郷総理大臣の政治団体〈未来を語る会〉のパーティー、『新しい日本を語る』が開かれていた。五百名入る会場はいっぱいに埋まり、熱気に溢れている。壇上には党と経済界の重鎮たちが並んでいた。

「日本経済は徐々にではありますが立ち直りつつあります。この勢いを止めてはなりません。ただ安心ばかりはしていられません。周辺諸国は我が国のつまずきを狙っています。今後とも我が党に、強いご支援をお願いいたします」

本郷が頭を下げると、拍手が沸き起こった。

三十分の演説を終え、本郷が席に戻ったときだ。壇上の裾から入って来た秘書が、本郷の耳元で囁く。

「いや、私が行こう」

本郷は何回か言葉を交わした後、突然立ち上がった。かすかなざわめきが広がる。

「私個人はこうして皆さんとの時間を楽しみたいが、世界は様々な混乱に満ちています。その一つが起きましたので、私はこれで退席します」

本郷は会場を一瞥すると微笑んだ。

「集まっている皆さんに、大まかな説明をしておいてくれ。どうせ夕刊には出ることだ。ここに報道関係者は余りいない。少しでも早く知ったという優越感を与えることは、次の選挙には大きなプラスになる」

本郷は会場に手を振りながら、小声で秘書に言った。

部屋を出ると、数人のSPが待っていて誘導した。本郷は歩きながら秘書に聞いた。

「他に情報はないのか」

「今のところは」

「防衛省にもっと詳しい報告を上げるように伝えろ。外務省を通してアメリカからも情報を入手してくれ。王中国大使をすぐに官邸に呼ぶように。彼から中国の真意を引き出せるとは思えないが」

本郷は矢継ぎ早に指示する。

「防衛省の分析官を呼んでいます。閣議はどうしましょう」

「もっと情報を集めてからだ。新たな事実は各大臣が共有できるようにしてくれ。すべて極秘扱いだ」

本郷はホテルの裏口から通りに出た。総理専用車を含め、数台の車が待っている。

車に乗り込むと一瞬、意識が薄れた。悟られないように背筋を伸ばし、深呼吸する。ここ数日で神経がかなり参っている。秘書から渡された一枚の報告書に目を通した。

「ついに中国とベトナムの海軍が衝突か。中国海軍の挑発に、ベトナム海軍が反撃したということか」

「やはり、ベトナムが中国の挑発に乗ったとお考えですか」

「それが事実だろうが、現場の暴走とも言える。これ以上拡大しないことを祈るだけだ」

インドシナ半島では中国とベトナムが勢力圏をめぐって争いを繰り返してきた。一九七九年の中越戦争はその一つだ。ベトナム戦争後、ベトナムは領内に侵入した親中派のカンボジア、ポル・ポト派を撃退したが、カンボジア寄りの中国軍が反撃した。ベトナム軍は侵攻してきた中国軍も追い払った。

その後も両国の間では南シナ海の領有権をめぐり、一九八八年には南沙諸島で軍事衝突が散発的に起こっている。

現在は南シナ海で海底油田の開発に関連して、島をめぐる領土問題が持ち上がっている。ここ数年、中国は占領した島を埋め立てて滑走路や港を作り、軍を常駐させ、急速に軍事要塞化を進めている。

総理執務室に入ると小野寺が待っていた。本郷は近くに来るよう目で合図をして、執務机に座った。

「詳しく説明してくれ」

「日本時間午後三時二十三分。南シナ海の西沙諸島トリトン島南方十六カイリ付近において、ベトナム海軍の巡視艇が中国海軍江凱Ⅱ型フリゲート艦に二十三ミリ機関砲を発砲。負傷者はなし。威嚇のためと言っていますが、命令系統の不備だと思われます」

「中国軍は？」

「ミサイル照準のためにレーダーを照射。しばらくその状態を続けたそうです。発射はしていません。ベトナム軍は縮み上がっているはずです。ミサイル一発で巡視艇は撃沈、大惨事です」

「お互いに銃座にしがみついて相手の銃口を見ていたということだな。かろうじて戦争は避けられたわけか。中国にとっては、格好の口実になったはずだ」

本郷は小野寺に問いかける。

「ハプニング的軍事衝突です。両国政府も驚いていると思われます」

本郷は資料に目を落とした。

「中国軍は開戦を望んでいるのではないのか。まだ機が熟してないと考えているのか」

「ミサイル発射をためらったのは、アメリカ第七艦隊のジョージ・ワシントン打撃群が南シナ海の公海上にいるからだと考えられます。事態を受けて、米イージス巡洋艦が現場海域に向かっています」

空母打撃群は一隻の航空母艦と複数の護衛艦艇、潜水艦と補給艦で編成されている。構成艦艇の総乗組員数は七千人以上になる。

小野寺の説明を聞きながら資料を読んでいた本郷が顔を上げた。

「尖閣周辺はどうなっている」

「海上自衛隊の護衛艦二隻と哨戒機、海上保安庁の巡視船二隻、計四隻が警備行動を続けています」

「最大限の注意を払うように伝えてくれ。けっして挑発には乗らず、冷静な対応をと」

本郷はしばらく考え込んだ。秘書に向き直る。

「直ちに国家安全保障会議を招集してくれ」

「もう少し情報が集まってからのほうがいいかと」

「もしものときの日本の対応を決めておきたい。ワーストケースだ。まず四大臣会議だ。きみも出るように」

本郷は小野寺に目を向けた。

国家安全保障会議は、国家の安全保障に関する重要事項や緊急事態への対処を審議する。首相を議長にした、官房長官、外務大臣、防衛大臣による四大臣会議が対処の基本的な方向性を決める。個別の重要事項は副総理、総務大臣、財務大臣、経産大臣、国交大臣、国家公安委員長を加えた十大臣会議で審議する。さらに緊急事態には、他の大臣や自衛隊統合幕僚長ら関係者を首相が招集する緊急事態大臣会合が開かれる。

二十分後、国家安全保障会議、四大臣会議のメンバーが顔をそろえた。

本郷がおもむろに口を開く。

「問題は二つある。一つは南シナ海でのハプニングに我が国はどういう態度をとるか。もう一つは東シナ海だ。こっちの方が重大だ。同様な事件が起こる可能性は低くはない。今度は我が国が当事国となる」

「南シナ海での事件に関しては、国連に任せて中立的な立場に立てばいいことです。今回の場合、中国の挑発に乗って手を出したベトナムに非があります」

官房長官が言う。

「それでいいのか。猫が象に戦いを挑んだんだ。よほどの苦渋があった末のことだろう」

「その苦渋を我が国も味わっています。いずれ同じことが起こると思われます」

「それを考慮してすみやかに国連に提訴すべきです。だから――」

「二番目の議論に移ろう」

本郷は外務大臣の言葉を遮った。

今回のハプニングに関しては、常識的な判断をすればいい。中国に対する積極的な発言は控えるべきだ。ただ、それで終わりではない。東シナ海、尖閣諸島周辺で日本と中国の間に同様な事態が起これば、この対応が大きく影響する。本郷の脳裏に様々な考えが駆け巡った。

「やはりアメリカの出方がカギになります。ハシェット大統領とのパイプは常に維持しておいてください」

外務大臣が当然というように言う。そんなことは分かりきっている。

「アメリカに頼りすぎるのも危険です」

柴山防衛大臣の背後に座っていた小野寺が立ち上がった。部屋中の視線が集まる。

「どういうことなのかね」

本郷が問いかける。小野寺は自分の唐突な発言に戸惑うように柴山に視線を向けた。仕方がないという表情で柴山が頷いている。

「アメリカには国益を優先すべきという根強い意見もあります。来年は中間選挙です。支持率が大きく低下しているハシェット大統領は負けられない。アメリカ国民の多くは強いアメリカ、世界の警察官としてのアメリカより、経済を第一と考えています。大統領が日本と歩調を絶対に合わせると考えるのは危険です」

「アメリカが中国側につくということか。戦後七十年を経た今までアメリカと日本は――」

「経産大臣もきみと似たようなことを言っていた。彼はエネルギー問題と絡めていたが、経済全般と考えた方がいいだろう。中国十三億人のマーケットは、世界のどの国にとっても魅力的だ」

外務大臣の発言を遮るように本郷が言った。

「中国側につくようなことはないでしょうが、中立を保つことは十分に考えられます」

もはやアメリカが超大国ではなくなったということだ。それは最近の中国、ロシア、さらにはアラブ諸国の態度にも表れている。ＧＤＰで中国がアメリカをも凌ぐのを世界は現実的に捉えている。

「日本がアメリカから離れて独自に防衛しろというのですか。中国と直接やり合えと。無謀な考えは捨てるべきです」

本郷は苦笑した。やはりこの男を外務大臣に据えたのは失敗だったのか。十年前の世界観を踏襲している。非は派閥の力に屈した自分にある。

ノックとともに秘書が入って来た。

「王中国大使が見えました」

「会議中だ。待ってもらえ」

秘書が出て行くと、本郷は小野寺に視線を向けた。

「軍事の専門家に同行してほしい。柴山大臣は中国大使とは顔見知りだ。きみは大使と面識はないだろう」

「正式に紹介されたことはありません。大使も私を知らないと思います」

「私の秘書の一人ということで同行して、大使の言動を観察してくれ。後で意見を聞かせてほしい。会談中に気にかかることがあればメモを渡してくれ。重要な会談になるかもしれん」

同意を求めるように小野寺が柴山を見る。柴山は軽く頷く。

防衛省の職員を同席させるなど異例だが、専門知識を持った者の目が確かに必要だ。

「アメリカからの情報には特に気をつけてくれ。沖縄のアメリカ軍の動きと第七艦隊の動向について進展があれば会談中であっても直ちに連絡がほしい」

本郷は柴山に言うと、小野寺を伴い部屋を出ていった。

真名瀬は地下鉄の駅を出た。スマホが鳴り始める。

〈ベトナムと中国が南シナ海で一時戦闘状態に入りました〉

鳥羽の声は興奮していた。

〈驚かないんですか〉

「驚いてるよ。小競り合いだろ」

〈それでも軍事衝突です。ベトナム海軍の二十三ミリ機関砲の発砲です〉

「あと十分で防衛省に着く」

真名瀬はスマホを切って歩みを速めた。ふっと盗聴という言葉が浮かんだのだ。

防衛省には普段より車の出入りが頻繁で、建物内の人も多い。

新しく与えられた部屋に真名瀬が入ると、若手が集まって話していた。

「ここの制服組はかなり興奮しているというか、慌てています。次は日本の番だと思ってるんでしょ」

鳥羽がそばに来て小声で言う。真名瀬は鳥羽から状況の説明を受けた。

「これ以上拡大することはないだろう。ベトナムはそこまで愚かではない」

「負ける相手にあえて戦いを挑まないということですか。でもベトナムはアメリカに勝った国です。過去には中国軍も撃退している」

「ジャングルでの話だ。今度は海上だ」

「中国海軍のフリゲート艦は――」

真名瀬はこの話は終わりという合図を鳥羽に送り、若手が話している横を通ってホワイトボードの前に立つ。集まっていた若手は自分の席に戻っていく。

「今日は今後の調査方針について話したい」

真名瀬は部屋中を見回しながら言った。

「私の部隊は緊急態勢に入りました。現在、二隻の巡洋艦が佐世保に向かっています」

海上自衛隊の二等海尉だ。

「陸上自衛隊も一部の隊員が隊に呼び戻されています」

「航空自衛隊も隊への帰還命令が出たと友人が電話してきました。彼は沖縄のF15のパイロットです」

いたる所から声が上がり始めた。やはり制服組の発言が多い。

「動揺するな。現在きみたちがやっている仕事も同じように重要だ。こういう時期だからこそ、早急に解決しなければならない」

言ってはみたが、ゴールは真名瀬にも見えていない。

「きみらが集めてきた情報により、舘山さんが回っていた施設の概要とそこで製造していたモノはほぼつかめた。今後は残りの施設を調べることと、レポートが作られた背景の調査に全力を注ぎたい」

「背景というと具体的に何を調べるんですか」

「東洋重工がヤマト・コーポレーションという子会社を作って、何かしている。目的とそれに関わっている者たちと組織の全貌だ」

真名瀬は若手たちを見回した。

「突き止めても、前に言ったようにお咎めなしでは何の意味もないように思いますが」

「政財界に亘る巨大な組織が存在しているはずだ。それを暴き出し、潰すのは大きな意味がある」

真名瀬は発言者に視線を向けて言う。

いつの間にか、騒ぎは収まり、すべての目が真名瀬に向けられている。

一時間近い会議の後、各々自分の仕事に戻っていった。

真名瀬は壁に貼られた地図の前に立った。この数日で舘山の訪問先には、誰かが出かけた。全国に亘ってピンが刺され、横のスペースに調べた内容が貼られている。

「ここにあるモノだけで八十パーセント、いやそれ以上を組み立てることができます。でも、何かスッキリしませんね」

背後から鳥羽の声がする。

「心臓が抜けているんだ」

「分かるように言って下さい」

「プラモデルを作っても意味がない。いくら精巧な実物大ジェット機を作っても、エンジンがなければ見て楽しむだけで動くわけじゃない。核爆弾の心臓部は実際に核爆発を起こす核物質だ。高濃縮ウランかプルトニウムが一定量なければ、ただの実物大のおもちゃだ」

鳥羽が頷いている。

「入手方法がレポートの参照部分に書かれているんじゃないですか」

真名瀬は岸本の言葉を思い浮かべていた――核爆弾は装置の製造だけじゃできない。重要なのは核反応を起こす濃縮ウランかプルトニウムだ。この二つは国際的に厳重に管理されている。IAEAが定期的に査察を行ない、厳しく監視している。日本が秘密裏に手に入れることはできない。

病院のベッドに横たわっている舘山の姿が脳裏をかすめる。彼はどう考えていたのだ。

「この部分についても十分なものじゃありません。爆縮装置に当たる部分です」

振り向くと技本の根木がいて、図面の一部を指した。彼女は技本でロケット弾を開発していた。核爆弾についても詳しいはずだ。

「レポートにあった、参照の部分にこそキーになる情報が隠されている気がします」

「ないモノはしょうがない」

「中でも重要なのは七番目の参照の情報です。爆縮装置とその起爆装置の図面とタイミングです。核爆弾が最高のタイミングで効率よく爆発するか、不発に終わるかを決める重要な部分です。アメリカでも最高レベルの機密になっています。核保有を望んでいる国は涎《よだれ》を流してほしがります」

根木は鳥羽を無視して話した。

「舘山さんの意識はまだ戻らないんですか」

「かなり難しそうだ。回復の兆しが見られれば、すぐに連絡が入るようにしている」

真名瀬はベッドの横にたたずむ娘の姿を思い浮かべた。

「舘山さんのパソコンの行方は分からないんですか」

「知ってるのか。パソコンが消えたことを」

「技術企画部の事務の藤原さんから聞きました。というより、聞き出したんです。彼女に罪はありません。だって舘山さんが持っていたレポートでしょ。彼のパソコンを調べれば何かが分かると思って」

鳥羽が無言で根木を見つめている。

「これはまだ秘密だ。小野寺さんの指示だ」

「彼女はパソコンが舘山さんのデスクからなくなったと言ってました。ということは、内部の人が持っていったんですか」

「それは不明だ。だから私たちが調べている」

根木はわざとらしくため息をつくと、一礼して席に戻っていった。

「先輩――」

部屋を出ようとした真名瀬を鳥羽が呼び止める。いつになく真剣な顔をしている。

「先輩はあの装置を組み立てると、本当に核爆弾ができると思っているんですか」

「その可能性があるから阻止するために動いている」

「僕は思うんですがね。このまま日本が核武装に突っ走ってもいいんじゃないかって」

鳥羽はわずかに声を潜めた。

「核爆弾のかなりの部分まで、本当にできているかもしれません。それも極秘にです。ならこのまま――」

真名瀬は鳥羽の腕をつかんで部屋を出た。

「冗談でもそんなこと言うな。おまえもキャリアだ。マスコミに聞かれたらとんでもないことになる」

「賛成する国民も多いはずです。議員にだっています。核を持てば他国の軍事力に依存することもない。中国もロシアも韓国や北朝鮮だって、日本に対して、もっと謙虚に慎重になるはずです」

「一線を越える可能性もある。核は悪魔の兵器だ。そして麻薬と一緒だ」

鳥羽は答えない。彼はそれも分かっているのだ。

「この話はこれで終わりだ。俺は何も聞かなかった。おまえも何も言わなかった」

分かったなと、真名瀬は鳥羽の肩を叩くと階段のほうに歩いた。

真名瀬は舘山の部屋に向かった。再度舘山の机の中を調べた。今回は躊躇はなかった。だが、レポートについて手掛かりになるようなものはやはりない。

パソコンを立ち上げて舘山の経歴をもう一度見直した。

舘山の人脈はさほど広くはない。防衛庁時代から技術畑を歩み続けている。

関係した部署の部長、将官以上の上司を拾い上げて、それぞれの経歴をさかのぼった。防衛研究所の所員が大半だったが、制服組の幹部クラスとも交流はあったようだ。

他に陸、海、空の数人の将官と接点がある。その半数以上はすでに退官していた。

デスクにあったメモ帳を広げた。電話のメモに使ったのか、名前と日付、時間、場所、さまざまな単語が書き散らしてある。真名瀬はヤマトに関係のありそうなものを探していった。

真名瀬の目が留まった。元統合幕僚長がいる。

真名瀬は防衛省、自衛隊、防衛大学校のサイトを検索していった。栗原信雄七十二歳。自衛隊創設以来の名将と言われた武官だ。退官後のことは書かれていない。顔写真は穏やかな視線だが、薄く引き締まった唇は意志の強さを感じさせる。

任官時代はひたすら自衛隊の装備の増強に努めたと聞いている。将来の世界情勢、さらに日本の少子化を見据えて、少数精鋭部隊を目指したのだ。装備の近代化は自衛官の命を守る——彼の基本路線には真名瀬も賛同している。

平和とは耐えることなり。自衛官とは耐えることなり。ひたすら世界と祖国を見つめて——栗原統合幕僚長が退官の挨拶で述べた言葉だ。十年近く前の言葉だが心に沁み付いている。

真名瀬はキーボードから指を離した。自衛隊、軍需産業、そして次は政界だ。まだ政治家の名前は出ていない。

真名瀬は静かにパソコンを閉じた。

2

マンションの部屋に入ると同時に強い力で腕をつかまれ、壁に頭を叩きつけられた。

一瞬意識が遠のいた。何が起こったのか分からず混乱した。

気がつくとカバンが奪われ、中身が廊下にばらまかれていた。散らばったものが懐中電灯の光に照らし出され、靴先でより分けられていく。

「だれだ——」

かすれた声が出た。腕をつかまれたまま身体の位置を変えられた。腕がしびれて反撃の気力さえ湧かない。

口の中にタオルが詰め込まれてから、腕の力が緩められる。

「大声を出すな。出せば殺す。分かったら頭を振れ」

頭を振る。口からタオルが取り出された。

顔を上げると廊下の奥に黒い影が立っている。窓から差し込むネオンの光で男の顔がわずかに見えた。

真名瀬は奥の部屋に連れて行かれた。

薄闇に慣れるまでに時間はかからなかった。床には本が散乱し、ベッドの枕と布団は切り裂かれている。

冷蔵庫の扉が開けられ、牛乳パックが床に転がっている。

「盗聴器を仕掛けたのはあんたらか」

「黙ってろ。質問にだけ答えろ」

腕に痛みが走る。真名瀬は思わず呻き声をあげた。腕をつかむ男の頭の位置は真名瀬の鼻辺りだが、腕の太さは倍以上ある。

「離してやれ」

その声を聞き、腕をつかむ男に戸惑う気配があった。全身が楽になった。

腕をつかんでいた男は一歩下がった。両手を背後で組み、両足は開き、背筋を伸ばす。同じ姿勢の男たちが部屋の隅に立っていた。

真名瀬は顔を上げ、声がする方に向けた。

「目的を第一に考える者たちでね。少々手荒くなる。家捜しも本職ではない。この通りだ。申し訳ない」

「栗原さんでしょ。元統合幕僚長の」

真名瀬は声を絞り出した。一時間ほど前に舘山のメモ帳から拾い出した一人だ。

一瞬、部屋の空気が変わった。男が真名瀬の腕を再度つかんだが、栗原の指示を受けて離す。

栗原は窓際に置いた椅子に腰かけ、真名瀬の方を見ている。

「何を探しているんです。私の部屋で」

「舘山のレポートはどこにある。参照の部分を含めてだ」

「私たちもそれを探しています。あなたたちが彼のパソコンを持っていったのではないんですか」

男たちがいっせいに栗原に視線を向ける。栗原がかすかに頷いた。

「あのレポートについて、どこまで調べた」

「それは、あなたたちのほうが知っている。私たちが行った場所はすべてつかんでいるはずです」

「舘山は訪問先をすべて書き残していたらしいな」

「彼の性格でしょう。几帳面なことは悪くはない」

一人の男が真名瀬に向かって一歩踏み出した。栗原が制止する。

「あなたたちの施設や工場を私の仲間が訪問したと知って慌てているのですか」

真名瀬はしゃべり続けた。彼らから何かを引き出せるかもしれない。

「ここまでだ。心配するほどの情報はつかんでないらしい。我々を挑発して聞き出そうとしているだけだ」

「どうしましょう。窓から放り出しましょうか」

真名瀬の腕をつかんだ小柄な男が栗原に向かって言う。冗談とも言えない口調だ。

「ヤマトはすでに完成しているのか。それとも行き詰まったのか」

真名瀬の言葉で男たちの動きが止まった。視線が真名瀬に集中する。

ヤマトの名前に意外な反応を見せた。東洋重工とは無関係なのか。情報の伝達がただ遅れているだけなのか。

「優秀な男だそうだな。将来の防衛省事務次官候補の一人になっている」

栗原が口を開いた。

「東大法学部卒。ハーバード留学、帰国は先月。きみのことは調べさせてもらった」

「じゃ、私が何も知らないこともご存知でしょう」

「今は知らなくても明日のことは分からない。知っているか、人には二種類ある。危険な芽は早めに摘み取るタイプと、どんな花が咲くか待ってみるタイプだ。私はどっちだと思う」

「名将と言われた方だ。そのあなたがなぜこんなことを。これじゃ、町のチンピラと変わらない。この男たちも、元自衛隊員でしょ」

真名瀬がうめき声を上げた。小柄な男が腕をつかみ、ねじりあげたのだ。

「手荒なことはするな。放っておけ」

栗原が立ち上がると同時に、真名瀬は突き放された。

ドアに向かって歩き始めた栗原が立ち止まり、振り向いた。

「小野寺の子飼いらしいな。あの男には気をつけろ。おまえが思うほど、この組織は単純でも甘くもない」

栗原は再び歩き始めた。

小柄な男が近づいてきて、真名瀬に向かって肘を跳ね上げた。顔面を鋭い痛みが襲う。男は背後に回った。後頭部に鈍い痛みが広がる。意識が薄れ、膝から床に崩れ落ちた。ほんの一瞬のことだった。

足音が遠ざかっていく。男たちが部屋から出ていくのを、真名瀬は薄れていく意識の中で見つめていた。


どれほど経っただろうか。

気が付くとインターホンが鳴っている。真名瀬は全身の力を込めて壁を伝って立ち上がり、ロックを解除した。

玄関まで這っていき、カギを開けるとその場に座り込んだ。

入ってきた由香里が口を押さえて立ち尽くしている。

「どうしたのよ」

由香里が真名瀬の腕をつかんで立たせた。

「大声を出すな。頭に響く」

由香里は真名瀬を支えて部屋の中に入り、立ち止まった。茫然とした表情で見回している。

「警察を呼びましょ」

「相手は分かってる。彼らは警察沙汰にならないのを知っているか、なってももみ消すことができるから俺を襲った」

「でも……やっぱりひどすぎる」

真名瀬をベッドに寝かせてから、改めて部屋の中を見ている。

確かに単なる家捜しではない。憎悪をはらんでいる。真名瀬個人より、防衛省に対してかもしれない。

由香里がバスルームのキャビネットから鎮痛剤を取ってきて、真名瀬に飲ませた。十分もすると万力《まんりき》で締められるようだった痛みが半分消えた。

「凶暴な奴もいた。見せしめと趣味の両方だ」

言ってからしまったと思ったが、由香里は気付いていないようだ。

「きみはなぜ来たんだ」

「仕事で近くまで来たので電話してみた。出ないので来てみたらカーテンが開いてたの。それでインターホンを鳴らしてみた」

由香里は真名瀬を覗き込んでいる。

「顔は切れたり、青膨《あおぶく》れってことはないみたい」

後に残らない殴り方を知っているのだろう。身体を起こそうとして、思わずうめき声をあげてしまう。

由香里に助けられて立ち上がり、洗面所の鏡の前に行った。

確かに、見た目は変わってない。だが、ダメージは見かけより遥かに大きい。

「全部話したらどうなの。見せしめって何なの。力になれるかもしれない」

由香里は氷で真名瀬の後頭部を冷やしている。やはり気付いていた。話そうかという気になるが、思い留まった。

「舘山という防衛省の人が車で事故を起こして、植物状態になってるんでしょ」

「知ってたのか」

「杉山さんに聞いた」

由香里の口調が有能な新聞記者に変わっている。

「舘山さんは防衛省の秘密特殊兵器の開発に関与していた。杉山さんはそれを調べてる。私にあなたのことを聞いてきたの。真名瀬って、どういう奴かって」

彼、危険かも――由香里の杉山評を真名瀬は思い出した。

「彼は何をつかんでる。具体的に教えてくれないか」

「やめてよ、私ばかり。あなたのほうは」

「まだ言えない。そのときがきたら、まずきみに報せる」

「ということは、次期戦闘機についてではないのね。杉山さんに言っておく。今日のことは話していいの。あなたが襲われた上、部屋を荒らされたこと」

「それはまずい。彼の好奇心をよけいに刺激してしまう。きみは僕の仕事を知ってるはずだ」

「国家にとって重要な仕事ってことよね。さんざん父から聞かされてきた。じゃ、もう一つ言っておかなきゃ。杉山さんはかなりこのことにのめり込んでる。昨日は関西にも行ってる。わざわざ休んでね」

関西の中堅金属加工メーカーの名を由香里は挙げた。やはり舘山の訪問先にあった特殊金属の加工で有名な企業だ。真名瀬のグループの者も行っている。

真名瀬は観念した。杉山が舘山のレポートについて知るのは時間の問題だ。発覚する前に自分の口から伝えた方がいい。真実を知られるのは恐ろしいが、さらに恐ろしいのはレポートが現実になることだ。それだけは阻止しなければならない。

「早く話した方がいい。どうせ、いつかは明らかになるんだから」

「墓場まで持っていかなきゃならない真実も、世の中にはあるんだ」

真名瀬は低い声で言った。やはり由香里にはまだ早すぎる。由香里の腕から力が抜けた。

「きみを信用していないわけじゃないんだ」

由香里が見返してくる。立ち上がろうとしてよろめいた真名瀬を由香里が支える。

「手伝ってほしい――」

由香里は無言で真名瀬を椅子に座らせた。真名瀬は由香里の手を借り、テーブルの上を片付けてパソコンを置いた。

「栗原信雄という男を調べたい。元統合幕僚長だ」

由香里もカバンからパソコンを出した。

それから二時間、二人は並んでパソコンに向き合い、キーボードを叩き続けた。

途中、由香里が席を立ち、コーヒーを淹れた。


翌日、真名瀬は防衛省に着くと、小野寺の部屋に向かった。

「栗原信雄氏をご存知ですね」

小野寺は持っていたファイルをデスクに置いた。

「元統合幕僚長だ。もう十年以上前の話だが」

小野寺はそれがどうしたという顔だ。

「昨夜、私の部屋に来ました」

真名瀬は小野寺を見据えた。小野寺は顔色一つ変えない。昨夜のことを話しても、小野寺は無言だった。

「栗原さんに何があったのです。退官後について探ってみましたが、不思議と何も見つかりませんでした」

昨夜、真名瀬と由香里は栗原について調べた。分かったのは防衛庁時代のことばかりだ。

防衛大学校を首席で卒業後、陸上自衛隊幹部候補生学校を経て、第二十六普通科連隊に配属された。アメリカとドイツに留学後、順調に出世している。陸上幕僚長を二年続けた後、最年少で統合幕僚長に任官した。統合幕僚長は陸海空の自衛隊トップで、防衛庁長官を補佐し、その指揮命令を各隊に伝える。

退官後の消息はまったくと言っていいほどわからなかった。他の統合幕僚長経験者はそのキャリアを生かし、大手民間企業の役員に就いたり、大学教授、評論家として活躍している。

消えてしまったみたい――由香里の言葉がまさにぴったりだった。

「栗原さんは任期を一年残して退官しておられます。何かあったのですか」

「確か当時の防衛庁長官の野村さんと意見の違いがあったと聞いている。詳しくは知らない」

「小野寺さんは栗原さんの下で仕事をしたことがあるんですよね」

「彼が統合幕僚長になってすぐ、一年半ほどブレーンとして働いた」

「栗原さんの評価は高い。実際はどうでしたか」

「評価は分かれる。兵を失わず最大の効果をあげるべき。それが近代的な軍隊、自衛隊だというのが彼の持論だ。装備の近代化と拡充に重点をおいた。核抑止力の効果を認め、突き詰めれば核保有に賛成している。それを公言するようなことはなかったが」

「明確にそう仰っておられるのですか」

「あくまで、考えているという話だ。自衛官の現場トップがそんなことを言えば即刻首が飛ぶ。マスコミも大騒ぎだ。影響は政府にまで及ぶ」

遠い過去を振り返るように小野寺が話す。

「彼らは舘山レポートの参照部分を探していたと言うんだな。栗原さんが関係しているならやっかいだ」

「防衛省が絡んでいるのと同じことです。こんなことがマスコミに漏れたら――」

「栗原と舘山の関係は分かっているのか」

小野寺は栗原を呼び捨てにした。元統合幕僚長であり、かつての上司だ。

「接点は見つけられませんでした。栗原さんの退官後に接触したということは考えられます」

「栗原の退官理由を調べてみるが、多くは期待するな。引き続き、レポートの解明に全力を尽くしてくれ」

真名瀬は部屋を出た。ドアを閉じようとした瞬間、受話器を耳に当てている小野寺の姿が目に入る。

あの男には気をつけろ。おまえが思うほど、この組織は単純でも甘くもない――昨夜の栗原の言葉が脳裏によみがえった。

真名瀬は舘山の部屋に行った。椅子に座り、小野寺の言動について考えを巡らせた。

ノックとともに鳥羽が入って来た。真名瀬は昨夜のことについて話した。鳥羽の顔はいつになく神妙だ。

「俺もヤバいんですかね。隠すものもないし、知っていることも大してないんですけど」

「気をつけた方がいい。我々がどこまで把握しているのか、知りたがっている」

鳥羽の表情が変わる。

「他の連中に話しますか」

「まだだ。現在のところ、彼らは全体像を知らない。栗原さんが彼らを狙うとは考えられない」

「栗原元統合幕僚長は自衛隊の改革者だと思ってたんですがね」

「おまえも裏切られたように思うか。彼の信奉者は多い」

鳥羽の顔は曖昧なままだ。

鳥羽が部屋を出ると同時にスマホが鳴り始めた。

〈この電話番号は柴山から聞いた。大臣じゃなくて娘のほうだ〉

杉山の声だ。真名瀬が答えないと勝手に話を続ける。

〈栗原元統合幕僚長にやられたそうだな〉

「あなたには関係ないでしょ」

由香里がよけいなことをしてくれたと思いながら、真名瀬は言う。

〈栗原は大貫の兄だ〉

思わずスマホを握り直した。

「杉山さん、今どこにいるんです。会って話を聞きたい」

〈会社だが、ここじゃまずいな〉

真名瀬は東京経済新聞社近くの喫茶店の名を言った。由香里と何度か行ったことがある。

〈二十分後に俺は行ってる〉

これで舘山と栗原がつながった。栗原は核爆弾の知識を持つ信頼できる技術者を探していた。舘山は統合幕僚長時代の栗原を知っていたに違いない。舘山は栗原の弟、大貫を通して栗原に紹介された。

真名瀬は防衛省を出て、タクシーに手を上げた。


店に着くと、杉山が奥のテーブルにいる。

「さっきの話、本当ですか」

真名瀬の顔を見つめる杉山にかまわず言った。

「嘘を言ってどうなる。東洋重工副社長の大貫和男は栗原信雄の弟だ。大貫は二歳のときに、戦争で子供を亡くした母の兄の家に養子に出されている。当時は珍しいことじゃない。大貫を調べていて分かった」

「現在、二人の交流はあるんですか」

真名瀬はしばらく考えてから聞いた。

「それはこれからだ。今朝、柴山から昨夜のことを聞いた時、大貫を調べていて栗原信雄の名が出てきたのを思い出した。それで電話したんだ。何が起こってるんだ」

杉山が真名瀬を見据えている。真名瀬は思わず視線を外した。

「防衛省がマスコミを嫌っているのは分かる。だが俺たちだって日本人だ。日本の利益になること、ならないことは理解している。もちろん、国民主体で考えるが」

「それはマスコミの尺度ですよね」

「俺の尺度だ」

真名瀬は杉山に視線を戻した。

「次期戦闘機の開発とは違っていたようだ。柴山から聞いた。おまえは彼女にも話してないらしいな。とするともっと大きなことらしいな。核開発でもやるつもりか」

杉山の言葉は冗談混じりだが、誘導であることは分かっている。ただ真名瀬には否定することはできなかった。無意識のうちに視線を外していた。

「本当なのか」

杉山の声が低くなり身体を寄せてくる。表情が変わっていた。

「最高機密です。公になれば損失は計り知れない。柴山さんにも黙っていてください。これから話すことは」

杉山は真名瀬の言葉を無言で聞いている。

「舘山が持っていたのは核爆弾の製造方法のレポートでした。核科学、電子工学、機械工学、材料工学などの集合です。さらに詳しい製造過程や、各パーツを実際に製造できる日本企業もリストアップしていました。多くは地方の中小企業でした。杉山さんも訪ねています。舘山をサポートしたのが日本の軍需産業トップの東洋重工でしょう。莫大な資金、科学者、技術者を提供して協力しました。そのすべてを指揮していたのが元統合幕僚長、栗原さんです。問題は——」

真名瀬はかすかに息を吐いた。

「その詳細なレポートに沿って、すでに核爆弾が造られつつあるという事実です」

「あんたの役割はその計画を暴くことか」

「消し去ることです。表には出さない。だから絶対に記事にはしないでください。記事になれば日本が受ける不利益は計り知れません」

真名瀬は杉山を改めて見据えた。

「信じているから話しました。あなたは有能な記者だと聞いています。事の重要性は十分に理解されているはずです」

長い時間がすぎた。杉山は口を開かない。目の前のコーヒーカップを見つめ続けている。

「栗原さんの居場所は分かりますか」

「分かったらどうする」

杉山が顔を上げた。

「会って聞いてみます。今、日本で何が起こっているのか。話せば分かると信じています」

「昨夜、会って話したんだろ。今度会ったら、殺されるかもしれない。これだけのことに関わっているんだ。彼らも命を賭けてるだろう」

「栗原さんは統合幕僚長をやった方です。彼の論文も読みました。尊敬できる。バカなことをやるような人じゃない」

「だが、昨夜のやり方はそうでもなかった。柴山から聞いたよ」

杉山の声は笑いを含んでいる。

「栗原さんの居場所を調べてください」

真名瀬は再度言った。

「勝手な奴だな。一つ約束しろ。栗原と会うときは俺も一緒だ」

真名瀬は頷かざるを得なかった。

真名瀬の頭の中では、パズルのピースが回る。一部は納まっているが、大部分は宙を彷徨《さまよ》っている。

3

杉山からの電話は、真名瀬が防衛省に帰って二時間後にあった。

〈今、市ヶ谷駅の橋の上だ。すぐに出られるか〉

分かりました、と答えて真名瀬は部屋を飛び出した。

杉山は市ヶ谷駅近くの陸橋に立っていた。真名瀬の姿を確認し、タクシーに向かって手を上げた。

真名瀬もタクシーに乗り込む。

「栗原は横浜だ。さほど遠くじゃない。マンションだが栗原の名義ではない」

「大貫ですか」

「俺たちの知らない男だ。昔、政治家の高柳の秘書だった」

「高柳とは高柳幸次郎ですか」

高柳幸次郎。民有党の元国会議員だ。数年前に政界を退いてからは、目立った活動はしていないだろう。すでに八十歳近いはずだ。大学時代の専攻は工学。父親の地盤を継いで政界入りしてからは、旧科学技術庁長官や経産大臣を務めている。

車は高速道路に入り、横浜方面に向かった。

舘山はミサイルの技術開発をしていた。宇宙事業でロケット開発を行なっている旧科学技術庁には出入りしている。その時に接点があった可能性はある。同じ理系出身ということから話が合ったのかもしれないが、杉山には言わなかった。

「高柳はハト派の政治家だ。憲法第九条の擁護派でもある。栗原と関係があるとは意外だな。何でもありなのが、彼らの世界だが。いずれにしても、これで政、財、官、駒はそろったな。この古狸たちが何をやろうとしているのか」

杉山はひとり言のようにつぶやいていた。タクシーは高速道路を降り、海に向かって走る。

高層マンションの前に止まった。二人はタクシーから出た。

「元自衛官の買えるマンションじゃないですね。いくら制服組のトップであっても」

真名瀬はマンションを見上げて言った。

「売り出し価格は安い部屋でも一億円前後だ。栗原は最上階に住んでいる。これからどうする」

「考えています」

「昨夜、散々な目に遭ったんだろ。今度は覚悟してた方がいいんじゃないのか」

「あなただってただじゃすまない。いくらマスコミと言ったって」

「俺のことは心配するな。妻子はいない。母親がいるから保険は掛けてる。何が起ころうと、おまえの骨は拾って柴山に渡してやるよ」

杉山の声には笑いが含まれている。これが記者根性というやつか。

真名瀬はスマホを発信させながら、杉山から離れた。電話に出た相手に用件だけ伝えて、杉山のいる方に戻る。

「誰に電話した」

「大貫さんです。いま栗原さんのマンションの前にいるが、取り次いでくれないかと」

「呆れたな。で、何と言った」

「誰か来るそうです」

その時、真名瀬のスマホが鳴り始めた。

〈度胸だけはあるんだな。いや、ただの懲りないバカか。エントランスの前に来い〉

昨夜の小柄な男の声だ。

真名瀬が歩き始めると杉山が横に並んでくる。

「大貫が連絡したんだな。俺のことは言ったのか」

「マスコミがいては簡単に取り次いではくれないでしょ。自己紹介は自分でやってください」

マンション入り口に来ると前後を男に囲まれた。昨夜の二人だ。怪訝そうな顔で杉山を見た。

大柄な方が携帯電話で指示を受けている。

小柄な男が真名瀬と杉山の所持品を調べた。二人のスマホを自分のポケットに入れ、杉山の名刺入れから一枚抜き取った。

真名瀬と杉山は二人に挟まれてマンションに入り、エレベーターに乗った。

小柄な男が真名瀬に顔を寄せ、囁く。

「昨日の一件で頭がおかしくなったのか。のこのこ死にに来るとはな」

部屋は最上階の南向きだ。ベランダ側一面がガラス窓になっていて、東京湾が一望できる。

栗原がソファーに座っていた。背後にスーツ姿の男が二人立っている。年配で知的な雰囲気がある。

窓がわずかに開き、海からの風が吹き込んで来る。

小柄な男が取り上げた真名瀬、杉山のスマホ、名刺をテーブルの上に置いた。

栗原が杉山に視線を向けている。

「東京経済新聞の記者です。どうしましょう」

「手荒なことはするな、秋元曹長」

スーツの一人が小柄な男に言った。長身の方は山口一曹と呼ばれている。二人とも元自衛隊員なのだろう。

「私はただの立会人です。夕方までに無事に社に帰らなければ大騒ぎになる」

杉山が栗原に向かって言った。一歩踏み出した山口一曹を、栗原が手を上げて制する。

「青木正治は友人だ。電話一つでどうにでもなる」

杉山の顔色が変わった。青木は東京経済新聞の会長で大株主でもある。

「それで、何の用だ。大貫に電話をしたそうだな。レポートの抜けている部分の在りかがわかったのか」

「お願いをしに参りました」

真名瀬は栗原に視線を向けた。栗原は意外そうな顔をして、見返してくる。

「政府が望んでいるのは、今回の件をなかったことにすることです。それに関して、相応の対価が支払われると思います。協力を願えませんか」

秋元曹長が真名瀬の喉元をつかんだ。一瞬で気管が圧迫され息ができなくなる。

「下がってろ」

栗原の鋭い声が飛んだ。秋元曹長が背後に下がる。真名瀬は深く息を吸った。

「そんなことを言いに来たのか。私をこれ以上、落胆させないでくれ」

「総理もあなたと話し合う用意はあるはずです。あなたが望むことを言えばいい」

「私の望みは日本が誇りを持った国になること。日本人としての誇りを取り戻し、国家として相応の外交力を持つことだ」

「だったらそれを主張すればいい。日本はそのために戦後を歩んできました。核など必要ありません。核爆弾に関する計画はすべて廃棄していただくことになる」

「きみは本気で言っているのかね」

「軍事の裏付けなき外交は机上の空論。あなたが最後に書いた論文の一節です。それまでの主張とは違っていたので驚きました。その後、あなたは退官した。今もこの考えをお持ちですか。だったら間違っている」

栗原は答えない。真名瀬はさらに続けた。

「日本の軍備には国力的に限界がある。量より質、より効果的な抑止力を発揮する自衛隊を目指さなければならない、とも言っておられます。そのために力を尽くしたことも承知しています。私たちは、あなたが自衛隊員の命を第一と考えていることを知っています。それを目指した発言と信じていました」

杉山は驚愕に近い表情をしている。

「私は失望しました。昨夜のあなたの行為に。それとも、それほど焦っておられるのですか」

気が付くと床に倒れていた。目の前に秋元曹長が立っている。

「下がってろと言ったはずだ」

栗原が強い口調で言った。秋元曹長はソファーの背後に回って姿勢を正した。

「申し訳ない。曹長は私がきみに侮辱されたと感じたんだ」

真名瀬はデスクにつかまって立ち上がった。膝がガクガクするのをなんとかこらえた。

「戦後七十年。世界情勢は大きく変わっている。近年では日本を取り巻く情勢の変化も大きい。変わらないのは日本人の意識だけだ。現在の自衛隊では必ず犠牲者が出る」

犠牲者とは戦闘による死者のことだろう。栗原の論文に、現在の自衛隊で戦死者が出るとすれば、それは憲法による犠牲者であると書いてあったのを思い出していた。

真名瀬はデスクに手をついて、身体を支えようとした。

デスクの上の大型封筒に目が留まった。封筒には興信所の名前が印刷されている。その下に覗くファイルに《真名瀬純》とある。

「調べさせてもらった。相手を知ることは重要だ」

真名瀬の視線に気付いて、栗原が言った。

「きみは被爆三世だったな」

「関係ないことです」

「核保有には反対している」

「私の祖母や母を不幸にした兵器ですが、それは個人的な感情です」

杉山がさらに驚いた顔をしている。

「きみは防衛省の職員として誇りを持って働くことができるか」

「それを心の支えとしています」

「だったらそういう隊員を、国も護る義務がある」

ドアが開き、荒い息を吐きながら大貫が入って来た。真名瀬と栗原を交互に見る。

「兄さん、これ以上の無謀は止めてくれ」

「場所をわきまえろ」

栗原の鋭い声が飛んだ。


大貫は真名瀬と杉山に視線を送りながら、栗原の側に行き、話し始めた。

「そろそろ潮時だ。我々は十分やったと思う。彼の提案に従って――」

大貫の言葉を遮るように、テーブル上の真名瀬のスマホが鳴り始めた。ほとんど同時に栗原の携帯電話も鳴っている。大貫もポケットからスマホを出した。

真名瀬は栗原を見た。栗原が頷く。真名瀬はスマホを取った。

〈尖閣諸島に中国の漁民が上陸。それを阻止しようとした海上保安庁の巡視船に中国海警局の監視船が突っ込んできた。周辺海域に海上自衛隊と中国海軍の艦船が集結している。すぐに帰って来い〉

小野寺の声だ。いつも通り、用件だけ言うと電話は切れた。

「おそらく、同じ内容の電話だ。相手は小野寺か」

栗原の言葉に真名瀬は頷いた。

「すぐに防衛省に帰るよう言っています」

「今回は発展するだろう」

行っていい、と栗原が目で合図を送った。

「いいんですか」

背後の男たちが戸惑った目を、栗原に向けていた。

秋元曹長と山口一曹に挟まれて、真名瀬と杉山はマンションの外に連れ出された。

「次は無事で帰れるとは思うなよ」

秋元曹長は真名瀬の背中を乱暴に押した。

表通りに出たところで真名瀬のスマホが再び鳴り始めた。由香里だ。そのままスマホをポケットにしまった。杉山は自分のスマホを出して耳に当てた。安心しろ俺と一緒だ、とだけ言ってスマホを切った。

「柴山だ。おまえが電話に出ないので、俺にかけてきた。尖閣諸島のことだ。社は大騒ぎだそうだ。早く帰って来いと」

タクシーに乗ると真名瀬の全身から力が抜けていった。杉山も同様らしくシートに深く座り、目を閉じている。

「うちの青木会長が栗原の友人とはな」

杉山がぼそりと言う。

「青木会長も関係しているんでしょうか」

「分からんね。思想的には中立の文化人を装っているが、本音はガチガチの右だと聞いている。最近は戦前日本のノスタルジーに浸る者が多いからな」

考え込んでいた杉山が口を開く。

「栗原と大貫は一枚岩じゃないな。兄弟げんかはよくあることだが」

「大貫さんは栗原さんに頼まれてやっているのでしょう。意思疎通は万全でもないように見えました。これだけの大計画にしては」

真名瀬は昨夜の栗原とのやり取りを思い出していた。

「それにしてもよく解放してくれたな。無事に帰れるとは思わなかった」

「彼らは自信があるんです。核爆弾という切り札を持ってる限り、日本政府は何もできないって」

「確かにな。現状では警察も動かせないし、この国では中国やロシア、アメリカのように裏から強引に解決することも考えられん。日本で秘密保持は難しい」

「栗原さんはパイプ煙草は吸ってませんよね。彼の部下が吸うはずないし」

真名瀬が思い出したように聞いた。

「高柳さんはパイプ煙草を吸いますか」

「俺が知るわけないだろ。どうかしたのか」

「かすかですが、パイプ煙草の匂いがしました。アメリカ時代に吸っている教授が一人いて、周囲は必ず匂ってました」

杉山がスマホを出して耳に当てた。

「元衆議院議員の高柳幸次郎。彼はパイプ煙草を吸ってたのか。誰か知ってる奴はいないか」

電話に出た相手に問いかけた。しばらく待って、分かったと言いスマホを切る。

「当たりだ。政治部の記者が彼の真似をして吸ったことがあるそうだ」

「あの部屋には直前まで高柳がいました。窓が開いていたのは匂いを消すためでしょう」

「我々が来たので、隣りの部屋にでも隠れたか」

「栗原さんと高柳さんは何をしようとしているのか。核爆弾を製造するには目的があるはずです」

「外国に売るとは考えられんしな。クーデターには無理がある」

「入れ物を作るだけじゃ玩具を作っているにすぎません。やはり問題は濃縮ウランかプルトニウムの入手です。どうやって手に入れるつもりだったのでしょう」

二人は黙り込んだ。真名瀬の脳裏には様々な考えがよぎっていく。

「俺は社に戻る。おまえは防衛省だな」

都内に入り高速道路を降りたとき、杉山が言う。真名瀬が頷くと車は防衛省に向かった。

「柴山には感謝しろ。おまえに頼まれて俺が栗原の居場所を調べていることを知って、俺も一緒に行くように彼女が頼んだ。おまえが心配だったんだ。俺はよほど修羅場に慣れていると思われてるんだな。言われなくても同行するつもりだったが」

車が止まる直前に杉山が言った。

「彼女はおまえに惚れてる」

真名瀬が車を降り、杉山に視線を向けたときドアが閉まった。


防衛省では人の出入りが激しくなっていた。行き交う職員は足早で、表情にも緊張感がみなぎっている。

真名瀬は小野寺の部屋に直行した。小野寺はすでに官邸に出ていた。

小野寺に電話をすると、留守電になっている。おそらく総理と会っている。

折り返し電話をくれるように言って切った。スマホをポケットにしまったとたん鳴り始めた。

〈総理官邸まで来てくれ。秘書に言って公用車を回してもらえ。官邸では俺に会いに来たと言え〉

秘書に小野寺の言葉を伝えてから部屋を出た。

出入り口に向かって歩いていると鳥羽が追って来る。

「どこに行ってたんです。こんなときに」

「これから官邸だ」

栗原と高柳について、真名瀬は手短に話した。

「ヤマト・コーポレーションがよく分かりません。現在も調べてはいますが、本社は大手町、東洋重工ビルの三階の一画。職員の半数が東洋重工からの出向組です」

無言で聞いていた鳥羽が言う。

「どこかに工場を持っていて、そこで核爆弾を組み立てているはずだ」

「僕もそう思って東洋重工の関連会社を調べさせていますが、まだ発見できません」

「部品の製造を担っている全国の中小企業からの納品場所は調べたか」

「すべて東洋重工の川崎工場になっています。そこから先は不明です。東洋重工のトラックで運んでいるのでしょう。我々の手ではそこから先をつかむのは難しい」

真名瀬は時計を見た。

「引き続き調べてくれ。小野寺さんに呼ばれている」

「尖閣がらみですか」

「他にないだろ」

「我々の仲間内でも焦りが出ています。特に制服組に。彼らは現場に戻りたがっています。このまま、いつまでレポートの調査を続けるのですか」

「すべてが解明できるまでだ。何もなかった状態に戻すまで」

「解明しても上に報告するだけでしょ。こうしている間にも南の海で仲間が危険にさらされています」

「分かっている。帰ってから話し合おう」

真名瀬は車寄せに出た。

4

官邸では裏口に職員が待っていた。地下にある危機管理室に案内される。

部屋には総理をはじめ防衛大臣、官房長官、外務大臣、統合幕僚長と海上幕僚長がいた。総理の隣りには財務大臣兼副総理が座っている。非常時の会議には、彼も出席が義務付けられている。総理が職務遂行不可能な状態になったとき、職務が滞るのを避けるためだ。

真名瀬は小野寺の横に座った。

海上幕僚長が前方の大型ディスプレイを使って状況説明をしている。

「現在も海上自衛隊と中国軍の艦船の睨み合いが続いています」

「数は？」

「海上自衛隊二隻。さらに二隻が向かっていて、六時間後には合流できます。中国海軍側は現在三隻。さらに三隻が出港しています」

ディスプレイには中国艦船の映像が映し出されている。海上自衛隊の艦船から送られてくるライブ映像だ。おそらく、中国にも海上自衛隊艦船の映像が送られている。

「数の上では相手が上か」

「海上自衛隊の護衛艦はミサイルを含め、すべての火器性能、クルーの熟練度で勝っています。二隻でも中国海軍に十分対抗できます。それを知っている中国軍はむやみなことはしないでしょう」

海上幕僚長は隣りのディスプレイに映されている護衛艦の火器を示しながら、説明する。

「睨み合ってどのくらいになる」

「二時間ほどです」

「四十八時間以内に解決すべく努力してくれ。それ以上になると現場の人間の体力、精神力に限界がくる。何が起こるか分からない」

総理がディスプレイを見つめながら言う。

「解決とはどの段階ですか」

「少なくとも軍の艦船が撤収する状態だ」

外務大臣の言葉に総理が答える。

「尖閣に上陸した漁民について分かっていることは」

「香港を出港した漁船です。テレビクルーと新聞記者が乗船しているようです。残りは漁民と言っていますが、十二人のうち半数は反日団体の活動家と思われます。さらにその半数は中国政府から派遣されているという噂もあります」

「まだ居座っているのか。強制排除はできないのか」

「海が荒れています。無理をすると怪我人が出る恐れがあります。中国はそれを狙っているのかもしれません。事を大きくする口実になる」

「海はいつまで荒れているんだ」

防衛大臣が小野寺に視線を向ける。

「数日間という予報です。下手に動かない方がいいです。荒れている間は彼らも何もできないはずです」

「どういう名目であれ、実績はできた。漁民を中心に二十人余りの中国人が尖閣に数日間滞在する。これは重要な事実として残る」

真名瀬も総理の考えに同意した。

総理の言う実績作りが国際社会に与える影響は大きい。中国は南沙諸島でも同様の手で実効支配を広げている。飛行場、港を作り、軍事基地化しようとしている。いや、既になっている。時化《しけ》が終わり次第、海上保安庁と警察が島に乗り込み、漁民たちを逮捕することで意見は統一された。

防衛省に戻る小野寺の車に真名瀬は同乗した。車が走り出すと小野寺が口を開いた。

「根本的な解決策が必要だな。これでは同様な小競り合いが頻発し、いずれ大きな争いに発展するのは目に見えている」

「根本的な解決策とは？」

「それは官邸が考え決めることだ。我々の役割は官邸の決定のための情報を提供し、決定事項をもっとも合理的な手段で実行することだ」

小野寺の言葉には悲観的な面が強すぎる。真名瀬は防衛省ももっと積極的に表に出るべきだと思っている。防衛に関しては、もちろん一番の専門家集団なのだ。

「ヒントを与えることはできます」

「いいアイデアがあれば言ってくれ。総理に伝える」

小野寺は真名瀬の顔を見つめた。真名瀬は小野寺に、官邸に行く前に栗原と会ったことを話した。

「政治家で関係しているのは高柳幸次郎、元衆議院議員で大臣経験者です」

小野寺は前方を睨んだまま聞いている。

「分かっているところまで話してくれ。例のレポートに関してだ」

「高柳、栗原、大貫が中心になった計画だと思います。政、官、財が一体になって推し進めているはずです。目的など重要な点の多くはまだ不明です」

真名瀬は現在までにつかんだ事実を、自分の推測をまじえて伝えた。

「核爆弾はどうなっている」

「ヤマト・コーポレーションのどこかで組み立てられ、保管されていると思われます」

小野寺はしばらく考え込んだ。

「ヤマト・コーポレーションは調べたか」

「やってはいますが自分たちには限界があります。十分な時間もありません。やはり捜査権のある機関が加わる必要があります。秘密厳守を前提に、あくまで合法的にやるべきです」

「それができないから我々でやっている」

警察の手を借りることが難しいのは真名瀬にも分かっていた。だがマスコミの力は過小評価できない。杉山は真名瀬と行動を共にしていたのだ。秘密裏に行動しても、いつか必ず嗅ぎつけられる。

「概要はある程度つかめたが、これをどうするかだ。総理の考えを聞く必要がある。核爆弾を組み立てている現場を早急に見付ける必要がある」

「どうするつもりですか」

「技本に運んで解体する。解体すればただの鉄クズだ。マスコミが嗅ぎつけても知らないで通す」

「できるのでしょうか――」

真名瀬は懐疑的に言った。やはりスッキリしない。

「きみのチームには引き続き調べてもらうが、きみには別の仕事を引き受けてほしい」

改まった口調の小野寺が真名瀬を見つめている。

「尖閣諸島ですか」

小野寺が頷く。

「一歩間違えば日本の将来を変える危険性をはらんでいる。詳しい報告と分析がほしい。中国が何を考え、どう行動するか。現場指揮官との緊密な意思疎通も必要だ」

「私に行けということですか」

「優秀なアナリストの力がどうしても必要だ。きみなら信頼できる。日本の運命がかかっている重要事態だ」

「ヤマトはどうなりますか。核爆弾がどの程度完成しているか。早急に調べる必要があります」

「だいたいの状況は把握できた。よくやってくれた。現在、尖閣には日中の軍艦が集結しつつある。一歩間違えれば戦争突入の危険をはらんでいる。それだけは防がなければならない」

小野寺は軍艦という言葉を使った。確かに一触即発の状況だ。何としても防ぎたい。

真名瀬の脳裏に図面とインコネルの筒が浮かんでくる。

「あまり時間がないかもしれません。核爆弾はどこかで組み立てられています」

「直接尖閣に行って、冷静な目で見て判断できる者が求められている。私はきみしかいないと思っている」

「しかし私は――」

「きみが戻るまで鳥羽に任せる。彼も信頼できる男だ」

小野寺の口調は決定事項を伝えるものだ。

「出発はいつですか」

「早い方がいい。厚木飛行場からC－130H輸送機が宮古島分屯基地に飛んでいる。それに搭乗させてもらえ。あとはヘリで、尖閣諸島で作戦を展開中の護衛艦へ運んでもらう」

「輸送機の飛行は明日の夕方だと記憶しています」

「護衛艦『あすなみ』が明日中には尖閣周辺に到着する。以後は指揮艦として動くことになる。笹山艦長には私から連絡しておく」

「あすなみ」は森島が乗っている艦だ。

車は防衛省に着いた。

二人が正面ロビーに入ったとき、小野寺が立ち止まった。

真名瀬が視線を追うとロビーの端に制服の男が立っている。男の襟章は一等陸佐だ。男はエレベーターに向かって歩き、乗り込んだ。

「例の件については鳥羽への申し送りを頼む」

小野寺は言い残すとエレベーターのほうに歩いていく。

一等陸佐も確かに小野寺を見ていた。この緊急事態に陸自が小野寺に何の用だ。


舘山の部屋に戻ると、真名瀬は鳥羽を呼んだ。

レポートに関する概要と真名瀬が尖閣諸島に派遣されることを話した。無言で聞いていた鳥羽が口を開く。

「じゃ、我々の大先輩と彼の弟、それにその政治家が仕組んだ計画ということですか。計画の大きさを考えると物足りなくないですか」

「だから、今まで表沙汰にならなかった。彼らはそれぞれに大物だ。その分野では知らない者はない。簡単には崩せない組織だ」

「でも高柳には会っていないんでしょう。彼が関係しているとは思えないんですが。有名なハト派議員でした」

「そうだが、栗原さんに資金援助をしている可能性がある。彼は今も複数の政治団体を持っている」

鳥羽はしばらく考え込んでいたが、顔を上げて真名瀬を見た。

「やはり真名瀬さんがいなければ我々は動けません。核爆弾より尖閣を優先しろということですか。どちらも重要なことは分かりますが」

「きみがいる。最終目的はこの計画を消し去ることだ。あとは組み立てた核爆弾を見付け出せばいい。そんなに遠くないところにあるはずだ。東洋重工の関連企業をあたれ」

「すべての下請け企業を入れると、関連企業は数百社あります。半分以上が関東近辺ですが、我々だけでは無理です」

小野寺にも言ったように、十名程度のマンパワーではやれることに限度がある。

「真名瀬さんはいつ尖閣に発つんです」

「明日の夕方だ」

「まだ時間はありますね。それまで知恵を貸してください」

真名瀬は頷いた。この仕事のメドだけは付けておきたい。ポケットのスマホが鳴り始めた。

〈会って話したい。電話じゃダメだ〉

岸本の緊張した声が聞こえる。

「時間がない。俺から連絡する」

〈重要な話だ。どうしても言っておきたい〉

岸本は自分の言葉を誇張などしない。彼が重要だと言えば、重要なのだ。大学で見せた核爆弾の設計図について何か分かったのか。

「どこで会える」

〈防衛省の正門前、通りを隔てたところにいる〉

「これから行く」

真名瀬は差し支えのない範囲で若手たちに現状を説明するよう鳥羽に指示して、防衛省を出た。

岸本は防衛省の正門前の通りを隔てた交差点に立っていた。真名瀬は電話で市ヶ谷駅に行くよう言った。

駅前で岸本に声をかけ、二人で近くの喫茶店に入った。岸本は緊張のためか、強張った顔をしている。

「あれからもう一度、あの図面について調べてみた」

「図面は俺が持って帰った」

「ここに残っている。ほぼ完全に」

岸本は人差指で自分のこめかみを軽くたたく。デイパックからノートを出して開いた。

ノートには真名瀬が岸本に見せた図面が正確に描かれていて、小さな文字の書き込みがある。図面の各部を拡大したものも数ページに亘って描かれ、空きスペースには複雑な数式や数字が書かれている。

「この装置は部品の製作と組み立てが、さほど難しくはない」

「なぜ分かる」

「既成の技術の組み合わせだからだ。これは日本が持つ技術で製造するという前提の、きわめて現実的な核爆弾の設計図だ。かなり優秀な複数のサイエンティストと技術者が作成したものだ」

「全国の専門の工場で作らせて、組み立てることは可能か」

「それを前提に描いたものだと言っただろ」

岸本はさらにノートを繰った。図面には各部の材質や既成の装置の名前も書いてある。

「不明な部分があるとすると、完成した核爆弾の爆縮装置のタイミングだ。これは前に話したように爆発の効率を上げるのに重要になる」

おそらくそれが参照の部分に書かれている。岸本は続けた。

「だがそれは本体の製造には何ら支障はない。あとからセッティングできる」

「この図面と詳細な説明があれば核爆弾が造れるということか」

「製造には大きな問題はない。ただし、完成品の最大効率を実現するには、爆縮装置のタイミングの設定がいる。実際に実験によって得たデータか、コンピュータ・シミュレーションの結果を使わなければならない」

「核爆弾はすでに製造されている可能性もあるということか」

「だから急いで会いに来た」

真名瀬の脳裏に栗原の落ち着き払った態度が甦ってくる。あの余裕はそこから来ているのか。彼らはすでに核爆弾の製造を終えている可能性があるのか。

「問題は中心となる爆薬が手に入っているかどうかだ。つまり核物質を入手しているかどうか」

「その可能性もあるのか」

「今の時点ではないと思う。日本の濃縮ウラン、プルトニウムの量はグラム単位でＩＡＥＡに管理されている。盗まれたり消えたという話はない」

大学の研究室で聞いた話と同じだ。真名瀬の心はわずかに軽くなった。

しかし、と岸本は表情を曇らせる。

「海外から持ち込めば別だ。十キロ程度の濃縮ウランとプルトニウムは世界レベルで考えればＩＡＥＡも把握できていないモノもある。特にソ連が解体、崩壊したどさくさで、行方不明の濃縮ウランやプルトニウムが相当量出ている」

海外からの持ち込みも自衛隊と大手企業が絡めば不可能ではない。

「国内調達も簡単じゃないが、不可能でもない。核燃料再処理工場には再処理された濃縮ウランやプルトニウムがある。いずれ発覚することを覚悟すれば、持ち出すことは可能だ」

「それを組み立てた装置に装塡すれば核爆弾のできあがりということか」

岸本は真名瀬を見つめて頷いた。

「きみが何をやってるのか知らないが、この図面が存在するのは日本で核爆弾を持つ動きがあるということだ。僕は日本が核兵器を持つことには断固反対する。この計画が動いているのなら必ず阻止してほしい」

岸本が真剣な表情で語りかける。

「そうすべく動いている。おまえの力も貸してほしい」

「もう帰らなきゃ。教授の研究会をすっぽかして来たんだ」

岸本が腕時計を見た。真名瀬は岸本が店を出たのを確認してから、スマホを出した。

「駅前の喫茶店だ。すぐに来てくれ」

それだけ言うとスマホを切った。口調が小野寺に似てきたと思うと憂鬱な気分になる。

十分後、真名瀬は通りに鳥羽の姿を確認して店を出た。鳥羽について来るように目で合図をしてタクシーを止めた。

「どこに行くんですか」

「大貫さんに会いに行く」

「東洋重工の副社長ですね。直接乗り込んで大丈夫ですか」

真名瀬はまだ話していなかった昨夜のことを話した。

鳥羽はしきりに指先を擦り合わせながら聞いている。緊張しているときの彼の癖だ。

「僕の知らない裏話が色々出てきそうですね」

鳥羽は考え込んでいたが顔を上げた。

「それで、大貫さんに会ってどうするつもりです」

「彼は積極的に行動しているとは思えなかった。むしろ兄の栗原さんに頼まれて助けているだけのような気がする。栗原さんを説得するより、大貫さんを崩す方が早い」

「大貫さんはどこにいるんですか」

「仕事の途中で飛び出したんだ。もう会社に戻っているはず」

タクシーに乗り込むと、真名瀬は東洋重工に行くよう運転手に告げた。


真名瀬は受付で名前と身分を告げて、副社長の大貫に取り次ぐよう頼んだ。

「防衛省の方ですか。しかし副社長は約束のない方とは――」

「とにかく連絡してください。重要な用件です。名前だけでも伝えてください」

受付の女性は怪訝な顔をした。副社長室に内線をかけて、真名瀬の名を告げてからはよけい不思議そうな表情をしている。

「少しお待ち下さい。秘書が迎えにまいります」

真名瀬と鳥羽は副社長室に案内された。

大貫の部屋は質素だった。窓を背にして大型デスクが置かれ、テレビと応接セットがあるだけだ。前に案内された応接室のような調度品はない。

「もう、時間がありません。政府は公開捜査に切り替えて製造された核爆弾を探し出そうとしています。そうなれば、完全な事件として扱われます。すでに事件のアウトラインは判明しています」

真名瀬はかまをかけた。横で鳥羽が頷いている。高柳の名前は出さなかった。隠し持つカードは多いほどいい。

「それで、私にどうしろと」

大貫は否定しなかった。真名瀬の推測は間違いではないのだ。大貫は平静を装ってはいるが、かなり動揺している。膝においた指先が小刻みに震えていた。

「核爆弾を組み立てている場所を教えてもらえませんか」

真名瀬の直接的な言葉に大貫の表情が変わった。

「カードはあなた方が握っている。我々はお願いするだけです。時間はあまりない」

真名瀬は大貫を見据えた。意外そうな顔で大貫が見返してくる。

「日本はあなた方が考えているほど弱い国ではない。自衛隊には国と国民を護る十分な覚悟も自信もあります」

大貫は答えない。考え込むように視線を下げた。

「あなたは優秀な実業家だ。核爆弾を持つことの危険性とマイナス面を考えてもらいたい。国際社会からの信頼は崩れ、外交はもとより経済においても、あらゆることに不利益が生じます。それはあなた方、企業人がもっともよくご存じのはずだ」

大貫が顔を上げて口を開いた。

「それも一過性のことです。インドしかり、パキスタンしかり。北朝鮮も同様でしょう。世界は一時は騒いでもすぐに忘れる。国際情勢は常に動いている。日本が核さえ持てば、以降、大国と言われている核保有国と同等の発言力を得ることになります」

「それは栗原さん、そして高柳さんの考えですか」

高柳の名を聞いて大貫の顔色が変わった。真名瀬は続ける。

「あなたの決断次第で日本を救うことができる。二人を救うことにもなります」

大貫は目を閉じ考えている。迷っているようだ。

「核爆弾はどこで組み立てられているのですか。それさえ撤去できれば、政府は公にはしません。するわけにはいかないのです。すべては秘密裏に処理され、あなた方の存在を含めて、世に知られることはありません。当然、あなた方も沈黙を続けるでしょう」

大貫がようやく口を開く。

「兄は自衛隊の制服組のトップに立って、自分の無力に絶望したのです。現在この国は、祖国を護ろうとする若者たちを護れない。彼らには自身を護るために銃を撃つことにさえ制限がある。若者たちの頂点に立つ自分はどうすればいいのか。彼らのために、日本を中国、ロシアと対等の国にすべく、核を持つという結論に達したと言っていました」

「抑止力としての核――愚かな考えだ」

真名瀬は呟いたが、大貫がかまわず続ける。

「はたしてこの国は自分たちが命をかけてまで護る価値があるのか。国民は目先の利益と己の快楽に邁進《まいしん》し、政治家は権力の維持に奔走する。いずれこの国は滅びる。これ以上、愚かな政治家に好き勝手にはさせないとも言っていました」

「おごりだ。あんたらこそ、国を滅ぼそうとしている」

黙っていた鳥羽が声を出した。

「きみらこそ、現実を見るべきです。中国がベトナムやフィリピン、またチベット、内モンゴルにしている行為を。ロシアはウクライナからクリミアを奪った。北方領土はどうなる。いつ日本が同じ立場になってもおかしくない。だから――」

「それは本心ですか。あなたは世界を相手にビジネスをしている。栗原さんや高柳さんとは違う。もっと広い視野で国際情勢と日本を見ることができるはずです」

真名瀬が話を遮ったが、大貫は反論しない。

「日本が核保有の準備をしていることが公になると、世界はどういう行動を取ってくるか。あなたには分かっているはずだ。まずは経済制裁。原油、LNG、石炭などの燃料の輸出制限。世界各国が協調して輸入制限もかけてくる。海外資産の凍結も行うでしょう。投資の引き上げもやるかもしれない。それになにより、戦後七十年、日本が築きあげてきた平和国家のイメージが一気に崩れ去ります。日本経済は失速し、完全に孤立する。太平洋戦争前と同様の状況になるとは思いませんか」

さらに真名瀬は続ける。

「世界は中国の行為を許しません。総理はアメリカ、EU諸国、さらに発展途上国に対しても、中国の理不尽を訴え、日本に賛同するように働きかけています」

今も東シナ海、尖閣諸島周辺で危機に直面している者たちがいる――真名瀬は口には出さなかった。

「核爆弾はどこにあるのです。調べればいずれ分かることです。手遅れになる前に見付けて廃棄したい」

大貫の指先の震えが激しくなっていることに、真名瀬は気付く。もうひと押しだ。

「もう十分ではないですか。政府も防衛省も縮み上がりました。あなた方は日本の軍備のあり方に一石を投じた。これ以上進めば後戻りできないことになります。あなたの決心でお兄さんは救われる。彼の部下たちもです。このままでは、全員が重罪を犯すことになる。今ならまだ引き返せる」

大貫が顔を上げ、一度かすかに息を吸い込んだ。目には一種の決意ともいうべきものが浮かんでいる。

「東洋重工は横浜港に倉庫を持っています。その一つで組み立て作業を行なっています」

鳥羽がスマホに大貫の言う住所の地図を出して、真名瀬に見せた。

「たしかに倉庫群があります。どの倉庫ですか」

「南の端にある倉庫です。南第二十八号倉庫です」

「濃縮ウランかプルトニウムはどうするつもりでしたか」

「青森県の再処理工場から持ち出す予定でした」

「警備が厳重で難しいでしょう。それにすぐ発覚します」

「工場とセキュリティ・システムは東洋重工の関連会社が設計、製造しました。持ち出しを短時間でやればＩＡＥＡも気付かない。気付いた頃には日本は既に核を持っている。諸外国は何も言えず、日本はなし崩し的に核保有国の仲間入りです」

それに、と言って大貫は真名瀬から視線を外した。

「我々の計画に賛同する有力者も少なくありません。我々の行なったことを知れば、その数は一気に増えます。核を持つと、どの国も強引な反対はできなくなるでしょう」

「その前に警察が動きます。いざとなれば、機密事項などと言ってられない。公になっても阻止します」

「その気概が日本政府にあるかどうか――」

大貫はポツリと言った。その口調と表情には、むしろ阻止されることを望んでいるようなものさえある。

「感謝しています。あなたは日本とあなたのお兄さんを救った」

真名瀬は深々と頭を下げた。

「はたしてそう言い切れるのか」

「あなたには迷いがあった。結果の恐ろしさを知っているからです。自分たちの行為の危険性を十分に理解しておられる。だから私たちに協力してくれました」

大貫は答えないが、その表情には安堵の色があるように思えた。

5

真名瀬と鳥羽は東洋重工本社ビルを出た。

「どうします。これから倉庫を調べに行きますか」

「危険すぎる。栗原さんが指揮を執っているんだ。おそらく、武器を持ったプロの見張りが付いている」

秋元曹長と山口一曹を思い浮かべた。彼らは金で動いているようには見えなかった。手荒な奴らだが栗原の信奉者なのだろう。

「元自衛隊員たちがいるはずだ。彼らはプロだ。小野寺さんに報告すれば、彼が処理する」

「大貫さんが嘘をついていたらどうなりますか」

「振り出しに戻って、もう一度大貫さんに聞くだけだ」

真名瀬は落ち着いた声で言い、タクシーに向かって手を上げた。

防衛省の小野寺の部屋に行くと、再度官邸に出かけたと、秘書が告げた。連絡を取ろうとしたとき、スマホが鳴り始める。

〈これから五分後に防衛省の前を通る。一緒に飯でも食わないか。俺のおごりだ〉

早口の英語が聞こえる。

「すぐに行く」

真名瀬はスマホを切って、秘書に小野寺に連絡をくれるよう伝言を頼んで部屋を出た。

正門から十メートルほど離れた路肩にタクシーが止まり、ドアが開いていた。

真名瀬が乗り込むと、スーツ姿のデビッドが笑みを向けてくる。

「いつ来た」

「三時間ほど前だ。国務次官補のお供で総理に会ってきた。やっと時間ができたので会いに来た」

デビッドがネクタイを取って、ポケットにしまった。英語で会話する二人を運転手がバックミラー越しに見ていた。

六本木のアメリカ大使館近くのカフェに入った。

「何の話で総理に会った」

席に座るなり真名瀬は聞いた。

「決まってるだろ。この時期だ」

「大統領はこの問題をどう捉えている」

デビッドは何も言わない。それが答えとなっている。

「総理は断固とした行動を取ると言っている。アメリカ第七艦隊が東シナ海に向かったと聞いているが」

「向かうことと、実際に行動するのとは大きな違いがある」

「威嚇にはなる。大統領の本意はどこにあるんだ」

「俺の口からは言えない。おまえが推測しろ」

デビッドらしくない歯切れの悪い言い方だ。

「大統領は中国とは事を構える気はない。そうなんだな」

デビッドが真名瀬から視線を外し、椅子に座り直した。

「中国がそれを信じると一歩踏み出してくることは明らかだ。彼らは常に侵攻のチャンスを窺っている。相手が躊躇したり譲歩すると、必ず前進して来る。気が付いたときには、どっぷりと入り込んでいる」

真名瀬が書類を読み上げるように続けた。

「これはおまえが書いたレポートだ。このレポートで国務省に就職したんだろ」

「その通り。政府のお偉方は十分に読み込んではいないようだ。中国人と中国という国家を知らなすぎる。だから自国の発想でしか、中国をとらえることができない。話せば分かる、民主的にいこう。だが中国には十三億もの人間がいる。中国共産党は国民をまとめなければならない。きれいごとばかり言っちゃいられない」

デビッドの軽いため息が聞こえる。

「いつ帰る」

デビッドは真名瀬から視線を逸らした。

「明日は中国か。日本と事を構えないよう説得に行くのか。逆効果だ。アメリカは尖閣の問題には軍事介入しないと宣言しに行くようなものだ。アメリカの介入がないと分かると中国軍部は必ず強硬策に出て来る」

デビッドがかすかに頷いている。

「愚かな大統領だ。必ず後悔する。もっと中国を知るべきだ。有能な極東アナリストはいないのか」

「皮肉はよせ。俺はレポートを提出した。大統領が読んだかどうかは知らないが」

「彼の頭の中には来年の中間選挙のことしかないんだろ」

「シューリンに会えるかもしれない」

デビッドがぼそりと言った。話題を変えようとしてるのだ。

「宋達喜に会うのか」

「正式に面会するのは華家平国家主席だ。彼に会って大統領の親書を手渡す。昼食会には宋達喜も出席する。その時、シューリンに会えるよう手を回した」

デビッドにしては慎重な言い回しだ。実現性はさほど高くはないのだろう。

宋達喜は現在、政治局のナンバー3だ。シューリンは彼のもとで働いているとデビッドは言っていた。穏健派の宋達喜は軍部には人気がない。特に強硬派が力を持ってきた昨今は失脚間近だともいわれている。失脚を何とか免れているのは、根強い国民的人気があるからだ。

「共産党政治局と軍部の関係はどうなんだ」

「俺たちも知りたい。噂以上の真実を。それこそ中国最大の国家機密だ」

「おまえの国には中央情報局、国家公安部、国家安全保障局など、色々あるだろ。衛星技術も盗聴も日本の数十倍の能力を持っている。かなりのことをつかんでいるはずだ」

真名瀬は皮肉を込めた。デビッドが身体を寄せてくる。

「俺も最初はそれを疑った。つまり軍部の暴走だ。そうなると手の付けようがない。世界の終わりが近づく。幸いにも今のところその気配はない。彼らがよほどうまくカモフラージュしているとすれば別だが」

「政治局と軍との関係はうまくいっているというのか」

「党と軍との関係は分からない。少なくとも現時点においては、華国家主席は軍を掌握しているだろう」

「ベトナムとの衝突も華国家主席の指示だというのか」

「あれは現場の暴走というか、成り行きだろう。それが怖い。軍が自分たちの力を過大評価しているのは確かだ。そのまま突っ走る可能性がある。最初、華国家主席は直ちに軍を引くつもりだった。だが、アメリカは強硬手段には出なかった。それで南シナ海に続き、東シナ海でも試しているというところだ」

デビッドの口調は淡々としている。真名瀬は期待せずに国連の対応を聞いた。

「中国の動きに対して議論が始まってはいるが、非現実的だ。常任理事国の中国、ロシアが拒否権を行使すれば否決される。中国は自国への非難や制裁を認めるわけがないし、ロシアもウクライナや北方領土など領土問題を抱えている。ここで中国に恩を売っておけば有利だ。現在は世界情勢を窺っているところだ」

「世界の動き次第で、これ以上の事が起こるというのか」

「中国の現在の国内情勢も大きく影響する。民主化を求める学生と、経済格差に反発する民衆だ。つまり反政府勢力の有無と、党と軍との力関係だ」

デビッドの言葉に真名瀬に反論の余地はなかった。

天安門事件、香港の雨傘革命……。以降、中国共産党は国内の学生と知識層の動きに敏感になっている。それに一般国民の不満が重なれば、体制の危機にもつながる。ソ連崩壊と同じ轍を踏まぬように、国民の目を逸らすためには、かなり強引なこともやってのけるだろう。

この辺りの感覚は欧米人はもとより、日本人にも分からない。自由と民主主義に慣れ切った国民の盲点だ。

「俺は夜の東京が好きだ。光と音に満ちた混沌とした世界。刺激と平和が共存している」

れている。

デビッドは窓の外に目をやった。ネオンの輝く通りには人が行き交い、高層ビルの明かりが暗い空に放た
「ゆっくり案内できるチャンスがあればいいんだが」

「俺も是非望んでいる」

デビッドのスマホが鳴り始めた。真名瀬に背を向け、今まで聞いたことのないような敬語で話している。

「大使館に戻らなければならない」

デビッドは強ばった表情で立ち上がった。真名瀬は理由を聞こうとしたが、なぜかためらわれた。

別れるときデビッドは真名瀬の目を見つめて、強く手を握った。

かつてなかったことだ。

カフェを出て、デビッドが乗ったタクシーを見送った。真名瀬もタクシーを拾い、メモを出して横浜の港の名を告げた。

タクシーは高速道路を降りて、横浜の町を港に向かう。港に近づくにつれて、行き交う人と車は少なくなる。夜の闇に埠頭と倉庫群が不気味に続いていた。


目的の倉庫から離れた場所でタクシーを降りた。暗い海からは潮の香りが流れて来る。

街灯の光に広い道路が浮かび、その両側に倉庫群が並ぶ。真名瀬は建物の陰に隠れながら、大貫が教えてくれた倉庫に慎重に近づいた。大型乗用車が真名瀬を追い抜いていく。

南第二十八号倉庫の前に数台の乗用車が止まっている。一台は真名瀬を追い抜いた大型車だ。

街灯の明かりの下で、数名の男が降り、倉庫の中に入っていく。

真名瀬はスマホをマナーモードに切り替え、身構えながら倉庫に近づく。

一ブロックほど離れたところで人の声と何かがぶつかる音が聞こえた。数名の男たちが、一人の長身の男

を取り囲んで何か言い争っている。男の顔は――。

迷ったが、真名瀬は拳大の石を拾った。男の顔をもう一度確かめてから、倉庫の前に止めてある車に向かって投げた。ボディに石が当たる音と共に車の防犯アラームが響き渡る。

倉庫から男たちが飛び出してきた。言い争っていた男たちも車の方を見て、走り出す。長身の男だけが真名瀬の方に急いで来る。

真名瀬は男の腕をつかんで倉庫の陰に引き入れた。男は逃れようと腕を振り払ったが、真名瀬の顔を見ておとなしくなった。

鳥羽が顔をゆがめ荒い息を吐いている。それでもホッとした様子が窺えた。

「助かりました。先輩ですよね。車に石を投げて注意を引いてくれたのは。やはり来たんですね」

「おまえこそ、ここで何をしている」

「報告書には裏付けが必要でしょ。大貫さんがそう言った、だけじゃ誰も信じない」

真名瀬は鳥羽の腕をつかんでその場所から離れようとした。

「帰るぞ。あそこに何かあることは分かった」

「何かじゃだめです。問題は倉庫の中にある具体的なものです。それを見付けることが重要なんでしょ」

「俺たちにできるのはここまでだ。危険は避ける」

「我々がためらっている間に大貫さんが兄貴にしゃべったらどうするんです。核爆弾の場所を我々に教えたと。直ちに他に移しますよ。今夜集まってるのもそのためかもしれない」

「核爆弾を運ぶにはトラックやバンが必要だ。それに大貫さんはしゃべらない。とても言えない。兄を裏切ったんだ」

「だったら、真名瀬さんは何しに来たんです。ただ倉庫を見に来たわけじゃないでしょ」

真名瀬はスマホの写真を見せた。

「倉庫の前に止まった車から数人の男が降りて来た。男たちの写真と車のナンバーだ。拡大処理すれば誰だか分かるかもしれない。倉庫の中の人物が特定できれば大貫さんの言葉の真偽が分かる」

「僕のスマホに送ってください。調べておきます」

二人は通りに出てタクシーを拾った。

防衛省に戻ったのは、日付が変わる直前だった。省内にはまだ多くの職員が残っている。尖閣諸島の情報収集に追われているのだ。

鳥羽は写真の分析をすると言って技本の友人の所に行った。

真名瀬にはまだ小野寺から連絡が入っていない。舘山の部屋に入ったときスマホが鳴った。

〈俺だ〉

ぶっきらぼうな声が聞こえる。

「どこから電話してる」

〈艦の通信室だ。衛星電話を使ってる。防衛省経由でおまえにつないでもらった〉

「そっちの状況は？」

〈映像を防衛省と官邸に送っている。こっちは何が起こってもおかしくない。こういうのを一触即発の状況というんだろうな〉

「明日俺もそっちに飛ぶ」

〈連絡は入っている。だから電話した。紀子さんのことが気になる。本土でもこの状況は報道されてるんだろ〉

「由香里に会うように頼もうか」

〈恩に着る。俺からは外部に連絡できない〉

いつもの森島の勢いはない。現場は想像以上に緊迫した状況に違いない。

〈もう話していられない。覚悟して来いよ〉

電話が切れたとき、鳥羽が飛び込んできた。

「小野寺さんが官邸から帰ってきました。ここに来る途中で会いました。至急、来るようにとのことです」

鳥羽がＡ４サイズの写真を見せた。栗原と高柳らしき人物が写っている。

「これを持っていってください。倉庫前で真名瀬さんが撮ったものです」

「もっと鮮明にできないのか」

「今やってますが、時間がかかります。この写真でも、ほぼ二人に間違いありません」

「車の所有者は」

「新生日本の会。高柳の政治団体です。東洋重工からも多額の政治献金が出ています」

鳥羽はメモを真名瀬に渡した。

真名瀬が部屋に入ると、電話をしていた小野寺は受話器を戻して顔を上げた。疲れた表情をしている。彼が官邸に対する防衛省の窓口になっている。すでに総理のブレーンの一人と言えるかもしれない。

「連絡が遅れて悪かった。危機管理室の会議に呼び出されていた」

「事態はそれほど悪化しているのですか」

「最悪ではないが、それに近い」

最悪とは海戦勃発のことか。それだけは何としても避けなければならない。

「核爆弾の組み立て場所が分かりました」

真名瀬が唐突に切り出した。小野寺は真名瀬に椅子に座るように促した。

「確証はあるのか」

真名瀬は鳥羽が拡大した写真を渡した。

「これで十分だ。倉庫にあるものを押さえれば、彼らも言い逃れはできない」

数枚の写真を食い入るように見ていた小野寺が、顔を上げる。

「よくやってくれた。あとは私がやっておく」

「やるとは？」

「方針通り、なかったことにするんだ。核爆弾とすべての部品、関係書類は破壊する」

「人については」

「事態が収まれば、それなりの者が会って対処する」

それなりの者とは誰か、聞こうとしてやめた。今はこれ以上考えたくはない。

「尖閣に行く便が早くなった。機体の準備が整い次第、出発するそうだ」

真名瀬を見つめていた小野寺が時計に目を移した。

「直ちに出発の用意をして六時に防衛省に来てくれ。車を手配しておく」

受話器を取り、目で出ていくように言っている。


真名瀬はマンションに帰った。すでに午前二時をすぎている。

エレベーターの中で今日一日のことを思い出そうとしたが、遠い昔のような気がする。あまりに多くのことが起こりすぎた。

部屋に入り、由香里に電話した。

一度目の呼び出し音が消える前に由香里の声が聞こえる。

「森島から電話があった。彼は紀子さんを心配している。一緒に行って。会ってくれないか」

〈かまわないけど、何を言っていいか分からない。あなたは森島さんと話したんでしょ〉

「僕もしばらく東京を留守にする」

これから会わないか、という言葉を呑み込んだ。会えばここ数時間のことを明かしてしまいそうな気がした。今は話せないことが多すぎる。

一瞬の沈黙の後、由香里の声が聞こえる。

〈どこに行くのか聞いても、答えてはくれないんでしょ。でも、あなたのことを心配してる人もいるってことを忘れないでね。紀子さんには私が一人で会います〉

電話は切れた。周りの話し声が聞こえていたから、まだ会社にいるのだろう。彼女はおまえに惚れてる――杉山の発言を真名瀬は思い出した。

その言葉を振り払って、真名瀬は着替えと資料をバッグに詰めた。

ほとんど寝ずに真名瀬はマンションを出た。

防衛省に着くと車寄せに公用車が止まっている。

真名瀬を含めて三人が乗り込んだ。他は一等陸尉と一等海尉だ。二人とも宮古島まで同行すると言った。海尉はさらに尖閣諸島近海で監視行動している艦船に乗る任務があるという。艦船名は明かさなかったが真名瀬と同じだろう。陸尉はそのまま宮古島に留まる。真名瀬は任務の内容を聞きたかったが、困らせるだけだと思いやめた。

宮古島には航空自衛隊の分屯基地がある。日本最南端、南西域防衛の前線基地としてレーダーサイトが設置され、二十四時間体制で警戒監視任務を行なっている。

公用車は海上自衛隊厚木航空基地まで行った。この基地は神奈川県の綾瀬市と大和市にまたがっている。海上自衛隊航空集団司令部がおかれ、アメリカ海軍と海上自衛隊が共同使用している。県内で唯一、固定翼ジェット機が離着陸できる航空施設で、航空管制は海上自衛隊が行なっている。滑走路には離陸準備を終えたC－130Hの巨大な姿があった。

C－130Hは愛称「ハーキュリーズ」。優れた運航性能と輸送力により米空軍、海軍、海兵隊のほか、世界各国で採用されている戦術輸送機だ。乗員は六人。完全武装の兵員六十四人を輸送できる。四発のターボプロップ・エンジンを搭載し、最大時速六百二十キロ。航続距離、約四千キロを誇っている。東京、宮古島間は約二千四十キロで給油なしで飛行できる。

機内を見て真名瀬の足が止まった。

完全武装の陸自の空挺隊員が三十人以上乗っているのだ。防衛省から一緒だった一等陸尉が目で挨拶を交わし、彼らの横に座った。唯一スーツ姿の真名瀬も乗り込んだ。

宮古島にこれだけの空挺部隊を送るのは、尖閣諸島に関係があるのか。小野寺は知っているのだろうが、真名瀬に伝えていないのは、極秘作戦なのか。

C－130Hは轟音を響かせて離陸した。

九州を通過し、沖縄上空を飛び始めたころから風が強くなった。機体がカタカタと音を立て時折り大きく揺れる。高度を下げ始めたC－130Hの窓から海を見ると白波が立っている。

昼をすぎて宮古島に到着した。空挺部隊は待っていたトラックに乗り込み、走り去った。真名瀬と一等海尉はUH－1Jヘリに乗り換え、尖閣諸島に向かう。

宮古島から尖閣諸島までの距離はおよそ百七十キロ。UH－1Jで一時間余りで到着する。

飛行中切っていたスマホの電源を入れたとたん鳴り始めた。

〈倉庫が火事で全焼しました〉

鳥羽の興奮した声が飛び込んでくる。

「落ち着いて話せ。何が起こった」

〈横浜の南第二十八号倉庫が全焼しました〉

「いつの話だ」

〈今日の明け方。我々が倉庫に行った数時間後です。僕が知ったのは二時間ほど前。小野寺さんから聞きま

した〉

「火災の状況は」

〈死者が二名。負傷者はつかめていません〉

「身元、その他は？　もっと詳しく分からないのか」

思わず、強い口調になる。真名瀬は必死に自分を落ち着かせようとした。

〈全焼した倉庫に、黒焦げになった死体が二体あったと聞いています。身元はまだ不明。消防の発表です。現在、警察と消防で火災の原因を特定中。事件性があれば捜査が始まるでしょうが。目撃者によれば、突然爆発があって火の手が上がったそうです。火の回りが速く、消防が到着した時には全焼だったそうです〉

「倉庫の中はどうなってる」

〈天井が崩れたと言ってました。その他は不明です〉

「爆発の原因は」

〈調査中です。燃え方がひどいので簡単に突き止められるかどうか。消防と警察に電話を入れましたが、調査中との一点張りです。余りしつこいとかえって詮索されそうで踏み込めませんでした。発表待ちです〉

「小野寺さんは」

〈朝から官邸です。何か動きがあったのかもしれません。尖閣の方で〉

真名瀬さん——鳥羽が呼びかけてから、しばらく沈黙が続いた。おそらく同じことを考えているのだ。真名瀬が小野寺に話した数時間後に爆発は起きている。

「小野寺さんは非合法なことはやらない」

言ってはみたが確たる根拠は真名瀬にはない。いやむしろ疑惑は深まる。それを打ち消すように言った。

「証拠品を消すために彼ら自身が爆破したのかもしれない」

〈大貫さんが裏切って、我々に話したのがばれたということですか。じゃ、死体の一つは——〉

「大貫さんの動向を調べろ。会社に電話すればいい。警察発表にも注意してくれ。何か分かったら報せてほしい」

真名瀬はスマホを切った。

小野寺と官邸から防衛省に戻ったとき、ロビーにいた一等陸佐の姿が浮かんだ。二人は確かに一緒にエレベーターに乗り込んだ。小野寺が制服組と接触するのをあまり見たことがない。

真名瀬は小野寺の携帯番号を押した。留守番電話になっている。

「急いで下さい、ヘリが出ます」

隊員が呼びにきた。真名瀬は離陸直前のＵＨ－１Ｊに向かった。

ヘリには防衛省から一緒だった一等海尉がいた。彼は目を閉じて眠っているようだが、よく見ると身体が小刻みに震えている。緊張しているのだ。今回のような現場に行くのは初めてなのかもしれない。真名瀬も経験はなかったが、不思議と緊張や動揺はない。恐怖もなかった。

ヘリは一気に高度を上げていく。風が強く、海上には白波が立っている。上空の気流も悪く、ヘリは大きく揺れた。北西方向に進むにつれ、揺れが激しくなる。

「吐きたくなったら袋がありますから」

一等海尉が真名瀬にビニール袋を見せた。

「私はいつも用意しています。乗り物酔いするんです。おまけに高所恐怖症なので離せません」

「だったらなぜ、自衛隊に」

「親戚に自衛隊員がいて、憧れてました。彼女は空自でしたが」

「それで乗り物に弱いのに自衛隊員になったのですか」

「海は別です。船は不思議と平気なんです。それに海は防衛の要だと信じています」

一等海尉が真剣な表情で言う。

海上に数隻の艦船が見え始めた。上空には二機のヘリが飛び交っている。自衛隊と中国軍のヘリだ。互いに威嚇し合っている。

その先に見えるのが尖閣諸島だ。現在、あの島に二十人余りの自称中国漁民がいる。

近づくと中国語のアナウンスがヘリのローター音を打ち消すように聞こえてくる。

「ここは我々、中華人民共和国の領海だ。中国領土の釣魚島《つりうおしま》には、現在船の故障で二十三人の漁民が緊急避難している。我々は彼らの救助のためにここに来ている」

一等海尉が訳してくれた。

「出身大学は」

「外大の中国語科です。防衛大学校に入りたかったのですが、体力に自信がなくて――」

「私も同じようなものだ」

「やはり緊張しますね、最前線は。護衛艦『あすなみ』に急遽、呼ばれました。中国語が分かる隊員を集めています」

一等海尉が海上を覗き込んだ。先程まで蒼かった顔に赤味がさし、身体の震えは消えている。

6

ヘリは護衛艦「あすなみ」のヘリポートに着陸した。

真名瀬がヘリを降りると森島が待っていた。

「早かったな。でもその格好はまずい」

森島が近づいて来て言う。

「着替える暇がなかった。作業服と靴はバッグに入っている」

作業服は一般勤務時に着用するカーキ色のワークシャツだ。靴は黒のスニーカーを持ってきた。

森島について船室に行き、急かされながらスーツを作業服に着替えた。

由香里が紀子に会うことを話そうと思っていたが、やめた。とてもそんな雰囲気ではない。

「顔色がよくないぞ」

「乗員全員が同じ顔色だ。この状態が二日間続いている。終わる気配もない」

森島が眉間に皺を寄せる。

「相手も同じはずだ」

「だからよけい怖い。先にキレるのは中国側だ。隊員の質はこちらが数段高い。艦の装備も上だ」

森島は言い切ったが、慢心が一番危険だ。

「相手は必死で攻撃してくる。その時は――」

真名瀬は次の言葉を呑み込んだ。戦争が始まる、と喉元まで出かかった。森島が何も言わず、真名瀬を促して船室を出た。

森島の案内でブリッジに入った。中はさらに緊迫した空気が支配している。

艦長、航海長、船務長、当直士官、副直士官、見張り員以下、二十名近くがいた。そのすべての視線が三百メートルほど離れて並走している艦船に向けられている。

白波を立てて航行するフリゲート艦には、八一軍旗の下部に白と青の五本のストライプが入った中国海軍旗が翻っている。

「現在、艦長はここで指揮を執っている。CICには副長がいる」

真名瀬に身体を寄せて森島が囁く。

「いつでも艦長がCICに入る用意はできている」

CICは戦闘指揮所で艦内にある。戦闘時、艦長はCICに入り、ブリッジは副長が指揮を執る。ブリッジとCICの連絡は常時緊密にとられる。

真名瀬は笹山艦長に着任の挨拶をした。笹山は小野寺と同年代だ。知り合いなのかもしれない。

笹山が真名瀬に双眼鏡を見るよう指示した。

三百メートルの距離でも、中国艦船の甲板の人数まで識別できる。

「この状況をきみら背広組の言葉で上司と政府に報せてほしい」

「国民には」

「すでに知っているはずだ。日に何度か新聞社やテレビ局のヘリが飛んでいる。困ったことに、国民はメディアの煽りと目前の状況のみで判断する。すべての国際紛争には裏の顔があることを知らない」

笹山の言葉にはどこか皮肉が感じられる。確かに官邸と北京では、国民の知らない駆け引きが今も行なわれている。

「あのクラスの中国艦船がこの海域には数隻航行している。それが交互に領海侵犯を繰り返す」

並走している中国フリゲート艦は「あすなみ」の一・五倍はある。砲塔はすべて「あすなみ」に向けられていた。

「海戦の勝敗は戦闘艦の大きさじゃないでしょう」

真名瀬の言葉に笹山が視線を向けてくる。

「装備兵器の数でもない。その兵器がいかに高性能かと聞いています」

「その通りだ。『あすなみ』は戦艦大和と戦っても引けを取らない。中国艦に対しても同じだ。ミサイルと魚雷の性能と数では、中国海軍に遥かに勝っている。だから、彼らも簡単には攻撃してこない。より強力な兵器ほど抑止力になる」

笹山は再度、双眼鏡を目に当てた。

「だが、『あすなみ』には決定的な弱点がある。なんだか分かるかね」

「先制攻撃ができないことです」

真名瀬の言葉に笹山が双眼鏡を下ろした。

「相手がミサイル誘導のレーダー照射を行なった時点で攻撃できれば、『あすなみ』の被害はゼロで済む。それができない場合は、被弾する恐れがある」

「しかも中国軍の行動はしだいに大胆になっている。我々の反応を確かめている。何もできないと分かれば、いつかは一線を越える可能性がある」

笹山の隣りにいた砲雷長が言う。

真名瀬の脳裏に森島の言葉がよぎった。先にキレるのは中国側だ――。

「もし相手が攻撃してくれれば、私は反撃命令を出す。私には部下の命を護る義務がある」

穏やかだが強い意志の込もる、笹山の声だった。

「防衛省の上層部は何を考えている。ひたすら官邸の決定を待っているだけか」

どこからか吐き捨てるような声が聞こえる。若手士官の声だ。

「真名瀬さん、通信室に行ってください。防衛省からです」

インカムを付けた三等海曹の声で、ブリッジ中の視線が真名瀬に集まった。


通信室に入ると真名瀬はマイクの付いたヘッドホンインカムを通信員から渡された。

〈早い方がいいと思いました〉

鳥羽の鮮明な声が聞こえる。

〈焼死者のうち、一人の身元が判明しました。権藤正、二十八歳。埼玉県出身。住所は不明です。高校卒業後の経歴で分かっているのはただ一つ〉

「陸自出身か」

〈六年在籍した後、二等陸曹で退官しています。退官後、栗原と接触したのでしょう。消防は火事に巻き込

まれて、死亡と判断しました。だとすると失火の可能性が高いですね。可燃性の薬品もあったでしょうから。それとも他の――〉

「バカなことは考えるなと言ったはずだ。俺たちは防衛省職員だ。法に従って行動する」

脳裏に浮かんだ疑念を振り払うように言った。

〈そっちで何かあったんですか。省全体がやけに慌ただしい。小野寺さんも官邸に行ったきりです〉

真名瀬はブリッジの様子を思い浮かべた。近いうちに必ず何かが起こる。そんな気がした。

「新しいことが分かったら報せてくれ」

真名瀬はインカムを通信員に返した。

森島に指示された船室に行ってパソコンを開いた。防衛省の人事部にアクセスする。陸上自衛隊の隊員リストを呼び出した。真名瀬のパスワードでも可能だった。

一等陸佐で検索すると顔写真付きの経歴が現われる。

真名瀬は一人ひとり見ていった。官邸から帰った後、小野寺が接触したと思われる一等陸佐を探した。

真名瀬の指が止まった。遠山啓一郎。四十二歳、習志野空挺レンジャー部隊の隊長だ。真名瀬は顔と経歴を脳裏に刻んだ。

遠山があの時間にロビーにいたのは、小野寺を待っていたのか。

真名瀬は再び通信室に行った。

「防衛政策局の小野寺次長と話したい。私は彼の指示で来艦している」

真名瀬は通信員に小野寺の携帯番号を言った。防衛省経由で小野寺の携帯電話に繋がるはずだ。

〈小野寺だ〉

数回の呼び出しの後、声が返ってくる。

「真名瀬です。『あすなみ』に到着しました。現在、官邸ですか」

〈総理の執務室に来ている。そっちの様子は〉

「映像で見るより、かなり緊迫しています。いちばんの危惧は隊員の緊張と疲労による暴走です。いざというときの判断を誤らせ、ミスが起こります。中国側も同様です。政府間のホットラインの強化が必要です」

〈軍の暴走に備えるためか〉

「不測の事態を考えてです」

〈総理も十分承知しておられる。外務省を通じて確認している〉

「厚木からの輸送機内で空挺部隊を見かけました。宮古島で降りましたが、尖閣と関係あるのですか」

〈通常訓練だ。いつどんな作戦にも対応できるように〉

部隊のことを小野寺は知っていた。やはり、尖閣諸島に向けて派遣されたのだろう。

「このままだと、衝突が起こるかもしれません。回避できればベストなのですが。何が起こっても最悪の事態を避ける手はずは取っておいたほうがいいかと思います。ホットライン以外にも」

数秒の沈黙後、小野寺が告げる。

〈福建省の港に中国漁船が集結しているとの報告が現地職員からあった。数は約三百。それがいっせいに尖閣に向かうということだ。近海にいる自衛隊、海上保安庁の艦船各三隻ではとても対応できない〉

「直ちに阻止するよう、中国政府に要求すべきです」

〈当然やっている。通常操業で禁止できないという返事だ〉

「中国で政府が阻止できないのは、政府の指示で動いているということです」

〈証拠がない。否定されればどうすることもできない〉

小野寺の疲れた声が返ってくる。

「中国は我が国との交渉のボーダーラインを見極めようとしています。日本がどの時点で、どこまでの強硬策を取ってくるか。どの時点でアメリカに介入を頼むのか。いよいよ腹をくくる覚悟が必要です」

自分の吐いた言葉に真名瀬は驚いていた。ここまでの強硬策を口にしたのが意外だったのだ。中国フリゲート艦と護衛艦が対峙する渦中にいるからなのか。並走する艦はすべての砲塔を「あすなみ」に向けている。

〈意外と強硬派なんだな。確かにアメリカの動きは鈍い。漁船の集結はもっと前に分かっていたはずだが連絡はなかった〉

真名瀬はデビッドの言葉を思い浮かべた。

「アメリカの協力は得られないかもしれません」

〈前にも言ってたな。きみの友人からの忠告か〉

「そうです。彼は現在、北京にいるはずです。大統領のメッセージを華国家主席に伝える国務次官補に同行しています」

小野寺が再び黙り込んだが、確認するように口を開く。

〈きみの考えは、日本の覚悟を示せということか〉

「そうすれば、中国も一線を越えることに躊躇するはずです」

〈それができればいいんだが。戦後七十年間、日本がもがいて来たことだ。我々にはどうすることもできない。政治家の聖域になっている〉

「港に集結している漁船については、艦長に報告は行っているのですか」

〈防衛省から連絡している〉

「何か指示を出しているのですか」

〈国際法を順守した的確な行動をとること。現場の判断だ。現在、尖閣周辺には通信制限をかけている。すべての電波は中国軍に傍受されている〉

「誰もが現場に責任を押し付ける。それも全く曖昧な形で。行き着く先は決まっています。早急な官邸の対応と指示を出して下さい。さもなければ死者が出ます。そうなると引き返せません」

　小野寺の言葉は返ってこない。

　創設以来、戦闘による死者を出していない軍隊が世界で唯一、日本の自衛隊だ。勲章でもあり、戦闘部隊の体をなしていないと批判されることもある。

　真名瀬の脳裏を暗い影が覆っていく。迷ったが聞いた。

「横浜の倉庫が全焼したそうですが、その後の情報が十分ではありません」

〈鳥羽たちが調べている。詳細が分かり次第、報せるように言ってある〉

「核爆弾がどうなったか。完全に燃えてしまったのか、彼らが持ち出したのか。早急に確かめる必要があります。鳥羽の手助けをしてやってください。私も彼も警察にも消防にもルートがありません」

〈分かった。そちらも何か変化があれば連絡してくれ〉

　真名瀬は通信員にインカムを返した。ブリッジに戻り、森島を探したが見えない。

　陽が沈んでいく。東シナ海の日没だ。

　並走する中国フリゲート艦を見ながら、小野寺の言葉の意味を考えていた。官邸の意図はどこにあるのか。

「三百隻近い漁船が福建省の港を出た」

　声に振り向くといつの間にか背後に森島が立っている。

「知ってるのか、驚かないところを見ると」

「少し前に上司から聞いた」

「明日の夕方には尖閣周辺に到着するらしい」

「艦長はどうするつもりだ」

「それはおまえの方がよく知ってるだろう。俺たちに選択の余地はない。官邸の命令に従うのみだ」

「漁船が到着し、いっせいに上陸を始めたら打つ手はない。その前に何とかしなければ」

「何とかとは何だ」

森島が聞いたが、分かっているはずだ。もし新たな漁民の上陸を許せば次の状況は深刻なものとなる。

「現在、近海にいる自衛隊と海上保安庁の艦船がこの海域に向かっている。明け方には到着する」

「既に到着している艦船と合わせて六隻態勢で三百の漁船を阻止できるのか。大型船もあるはずだ。それらがいっせいに尖閣に向かうと――」

「やってみなきゃ分からない。俺たちの他に誰がやる」

森島が真名瀬の言葉を遮る。

「休める者は休んでおけ。明日はいつもの何倍も忙しくなる。ミスは許されない。心してかかってくれ」

艦長の言葉が艦内に流れている。

「おまえも寝た方がいい。あまり寝てないいんだろ。死にそうな顔をしている。何かあれば起こしてやる。というより、自然に目が覚める」

今夜は当直だと言う森島に送られて、真名瀬は船室に戻った。

作業服のままベッドに横になり、今日一日のことを思い出そうとした。中国フリゲート艦、輸送機の空挺部隊、ヘリから見た尖閣諸島――様々な光景が脳裏を流れる。疲れには勝てなかった。いつの間にか眠っていた。

慌ただしい物音で目が覚めた。午前一時をすぎたところだ。

「何ごとだ」

真名瀬は部屋を出て、廊下を走る一等海士をつかまえた。

「緊急事態が発生しました。戦闘配備につきます」

一等海士は真名瀬の腕を振り払うようにして走って行く。真名瀬も後に続いた。ブリッジに入ると森島が寄って来る。

「これを着けろ」

真名瀬に救命胴衣を渡した。森島はすでに着用している。

レーダーの周りに艦長以下、士官たちが集まっていた。

真名瀬は彼らの肩越しにレーダー画面を見た。「あすなみ」の前方に無数の輝点が映っている。

「前方に小型船舶が集結している。数は百隻前後」

「福建省を出た漁船の到着は夕方じゃなかったのか」

「東シナ海と台湾東部の太平洋にいた漁船が突然集まって来た。おそらく誰かが指示を出した」

中国政府だろう。

中国海軍の艦船が増えている。指揮艦艇の「三慶」が到着したのだ。強襲揚陸艦も並走している。

強襲揚陸艦は船体内にドックを持ち、上陸用舟艇の発進機能と、ヘリコプターによる空輸上陸機能をあわせもつ軍艦だ。

「いつからこの状況が続いている」

「二時間ほど前からだ」

中国艦船は徐々にスピードを落としていく。それに合わせて、「あすなみ」も減速した。

「三慶」が止まった。「あすなみ」もほとんど停止状態となった。

「この状況は官邸には報せているのか」

「映像は送っている。このまま相手の出方を待つようにとのことだ」

小野寺は何をしている。真名瀬は通信室に行こうとした。

「強襲揚陸艦が上陸用舟艇を出しています。上陸を始めるもよう」

双眼鏡を手にしていた見張り員が告げた。真名瀬も双眼鏡をのぞく。

「三慶」から中国語のアナウンスが聞こえる。

「避難漁民に怪我人が出た模様。急遽、医療班を島に派遣する」

東京から真名瀬と同乗してきた一等海尉が訳した。

「漁民の救助になぜ兵士を積んだ上陸用舟艇を出す必要がある。それも複数だ。半分は資材を積んでいる。上陸して何かを作るつもりだ」

「基地だ。本気で実効支配するつもりだ。強襲揚陸艦まで派遣しているのは、初めからそのつもりだった」

「上陸を許すな。相手は島に居座る気だ」

声がブリッジに飛び交い始めた。

強襲揚陸艦からは十隻近い上陸用舟艇が出て来る。その進行を妨げるために「あすなみ」以下、海上自衛隊の護衛艦が前方に回り込む。間を掠めるように漁船が魚釣島に向けて走る。その前方に海上保安庁の艦艇が進んでいく。

「これではいつか衝突する」

「相手はそれを待っている。言いがかりをつけて事を起こす気だ。挑発には乗りたくないが仕方がない」

真名瀬の言葉に森島が答える。

〈危険航行はやめなさい。ここは日本の領海です。ただちに公海に出なさい〉

巡視船から中国語と日本語の拡声器の声が聞こえる。

〈島の漁民に対しては日本側が対処します。ただちに引き返しなさい〉

波は激しさを増している。上陸用舟艇と漁船は激しく上下し、時折り波間に隠れた。「あすなみ」も大きく揺れる。真名瀬は手すりをつかんで、かろうじて身体を支えた。

風に混ざり、ヘリのローター音がかすかに聞こえ始めた。

「敵機だ。こっちに向かってくる」

双眼鏡をのぞいていた見張り員が声を上げる。全員が指示を求めて笹山艦長に視線を向けた。

「対空ミサイル用意。命令を待て」

ブリッジ内にさらなる緊張が走った。

真名瀬は宮古島まで一緒だった陸自の空挺部隊のことを思い出していた。そして小野寺の言葉が蘇る。

「敵じゃない。陸自のＵＨ－１Ｊだ。宮古島の方からだ」

真名瀬が大声を出した。

やがて肉眼でも闇の中に赤い点が見え始める。

「一機、二機、三機……五機だ。ヘリがこっちに向かってきます。機種の識別は不可」

見張り員の声がブリッジに響く。

中国軍の艦船の甲板でも兵士たちがヘリの機影に目を向けて騒いでいる。敵か味方か判断がつきかねているのだ。

「呼びかけても反応はなし。無線を切っています」

「あれは自衛隊機だ。宮古島からの陸自の空挺部隊です」

真名瀬が笹山に向かって言う。ブリッジ中の視線が真名瀬に集まる。

笹山がマイクを持ったまま真名瀬を見ている。

「きみはどこでその情報を得た」

「聞いてはいません。東京から宮古島まで彼らと一緒でした」

「尖閣に来ることは彼らが言ったのか」

「私の推測です。彼らの任務は極秘事項です」

その間にも赤い点は近づいて来る。

「機影を確認しました。陸自のＵＨ－１Ｊです」

暗視装置付きの双眼鏡をのぞいていた見張り員が言う。ほぼ全員の目が近づいてくるヘリに移っている。

「彼らは何をするつもりだ」

「奇襲部隊です。中国軍が島に上陸するより先に、自衛隊が島を掌握する。その時間を稼ぐようにと、官邸からの指示です」

無線器に耳を当てていた副長が告げる。

「あすなみ」をはじめ、護衛艦と海上保安庁の艦船は二列になって上陸用舟艇と漁船の行く手を阻んだ。五機のヘリは轟音を響かせて艦隊の上空をかすめると、尖閣諸島に向かう。

「上空の風はかなり強い」

ヘリは魚釣島に近づいた。速度を落としていく。

〈官邸は尖閣諸島に自衛隊を上陸させて、領土保全を行なうことを決定しました〉

艦内放送で、小野寺の声が聞こえて来る。艦長が官邸からの通信をブリッジ内のスピーカーに切り替えたのだ。

〈現在、ヘリ五機に分乗した陸自部隊三十二名、魚釣島に上陸しました。周辺の自衛隊、及び海上保安庁の艦船は上陸部隊を援護してください〉

「総員戦闘配置につけ」

笹山の声がブリッジに響く。ブリッジ内がさらに慌ただしくなった。

笹山と船務長が数名の士官とともにブリッジを出た。CICに入るのだ。以後の戦闘指示はすべて艦長に託される。

「俺はブリッジにいなければならない。おまえはどうする」

森島が真名瀬に聞いた。

「CICに行く。上司に戦況を報告するのが俺の役割だ。まだ戦闘が始まったわけじゃないが」

真名瀬は暗視装置付きの双眼鏡を借りて魚釣島を見た。ヘリから降りた自衛隊員が防護基地を作っている。

昨日見た空挺部隊の隊員たちだろう。真名瀬はＣＩＣに向かった。

内部には艦長以下二十名ほどがいた。各自が持ち場の計器に向かっている。その緊張は真名瀬にも伝わってきた。

正面の大型ディスプレイにはブリッジから見た夜の海洋が映っている。中国艦艇の黒い影が見えた。

「『あすなみ』に対してレーダー照射」

士官の一人が声を上げた。

「『三慶』から照射されたミサイルのレーダー照準がブリッジをとらえました」

「また挑発行為に出てきたか」

「いや、今度は挑発なんかじゃない。実際に撃ち込んでくる可能性がある」

「警告を出しますか。我々は――」

「対艦ミサイル発射のためのレーダー照射を準備しろ。目標は『三慶』ブリッジ」

士官の声をさえぎり、笹山の声が響く。一瞬低いざわめきが起こったが、次の瞬間には静まり返っていた。

「ミサイル発射準備はできているか」

「いつでも発射できます」

「レーダー照射準備終わりました」

「照射開始。ミサイル発射は私の命令があってからだ」

日本と中国の指揮艦艇、「あすなみ」と「三慶」は互いをミサイルの標的にしたまま停船している。

「敵のミサイル発射を捉えたら直ちに反撃に移る。映像を確認しろ。官邸と防衛省に送っているか」

「映像、問題ありません」

「総員、敵ミサイルの着弾に備えろ」

ＣＩＣは静まり返り、空気が凍りついたようだ。誰もが計器を見つめている。

ブリッジの緊張感はさらに高いだろう。ミサイルの標的になっているのだ。

「レーダー照射が止まりました」

計器を見ていた士官が告げた。

「レーダー照射を中止しろ。中止だ」

艦長が正面のディスプレイに視線を向けたまま指示する。戦闘はひとまず回避された。

〈陸自部隊が尖閣諸島の一つ魚釣島に上陸。すでに中国漁民を保護しました〉

魚釣島に上陸した自衛隊員の声だ。現場部隊、官邸、「あすなみ」のブリッジの通信はつながっている。

「作戦は成功した」

〈上陸部隊は、ただちに防衛陣地を作ってください。それまで海上自衛隊と海上保安庁の艦船は上陸用舟艇と漁船を島に寄せつけないでください。必要とあらば火器を使ってください〉

小野寺の声を聞きながら、真名瀬はＣＩＣを出て甲板に上がった。海水を含んだ潮風が全身を包む。

「あすなみ」の周辺には上陸用舟艇と漁船がエンジン音を響かせて停船している。いつでも移動可能な状態だ。上陸用舟艇が動き始めた。強襲揚陸艦に戻り始めたのだ。漁船団も後退していく。

中国政府が撤退の指示を出したのだろう。一応は日本の意志を確認したのだ。

「小野寺さんがボーダーラインを引いた」

真名瀬は呟いてからブリッジに入った。

〈戦闘態勢を維持したまま次の指示を待て〉

艦内放送でＣＩＣからの艦長の声が届く。

ブリッジ内にはほっとした空気が流れた。ただ、緊張感は残っている。

森島は双眼鏡で「三慶」を見ていた。

「動きがあるのか」

「彼らも政府の指示待ちだろ。長い睨み合いになりそうだ」

森島が言う。「あすなみ」が大きく揺れる。真名瀬の身体が揺らいだ。森島が真名瀬の腕をつかみ、倒れるのを防ぐ。

「かなり疲れてるぞ。眠れるときに寝ていた方がいい」

森島の忠告通り、真名瀬は船室に戻った。ブリッジで倒れるわけにはいかない。

ベッドに横になったが眠れる状態ではない。

7

白波を立てて近づく上陸用舟艇、島に向かって飛んでいくヘリ部隊、「あすなみ」のブリッジに照射されたミサイル誘導レーダーが脳裏に染み付いている。確実に海戦の一歩手前までいったのだ。あのとき、中国がもう一歩出て来たら――。真名瀬の全身を冷たいモノが貫いた。

ベッドに身体を起こしたとき、威勢のいいノックが聞こえた。どうぞと言うと同時に森島が入って来る。

「やはり眠れないのか。部屋も狭いし」

「起きて半畳、寝て一畳。慣れれば問題ない」

「慣れるほどいるつもりか。俺はすぐにでも帰りたい」

「状況はどうなってる」

「睨み合っている。この状態が朝まで続くか」

「夕方には中国漁船が三百隻到着する。計約四百隻だ。そうなると混乱してどうなるか分からない。跳ね返りは必ずいるからな」

「艦隊でも現在、対処法を考えている」

その対処法を聞こうとしたがためらわれた。納得できそうな答えがあるとは思えない。

「紀子さんのことだが――」

「彼女のことは後にしてくれ。今は仕事のことだけを考えていたい」

森島が遮る。

「今後どうなるんだ。正直に言ってくれ。現場の自衛官の意見を知りたい」

「強襲揚陸艦が慌ただしい。上陸用舟艇の積み替えを行なっている。陸自が上陸したので、基地の建設資材を下ろして、火器を積み込んでいる。すぐに移動が始まるだろう」

「俺にも分かるように言ってくれ」

「中国は島での戦闘準備を始めている。上陸用舟艇で魚釣島のどこかに上陸する」

「陸自の最強部隊が待ち構えている」

「三十二名の部隊だ。敵はその数倍を送り込むつもりだ」

「国際世論が黙ってはいない」

「名目は敵に拉致された自国漁民の救出だ。戦闘が始まる。上陸用舟艇には強力火器も積んでいる」

真名瀬は改めて、「あすなみ」の役割を聞いた。

「上陸用舟艇の進行を阻止すること」

「緊張が拡大するだけだ。どこかで歯止めをかけなければ、全面戦争に突入する」

森島はかすかに頷き、視線を下げた。

部屋にいても眠れそうにない。真名瀬はブリッジに戻る森島について行った。

ブリッジには副長が入り、指揮を執っている。

「異常はないか」

暗視装置の付いた双眼鏡を覗いている二等海尉に森島が聞いた。

「陸自の上陸部隊はテントを張り、拘束した漁民を収容しています。報告によると漁民の中には中国軍関係者もいるようです」

「身元の特定はできたのか」

「何名かは分かっていると聞きました」

「中国の政府と海軍は日本がここまで強硬策に出るとは思わなかったはずだ。かなり動揺している」

「それだけならいいんだが。事態がこれ以上悪化しないことを望む」

真名瀬は双眼鏡を借りて魚釣島に視線を向けた。

闇に包まれた島は静かだ。上陸した部隊はすでに戦闘準備を整え、配置についている。島の中央部に数張りのテントが見える。あの中で拘束した漁民を取り調べているのだろう。

「銃声がしないのが唯一の救いだ」

真名瀬は心底思った。

「夜明けと同時に中国フリゲート艦と強襲揚陸艦が動き出す。漁民救出を名目に、我々の停止ラインを強引に突破するだろう」

護衛艦と海上保安庁の艦船六隻では、上陸しようとする中国軍と漁民を阻止できないだろう。漁船が動けば大混乱に陥る。必ず上陸用舟艇の何隻かは魚釣島に達する。

上陸用舟艇には、重機関銃はもとよりロケット砲も積んでいるだろう。そうなると小規模ながら戦闘が始まる可能性が強い。

あたりが徐々に明るくなってきた。

「レーダーに不明機が三機」

ブリッジに声が上がる。

「敵か」

「分かりません」

「CICに確認しろ」

副長の苛立った声が響く。

朝陽に輝き始めた海上を黒い点が近づいて来る。ヘリとは違う。固定翼が特徴的な機体だ。

「オスプレイです」

双眼鏡を持った見張り員が声を上げる。

水平飛行モードのオスプレイが三機、尖閣諸島を目指している。沖縄から兵員と装備を運ぶのだろう。

〈陸上自衛隊は尖閣上陸部隊の援護のため、オスプレイ三機を派遣。尖閣周辺で作戦を展開中の艦船は全力を挙げてオスプレイの尖閣着陸を援護してください。作戦本部からの連絡です〉

ブリッジにCICからの艦内放送が流れる。

「遅すぎるんだ。下手するとミサイルを撃ってるぜ」

どこからか呟きが聞こえる。

「官邸は何を考えているんだ」

真名瀬の口から思わず漏れた。本気で尖閣諸島に自衛隊を配備するつもりか。真名瀬の脳裏に官邸地下の危機管理室の情景が浮かんだ。

数年前に沖縄に配備されたオスプレイの航続距離は約三千六百キロ、最大時速は五百六十五キロだ。UH－1Jに比べ、航続距離が五倍以上、最大時速は約一・八倍ある。約三十名の完全武装の隊員を輸送できる。

中国フリゲート艦を見ると甲板にいる中国兵もやはり上空を見ながら慌ただしく動いている。おそらく艦対空ミサイルも用意しているだろう。

小野寺も官邸のモニターでこの状況を確認しているに違いない。このままだと、本格的な海戦に突入する。どうすればいい――真名瀬は思わず叫びそうになった。

真名瀬は双眼鏡を戻して、通信室に行った。

三等海曹は軽く頷いて、インカムを真名瀬に渡した。

「小野寺政策局次長ですね」

真名瀬は頷く。

回線はすぐにつながり、小野寺が出た。

「こっちはかなり緊張しています。ＵＨ－１Ｊの次はオスプレイですか。これでは本格的な戦闘が始まってしまいます」

〈上陸漁民の中に軍関係者がいることが判明した。中国陸軍の少佐だ。彼の部下が三名。身元が割れたことは彼らはまだ知らない〉

「尖閣上陸は中国政府の指示だと言い切れるのですか」

〈外務省を通じて打診している。公表を控えるので尖閣周辺の中国艦船はただちに引き返すようにと〉

「時間がありません。彼らは上陸した陸自部隊を攻撃して漁民たちを奪還するつもりです。尖閣に上陸した漁民はもとからおとりで、日本側に拘束させることが目的だった。不当拘束された自国の漁民を取り戻すという理由を作るためです。今後はこうした事態が起こらないように島に居残る。奪還して、彼らは全員漁民だと言い張れば問題のないことです。まさに力の論理です」

真名瀬は一気に言った。小野寺の反応はない。

「中国政府の対応はどうなんですか」

沈黙を続けているが、慌てているはずだ。

「政府が引きたくても、軍と一部の世論が許さないでしょう。このまま強硬手段に訴える可能性が高い」

強襲揚陸艦を含めた、中国海軍の動きを真名瀬は考えていた。

島で戦闘が起これば、上陸している自衛隊に向けての艦砲射撃、ミサイル攻撃もありうる。そうなれば、日本の艦船も応戦は避けられない。自衛隊員だけでなく、漁民にも犠牲者や怪我人が出る。

〈日本国民の大部分が中国の力に屈することを望んではいない。政府部内の意見も同じだ〉

「引けば押してくることは分かっています。ちょっとした判断の誤りが取り返しのつかない結果につながります」

〈きみならどうする〉

小野寺の突然の問いに真名瀬は戸惑った。

「双方が同時に引くというのはどうでしょう。島をもとの状態に戻す。痛み分けです」

〈拘束した軍関係者、漁民を返すということか〉

「仕方のないことです。中国側にもそのことを納得させて貸しを作ったと思えばいい」

〈果たして相手はそう取るか〉

「日本の意志は十分に伝えました。彼らは尖閣に漁民と称して軍隊を上陸させるつもりだった。我々はそれを阻止した。彼らは驚いているはずです。本来、日本側がやれないことをしたのです」

〈総理にはそう進言する〉

「ホットラインを使ってください。もう時間がない」

インカムを返すと、通信室の三等海曹が驚いた顔で見てくる。真名瀬は口に人差し指を当て、黙っているよう合図した。頷く彼の肩を軽く叩いてブリッジに戻った。

すでに陽は昇り、明るくなっている。風は強く、波は高い。「あすなみ」は時折り大きく揺れた。

「いよいよ彼らは上陸を開始する。上陸用舟艇には、かなりの重火器を積み込んでいるだろう。上陸部隊が危険だ」

森島が中国フリゲート艦に目を向けたまま言う。

強襲揚陸艦からは、すでに数隻の上陸用舟艇が離艦している。全艇が海上に出ると、一斉に尖閣に向かうつもりだ。

「あすなみ」の主砲百二十七ミリ砲は二門とも中国艦船に向けられている。二十ミリ機関砲二門も同じだ。中国フリゲート艦の砲も日本の艦船を狙っている。

「艦長はどうするつもりだ。命令は出ているのか」

「戦闘準備をして待機だ。官邸の指示を待っているんだろう」

森島の声には皮肉が感じられる。先制攻撃ができない悔しさを滲ませているのだろう。

「上陸用舟艇が魚釣島に到着する前に阻止しなければ、上陸部隊が危ない」

「我々が攻撃すれば、フリゲート艦が反撃してくる。すでにミサイル照準用のレーダーが味方の全艦艇に照射されている」

真名瀬は双眼鏡を目から離した。

「こっちも同様だ。用意はできている」

「誰かが早まれば、全面戦争が始まる。それだけは避けなければ」

「相手が望んでいることだ」

森島の声には強い決意が感じられる。

官邸は何をしている。小野寺は真名瀬の言葉を総理に伝えたのか。

十隻以上の上陸用舟艇が下ろされ、中国艦船の前方に出てきた。背後には漁船が待機している。

「森島一等海尉は甲板に出て、隊員が早まった行動を取らないように見護ってくれ」

副長が森島の肩を叩いた。

森島について真名瀬も甲板に出た。ブリッジの張りつめた空気にいたたまれなくなったのだ。甲板はブリッジとは違う緊張感に満ちていた。

中国艦船は声を出せば届きそうなところに停泊している。すべての砲が日本側に向けられていた。ミサイル、魚雷も同様に照準は日本艦船をとらえ、発射準備が整っているに違いない。

〈ここは日本の領海です。ただちに引き返して下さい。このまま領海に侵入を続ければ、日本政府は断固とした処置を取ります〉

拡声器による中国語の呼びかけが続いている。

甲板にいる隊員のほとんどはまだ二十代だ。半数が上陸用舟艇の攻撃に備えて自動小銃を持っていた。全員が強ばった表情で中国艦船に目を向けている。

「肩の力を抜いて、銃の引き金から指を外しておけ」

森島は緊張をほぐすように彼らに声をかけていく。

一隻の上陸用舟艇がゆっくりと動き始めた。護衛艦の間に向かって進んでくる。

「あすなみ」の主砲が火を噴いた。上陸用舟艇の前方に水しぶきが上がる。

上陸用舟艇の速度が落ちた。

「あすなみ」が針路を妨害するように前進を始めた。

上陸用舟艇と「あすなみ」の距離が見る間に縮まっていく。

上陸用舟艇から身を乗り出した中国兵が手を振り、何か叫んでいる。

「衝突する」

自衛隊員が大声で言ったのと同時に強い衝撃を感じ、金属がぶつかる鋭い音が聞こえた。真名瀬の背後で、つかまれという声が上がる。

鉄どうしがぶつかる音が再び響く。「あすなみ」がわずかに揺れた。「あすなみ」にぶつかって来た上陸用舟艇は大きく針路を変えて遠ざかって行く。横波を受けて大きく揺れ、身を乗り出して叫んでいた中国兵の姿が消えた。

「落ちたぞー」

甲板から怒鳴り声が聞こえた。再び波が上陸用舟艇を持ち上げる。

白く波立つ海に中国兵の頭が見えたが、次の瞬間には消えていた。おそらく救命具を着けていない。

「あすなみ」のスピードが落ちる。

「救命浮輪を投げろ。ただちにボートを降ろせ」

二等海尉が怒鳴るがこの海にボートを出すのは危険だ。

波間に浮かび上がった中国兵が見えたが、すぐにその姿は波に隠れる。

「あの野郎、救命具を付けていないぞ」

「波が高すぎる。あれじゃ浮輪まで泳げない」

甲板で声が飛び交う。

上陸用舟艇が戻って来たが、波が高くて近づけない。下手に近づくと中国兵にぶつかる。

周囲の艦船の甲板にも多数の将兵が出て見守っている。

中国兵は浮いているのが精いっぱいのようだ。中国兵の頭が波間に消えた。甲板の中国兵たちが一斉に大声を上げる。

その時、「あすなみ」から一人の男が海に飛び込んだ。

「森島！」

無意識のうちに真名瀬は叫んでいた。隊員を押し退けながら甲板を走る。

森島が再び浮かび上がった中国兵に向かって泳いでいく。大きなうねりが襲い、二人の姿が波間に隠れる。

波の上に現われた森島は中国兵の腕をつかんでいた。

強襲揚陸艦からゴムボートが出てきたが、波に遮られてなかなか前に進めない。

中国兵の首を背後から抱えるようにして、森島がゴムボートの方に泳いでいく。中国兵はぐったりしている。すでに意識はないのかもしれない。

「あと少しだ」

艦船から声が上がる。ゴムボートが二人の方に近づく。

ゴムボートからは何本もの腕が伸びて中国兵をつかみ引き上げた。

森島は中国兵がボートに引き上げられたのを確認すると、「あすなみ」に向かって泳ぎ始めた。

その時、大波が森島を襲った。森島の頭が波に隠れる。波間に現れた森島が近づいて来た上陸用舟艇の船体に叩きつけられる。

森島の姿が海中に消えた。

「捜せ。森島一等海尉を捜すんだ」

ハンドレールから大きく身を乗り出した真名瀬の身体を二等海尉がつかんだ。

波間に森島の姿が見えたが動きがない。救命胴着で浮いているだけで意識はなさそうだ。

ゴムボートから数人の兵士が身を乗り出して、森島の身体をつかんだ。森島はゴムボートに引き上げられる。

「すぐに人を送れ」

二等海尉が大声を上げた。「あすなみ」の甲板が騒がしくなった。

〈貴艦の将兵は収容した。当艦に移送して最善を尽くす。艦の医療設備は整っている〉

強襲揚陸艦の将兵が拡声器を使って呼びかけてくる。流暢な日本語だ。ボートを下ろす準備をしていた隊員が手を止めた。

「無理をして引き渡しを要求するより彼らに任せよう。この波だとボートを降ろしても二次災害の恐れがある。その旨を伝えてくれ」

ブリッジと連絡を取っていた二等海尉が言った。

森島を乗せたゴムボートは強襲揚陸艦に戻っていく。

強襲揚陸艦の甲板では多くの将兵が慌ただしく動き回っている。他の中国海軍の艦船の甲板にも多数の将兵が出て、成り行きを見守っていた。

前方の「三慶」の甲板でも将兵が強襲揚陸艦の方を見ている。

長い時間がすぎていった。

尖閣諸島の沖合に停泊した艦船からは音が消え、海域には異様な静寂が漂っていた。激しかった波と風の勢いが、いつの間にか収まってきている。

真名瀬は森島の運び込まれた強襲揚陸艦を見つめていた。甲板には中国兵が溢れていた。所在なげに座り込んだり空を見上げている。数十分前まで張り詰めていた空気は消えている。しかし別の重い沈黙が漂っている。とても戦場とは思えなかった。

紀子のことが脳裏に浮かんだ。俺が留守の間のことを話してくれた。彼女は俺のことを考えていた――森島の声が聞こえた気がした。

森島が運び込まれた強襲揚陸艦の甲板で動きがあった。甲板の兵士たちが立ち上がり、同じ方向を見ている。「あすなみ」の隊員たちも誰からともなくハンドレールの方に集まってくる。

艦内から何かが運び出されてきたのだ。担架に乗せられ白い布がかけられている。担架の動きに従い、周りの兵士たちが道を開けていく。その兵士たちが姿勢を正して敬礼を始めた。

「あすなみ」の隊員たちも全員が姿勢を正し強襲揚陸艦に向かっていた。

まわりの中国海軍の艦船の甲板には兵士たちが現われている。その兵士たちが強襲揚陸艦に向かって姿勢を正して敬礼を始めた。

「あすなみ」の甲板は静まり返っている。

総理官邸、危機管理室には緊張した空気が張り詰めていた。前方の大型ディスプレイには、「あすなみ」

に取り付けられたカメラ映像が映し出されている。

総理、官房長官、防衛大臣、統合幕僚長ほか、三名の閣僚たちは固唾を呑んでディスプレイを見つめていた。小野寺は防衛大臣の背後に座っている。

すでにかなり前からCICとブリッジからの報告はない。呼びかけても返事がない。

誰かが海に落ちたことは分かったが、海自の隊員か中国海軍の兵士かの報告はない。

「三慶」の甲板には中国海軍の兵士が整列していた。その兵士たちが姿勢を正して強襲揚陸艦に向かって敬礼している。

「何が起こっている」

官房長官が苛立った声を出した。

「中国海軍の将兵たちが敬礼しています。おそらく、誰かが死亡しました」

統合幕僚長が答える。

「誰かとは中国軍の兵士か海自の者か」

「海に飛び込んで、中国兵を救助した者かと。彼は中国軍のゴムボートに収容され、強襲揚陸艦に移されました」

さらに緊張した空気が流れた。

「至急、その男の情報を官邸に送るように伝えてくれ」

「状況から判断すれば死亡したと思われます」

統合幕僚長の声が重く響く。

「中国政府と海軍は何を考えている。彼らのボートで男の遺体を引き上げたというのか」

「この波です。『あすなみ』からボートを降ろすのは困難です。強襲揚陸艦からボートを出した方が安全です」

官房長官に統合幕僚長が答える。

「今後のことですが――」

官房長官が本郷総理に向き直った。ディスプレイを睨んでいた本郷は、我に返ったように閣僚たちに視線を向ける。

「引き続き『あすなみ』に呼びかけてくれ。現状を正確に報告するように。中国政府とはまだ連絡が取れないのか」

「異例の事態なので協議中かと推測します」

「我々にとっても異常事態だ。これではホットラインの役割を果たしていない」

本郷の口調に苛立ちが混ざる。

「事態が次の段階に拡大しないために最大の努力が必要だ」

次の段階、思わず出た言葉だが、危機管理室の緊張はさらに高まる。

本郷の脳裏には様々な状況が駆け巡っていた。自分の最大の責務は事態をこれ以上、悪化、拡大させないことだ。それには――。選択肢は多くはない。

デスクに置かれている電話が鳴り始めた。部屋中の視線が集まる。中国国家主席とのホットラインだ。

秘書が本郷を見た。頷くと受話器を取り上げる。

「総理、華国家主席と繋がりました」

秘書が受話器を本郷総理に差し出した。

第四章　孤立国家

1

真名瀬は、森島の遺体が乗ったヘリで宮古島に移動した。待っていた自衛隊の航空機で厚木航空基地に戻る。終始、森島が納められた棺の側に座っていた。

中国軍の軍医から、死因は頭部外傷による頭蓋内血腫と告げられた。肺に水は入っていない。大波にさらわれ、救助のために近づいてきた上陸用舟艇の船体に叩きつけられ、ほとんど即死の状態だったという。

死因と当時の状況はすぐに防衛省と官邸に報告された。

中国海軍の艦船は森島の遺体を「あすなみ」に引き渡した後、領海を出て中国本土に向かった。その折、艦船の甲板には正装した中国海軍の将兵たちが並んでいた。

四百隻ともいわれた漁船群も途中で引き返し、港に戻り始めていた。

東シナ海に陽が沈むころには、尖閣諸島周辺の艦船は消え、何ごともなかったような海が広がっていた。波だけがうねっている。真名瀬には森島の死を悼んでいるように見えた。

魚釣島には二十名余りの中国漁民と陸自の部隊がまだ残っていた。翌日、彼らもオスプレイで沖縄の自衛隊基地に輸送された。数時間後、漁民は沖縄から中国に送還された。

防衛省に戻った真名瀬は小野寺の部屋にいた。

「なぜ森島の死が事故死なんですか」

森島の一件は東シナ海における警備活動中、艦から落下したことによる事故死と、防衛省が公式発表したのだ。

　小野寺が真名瀬を見つめる表情はいつになく厳しかった。

「分かっているはずだ。居合わせた者たちにも緘口令《かんこうれい》が敷かれている」

「理解はできても、納得できません。いずれ誰かの口から――」

「日中両政府は断固否定する。公式発表通りだと」

「せめて両親と婚約者にだけでも真実を伝えるべきです」

「婚約者がいたのか」

「この任務の終了後、結婚するはずでした」

「いま国民を煽るようなことはできない。政府の決定だ。中国もそれで艦船を撤退させた。我が国は大きな譲歩を引き出したんだ」

『あすなみ』にぶつかってきた上陸用舟艇から中国兵が海に落ちた。彼を救助した森島が接近してきた上陸用舟艇に頭を強打し、死亡した。これが真実です。なぜ、森島が中国兵を救助したことを隠すのです」

「島で拘束された漁民を救助に向かった中国海軍の上陸用舟艇に、自衛隊の護衛艦が衝突した。その時、中国兵が海に落ちて命の危険にさらされた。同じ状況だった自衛隊員が不幸にも命を落とした。責《せめ》はすべて日本の護衛艦にある。これが中国側の見解だ」

「それで日本国民は納得するのですか」

　小野寺は答えない。

「真実を公表すれば、日本国民は中国の無法をなじり、中国はさらに強硬に尖閣領有権を主張する。まさに負の連鎖というわけですか」

「その通りだ。中国は日本に対して譲歩することはない。そして世界に対してもだ」

　真名瀬は唇をかみしめた。

「森島一等海尉の死で時間が稼げる。この間にアメリカからの支持を明確なものとする。アメリカを通して尖閣からの撤退を中国に要求する」

「森島の死を利用するのですか」

真名瀬は強い口調で言った。

「森島一等海尉は命をかけて日中の海戦を阻止した。これ以上の働きはないと思っている」

「だったらその事実を公にして、彼の死を正当に評価して下さい」

小野寺は真名瀬を見つめている。その目はこれ以上話しても無駄だと言っていた。

政府は中国人兵士を救った森島の死を、中国海軍の撤退と引き換えた——真名瀬は声に出さなかった。


部屋を出たところでスマホが鳴り始めた。

〈東シナ海で死んだ一等海尉はおまえの友達なんだろ。森島といったな〉

デビッドだ。いつになく殊勝な声に聞こえる。

「まだ北京なのか」

〈ケネディ空港だ。帰国する飛行機の中で聞いた。非常に残念に思っている〉

「シューリンには会ったのか」

〈宋達喜に会った。あの男はタヌキだ。何を考えているのか分からない。一つ言えることは、シューリンの影響を受けている〉

「なぜ彼女は表に出ない。政府の対外政策のアドバイザーになる条件はそろっている」

〈彼女自身が望んでいないのか。宋が彼女をデビューさせる時機をうかがっているのか。宋が国家主席にまで上り詰めるのを待っているか。それとも宋のもっと個人的な理由か。中国では何でもありだ〉

デビッドの声はすでにいつもの明るさを取り戻している。

「総理から大統領に尖閣問題への介入の打診があったはずだ。中国相手では対話外交は無駄だと判断した。力対力の外交に変更したようだ。アメリカの軍事力が必要なことにやっと気付いた」

〈領土問題については、アメリカは原則立ち入らない。当事者同士の話し合いを望んでいる〉

デビッドの声のトーンが落ちる。

「いかなる時、いかなる場所、いかなる状況でも、日本の主権が侵される恐れがあるとき、アメリカは日本と共にあると断言したばかりじゃないのか。それを反故《ほご》にするつもりか」

〈大統領はレームダック、死に体の汚名返上に必死だ。彼の頭にあるのは、残りの任期で何か実績を残したいということだけだ。外交に失敗したから経済政策でせめて挽回を図りたい。それには中国との経済協力は捨てがたいと気付いた。中国はすでにアメリカ製品の大量買い付けを検討中だ。数兆円レベルになる〉

「同盟国は日本だ。尖閣諸島で戦闘が始まった場合、アメリカ軍の援助は得られないということか」

デビッドが沈黙する。

アメリカは前政権の時、日米安全保障条約第五条が尖閣諸島にも適用されることを公式に声明した。尖閣諸島で日中が武力衝突を起こした場合、アメリカは軍事介入することを意味している。

数秒後、やっとデビッドが口を開いた。

〈太平洋は中国とアメリカで分け合うにも十分な広さがある。これは華国家主席が訪米中にキャンプ・デービッドで大統領に伝えた言葉だ。大統領は頷いた〉

「彼ならありそうなことだ」

〈当然、政府は否定した。大統領の本心ではなくても、その時は少なくとも中国に大幅に譲歩、配慮したのだ〉

「最近の大統領の言動を見ていると、まんざらリップサービスだけでもなさそうだ」

〈彼の軽率さには我々も憂慮している〉

発言後のデビッドの後悔が伝わってくる。仮にも自分の祖国の頂点に立つ者を批判したのだ。

〈我が国の対中政策は俺にも不明になった。いずれにしても、おまえの友人の死には哀悼の意を捧げる〉

通話の切れたスマホを握ったまま、真名瀬はデビッドの話の真意を考えた。森島の死の真実は知っているのだろう。その上で真名瀬に何かを伝えたかったのだ。


マンションに帰ったのは、日付けが変わってからだった。

疲れと脱力感で全身が重く、座れば二度と立ち上がれない気がする。立ったまま、スマホを発信した。

すぐに由香里の声が返ってくる。真名瀬は森島の死の状況を話した。由香里は無言で聞いている。

〈森島さんは残念だった〉

「森島は中国海軍の将校の命を救った。日中海戦を防いだんだ」

〈でも、政府の発表は事故死。紀子さんもそう聞いてる。家族だって――〉

「それが現在の日中関係だ。両政府とも、事を大きくしたくない」

〈なぜ、あなたは私に話したの。私が書かないって信じてるから。それとも私に書くことを――〉

「一人で背負うには重すぎる真実だ。誰かに知っていてほしかった」

〈私の口からは紀子さんには絶対に言えない。日本政府が真実を隠してるなんて〉

「これ以上、中国との軋轢が広がることは何としても避けなければならない。取り返しのつかない事態になる前に。森島だってそう思っていたはずだ」

〈これからどうなるの〉

「アメリカの支持を取り付ける。政府は必死だ」

〈あなたはどうするの。他にも問題があるんでしょ〉

「今はどうすべきか分からない」

本心だった。自分が全くの無力に思える。目の前にいた一人の親友さえ救えなかったのだ。

〈森島さんの死を無駄にはしないで。紀子さんのためにも〉

真名瀬はスマホをテーブルに置くと椅子に座り込んだ。脳裏には様々なことが渦巻いている。小野寺、デビッド、由香里の言葉。東シナ海で繰り広げられた海上自衛隊と中国海軍のせめぎ合い。一歩間違えば引き返せないところだった。それを防いだのは森島だ。

真名瀬はいつの間にか眠っていた。

インターホンの音で目が覚めた。まだ陽が昇る前で外は暗い。

ドアを開けると鳥羽が立っていた。目は赤く、疲れた顔をしている。何日も眠っていないように見える。

「今、いいですか」

真名瀬が招き入れると、鳥羽が遠慮がちに話し始める。

「亡くなられた森島一等海尉は真名瀬さんの友人だそうですね」

「中学、高校の同級生、親友だ」

「まずお悔やみが言いたくて。そして、そんなときに申し訳ないのですが、話はあの倉庫のことです。これから時間はありますか」

「何か分かったのか」

鳥羽が無言で見つめている。早く出かける用意をしてほしいようだ。

二人でマンションを出ると、通りに軽乗用車が止めてある。真名瀬に乗るように鳥羽が言う。

「車を持っていたのか」

「妹のです。ここ数日借りています」

車は陽が昇り始めた都内を横浜の港に向かって走った。

鳥羽は核爆弾の部品が運び込まれた倉庫から一ブロック離れた場所に車を止めた。

車を降りて倉庫の前に来ると、まだ煙の臭いがする。天井は完全に燃え落ちていた。

「不審な点があるのか」

「ここで二人の男が死にました。一人は前に報告した権藤で陸自の元自衛官です。もう一人の身元も判明しました。やはり元自衛官で栗原の部下でした」

「かなりひどい火災だったようだな」

「倉庫内には可燃性のモノが大量にあったそうです」

「ガソリンか、灯油か」

「両方です。ありふれていて、どこにあってもおかしくないもの。しかもよく燃える。消防の人から聞き出しました。小規模ですが爆発もあったそうです。それが火災を広げた」

鳥羽がわずかに声を潜める。

「その消防士、よくしゃべったな」

「週刊誌の記者だと嘘をついて、密輸に絡んだ事件を調べているので話を聞かせてくれと頼みました」

「倉庫内のものではなく、新たに持ち込まれたものか」

「不明です。でも、そうであってもおかしくない」

真名瀬は倉庫を覗き込んだ。中はほとんど炭化し、床には消火の水が溜まっている。

「栗原の二人の部下の死因は一酸化炭素中毒です。煙に巻かれて呼吸困難に陥って意識を失った。そして一酸化炭素を吸った。ただ――」

鳥羽は言葉を呑み込み、考え込んだ。

「一人は頭に打撲傷があったそうです。天井の鉄材でも落ちてきて、当たったのだろうって。特定は無理だそうです。もう一人は損傷がひどくて、身体に傷があるかどうかは分からないそうです。ＤＮＡしか身元の照合方法はありませんでした」

「よく身元の特定ができたな」

「そうでしょう。これですよ」

鳥羽は首のまわりを指先で触った。

「認識票です。彼らは自衛隊を辞めた後も持っていたんですね。よほど思い入れがあったんでしょう」

真名瀬は栗原の側にいた二人の首にもチェーンが見えていたのを思い出した。あれも彼らの認識票か。

「消防か警察がここから運び出したものはないのか」

「聞いた限りでは何もないそうです。ゴルフバッグを二回り大きくしたような金属製のモノを見なかったか聞きましたが、着いたときにはすでに火の回りが激しくてとても近づけなかったとのことでした」

「消防が口止めされているということはないんだな」

「彼が隠しているとは思えませんでした。見たままを話してるようでした」

「消防が来たときには、倉庫には何もなかったんだな。大事なことだ」

真名瀬は繰り返した。

「俺だって分からないんです。栗原たちは核爆弾を運び出してから火を付けた。すべての証拠を消すために。その時、何かの手違いで二人の部下が炎に巻き込まれて死んだ。これなら辻褄が合います」

「核爆弾はまだ栗原たちの手にあるということか」

「そうとしか考えられません。ここから何も出てないとすれば」

鳥羽は眉根を寄せた。顔には疲れと焦燥が滲んでいる。

「大貫さんには会ったか」

「会って、どうすればいいのか分かりませんでした。真名瀬さんが帰るのを待っていました。色んなことが起こりすぎて」

声にも疲れが感じられた。慣れないことにかなり無理をしている。真名瀬も同じだ。

「早い方がいい」

真名瀬と鳥羽はファミリーレストランで朝食を取りながら東洋重工の始業時間を待ち、東洋重工本社ビルに向かった。

面会は拒まれるかと思ったが、名前を告げるとあっさり副社長室に通された。窓際のデスクに座っていた大貫は二人を見ると、秘書に誰も通さないように告げる。

大貫の目の周りには隈ができ、身体はひと回り小さく見えた。平静を装ってはいるが、顔に怯えも垣間見える。

「倉庫の火災と爆発では二名の死者が出ました」

真名瀬の言葉に、大貫は苦しそうな表情をして視線を下げた。

「きみたちは一体何をしたんだ」

突然、大貫が顔を上げて二人を睨みつける。

「それは私たちが聞きたいことです。あの倉庫で何が起こったか」

「私はその場にはいなかった。あれ以来、兄たちも姿を隠している」

大貫は栗原のことを初めて兄と呼んだ。

「火災と爆発は栗原さんたちが起こしたのではないのですか」

「なぜそんなことをする必要がある。私も兄もきみたちがやったことだと思っている。核爆弾を消し去ることが役割だと」

「少なくとも私たちは関与していない」

真名瀬の言葉に大貫は驚きの視線を向けて来る。

「襲ったのは防衛省の者ではないというのか」

「私たちは手荒なことを望んではいません。前にも言ったはずです」

「突然、銃を持った複数の男たちが入って来て、兄たちを倉庫の隅の部屋に閉じ込めたそうだ。その後すぐに爆発が起こり火の手が上がったと聞いている。ドアを破って出ると核爆弾はなかった。あたりは火の海でさらに爆発もあった。逃げた者もいたが、遅れた者もいる。後は知っての通りだ」

「誰がそんなことをしたんですか。心当たりはないんですか」

鳥羽が身体を乗り出して聞く。

「あれ以来兄たちとは話していない。お互い連絡を絶っている。盗聴されている恐れがあると言われた」

真名瀬は大貫の表情の変化を確かめていた。言葉に嘘はなさそうだった。

「我々は関係していない。ただ、我々だけが防衛省に属しているわけじゃない」

大貫が困惑の色を浮かべている真名瀬に視線を戻した。鳥羽も驚いた表情で真名瀬を見ている。

「防衛省にこの件に関与する別の組織があるというのか」

「防衛省かどうかは分かりません。我々でもない。あなた方でもないとすれば、他の組織があると考えざるを得ません」

大貫が真名瀬から視線を外し、苦しそうに顔をゆがめた。顔はやつれ、声はかすれている。

「何か分かれば報せてください」

真名瀬と鳥羽は三十分ほどで東洋重工を出た。

「防衛省内部で別組織が動いているなんて言ってよかったんですか」

鳥羽はハンドルを強く握り、目は前方に向けたままだ。真名瀬は黙っていた。

「先輩はこの火災が防衛省内部の者の仕業だと本当に思ってるんでしょ」

「これは私たちの任務の域を超えている」

「確かに人が二人も死んでいる。事故でないとしたら、殺人です」

防衛省につながる通りに出た。

「次の信号で降りて下さい。俺は車を返して地下鉄で行きますから」

「気をつけろよ。今は何が起こるか分からない」

「怖いこと言いっこなしです。腕力にはまったく自信がないですから」

鳥羽は防衛省から一ブロック手前に車を止めた。真名瀬は車を降りて歩いた。その横を鳥羽が運転する軽自動車が通りすぎていく。

真名瀬の心を暗い霧が覆っていた。霧は一瞬薄れたかと思えば、次の瞬間には濃さを増して包み込まれる。


防衛省に入ると、その足で小野寺の部屋に向かった。

小野寺が書類をカバンに入れて出かける用意をしていた。その手を止め、何だという顔で真名瀬を見た。

「東洋重工の大貫に会って来ました。彼は倉庫の火災と爆発についての関与を否定しました。彼らはやっていないと。誰の仕業か、小野寺さんに心当たりはありませんか」

「なぜ、私に聞く」

「遠山啓一郎。習志野空挺レンジャーの一等陸佐です。ご存じありませんか」

小野寺は黙っている。ただ、わずかに眉根を寄せたのを真名瀬は見逃さなかった。

「知らないと言ったら」

「倉庫が火事になる前日に、防衛省ロビーで小野寺さんを待っていました。官邸から戻ったときです。彼は遠山一等陸佐です」

「きみの見間違いだ。その日、彼は部下とともに山中訓練に出ている」

「証明できますか」

「秘密訓練だ。証明されるようでは陸自の精鋭部隊とはいえんだろう」

小野寺が余裕の表情で言う。

「山の中であろうと町中であろうと、精鋭は精鋭だということですか」

「その通りだ。彼らは最強だ」

小野寺が真名瀬を見つめ、自信を持った口調で言い切る。

「倉庫からは核爆弾が発見されていません。栗原たちが気付いたときには消えていたと聞きました」

「誰から聞いた。大貫か」

「答えられませんが、確かな情報です」

「もとからなかったということは考えられないか。彼らは結局、何も造ってはいなかった。我々は元々ないものを追っていた。きみも直接見たわけじゃない」

「現在、日本は岐路に立っています。尖閣では戦闘直前までいきました。核爆弾の存在が明らかになれば、日本は世界から孤立します。そのようなことが起こらないようにするのが、防衛省の我々背広組の役割だと信じています」

真名瀬は頭を下げて部屋を出た。

歩き始めたとき、かすかな目眩《めまい》を感じて立ち止まった。まったく未知の世界に迷い込んでしまったような錯覚に陥いる。

部屋に戻ってしばらくすると、ポケットのスマホが鳴った。

2

〈尖閣まで行ってたそうだな。あんたも自衛隊と同じ組織に所属してるんだと、改めて思ったよ〉

電話してきたのは、東京経済新聞の杉山だった。

「栗原さんがどこにいるか教えてくれませんか」

〈いきなり教えろか。今度は俺の方から何か聞けたらと思って電話したんだ。横浜の倉庫の火災と爆発、あ

れは彼らの仕業なんだろ。逃げられないと思って自爆した〉

「そこが不明なんです」

〈どういうことだ〉

　声の調子が変わってくる。

「会えませんか。電話で話す内容じゃなさそうだ」

〈そっちに行こう〉

「市ヶ谷の駅前に喫茶店があります」

〈三十分で行く〉

　店の名前を言う前に電話は切れた。


　本郷総理は十分も前から部屋の中を歩き回っていた。

　執務室には柴山防衛大臣と小野寺がいる。

「ハシェット大統領はまだ腰を上げようとはしないのか」

「いくらレームダックといっても、アメリカ合衆国大統領です。世界が注目する。簡単には動きません」

「だが詳細は知っているはずだ。だったら、緊急性は十分に認識している」

「だからこそ、慎重になっているんです」

「日米安保条約第五条が尖閣諸島にも適用されることを明言している。まさか反故にすることはないだろうな」

　柴山と小野寺は顔を見合わせている。

「最近、ラッセル国務次官補が北京を訪問した。華国家主席と会ったようだ」

「南シナ海の件だと聞いています。中国が南沙諸島の一つに建設中の飛行場についてです。完成すれば大型輸送機の離着陸が可能です。軍の飛行場になることは明確です。建設中止を求めたのでしょう。東シナ海については、日本政府の自衛隊派遣を支持しています。今回もアメリカ軍事衛星の情報提供を受けました」

「もう一歩踏み込んでくれると、中国に対してかなりの圧力になるんだが」

本郷は軽くため息をついた。

中国は今回、明らかに尖閣諸島、魚釣島に軍を送り込むつもりだった。

それがあのような形で撤退せざるを得なかった。自衛隊員一人の命で、局地戦ではあるが戦闘が避けられたことは幸運だった。

本郷は小野寺を見た。時折見せる厳しい表情は強靭な意志を感じさせる。自分はどうだ。宣戦布告を決断できるだろうか。

「外交ルートを通じてハシェット大統領に太平洋の空母を尖閣諸島周辺に回してもらえないか打診しろ」

本郷は秘書に向かって言った。


真名瀬が駅前の喫茶店に着くと、杉山は先に来ていた。

「核爆弾はどうなった」

真名瀬が席に着くなり、杉山は身を乗り出して声を潜めた。

「それを探しています。倉庫にはありませんでした」

「栗原たちが運び出したんじゃないのか」

「それも不明です。大貫さんは否定していました」

「はいとは言わんだろう。栗原は俺も探している」

「大貫さんも知りませんでした。あれ以来連絡を絶っているそうです」

杉山は身体を引き、大げさにため息をついた。真名瀬は大貫に会ったときの話をした。

杉山の表情が徐々に強ばってくる。事の重大性を十分に理解しているのだ。

「あんたは何か他のこともつかんでるんだろ。特定秘密保護法なんてクソくらえだ」

杉山は真名瀬を見据えた。真名瀬は躊躇しつつも、小野寺が陸自の空挺レンジャーの一等陸佐と関係していることを話した。

「あんた、それがどういうことか分かっているのか」

「だから話したくなかったんです。絶対に漏らさないでくださいよ」

「心配するな、俺はまともなジャーナリストの部類に入るんだ。言われているほどひどくはない」

杉山の顔つきが変わっている。

「まず倉庫で何が起こったか、真実を知る必要がある。俺は栗原を見つける。あんたはその小野寺という男の周辺を調べろ。もし核爆弾を防衛省の人間が運び去ったとなると――。目的があるんだろうな。考えるだけで恐ろしいよ」

有能なジャーナリストの顔を、杉山は真名瀬に向けてくる。

「核爆弾は所有してしまえば世界は認めざるを得ない、手を出せないという考えが、日本の政治家や自衛隊内部にも根強くあります。イスラエル、インド、パキスタンしかりです。それに北朝鮮が便乗しました」

「日本はそれらの国とは違うだろ。平和国家を謳うGDP世界三位の大国だ。世界の注目度も高い。アジアに軍事進出した帝国主義国家ともいまだに見なされている」

「だから世界は大騒ぎになります。欧米は即時廃棄を迫り、アジア諸国は日本を非難し、離れていきます。日本は完全に孤立します」

「面倒なことになってきたぜ」

杉山は吐き捨てるように言い、立ち上がった。

その日の夕方、真名瀬は東京経済新聞社近くのホテルのラウンジで由香里と会った。早い時期に直接話をする必要があると思ったからだ。

由香里は今夜、紀子と会う約束をしていると言う。

「あなたが自分の口から紀子さんに森島さんのことを話すべきよ。最期を見届けたのはあなたでしょ」

由香里が懇願するように見つめてくる。真名瀬は返す言葉がなかった。

「時間がないことは分かってる。今あなたの抱えていることは、私が考えているよりずっと重いモノであることも。個人のレベルで考えられることじゃないんだろうけど、人としての義務も大切だと思う。このままだと、紀子さんが可哀そうすぎる」

「悪いが、今会っても何も話せない。僕自身の中でも整理し切れていない。この件にメドが立ってからにする。森島も必ず分かってくれると思う」

「あすなみ」の甲板から荒れる海に飛び込んだ森島の姿を真名瀬は思い返した。決して衝動ではない。自衛官として、人としての義務感が彼をあの行動に走らせた。

由香里が軽く息を吐いた。

「じゃ、私は紀子さんに会いに行く。安心して、何も話さないから」

由香里が立ち上がり、真名瀬に目を向けることなくホテルを出ていく。

必ずすべてを話せるようにする。真名瀬は心に強く誓った。紀子にも森島の両親にも。そして、すべての自衛官、国民にも。一人の自衛官の勇気と義務感が戦争の危機を救ったのだと。

真名瀬は防衛省に戻った。

省内は表面上いつもと変わらなかったが、幹部の間には緊張した空気が満ちていた。米軍との連携を模索し、その対応に追われている。

真名瀬は小野寺に呼ばれ、大臣室に入った。ソファーには統合幕僚長以下、陸海空の幕僚長たちが座っている。柴山防衛大臣がデスクから立ち上がった。

「今回、東シナ海で起こったことは、まことに遺憾で悲しむべき事件だった。しかし同時に、我々自衛隊が置かれている立場を象徴している。彼の死を無駄にしないためにも、省内に万全の体制を作っておく必要がある」

柴山が各幕僚長に向かって言う。海自の幕僚長が発言した。

「東シナ海周辺での日米軍事演習の実施がもっとも効果的でしょう」

「私もそれを考えている。ただしすぐに可能かどうかだ」

「規模によります」

「大規模にやりたい。中国政府、特に海軍の幹部たちを圧倒し、彼らが戦意をなくすくらい大々的にだ」

「キーン・ソード以上の規模でやれればいいんですが」

二〇一二年に東シナ海で行なわれた日米共同統合演習「キーン・ソード」――鋭い剣は、横須賀基地を母港にする米空母「ジョージ・ワシントン」の機動部隊と海自の艦船計二十六隻が参加した。

米政府は終了後、「キーン・ソードは日本とアジア太平洋の有事の際に効果的に防御、対処するために必要な相互運用性を高める」と声明を出した。明らかに中国政府と海軍の海洋進出を牽制した発言だ。

米空母機動部隊と海自艦船が一団となって航行する写真の公表は、中国政府に十分な威圧を与えたに違いない。しかし、それも過去の話だ。

「今回はヘリ搭載護衛艦、『いずも』も参加させます」

海上幕僚長が柴山に言う。

「いずも」は名目上はヘリしか搭載しないことになっているが、F35も離着艦できる全長約二百五十メートルの空母型護衛艦だ。この艦の存在は中国に大きな脅威になっているはずだ。

「中国を刺激しすぎるということはないか」

「中途半端は逆効果です。そのくらいはやるべきです」

統合幕僚長も頷いている。

「問題は短期間で日米両国の予定が組めるかどうかです」

「直ちにアメリカ政府と国防総省に打診してくれ。私は総理に提案する」

柴山大臣が指示した。真名瀬の心に黒いモノが沸き上がって来る。

合同演習なるものがはたして中国を牽制する力になり得るのか。あの尖閣諸島で対峙した二国の艦隊を覆っていた恐怖はそんなものでは払拭できない。もっと生々しい恐怖を感じた。それは死と隣り合っていた。

真名瀬と小野寺はそろって大臣室を出た。

「もっと慎重になるべきです」

真名瀬は小野寺に身体を寄せ、囁いた。

「中国は力で押してくる。彼らは力しか信じていない。ならばこっちも押し返した方が得策かもしれない。力対力だ。米軍も我々を援護する」

小野寺の声は落ち着いていた。真名瀬に視線を向けてくる。

「現時点では中国海軍より海上自衛隊の戦力が勝っているが、いずれ逆転される時が来る。その時になって慌てても遅い」

「それは防衛省上層部の考えですか。だったら――」

「考えすぎると勝機を逃がす。これも真実だ」

「総理も同じ意見ですか」

「説得するのが我々の役目だ」

小野寺が正面を見据えた。表情には強い意志が感じられる。

部屋に戻ると、真名瀬は椅子に座り込んだ。全身の力が抜ける。東京に帰ってから、ほとんど寝ていない。

由香里は紀子に会って、何を伝えたのだろうか。由香里の苦渋に満ちた顔が浮かんだ。このままでは由香里が離れていくような気がする。

「力対力か」

小野寺の言葉を繰り返した。日本はこのままでいいのか。頭の中を様々な思いが駆け巡っている。

テーブルの上のスマホが鳴り始めた。非通知の表示。迷ったが通話ボタンを押した。

〈ジュンなの。ミスター、ジュン、マナセ？〉

英語が聞こえてくる。何かを確かめるような慎重な声だ。

「シューリン。シューリンなのか」

〈ジュンなのね。何ヶ月ぶり？　何年もたったような気がする〉

「どこにいる。日本じゃないだろ」

〈中国よ、北京。私も前ほど自由じゃない。この電話だって友達に借りてる。数少ない信頼できる友人。私の周りの電話やインターネットはすべて監視下にある。分かってくれるでしょ〉

「きみはそれを承知で国に帰った」

〈祖国だから帰るのは当然。母もいるしね。あなたの方は盗聴されてないの〉

「僕が防衛省に所属していることは知ってるだろ。機密保持の対象者だ。この部屋もスマホも大丈夫だ」

〈私たちが話すことは外には漏れないってことね〉

「僕が話さない限りは。どうして僕の番号が分かった」

〈デビッドに聞いてるでしょ。私は中国の最高幹部の一人の下で働いてる。彼の力の何分の一かは使える〉

「僕の動向はお見通しというわけか」

一瞬の沈黙の後に、シューリンは再び口を開いた。

〈亡くなった自衛官には哀悼の意を表します。同時に最高の感謝も。彼が救った中国海軍の将校と彼の家族に代わって〉

シューリンは真実を知っている。

「死んだ自衛隊員は森島信司一等海尉だ。僕の友人だった。中学、高校時代の同級生だ」

〈ますます残念だったでしょ〉

「慰めの電話じゃないよね。話があるんだろ」

躊躇する気配が伝わってくる。彼女は中国政府の最高機密に接する立場にいるのだ。

「デビッドがきみに会いたがっていた。彼が北京に行ったのは知ってるだろ」

〈先日の昼食会で短時間だけど会った〉

そんな話は聞かなかった。やはり彼はアメリカ側の人間だ。当然のことだが、少なからず動揺する。

「何を話したんだ。言えないことは分かっているが」

〈中国の立場とアメリカの立場よ。ハーバードの時と同じ〉

「僕の国は抜きにしてか」

〈申し訳ないとは思ってる。だから、私が電話してる。中国は中国の、アメリカはアメリカの立場、つまり国益があるってことを言っておきたくて〉

「華国家主席とハシェット大統領の意見が合ったということか」

シューリンの言葉は返ってこない。沈黙こそが真名瀬の問いに対する回答なのだろう。

「日本はアメリカの援助を期待できないということか」

やはりシューリンは答えなかった。しばらくして、ゆっくりと話し始めた。

〈中国は過去の長い期間、欧米に騙され、支配され、搾取され続けてきた。日本にもね。その事実が魂に刻み込まれている。これは一般の国民、共産党員の区別なくね〉

「中国は尖閣諸島を諦めないということだな」

かつてフィリピンが起こした南シナ海での領有権に関する裁判で、オランダ・ハーグの常設仲裁裁判所は、中国の主張する歴史的権利は認められないとの判断を下した。だが中国は、南シナ海をめぐる歴史的事実と国際法に基づく中国の権利、主権に影響を及ぼすものではない、と判決を一蹴した。

〈上の人たちは世界を知らない。いえ、知っていて無視してるのでしょうね。でも軍の人たちは違う。中国こそ最高の国家だと信じている。最高の国家は最強でなければならない。力こそ国を護るって〉

「ある意味、真実だ。僕の国も学びつつある」

真名瀬は皮肉を込めた。

アメリカ時代のシューリンなら数倍の言葉で反論してくるはずだ。

〈だから何をするか分からない。自分たちの力を誇示するためにね〉

それに、と続ける。

〈政治に関わる人は十三億の人民を率い、護る義務がある。これは何にもまして優先される〉

「世界には七十億の人がいる。中国人以外にもね。彼らの平和と安全も同様に考えてほしい」

〈私もそれを主張したい。でも、それを軽んじる人もいる。まず自国の利益、そして中国共産党の存続。分かってほしい〉

シューリンの声がわずかに乱れた。真名瀬は息を呑んだ。シューリンが泣いている。気が強く、明確な信念を持っている。真名瀬の主張にはほぼ例外なく反論してきたシューリンはどこに行った。

〈私がアメリカで学んだ最高のことは、世界には様々な考え方を持った人がいるということ。彼らも同様に人々の幸せを願っている。違う方法、違う目的ではあるけど〉

「それが民主主義だ」

〈長くは話せない。友達に迷惑がかかる。どうか私の立場を理解して〉

一瞬の躊躇を感じたが電話は切れた。

真名瀬はしばらくの間、スマホを耳に当てていた。耳の奥にはシューリンの声が残っている。中国は中国の、アメリカはアメリカの立場、国益がある――この言葉の意味することは……。

外交に失敗した大統領は経済政策でせめて挽回を図りたい。それには、中国との経済協力は捨てがたいと気付いた――今度はデビッドの発言が脳裏をよぎり、シューリンの言葉と重なる。

アメリカは日米共同演習を承諾しないだろう。デビッドは華国家主席と会った。ラッセル国務次官補と共に持って行った大統領の親書には、その旨が書かれているのだろう。アメリカは、日本よりも中国に接近しようとしている。

真名瀬の胸には黒いモノが渦巻き始めた。そしてそれが全身に広がり始めたとき立ち上がり、小野寺の部屋に向かった。

受話器を耳にあてた小野寺が真名瀬を見る。真名瀬に背を向けしばらく話していたが、受話器を戻して向き直った。

「アメリカは尖閣諸島問題に関わらないことを決め、すでに中国に伝えたと思われます」

真名瀬は確信を込めて言った。小野寺の表情が変わる。

「確かなのか」

「確認しました」

「きみがアメリカで出会った友人たちにか」

真名瀬は答えずに小野寺を見つめている。小野寺が軽く息を吐いた。真名瀬は窓に目を向けた。

外にはすべてを呑み込むような暗い闇が広がっている。

3

真名瀬の忠告は直ちに防衛大臣に伝えられ、彼から総理に報告された。

総理執務室には本郷総理以下、五人の男たちがいた。官房長官、防衛大臣、外務大臣、そして小野寺だ。

小野寺は本郷に、真名瀬から聞いた中国の意図を改めて説明した。

「中国は先日の尖閣上陸に失敗したばかりじゃないか」

「彼らは失敗とは捉えていません。むしろ、日本の出方を知ってほくそ笑んでいるのではないですか」

「どういうことだ。我が国は自衛隊、海上保安庁、護衛艦二隻と巡視艇二隻を送った。さらに護衛艦と巡視艇が急行していた。計六隻の艦艇で対応した。十分強硬策に出ている」

「戦闘にはいたりませんでした。中国はそこを重視しているのかと」

「敵に対して砲撃した。我が国にできるギリギリのところだ」

本郷は砲撃という言葉を使った。

「威嚇射撃です。敵はそれを知っていました。あのように切迫した場面でも、攻撃できませんでした。それが日本の自衛隊の限界だと理解したと思います」

小野寺の言葉に本郷は沈黙した。しばらくして低い声を出した。

「アメリカが中国に付くと、我が国が取れる戦略は多くはない」

「決まったわけではありません。すぐにハシェット大統領に親書を送って、真意を聞いてください。それによって――」

「そんな悠長なことを言っている場合でありません。それに真意など話すわけがない。かえって、我が国の判断を迷わせるだけです」

外務大臣の意見を防衛大臣が遮る。

「だったら、我々の取るべき道は何だというんだ」

本郷の声に全員が黙り込んだ。口にすべき言葉が見つからないのだ。

今さらながら日本がアメリカの傘の下にいたという事実を総理は強く感じた。その傘がなくなると、自分たちで風雨を防がなければならない。

「きみはどう思うかね」

本郷が小野寺に視線を向ける。

「日本の防衛、自衛隊が新しい道に入ったかと思われます」

「新しい道とは」

「アメリカの庇護のない道です。そろそろ過去から抜け出る時期かと。戦後七十年間続いた体制からの脱却です。自国は自国の力で護るということです」

執務室を沈黙が支配した。多くの者が願い、叶わなかったことだ。本郷は小野寺から防衛大臣に視線を移した。

「それは防衛省の総意かね」

「いや、小野寺君個人の意見かと——」

防衛大臣の声は上ずっている。外務大臣が我に返ったように小野寺に視線を向ける。

「そういうことはここで言うべきではない。いや、他でも絶対に言うべきことじゃない。下手をすると、政府がひっくり返る恐れさえある」

「もっと現実を見つめるべきです。国際情勢は日々変化しています。中国の脅威は日を追って増しています。アメリカ大統領の動向に右往左往しているのが日本の姿です。あの敗戦以後、変わらないのは日本だけです。そろそろ新しい日本の姿を考えるべきです」

小野寺が外務大臣を見据え、続ける。

「尖閣で一人の海自の若い士官が亡くなりました。その死が正当に伝えられ、評価されたかと言えばノーです。せめて彼の死の真実を公表できるまでの強さと誠実さがほしい。そうでなければ国家としての尊厳は保てないし、自衛隊の士気は上がりません。国に命をかけることはできません」

小野寺の主張に反論できないところが、日本の最大の弱点なのだ。

「とりあえずは、ハシェット大統領の返事を待ってからだ」

本郷は立ち上がった。閣僚たちが後に続く。

真名瀬は自室のデスクに座り、今までのことを整理しようとしていた。短期間のうちにあまりに多くのことが起こりすぎて、頭の中がまとまらない。

目を閉じると森島の顔が浮かんでくる。彼は何を思い、何を望みながら荒海に飛び込んだのか。

スマホが鳴り始めた。

〈栗原の潜伏先が分かった。すぐに出られるか〉

「どこに行けばいいですか」

真名瀬はドアに向かいながら聞く。杉山は東京駅近くのホテルの名前を言った。ラウンジで待っているという。これから行きます、と真名瀬はスマホを切った。

防衛省を出ると時計を見た。この時間は電車の方が早い。

ホテルのラウンジで杉山はビールを飲んでいた。かなり疲れた顔をしている。

「俺にとってはガソリンだ。顔にも息にも出ない。ただし、一杯まではな」

真名瀬の視線ににやりと笑うと、前にメモ用紙を置いた。

「栗原の潜伏場所だ。高柳のルートから調べた。二人が組んでるのは間違いないだろうから」

「高柳さんの線から栗原さんですか。しかしどうやって」

「俺たちは人探しのプロだ。タレ込み屋も持っている。警察なんか目じゃない。特に政治家に対しては様々なコネがある」

杉山は平然としている。

「高柳が女を住まわせていたマンションだ。高柳の名が出たときから調べていた。女をハワイに行かせて、栗原をかくまった」

「行きましょう」

真名瀬が立ち上がった。

「慌てるな。栗原はこれ以上逃げ場はない。まず、行ってどうするか考えてからだ」

「真相を聞き出します。あの倉庫で何が起こったか。謎が多すぎる。そして、核爆弾がどこにあるか聞き出して、破壊します」

「相変わらず単純な男だな。大貫は何も知らなかったんだろ。だったら栗原もおまえらが襲ったと思っている。彼の部下が二人死んだ。今度は本当に殺されるぞ」

「じゃ、何のために調べてくれたんです。真相を聞き出して、核爆弾を破壊するためじゃないんですか」

「小野寺と遠山の件はどうするんだ。栗原たちを襲ったのは、防衛省の可能性が高い。それもキャリア官僚に、自衛隊幹部だ」

「栗原さんに聞けばいい。元統合幕僚長です。彼らのことは知っています。それに彼らのやり方も」

杉山はビールを飲み干すと立ち上がった。

「そういう単純な手もありかもな。俺たちは策を弄しすぎるのかもしれん」

二人はホテルを出てタクシーに乗った。

栗原の潜伏場所はお台場にある高層マンションの一つだった。その中層階に部屋はあった。

横浜のマンションほど豪華ではないが、それなりに立派だ。公務員と新聞記者の身では夢のまた夢だろう。

インターホンを押すと数十秒の間はあったが、聞き覚えのある声がしてドアは開いた。

エレベーターを降りると二人の男が待っていた。一人は秋元曹長だ。こめかみに大型の絆創膏を貼り、手の甲に包帯を巻いている。もう一人は初めて見る男だった。

「覚悟はして来たんだろうな」

秋元曹長が真名瀬の腕をつかむ。思わず顔をしかめた。

真名瀬と杉山は部屋に連れていかれた。

部屋に入るなり、真名瀬の左頬に強烈な衝撃が走り、身体が宙に浮いた。絨毯《じゅうたん》に倒れたまま、しばらくは何が起こったのか分からなかった。

襟首をつかまれて引き起こされた。秋元曹長が再度殴り付けようと拳を構えている。思わず顔をかばった。

「やめろ。我々は暴力団じゃない」

部屋の奥から声がする。細くしわがれてはいるが栗原の声だ。

「こいつらのために仲間が――」

「我々は元自衛隊員だ。それを忘れるな」

襟首をつかんでいた手が離れた。真名瀬はよろめいたが何とか踏みとどまった。

「きみらの真の目的は何なんだ。口先では調子のいいことを言っていたが」

ソファーに座った栗原が真名瀬を見つめている。顔が蒼く座っているのが苦しそうだった。大貫以上に消耗している。その様子からも落胆の大きさが窺えた。

真名瀬は栗原に向かって言う。

「倉庫が火事のとき、私は尖閣諸島付近の海上にいました。そこで何が起こったかはご存じのはずだ。あなたは元統合幕僚長です」

「森島一等海尉が中国兵を救助して、死んだことか」

「それは本当なのか」

杉山が真名瀬に視線を向ける。真名瀬は頷いた。

「気の毒だった。私は自衛官がこういう扱いをされることに我慢できない」

栗原の握った右こぶしが震えている。背後に立つ男たちが心配そうに見ている。

「私たちは、ちょうど同じ時期に起こった倉庫火災について聞きに来ました」

曹長が真名瀬に向かって一歩踏み出した。栗原がそれを制止する。

「新聞は見ないのか」

「森島一等海尉と同じです。真実はマスコミ報道とは違います。あそこにいたのはあなた方だ。私は真実が知りたい」

「武装した集団に襲われた。拳銃とナイフだ。二人は短機関銃も持っていた。警察のＳＡＴとも違う。日本であれだけの武器を持ち、訓練を受けているのは自衛隊しかいない。装備、機敏な行動と統率力。自衛隊の中でも特別に訓練された者たちだ」

栗原がソファーから立ち上がった。

「たとえば、陸自、習志野のレンジャー部隊とか」

「さすが元統合幕僚長だ」

「きみたちが送り込んで来たのか」

「私は表沙汰にせず、穏便に解決したいと言いました」

栗原の表情がわずかに変わった。背後にいる男たちも顔を見合わせている。

「大貫さんとは話してないんですか。私が同じことを言うと、やはり驚いていました」

「彼とはあのとき以来、連絡を取っていない。彼を巻き込んだのは私だ。これ以上の迷惑はかけたくない」

栗原は苦しそうに顔をゆがめたが、続けた。

「核爆弾はどうなった」

「大貫さんからも同じことを聞かれました。私たちがここに来たのも、それを確かめるためです」

「やはり我々を襲った連中に奪われたのか」

「それを知りたいのです」

「あの場所になければそうなのだろう」

「相手の見当はついているのですか。おそらくあなたの昔の部下です」

栗原は答えない。真名瀬は栗原を見据えた。

「一つ聞いておきたい。あなた方は核爆弾を造ることができたのですか。あの場所にあったのは完成した核爆弾ですか」

栗原が顔を上げ、真名瀬を見つめている。

「成功した。ただし装置の製造にだ。かなり性能の高い核爆弾装置だ。しかし、まだ核爆弾ではない」

栗原が立ち上がり、海に視線を向けた。真名瀬はその背を見つめている。落胆と悲哀の漂う後ろ姿だ。


真名瀬は一礼してドアに向かって歩いた。杉山が我に返ったように後をついてくる。ドアを出たが、誰も追ってこなかった。

エレベーターに乗ってから、杉山が真名瀬に身体を寄せた。

「あいつらは、核爆弾を造り上げたのか」

「そのようです。ただし核爆弾装置です。まだ核物質を手に入れていないのでしょう。その前に襲われ、奪われた。核爆弾は濃縮ウランか純度の高いプルトニウムがあってこそ、爆弾として機能します」

「その核爆弾の容器を奪ったのは、やはり小野寺と遠山のグループか」

「おそらく」

真名瀬は今朝会った時の小野寺を思い浮かべた。いつもと変わらない表情、話し方をしていた。よほど腹の据わった男なのか、彼に指示を出している者が他にいるのか。

「彼らはそれをどうするつもりだ」

「破壊するのではなさそうです。使い方は限られているが、なくはありません」

「では、核物質を手に入れて、本物の核爆弾を造るつもりなのか」

真名瀬は答えることができなかった。現実離れしているが不可能ではない。

「あんたは奪われた核爆弾装置がどこにあるか調べてくれ。俺も、俺のルートで当たってみる」

「防衛省関係に杉山さんのルートがあるんですか」

「企業秘密だ」

二人はタクシーで東京駅まで出て別れた。


真名瀬はその足で本郷の岸本に会いに行った。

「また、トラブルを持ち込んできたのか」

岸本が真名瀬を見るなり言う。だが表情には待ち望んでいた雰囲気もある。科学者として興味も生まれてきているのだろう。

「話の続きを聞きに来た。図面の装置を作り上げた次の段階についてだ」

「核爆弾ができたのか」

岸本の顔色が変わる。

「日本ではできないと言ったのはおまえだ」

「難しいと言ったのだ。核物質を手に入れるのは。しかし不可能じゃない」

真名瀬は今までの経緯について慎重に話した。言うべきことと、伝える必要のないことが微妙に絡み合っている。真名瀬が話すにつれ、岸本は落ち着きを取り戻していく。

「装置は完成している。その装置の行方が分からない」

「装置を奪った連中は核物質も手に入れたのか」

「それはまだだろう。いずれ手に入れるかもしれない」

「核物質を手に入れ、核爆弾を完成させたとする。核爆弾の製造と同じように重要なのは、その性能を試験する核実験だ。装置がうまく作動し、爆縮のタイミングが合って初めて爆発する。インドやパキスタン、北朝鮮も爆発の威力はともかく、核分裂爆発を起こして核爆弾の実験成功を世界にアピールした。おまえの言うことが事実だとすると、彼らは実験をどうするつもりだ。日本国内じゃ無理だ」

「日本が保有している濃縮ウランもプルトニウムも異常はないのか」

「日本中のすべての濃縮ウランとプルトニウムはＩＡＥＡによって監視され、量の増減は直ちに感知されることは話したはずだ。今のところ何も聞いていない」

しかしと言って、岸本が身を乗り出してくる。

「日本が核武装をするには、技術的な問題よりも、政治的な問題のほうが大きい。つまり、まず原子力協定を破棄しなければならない」

この協定は、現在、核保有国であるアメリカ、イギリス、フランス、中国、そして非核保有国のカナダ、オーストラリアが加盟している。核物質の軍事転用の禁止と違反時の核物質返還を含む協定だ。

「次に核拡散防止条約、ＮＰＴから脱退しなければならない。脱退によって、査察官の国外追放、国連の監視カメラの撤去を行なうことができる。インド、パキスタンは、最初からＮＰＴを批准していない。さらに包括的核実験禁止条約、ＣＴＢＴからも脱退する必要がある」

ＮＰＴは一九六七年の時点で核兵器を保有していたアメリカ、ソ連、イギリス、フランス、中国以外の国による核保有を禁止する条約だ。日本は一九七六年に批准している。

　またCTBTは地下核実験、平和目的の核爆発、低威力の核爆発を伴う流体核実験など、爆発を伴う核実験を例外なく禁止する条約であり、日本は一九九七年に批准している。

　岸本が付け加える。

「IAEA、つまり国際原子力機関からも脱退しなければならない。そうなると、原子力関係の国際協力はすべて得られなくなる」

　核を持っていないNPT締約国は、IAEAと包括的保障措置協定を結び、核物質の兵器転用をしないための監視を受け入れる義務がある。核兵器保有国や秘密裏に開発している国は、NPT締約国でも包括的保障協定を結んでいない。日本は締結しているのでこれを破棄する必要があるのだ。

「日本が核爆弾を持つことはない。過去も現在も、そして未来も。そのような動きがあれば、俺たちが断固阻止する」

　真名瀬の脳裏に荒海に飛び込む森島の姿が浮かんだ。彼は身をもって日中の衝突を防いだ。

「だが、人類の進歩と核利用は避けようのない事実だ。人は第一の火として、火山や雷からいわゆる火を手に入れた。そして、石油や天然ガスなどから火を身近なものとした。自分たちより身体のデカい、力の強い、様々な動物も恐れず支配し、寒さや飢えからも逃れることができた。その熱を利用して、さらに使いやすい第二の火、電気を手に入れた。この力は繊細で広域、強力なものだ。そして通信や照明、様々な分野に応用され、人類の地位を揺るぎないものとした」

　岸本が遥か遠くを見るように窓に視線を向ける。

「そして第三の火、原子力だ。この火は残念なことに、人類に原子爆弾という破壊の象徴として姿を現した。平和利用には限りないものがある。原子力発電所は、わずかな燃料から膨大な量のエネルギーを生み出すことができる。特に石油や天然ガスなどの資源のない日本にとっては、有益なエネルギー源となるはずだった。だが残念なことに、東日本大震災時にメルトダウンという、最悪の事故を起こしてしまった」

　岸本が真名瀬に向き直る。

「原発は一般の人が思っているより遥かに頑丈なんだ。耐熱性、耐衝撃性、耐圧性、すべてにおいて余裕を持たせて設計してある。何かの衝撃で設計値を超えられたらたまらないからな。同じ仕様で作られたものなら少々手荒に扱っても問題はない。だから――」

「福島の原発は頑丈なはずの格納容器が簡単に吹っ飛んだ。しかも、世界中の人の見ている前で」

「あれは原爆の爆発とは違う。建屋に充満した水素の爆発だ。原子炉自体が爆発したチェルノブイリとは異なるものだ」

「まるで紙の容器だった。テロリストへの対策として、小型飛行機が突っ込んだくらいではビクともしない頑丈な建屋内に入っていると聞いていたからな」

「アメリカじゃ小型ジェット機の衝突実験をやったことがある。たとえ建屋が爆発しても、原子炉容器が無事であれば問題ないんだ」

　岸本の声のトーンは落ちている。

「じゃ、なんで東日本大震災の原発事故ではあんなに大事になった」

「外部からではなくて、内部で破壊が起こってしまった。原子炉建屋は重量と強度の関係で上部に行くほどコンクリートの厚さが薄くなっている。ああいう巨大な建物はすべて同じ厚さにすると、上部の重量で下部が耐えられない。だが、東日本大震災の原発事故ではそれが幸いした。水素爆発で吹っ飛んだのは厚さの薄い上部だ。あれが横に吹っ飛んでいたら、周囲の原子炉も巻き込んで、収拾がつかなくなっている」

　岸本が淡々と話している。その彼独特の落ち着いた口調が事故の様子を思い出させ、より不気味さを浮き上がらせた。

「だったら、やはり危険なんだ」

「知ってほしいのは、原子力はあの爆発がすべてではないということだ。医療や農業、また多くの工業にもその利用は進んでいる。人類の進歩は今後も続いていく。もしも進歩を止めるようなことがあれば、人類は必ず滅んでしまう。地球は四十六億年の歴史を持っている。その過程には氷河期があり、巨大隕石の衝突があり、地球規模の災害も起こった。今後も僕たちが想像もできないような地球規模の試練が起こるだろう。そういう事態を乗り越え、人類が生き残るには科学技術の進歩はどうしても必要となる。その中で、原子力は必ず大きな役割を果たすと信じている。だから、進歩の目を摘みとるようなことをしてはならないんだ」

岸本は熱っぽく語った。すでに真名瀬が来て二時間がすぎている。

「何か分かったら知らせてほしい」

真名瀬は言い残して研究室を出た。

岸本から電話があったのは、真名瀬が防衛省に戻ってからだった。

〈おまえが帰ってから、気になったので調べてみた。京《けい》コンピュータの使用履歴だ〉

神戸のポートアイランドにあるスーパーコンピュータだ。

〈超新星の爆発シミュレーションが何度か行なわれている。やっているのは未来宇宙研究所だ〉

「そんな研究所があるのか」

〈防衛省関係の研究施設だ。軍事衛星に絡んだ研究開発をやっている。問題なのはその超新星の爆発が何を意味しているかということだ〉

真名瀬には岸本の話がよく分からない。

「その超新星の爆発と核爆弾とどういう関係がある。俺にも分かるように言ってくれ」

〈超新星の爆発にしては桁がかなり小さすぎる。広島、長崎級原爆の数倍の爆発規模だ。核爆発を模擬した可能性がある〉

「星と爆弾の爆発。同じだと言えるのか」

〈概要を読んだが、おかしなことだらけだ。二つの星がぶつかって爆発を起こす。これはプルトニウムの爆縮シミュレーションと同じようなものだ。二つのプルトニウムの塊がぶつかりあうと核爆発が起こる〉

「おまえ以外に誰か気がついた者はいないのか」

〈難しいと思う。核爆弾の存在を言われて初めて、おかしいと思う程度だ。言い逃れだっていくつもできそうなものだ〉

「実際の核実験の代わりに、コンピュータ・シミュレーションで模擬実験を行なった。そういうことか」

〈そう解釈してもいいのかもしれない〉

岸本の語調から最初の勢いは消えている。自分の言葉の重みに自信がなくなったのか。

「その核爆弾の模擬シミュレーションの結果はどうなってる」

〈そこまでは分からない。僕は公表されている京コンピュータの使用記録の概要を読んだだけだ〉

「結果を調べて、おまえなりの考えを教えてくれ」

〈かなり難しいと思う。論文発表前のデータを見せろと言うのは。期待はしないでくれ〉

岸本の電話は切れた。


迷ったが、真名瀬は鳥羽を呼んで、今までの経過を話した。鳥羽が何度かため息をつきながら聞いている。

「驚かないのか」

「驚いてますよ。何かあるとは思っていましたが。防衛省の内紛に近い形かもしれないとはね。元統合幕僚長と将来の事務次官。小野寺さんは真名瀬さんにもっとも近い人じゃないですか。今度は未来宇宙研究所まで出てきた」

「私だって驚いてる。信じられなかったが、そう考えると多くの辻褄が合う」

真名瀬は部屋に仕掛けられた盗聴器のことを思い浮かべた。あれ以来、話題に上ったことはない。あれは小野寺の仕業だったのかもしれない。

「これからどうするつもりです。こんなヤバいこと」

「考えてる。まずやらなければならないことは、彼らが運び去った核爆弾装置を見つけることだ」

「そんな危険なものを持ち込める場所なんて――」

鳥羽は考え込んでいる。

「核爆弾だと考えるな。単なる精密機械装置だ。核物質を装塡しない限りは」

「まずは防衛省関係の施設を当たってみます」

「関東近辺で小野寺さんの目の届くところ。多くはないはずだ。それとも、我々が探すことを予測して我々が想像もつかない場所かもしれない」

やってみますと言って、鳥羽が出ていく。

真名瀬は深く息を吐いた。一瞬意識が遠のいていく。疲れている。森島の一件以来、十分な睡眠が取れていない。眠ろうとして目を閉じても森島の姿が現われ、闇の中から真名瀬の意識を引き出してくる。このままでは身体がもたない。

スマホが鳴っている。

〈また何か起こってるの。私の知らないことが〉

由香里の低い声が聞こえる。

「なぜそんなことを聞く」

〈杉山さんの姿が昨日から見えない。あなたと関係してるんじゃないかと思って。最近はよく会ってるんでしょ〉

真名瀬は一瞬、すべてを明かしたい衝動に駆られた。だが話してしまったら、彼女を危険にさらすだけだ。

「彼には彼の仕事があるんだろ。忙しい人だと言ったのはきみだ」

〈最近のあなたは変わった。色んなことが起こっているのはたしかだけれど。一度、家に帰ったら。お母さんも心配してるよ。一時間もかからないんだから〉

「もう少し待ってくれ。近いうちに話すことができると思う」

分かったという返答があって、スマホは切れた。


夕方、真名瀬は小野寺に呼ばれた。真名瀬と入れ違いに、秘書と数人の職員があわただしく部屋を出て行く。

「緊急事態発生だ。中国海軍のフリゲート艦三隻が大連の港を出て尖閣に向かっている」

「アメリカからの連絡は？」

「ない。当然承知しているだろうが。明日の未明には尖閣近海に到着する」

小野寺は今までになく興奮した口調だった。何か他の情報をつかんでいるのかもしれない。

「尖閣は、護衛艦『あすなみ』が警戒しているはずです」

「『あまつかぜ』と『たちかぜ』も警備している。ここまで挑発的行為を取るとは異例だ」

「アメリカ国防総省からは何も入ってないんですね」

真名瀬の再度の確認に小野寺が視線を外した。

アメリカは既に中国海軍の動きをつかんでいるだろう。何も連絡がないということは容認しているのだ。中国同様、日本の出方をうかがっているのか。

「可能な限りの強硬策をとるしかないんじゃないですか」

「私もそう指示した」

「アメリカが介入せざるをえないほどの強硬策です」

できるかと」

「中国が南シナ海で行なっていることです。尖閣でもやる可能性がある。今なら世界にアピールすることが
小野寺は考え込んでいる。

「私はこれから官邸だ。安全保障会議が招集されている」

小野寺は時計を見て立ち上がった。


真名瀬は部屋に戻るとスマホを出した。

〈ジュン、おまえなのか。間違い電話じゃないんだろ。おまえから俺に電話をかけてきたのは日本に帰ってから初めてじゃ――〉

「中国海軍が尖閣に向かっている。その意図を知りたい」

デビッドの声を真名瀬が遮った。デビッドは答えない。

「まさか、アメリカは黙認するという意思表示をしたんじゃないだろ」

〈そんなことをするはずがない〉

「じゃ、どうして中国海軍が尖閣諸島に戻って来る」

〈アメリカ政府は他国の領土問題には口出ししない。当事国間の問題として捉えている。これが我が国の領土紛争国に対する一貫した態度だ〉

「同じことだろ。アメリカは中国についたと取られるぞ」

〈傍観するしかない。日米安保条約は生きている、ただし尖閣に関しては――〉

「それは政府の一員としての答えだろ。俺に対しては本音で話せ」

〈いつだって本音だ。だから、失敗もしてる〉

「シューリンから電話があった。北京の昼食会で会ったそうだな。俺には言わなかった」

〈偶然だった。隠してたわけじゃない。大した話はしていない〉

居直った口調だが、声のトーンが落ちている。

「シューリンはそうは言ってなかった。かなり立ち入った話をしたはずだ」

〈お互いに政府の仕事についている。以前のようにはいかない〉

「それでもシューリンは俺に電話をくれた。俺を心配してだ。盗聴されている危険を冒してまでだ」

デビッドが沈黙した。真名瀬も黙り込んだ。緊迫感が漂い、お互いの息づかいを聞いていた。

〈俺だって、おまえに電話しただろ。その意味は十分に察しているはずだ。おまえのことだから〉

「感謝はしている。ただ、もっと冷静な行動を取ってほしい。おまえの国に望むことだ」

〈それは大統領に直接言ってくれ。俺なんて政府にとってゴミみたいなもんだ。いつでも切り捨てられる〉

「個人的には感謝しているが、個人と国とは別だ。俺には国を護る義務がある」

〈大統領は中国に舵を切った。十三億人の市場を取ったんだ。何と言われようと、俺にはどうすることもできない〉

将来、大統領の側近を狙っているデビッドにしては、かなりの覚悟を込めた言葉だ。声色からは苦渋の心境が伝わって来る。

「残念ながら、歴史に残る愚かな大統領だ。アメリカが中国に擦り寄る。世界の秩序は破壊されたも同然だ」

真名瀬はあえて言った。自国の大統領が侮辱されたのだが、デビッドは否定しない。

「かつての大統領の言葉はどうなる。尖閣諸島にも安保が適用される。他国により尖閣が脅かされることがあればアメリカは日本と同調して戦う」

〈領土問題の範囲だと解釈を変えた。当事国で解決すべきで、第三国が入り込めば混乱が増すばかりだ。そ

う大統領は判断した〉

　デビッドは同じ言葉を繰り返す。

「総理は中国に対して断固とした態度を取るつもりだ。この言葉が意味することは分かると思う。俺たちは全力を挙げて戦争だけは避けるつもりだが」

　真名瀬は電話を切った。

　デビッドとの会話は、アメリカ政府の公式発表より、遥かに現在の日米関係の真実を表わしている。

　ふと思い立って、真名瀬はスマホの連絡帳を開いて、ボタンを押した。

　この電話は現在使われて――。英語の声が返ってくる。アメリカ時代のシューリンの番号だ。期待はしていなかったが、やはり落胆してしまう。シューリンにこちらから連絡する方法はないのか。

　真名瀬は彼女との会話を思い出そうとした。


　地下の会議室は静まり返っていた。

　統合幕僚長が尖閣諸島を巡る中国軍の動きを説明したところだった。小野寺は防衛大臣の背後で聞いている。

「中国と領有権争いをしている東南アジアの国と連携を強化する以外に手はないでしょう。そして、国連安保理に訴える」

「中国は常任理事国です。拒否権を行使すれば何の制裁も受けません。領土問題ではロシアも中国に同調します。日本は大幅譲歩をせざるを得ません」

「他に有効な手段はないでしょう。小さな積み重ねこそが、将来の大きな成果を生みます」

「ベトナム、インドネシア、フィリピン。直ちに大使を呼んで対策を練ります。総理は各国に呼び掛けて中国の暴挙に対して、共同声明を出してください」

閣僚からは様々な声が上がる。そのどれもが新味に欠けたものだ。中国は歯牙にもかけないだろう。

本郷総理は何も言わず聞いていたが、立ち上がって閣僚たちに背を向けた。

本郷が自分の考えをまとめる段階に入った合図だった。閣僚たちは黙る。

彼らは本当の政治の怖さを分かっていない、と本郷は思う。世界のトップと渡り合ったことがないのだ。

国のトップの決断は、時として国の存続さえ左右する。政治には常に裏と表、本音と建前がある。綺麗事だけでは済まない。

一国の国益は、他国にとって不利益になる場合が多い。だから懸命に考え、戦うのだ。国民の多くは理解していない。目先の利益、正義感にかられて政府を罵倒し、行動する。それがどれほど足を引っ張ることになるのか――。ここにいる半数以上の閣僚も物事の表面だけしか見えていない。あるいは、自分に一票を入れる支援団体、地元住民しか頭にない。本郷はため息をついた。

本郷の頭に突如、来月上旬から始まる東京サミットが浮かんだ。相次ぐ重大事に押し流されてはいたが、常に頭の隅に貼り付いていた。

世界経済危機の回避、頻発するイスラム過激派組織によるテロの撲滅、地球温暖化の防止、格差・貧困問題の解消など定番の議題に加えて、中国の南シナ海進出も加わるだろう。当然、東シナ海問題もだ。今回はイスラム過激派が、テロを計画しているとの情報もある。考え始めると胃が痛くなる。

だが、開催国の首脳として世界にデビューする絶好の機会であることは間違いない。

「中国の政治部と軍部の動きを分析できる分析官を置きます。おそらくこの数ヶ月、いや数週間は、日本にとってもっとも重大な日々になるでしょう」

突然の声に本郷は現実に引き戻された。部屋の空気に緊張が走る。

声が聞こえたほうに視線を移すと、防衛大臣の柴山が総理を見据えている。柴山は続けた。

「キューバ危機にも匹敵する事態だと認識しています。ここで引けば、次は沖縄です。既にその兆候はあります。中国は沖縄の軍用地、その他の土地を買い占めています。本気で憂慮すべきでしょう」

「強気に出て全面戦争ともなれば取り返しがつかない事態に陥ります。もっと慎重に行動すべきだ」

「具体的にどうすると言うのだ。逃げてばかりではいつか追い詰められる」

閣僚たちの意見が再び出始めた。

「イージス艦と護衛艦を送って、中国軍の尖閣への上陸を防ぐしか方法はありません」

「具体的な方法はあるのか。前回同様、中国軍が上陸を目指して来た時にはどうすればいい」

「尖閣には護衛艦三隻と、陸自の上陸部隊五十人が警備しています。彼らがいる限り――」

「全面戦争となれば数時間で決着がつきます。海上自衛隊は勝利します。だが、これは最終的にという意味です。装備は劣るとはいえ、数倍の敵です。先制攻撃ができない自衛隊にとって、敵の最初の攻撃で半数が重大な被害を受けることは明らかです。両国あわせて多数の犠牲者が出ることは明白です。こういう事態に我が国民は耐えられるかどうか」

統合幕僚長の言葉に、閣僚たちは顔を見合わせている。

中国との全面戦争、こうした時がくるとは、彼らの頭では考え付かないことなのだ。

「それだけでは終わりません」

防衛大臣の背後から声が上がった。

「中国軍は切り札を使うかもしれません。窮鼠《きゅうそ》猫を嚙むと言います。追い詰められた中国軍は、最後の手段を取る可能性があります」

最後の手段――小野寺の言葉が閣僚たちの全身を打った。

「そしてそれは、日本を滅亡へと追いやります」

会議室は静寂に包まれた。

4

遠くで自分を呼ぶ声が聞こえる。誰だ。言葉の意味は分からないが、真名瀬を強く求めている。必死に手を差し出すがつかめない。空を切るばかりだ。

それがスマホの呼び出し音だと気づき、サイドテーブルに手を伸ばした。未明の電話はデビッドからだった。

〈中国の様子がおかしい。共産党政治部の動きが慌ただしい〉

挨拶もなく、早口でしゃべるデビッドの声は、普段にはない緊張感で上ずっている。

「具体的に話してくれ。中国海軍の艦艇が大連を出港したことか」

〈華国家主席が二日前から公の場所に出ていない。北京周辺に軍が集まり、大連では海軍の艦艇が出港準備を始めている〉

「軍部が暴走を始めたのか」

〈その傾向はあったが、俺たちはどこかで歯止めがかかると思っていた〉

「落ち着いてもっと詳しく話してくれ」

〈俺は十分に冷静だ。しかし情報が少なすぎる〉

デビッドの声のトーンが落ちてくる。

「お互い腹を割った情報交換が必要なようだな」

真名瀬はベッドから起き上がった。デビッドの深呼吸が聞こえる。

「まず日本側の情報だ。日本の中国大使館は大使以下、高官半数の家族が中国本土に帰還している。名目は中国の両親、あるいは子供のための一時帰還。残っている者も帰国の準備をしていると聞いている。これが意味することは。さあ、おまえの番だ」

〈華国家主席以下、政治局のトップメンバーの動向がつかみ難くなっている。半数が行方不明だ。ペンタゴンも慌てている。俺は十二時間前から、ホワイトハウスに缶詰めになっていた〉

「党幹部たちが軍に拘束されているってことはないのか」

〈それを心配している。現在の中国で軍の暴走がいちばん怖い〉

「アメリカ政府は、今後二十四時間以内に何か具体的な行動を起こすのか」

〈危険すぎる。もし、軍部が異常行動を起こしているとすると、火に油を注ぐようなものだ。彼らは行動を始める糸口を待っている。アメリカ、あるいは日本が先に何かしかけることを期待している。我が国としては静観以外ない。だからおまえに電話した〉

「軍は何を望んでいる」

〈我が国の公式見解はまだ出ていない。出せないというのが本音だ〉

「おまえの意見でいい」

数秒の沈黙があって答えが返って来た。既にいつものデビッドの声に戻っている。

〈自分たちの力の誇示だ。国内外に対して。中国人民を率いているのは党ではなく軍、自分たちだ、という意思表示だ〉

「馬鹿げている」

〈そう言い切れるか。日本軍もドイツ軍も、同じ過ちを犯した。中国軍も同様だ。それが歴史だ〉

「それを阻止するのは――」

真名瀬は言葉に詰まった。国民だと言いたかったのだが。

〈良識しかない。世界情勢を正確に見つめ、冷静な行動を取れる良識だ。力を力で抑えるのは難しい時代だと知ることだ〉

デビッドらしくない、冷静すぎる判断だ。

「なぜ、俺に電話した」

〈俺とおまえは同じことを望んでいると信じているからだ〉

一瞬の間があってからデビッドの声が聞こえ、電話は切れた。

時計を見ると午前四時をすぎたところだ。

横になって目を閉じたが眠れそうにない。ベッドを出てパソコンを立ち上げた。いつものパターンだ。

始業時間の一時間前に防衛省に行った。

小野寺の部屋の前を通るとすでに人の気配がする。ドアをノックした。どうぞという声が返ってくる。

小野寺のシャツとネクタイは昨日と同じものだ。

真名瀬は小野寺にデビッドからの電話の話をした。小野寺は考え込む。

「官邸での会議は長引きましたか」

「会議はまだ続いている。私は抜けてきたが、また戻らなければならない。海上自衛隊の情報部から連絡があった。中国海警局の監視船が温州基地から南シナ海に出港した」

「尖閣ではないんですね。なぜこの時期に」

「ベトナムが南沙諸島に海軍を出した。この機を逃したくないんだろう」

「尖閣に対する挑発と同じですね」

「そうだ。中国海警局の監視船は一万トンクラスだ。日本の護衛艦より遥かに大きい。ヘリ搭載も可能だ。軍艦なみの艤装《ぎそう》もやっている。ベトナム海軍と互角以上に渡り合える。同クラスの艦艇がすでに二隻、南沙諸島に向かって航行中だ」

数年前から中国は、一万トンクラスの監視船の建造を急ピッチで進めている。今年中にさらに二隻就役する。監視船とはいえ、武装を強化すれば軍艦と変わりないものだ。南沙諸島には今後軍の代わりに海警局が前面に出てくるのか。

「これらの海警局の艦船を護衛するという名目で、中国海軍が乗り出す。南シナ海と同様、東シナ海を自分たちの領土に組み込む計画だ。そのためには、島を取り合うとともに、海洋に実績を作るつもりだ。艦船だけで十分可能だと言う軍事評論家もいるが、やはり無理がある。南沙諸島を領土として、軍事基地化して領海と排他的経済水域を主張して勢力の拡大を図る計画だ」

真名瀬は小野寺のデスクに置かれたカバンに目をやった。

「これからまた官邸ですか」

「そうだ。資料を用意して、総理と閣僚に対してのブリーフィングだ」

小野寺はパソコンを操作しながらしゃべっている。

「私は失礼します。チーム解散のための残務整理が残っています」

部屋を出ようとする真名瀬を小野寺が呼び止めた。

「早急に進めてくれ。痕跡は残さないように。これでいいとは思わないが、とりあえず内密に処理ができた。総理も喜んでおられる」

「私は何もできませんでした。核爆弾は倉庫の火災で燃えてしまったと考えていいのですか」

「ガソリンが爆発した。倉庫にあったその他の機器類と一緒に粉々になった」

「確認は取れないのですか」

「騒ぐとかえって不自然だ。警察も消防も取り立てて何も言っていない」

「死者が二名でました」

「元陸自の隊員で栗原の部下だ。倉庫の作業員として処理している。自衛隊と結びつける者はいない」

「しかし、このままでは――」

「この件に関してはこれ以上、首を突っ込むな。日本に核爆弾は存在しなかった。これからも、存在しない。

日本の非核三原則の堅持は曲げられない事実だ」

小野寺はパソコンから顔を上げ、真名瀬を見据えて言う。この件はこれで終わり――強い拒絶の意がその目には込められている。

真名瀬は一礼して部屋を出た。


真名瀬は部屋に戻った。書類を整理していると、杉山から電話が入る。

〈近くまで来ている。会えないか〉

駅前のいつもの喫茶店で待ち合わせた。

お互いに集めた情報を共有した。まだ核爆弾の発見には至っていない。

「それで、上司は何も言わないのか」

「核爆弾を発見した時点で、私の仕事は終わっています。これ以上を望むなら警察の領域です。破壊したのは、私の知らない組織です。それに小野寺さんが関係していたかどうかは、今となってはどうでもいい」

「建前の世界だな。これで終わりとはとても思えないが」

「世の中が慌ただしすぎるんです。ゆっくり考えている時間などない」

「それは言えてる。イランも核爆弾の製造を諦めた。建前上の話だが。まずは経済制裁解除を優先した。世界は核軍縮に向かっている。いま香港で核軍縮会議が開かれている。知ってるだろう。あからさまに核爆弾など求めているのは、隣の国とテロリストくらいだ」

「すべて表面上の話です。イランの核放棄も、アメリカもその他のEU諸国も信じたわけじゃない。核を持つのが数ヶ月先から数年先に延びただけという意見もあります。とりあえず、核兵器製造を断念させたにすぎないと思っている。イスラエルなどは、はなから信じてはいない。濃縮ウラン工場は稼働を続ける。それでウラン濃縮の技術が向上することは確かです。気がつけば手遅れになっている」

「世界は核保有国で溢れ、核爆弾で溢れるというわけか」

杉山が皮肉を込めて言うが、単なる皮肉でもない。

「香港の核軍縮会議でまとまらなかったら、中国の暴走は止まらなくなる」

一年前に核不拡散条約再検討会議がニューヨークの国連本部で開かれた。

加盟国、約百九十ヶ国が世界の核軍縮と核不拡散、原子力の平和利用について約一ヶ月議論する会議だ。条約によって、加盟国は現在の核保有国以外は新たに核爆弾の製造が禁じられている。そのため、インド、パキスタン、北朝鮮などの新たな核保有国は参加していない。明確に有無を公表していないイスラエルもだ。

核保有国と非核保有国の温度差は激しく、全会一致の共同声明は出されなかった。これは異例のことだ。

特に中国の核への執着は強まっている。アメリカに対して通常兵器の劣勢が目立っているからだ。抗日戦争勝利の式典でも、全世界を射程内に持つ大陸間弾道ミサイルを軍事パレードに参加させて誇示した。

「日本の役割は重大だと思います。日本の動きによって中国の今後の出方が鮮明になります」

「国連でもアメリカ、ロシアを含め、核保有国の意見もまとまりつつあるが、中国が拒否権を使えばもとに戻る」

「日本の核武装計画が明らかになると、世界はさらに混乱します」

真名瀬の脳裏に倉庫から消えた核爆弾が浮かんだ。あれは――。その残像を消し去るようにわずかに頭を振った。

「現在開かれている核軍縮会議も外務省だけに任せておけんだろうに」

半月ほど前から香港で第二回核不拡散条約再検討会議が行なわれている。これは前年度にまとまらなかった会議の続きだ。

様々な国の事情、利害関係が如実に表われる会議で、合意に達せず全会一致の文書採択に至らないことも多い。今回も苦労していると伝えられている。

「防衛省は蚊帳の外です」

「会議にはうちからも取材班が行っている。俺も参加を申し込んだが、鼻で笑われた。俺に国際政治は似合わないそうだ。日本の裏社会を駆け回ってろということだ。事実だが、悲しいね。日本の核武装を阻止したヒーローの一人なのに」

杉山は笑ってごまかしてはいるが、無念なのだろう。確かに日本は危うい時代に差し掛かっている。

総理執務室には、総理以下、防衛大臣、外務大臣、財務大臣が集まっていた。各省の意見の集約とすり合わせだ。

小野寺は持ってきた資料を閣僚に渡し、説明を始めた。

「南沙諸島の滑走路が千七百メートルに達しています。一週間もすれば、三千メートルの滑走路が完成します」

中国が埋め立てた人工島には、球形のレーダードームや巨大なパラボラアンテナを備えたレーダー基地、大型船が入港可能な港湾施設が既に建設されている。近くに「中国東門」「祖国万歳」といった看板も見えた。周辺の洋上では複数の中国海警局の艦船が警備し、近づけなくなっている。

「既に戦闘機が離着陸を繰り返している。彼らは軍事基地として利用するつもりだ」

「世界が周知している事実だ。ヘリポートから始まり、大型輸送機が離着陸できる滑走路を建設する。制空権を主張できるようになると、港を造り始める。中国は世界の出方を試しながら軍事基地の建設と拡張を行なっている」

「いずれ破綻します。中国のバブル崩壊はすぐそこに迫っています。国内の不満が爆発する。そうなると領土拡張ばかりに専心してはいられない」

「そう言われ続けて数年がたつ。中国バブルは弾けないし、海外進出は止まらない。経済だけではなく、軍事的にも」

外務大臣の指摘に、財務大臣は黙り込んだ。

「世界が躊躇しているうちに、すべてが手遅れになってしまう。大国の横暴です」

「中国が大国ですか。自分たちはいまだ発展途上国だと言っています。農村部の多くは様々な点で世界標準以下だと」

「問題によって使い分けているだけです。党幹部、いや都市部に住む一般国民の誰もが自国が世界のトップを狙っていることを知っています。明言もしています。だからこそ、党についていく」

「中国の立場を論じる場ではない。今後どうするかと聞いているのだ。当面の対応策を求めている」

本郷総理が苛立ちを露わにした。閣僚たちは黙り込んだ。

誰か、知恵のある者はいないのか。本郷は心の中で叫んだ。今は自分が一国の総理としてリーダーシップを示す時だ。

「まずは南沙諸島の周辺国の動きを見るべきです。我が国にできる援助を行なう。いずれ、東シナ海にも同様な手が伸びて来ることと思われます」

小野寺の声に本郷は落ち着きを取り戻した。

「直ちにベトナムとフィリピン、インドネシア政府の対応を報告してくれ」

本郷の言葉に外務大臣が秘書に囁く。秘書は頷いて部屋を出て行った。

「これで解散だ。引き続き中国と周辺諸国の動向には最大の注意を払い、動きがあれば知らせてくれ」

本郷は出て行こうとする小野寺を呼び止めた。

「きみは残ってくれ。意見を聞きたい」

小野寺は防衛大臣を見たが、彼が頷くと椅子に座りなおした。

真名瀬が防衛省の自室にいると、スマホが鳴り始めた。非通知の表示。通話ボタンを押したが、相手は何も言わない。

「俺たちがアメリカで最後に会った場所、楽しかったな。僕はどこだったか忘れてしまった」

真名瀬は英語で言った。

〈認知症には早すぎる。ボストン郊外のライブハウス〉

「店の名前はクレイジー」

〈この電話は安全よ。でも、私にも確信できなくなっている。中国はそれほど危険な状態になっている〉

シューリンの声は緊張のためか早口になっている。

「今朝デビッドから電話があった」

〈彼は何と言ってたの〉

「中国軍部の暴走が始まるかもしれない」

〈半分当たってて、半分は間違い。軍の過激派は多くはない。でも力は強い。党は穏健派が多く、力としては弱い。軍幹部の大半がどちらにつくか迷っている〉

「現在の対外政策、海洋進出は軍の力の誇示だとも言っていた」

〈党政治部が国民を抑え切れなくなりつつある。デモが全国で頻発している。軍に頼るしかない〉

「華国家主席は、言われているように優柔不断で軍部寄りなのか」

〈私はそうは思わない。彼は穏健派よ。でも、表面的には強硬派に見られるかもしれない。いえ、そう思われようとしている。そうでなければ十三億の民を率いてはいけない。でもこのままでは軍に押し切られる。華国家主席は自分の政権に対する世界からの承認を求めているけど、今のところ世界はそっぽを向いている。表面に出るのは軍部の暴走ばかり。これでは、世界の同意はとても得られない〉

シューリンの幾分自虐的な言葉が聞こえる。

「世界はそう思ってはいない。軍部の行為をすべて華国家主席の指示と見ている」

〈華国家主席はかなり無理をしている。肉体的にも精神的にもね。華国家主席が先に倒れるか、執行部がつぶれるのが先か。それとも軍か。賭けをする者もいると聞いている。もちろん、香港や上海での話だけど〉

「きみと会って話すことはできないか。たとえば第三国で」

シューリンの考え込む様子が伝わってくる。

〈香港で今開かれている核不拡散条約再検討会議に、あと数日だけど私は馬国務院総理の秘書として出席する〉

「俺は中国政府にマークされているのか」

〈名前は挙がっている。私のアメリカ時代の友人、そして日本のアジアに関する分析官として。残念ながら、それ以上でも以下でもない。マークはされていない〉

つまり小物ということだ。アメリカ時代のシューリンなら真名瀬がめげるほどからかっただろう。

「きみの友人という評価が、どの程度の影響力なのか知りたくてね」

〈私は政治部の上層部にいる数少ない留学経験者の一人。節目では当局に監視されている。今がそのとき。あなたについては、入出国、特に中国入国に時間がかかるだけ。パスポートナンバーが記録されている〉

「光栄だね。日本では防衛省の無名の一職員だ」

〈小野寺という防衛省の幹部はあなたの上司でしょ。彼は要注意人物として載っている。右翼思想の強い大物官僚。国への出入りに問題はないだろうけど、監視はつく〉

「本人が聞いたら驚くよ。自分では中道だと思っている。というより、そんなこと考えたことないんじゃないかな」

〈私だって同じ。私たちの世代で欧米で生活したことのある人は、思想なんてどうでもいい。一番大切なのは現在の姿。時代なんて刻々と変わる。それに伴って人の考えも。それも一つの思想なのかしら〉

「小野寺さんは総理とも近い人だ。いずれ防衛省の次官になるだろう」

〈中国の脅威になると思われている。あなたも彼に注意して〉

中国での評価は日本とはかなり違うようだが、納得する部分もある。

「もっと詳しく話を聞きたい」

〈誰か来たみたい。ここは友達の部屋なの。もう――〉

背後でドアベルの音が聞こえたかと思うと、電話は唐突に切れた。

「核不拡散会議か」

真名瀬はつぶやき、パソコンを立ち上げた。


真名瀬は小野寺のところに行った。秘書が官邸から帰ったと連絡してきたのだ。

「私を香港で開かれている核軍縮会議に行かせてください」

小野寺は読んでいた書類をデスクに置いて、真名瀬に向き合った。

「あと数日を残すのみだ。それでもいいのか」

「かなり紛糾していると聞いています。米中からも若手が出席しているそうです。新しい情報が得られるかもしれません」

「公式にか、プライベートか」

「公式の方が動きやすいと思います」

プライベートでは会議場に入るのも面倒だし、拘束される危険がある。

「防衛省からのアドバイザーとして登録しよう」

ありがとうございます、と真名瀬は頭を下げた。

「得られた情報はすべて私に報告する。それでいいか」

「問題ありません」

真名瀬が杉山と共に、破壊された倉庫と持ち去られた核爆弾の真相を突き止めるために動いているのを、小野寺は知っているのだろうか。ふと疑問が脳裏をかすめた。小野寺のことだから、真名瀬が疑惑を抱いていることを知らないはずがない。だが表情からは何も読み取れない。

「核軍縮会議に出席しているのは日本側は外務省の長浜次官だ。きみは全体のアドバイザーとして随行するように手配しよう。会場では誰と接触するつもりだ」

「できるかぎりの情報は持って帰ります」

「アメリカのか。それとも中国か」

小野寺は両国の真名瀬の友人を知っている。出席者のリストは届いているが、随行者の名前までは載っていない。調べるルートはいくらでもある。

「分かりません。ただ、情報を得るにはうってつけの会議です」

小野寺も頷いている。

「だが、なぜ出席する気になった。核爆弾に関わりがあったからか」

「経済ばかりが争いの原因ではないことが分かりました。核兵器など過去の遺物だと思っていましたが、やはり世界にとっては大きな恐怖であり、脅威であることが骨身に染みました」

「大いなる進歩だ。ちょっと遅すぎるが。防衛省の役人らしくない意見でもある。私以外の人間の前では言うな。今後の人生を棒に振ることになる」

小野寺がこれから外務省に電話すると言うので、真名瀬は部屋を出た。

5

成田から香港までおよそ四時間半の飛行だ。

香港国際空港を出ると大使館の車が待っていた。

「わざわざ迎えに来てくれたんですか」

「あなたの上司から連絡があったと大使が言っていました。迎えをやるようにと。現在、香港は安全じゃないんです」

若い運転手が答える。監視を兼ねた小野寺の心遣いだ。

「核軍縮会議の影響ですか」

「こういう会議では、デモは付き物なんですが、今回は特別です。国際情勢もかなり緊迫しているし、過激派が会議場に爆弾を仕掛けたという話までありました。会議が膠着しているのは、そのためばかりではありませんがね」

運転手は皮肉を込めて言うと、わざわざ遠回りをして会議場である香港コンベンション&エキシビションセンターの前を通ってくれた。

信号で止まった車の横をデモ隊が通りすぎていく。百人ほどが手作りのプラカードやポスターを持って歩いている。中ほどに数十人の日本人グループがいた。

「広島からも来ています。明日は会場近くの公園で、平和集会があるはずです」

その日は会場近くのホテルに泊まった。

翌日、会場は人で溢れていた。各国のロビー活動が行なわれているのだ。

会議には五十ヶ国以上が参加している。核保有国と、核保有国に軍縮を求める主要国だ。日本も消極的ながらその中に入っている。

真名瀬は防衛省のアドバイザーの立場で参加したが、会議はすでに終盤に入り、最終文書のとりまとめに入っていた。

会場で日本代表団との会議に出てホテルに帰ろうとしていた時だった。アメリカ代表団の中に、手を振りながら真名瀬に近づいて来る小太りの男がいる。

「ジュンか。どうしてここに」

デビッドが驚きを隠せない顔で言う。

「俺だって日本の防衛省の職員だ。軍縮には大いに興味があるし、知識もある」

「そうだろうな。来ててもおかしくはない」

デビッドは自分自身を納得させるように言う。シューリンと連絡を取っていることは明らかだ。彼の目的の一つは彼女と会うことだ。シューリンからは、真名瀬と電話で話したことを聞いていないのだ。

「きみはアメリカ代表団の中国に関するアドバイザーか」

「そんなところだ。それに日本についてもアドバイスを求められている」

真名瀬の問いにデビッドは答える。

「中国代表の随行員として、シューリンが来ているはずだ。連絡を取れないか」

「聞いてないぞ。なぜおまえが知ってる」

「北京で会ったんだろ。そのときに聞いているはずだ」

デビッドは黙り込んだが、すぐに小声で聞いてくる。

「どこか、誰にも邪魔されないところで会えないか」

「難しいな。俺もおまえも中国から監視されてることは間違いない。俺はおそらく日本側からも監視されてる。そうなんだろ。シューリンもだ。監視をまいて会うとなると――」

デビッドは考え込んでいる。

「秘密行動は得意だろ」

ハーイ、デビッドと、ブロンドの長身の女性が声をかけていく。フランス代表部の女性だ。

「あとで連絡する」

デビッドは真名瀬の肩を叩くと、走って女性のあとを追っていく。

真名瀬はホテルの部屋に戻った。シングルルームだが十分に広く、窓からは港が見える。部屋の中を見回した。出発前の注意事項で、ホテルの部屋には盗聴マイクが隠されていると思え、と注意を受けている。室内では重要な会話をしないように厳命されていた。ハニートラップ——甘い罠の危険性と恐ろしさについても特に注意を受けた。

真名瀬は自分の部屋が盗聴されていた時のことを思い出した。

スマホが鳴っている。ベランダに行き、電話に出た。

〈今夜、パーティだ〉

デイビッドは時間と場所を一方的にしゃべると電話を切った。

外務省との打ち合わせ後、真名瀬は半ズボンにTシャツ姿、スニーカーを履き、野球帽をかぶってホテルを出た。エレベーターを出るとき、外務省の職員とすれ違ったが、気付かれなかったようだ。

通菜街《つうさいがい》はホテルからタクシーで十五分ほどの観光市場だ。通りには屋台が連なり、日本人も多い。大部分が若い旅行者だ。

真名瀬は尾行を確かめながら人混みの中を歩いた。五分ほどでデビッドから指示があったレストランの前に出た。屋外に椅子とテーブルを並べた店で、地元の若い男女が多い。

女の肩が触れた。目を合わせると見覚えがある。

「シューリンか」

真名瀬は低く言った。

髪を短く切り、やはりTシャツに半ズボン姿だ。薄茶の大きめのサングラスをかけている。どこから見ても欧米の若い旅行者風だ。

「ずい分痩せたようだ。雰囲気が変わっている」

「髪を切ったからかしら。私の精一杯の抵抗。あなたはちっとも変ってない。と言っても、最後に会ってから半年もたっていない。もう何年も前みたい」

シューリンが言葉を止めた。店の入口にいる男が二人を見ているのだ。

「あの人――」

シューリンが出かかった言葉を封じ込めるように口を押さえた。オレンジ色の地に青いヤシの木模様のアロハを着た男が近づいて来る。

「デビッド。あなたでしょ」

シューリンが驚きに満ちた声を出す。

三人は飲み物と食べ物を買って、端のテーブルに座った。シューリンがしきりにあたりを気にしている。

「そんなにびくつくなよ。誰も俺たちが政府関係者だとは思わない。イカれた旅行者だと思うだけだ」

デビッドが能天気に言ってビールを飲み干した。

「シューリンの言葉が気になって、あの夜は眠れなかった。政治指導部と軍部との関係だ」

「俺はそんな話、聞いてない。おまえらだけで話してるとはフェアーじゃないぞ」

真名瀬の発言に、デビッドが身を乗り出してくる。

「何かトラブルがあるたびに言われてきたことだ。そして、いつも何ごともなく納まっている。今度もどうせそれだろ」

「劉銀朱《リユウギンシユ》国防部長の暴走か。彼は陸軍と共に海軍も掌握している」

中国の国防を指導する中央軍事委員会は、委員会主席、人民解放軍上将の階級を有する二名を含む副主席の他、国防部長、総参謀長、総政治部主任、総後勤部部長、総装備部部長、海軍司令員、空軍司令員及び第二砲兵司令員を兼務する七名の委員により構成される。

メンバーの多くを陸軍軍人が占めており、陸軍の圧倒的な数的優位が認められる。

「なぜ知ってるの。日本は何かつかんでるの」

シューリンが真名瀬に身体を寄せてくる。

「中国の動向を見ていれば想像は付く。軍内部でも海軍が海洋進出には積極的だ。華国家主席は劉のあとを付いて回ってるって噂だ」

「ジュンの言うことなんて信用するな。日本の諜報機関なんて、子供の遊びに毛が生えたようなものだ」

「知ってる。アメリカは口が軽くて、言葉に重みがないってこともね。でも、思いつきを言っても、当たりは当たりよ」

「中国の海洋進出をアメリカが後押ししてるって構図も当たりか」

「日本が何とか逃げ切ろうとあがいていることもね。三国とも現状から脱け出そうと必死だ。それを俺たちがサポートする」

三人は笑ったがアメリカにいたころほど声を上げられない。机上の演習が実践としてのしかかってくる。

真名瀬の顔から笑みが消えた。

「華国家主席は中国の海洋進出を望んでいるのか。それとも軍部に従っているだけなのか。これだけははっきり聞いておきたい」

「彼は欧米をよく知ってる。日本のことも。中国の生き残る道を探っている。十三億の人民とともにね」

「その結果が海洋進出なのか」

「彼は温厚で誠実な人。強い人でもあるけれど。それに何より、世界を知っている。中国も世界の中の一国であることを。だから無謀なことはしない」

「シューリン、おまえは彼を知っているのか」

「昔は何度も一緒に遊んだ。華小父さんがまだ地方の役人だったころ」

真名瀬とデビッドは顔を見合わせた。

「じゃ、華国家主席とハシェット大統領の仲は実のところどうなんだ」

「二人の間はビジネスの関係にすぎない。売り手と買い手。お互いの腹の中を探り合っている。それ以上の何ものでもない」

シューリンが強い口調で言い切る。かなり酔っている。こんなシューリンを見るのは初めてだった。

「きつい言い方だな。腐っても俺の上司だ。アメリカ合衆国大統領だぜ」

「華国家主席は話せば分かる人。筋を通してね。ただ、現在は軍部をどう抑えるかで精一杯だと思う」

「抑えきれなければ」

真名瀬がシューリンに聞いた。デビッドの背筋がわずかに伸びた。シューリンは真名瀬を見つめる。

「私にも分からない。だから、私たちが華国家主席を助けるべき」

シューリンは私たちと言った。真名瀬にはこの言葉の意味が分からなかった。

「何を言ってる。俺たちが中国の国家主席を助けるとは、自国を裏切ることだ」

「方法は私にも分からない。ただ、そんな気がするだけ」

「おまえ、かなり酔ってる。意味不明のことを言いすぎる」

デビッドがシューリンの手からグラスを取り上げる。これも初めてだ。いつもは逆のパターンだった。

それから二時間近く三人は話した。シューリンがこれほど酒を飲むことにも驚いたが、飲みすぎて半分意識を失ったのにもさらに驚いた。彼女は自制心の塊と思われていたのだ。

「どうやって帰るんだ。アメリカ時代のように、部屋の前まで送っていくわけにはいかないぞ」

デビッドがシューリンを見つめて言う。

「タクシーに乗せればいいんじゃないか」

「バカ野郎。ここは香港で、彼女はこの状態だぞ。俺は送っていく」

「シューリン。立て。帰って寝る時間だ」

デビッドの声でシューリンは薄く目を開けて時計を見た。テーブルの上に手を這わすと水のグラスをつかんで飲みほした。真名瀬とデビッドの水も飲んで、バッグをつかむと立ち上がった。

「どこへ行くんだ」

デビッドの質問に答えず、よろめきながら店の奥に入っていく。

「あいつ、大丈夫か。あんなの初めて見たぞ」

シューリンが帰って来ない。そろそろ見に行こうと二人が立ち上がったとき、戻って来た。前を見据え、しっかりした足取りで歩いて来る。

「大丈夫か。顔色がひどく悪い」

「帰りましょ。あなたたちも明日があるでしょ」

二人に向かって笑みを浮かべる。

「もう大丈夫。アルコールは出して来たから」

平然とした顔で表通りに向かって歩き始める。

「あいつ、トイレで吐いてきたんだ。やはり女は強いね。俺はそんな真似できない」

デビッドが真名瀬に囁く。シューリンが立ち止まり、スマホを手にした。耳にあて、中国語で話している。

知道了――分かりましたと最後に言った。

「急がなくちゃ」

「もうこんな時間だ。大丈夫か」

「大丈夫じゃない。あなたたちと会ってたと分かれば、すべての役職を解かれてしばらく拘束されるでしょうね。スパイ容疑をかけられて。運よく帰されても二度と表舞台には立てない」

「そのときは俺の国に来ればいい。叔母さんに頼んでやる」

「一生国に帰れないし、下手すると殺される」

「俺が護ってやるよ」

「情報をすべて聞き出すまではね」

「一生分あるだろう。秘密のベールに覆われた国だ」

シューリンの顔が歪んだ。目に涙があふれている。

「どうした。俺、何かまずいことを言ったか」

「たった二ヶ月前よ。私たちがそれぞれの国に帰ったのは。それまでは、何でも話してたでしょ。朝まで歌って、踊ってたこともあった。どうしてこうなるの」

「国同士が勝手にやってるだけだ。俺たちは親友だ。何があっても」

「何があってもか」

「そうだ。何があっても」

デビッドが今までになく強い口調で言い切った。

真名瀬とデビッドは、両側からシューリンを支えて通りに出た。すでに十二時近かったが、人通りが絶えることはない。観光客と地元の若者たちだ。

シューリンが真名瀬とデビッドの手を握った。二人は強く握り返した。


真名瀬がホテルに帰りエレベーターを降りたとき、部屋の前に人が立っている。思わず身構えた。

そっと近づくと、女が振り返る。由香里だった。

「由香里か。何してるんだ。香港に来てたのか」

「核軍縮会議の取材。私は政治部の記者なのよ。何してたの、こんな時間まで」

「友人に会ってた。アメリカの代表団の一員だ」

「携帯に何度電話をしても電源が切られている。代表団に問い合わせても知らないっていうし」

デビッド、シューリンと会っている間、電源を切っておいた。スマホの電波から位置を探るのは簡単だ、と思ったからだ。

「電池切れだ。気を付けるよ」

由香里は顔をしかめている。

「寄っていくか」

「明日早いからやめておく。あなたが来てること、今朝ここについてから代表団の名簿を見て知った」

「ホテルは」

「ここの二階下」

由香里はエレベーターに向かって歩いて行く。

真名瀬は自分の息を嗅いだ。アルコールがかなり臭っている。シューリンを支えたので、彼女の化粧の匂いが付いているかもしれない。

エレベーターに由香里が乗り込んだ。


ノックの音がする。

ドアののぞき穴から見ると、中年の女性が立っていた。

真名瀬は一瞬警戒した。ハニートラップか。ただ、ドアの前に立っている女性は五十歳前後。

「怪しい者ではありません。ドアを開けてくれませんか」

中年女性は綺麗な英語で話した。服装はシックで顔付きにも品がある。

真名瀬はドアを開けた。婦人はなんの躊躇もなく室内に入って来る。

「ジュンさんですね。私は王柏然の母親の西麗媛という者です。初めてお目にかかります」

真名瀬のことをジュンと呼ぶのは三人だけだ。デビッドとシューリン、そして由香里。

真名瀬の前で婦人は立ち止まり、見つめてくる。

「シューリンさんから、あなたのことを聞きました。私の息子の命を助けてくれた恩人の親友だと」

婦人の目には涙が浮かんでいる。

「まず夫が、自分がこの場に来られないことをくれぐれもお詫びしておいてほしいとのことです。私と夫は何とかして息子の命の恩人、森島様に感謝の気持ちを伝えたいと思っていましたが、様々な壁がそれを阻止してきました。こうして森島様のご友人にお会いできることは、最大の喜びです」

森島が助けた中国海軍の若い将校は、中国政府要人の息子だとシューリンから聞いていた。

「この部屋には盗聴器があるかもしれません。後で困るようなことは話さないでください」

「大丈夫です。夫が本部に問い合わせました。安心して話してください」

婦人は真名瀬の手を優しく握った。

「シューリンとは知り合いですか」

「夫の仕事の関係で、我が家にも何度か遊びに来たことがあります。日本と強いパイプがあると聞いていたので、息子を救ってくれた方について聞きました。そうしたら、森島様とあなた様の名前が挙がりました」

「ここに来て、大丈夫なのですか」

「分かりません。夫も最初は戸惑っていましたが、すぐに協力してくれました。だって当然のことでしょう。人としての道を大切にしなければ人とは言えません」

婦人は穏やかだがはっきりとした口調で言った。

「大切なご子息を亡くしたご両親には言葉もありません。ただご子息のご冥福と、残された方の今後を思うだけです。私たちにできることがあれば何なりと言ってください」

「必ず森島の家族にあなたからの伝言を伝えます。森島の行為を心から感謝していたと」

「いつの日か、私の国とあなたの国が自由に話せるようになったとき、必ず家族で、森島様の墓前に行って感謝の意を伝えて、ご冥福をお祈りするつもりです。ご両親にもお会いして、お礼を言いたいと思っています」

婦人は再び深々と頭を下げた。真名瀬はあわてて頭を上げるよう頼んだ。

婦人が立ち去ってから、真名瀬はふっと息を吐いた。

ほんの数分間の出会いであったが、森島の死以来、真名瀬の心は初めてゆとりを取り戻していた。

彼女が嘘を言っているとは思えなかった。彼女の表情と涙から、居ても立ってもいられず、感謝と謝罪のために来たことが感じられた。


四週間にわたる核不拡散条約再検討会議は終わった。

このひと月余りの議論の末、最終文書の同意は得られなかった。具体的な核軍縮の進め方に対して、核兵器保有国と非保有国の意見に隔たりがありすぎたのだ。さらに、盛り込む言葉にも開きが見られた。核保有国は核兵器の悲惨さを訴えながらもその特権を可能な限り維持しようとし、非保有国はそれに対して真っ向から反対した。

参加国は改めて、核兵器の扱い方の困難さを身に染みて感じた。

真名瀬、デビッド、シューリンの三人は三日間滞在した。市場で会ったきり、会場ですれ違う程度でゆっくり話せる機会はなかった。

帰国のために香港国際空港に着いたとき、真名瀬のスマホが鳴り始めた。

〈舘山さんの意識が戻ったようです〉

鳥羽の押し殺した声が聞こえる。

〈小野寺さんが話しているのを偶然聞きました〉

「いまどこにいる」

〈小野寺さんの隣りの部屋です〉

「舘山さんの意識は、いつ戻ったんだ」

〈今日です。おそらく数時間前です〉

それに、と鳥羽は言葉を濁している。

「はっきり言え」

〈小野寺さんたちが、薬を使って強制的に意識を戻させたようです。心臓がかなり弱っているとか〉

「彼はどうするつもりだ。今となっては――」

〈早急に聞き出したいことがあるようです。調べてみましょうか〉

「無理はするな。この件は終わったことになっている」

鳥羽の返事はない。確かに、これで終わりと言われるには大きすぎる事実だ。納得できない。

〈とにかく、もう少し調べてみます〉

電話は切れた。真名瀬は迷った末、舘山の娘、明美に電話した。

〈父に何かありましたか〉

明美の緊張した声が返って来る。

「いや、どうしているか気になって電話してみました。申し訳ありません。しばらく忙しくて病院には行っていません」

〈相変わらずです。父は眠ったまま。私も部活の帰りに寄って、顔を見るだけです〉

「今日は会ったのですか」

〈病院に行ったら、検査で病室にはいませんでした。夜までかかるというので、会わずに帰ってきました〉

明美はぎこちない声で言う。娘の明美にも知らされていないようだ。

「無理をしないようにしてください。お父さんはきっと良くなる」

真名瀬は出かかった言葉を呑み込んで、スマホを切った。

舘山の意識が戻った。強制的に戻したということは、緊急に舘山に聞きたいことがあるからだろう。おそらく、パソコンのファイルに関係あることだ。核爆弾装置を持ち去った者たちはいよいよ最後の仕上げに入っているのか。

栗原たちに知らせるべきか、真名瀬は迷った。

再びスマホが鳴り始める。

〈舘山の意識が戻ったのを知っているか〉

杉山の声だ。

「少し前に知りました。杉山さんはどうして――」

〈病院の看護師にしつこく聞いたんだ。内密に、ということで教えてくれた。意識が戻ったらしいと〉

「娘の明美さんに電話したら、知りませんでした。どうやら、薬剤で強制的に意識を戻したらしい。そのため心臓が弱っているようです」

〈電話で娘はどんな様子だった〉

「緊張して、少しぎこちないような――」

〈ついでにもう一つだ。娘と舘山と同居していた父親が行方不明だ〉

「舘山さんと一緒に、娘と父親が監禁されているということですか」

〈騒がれるのが嫌だったのだろう。かなり焦ってるな。緊急に目覚めさせる必要があったということは。一件落着どころか、まだ、何かが起こりそうだ〉

明らかに小野寺たちは焦っている、と真名瀬は思った。

核爆弾装置を手に入れたのはいいが、心臓部の起爆装置や爆縮のタイミングなどソフトの部分は謎のままだ。さらに肝心の核物質はどうする。解決策は、意識のない舘山を目覚めさせることだ。

「小野寺さんはヤマトを手に入れた。装置は手に入ったが、肝心の部分はまだ舘山さんのパソコンの中です。防衛省の最高機密アクセス権を持っていても、個人ファイルは開けない。ＩＤと暗証番号がいる。それを聞き出すために薬を使って舘山さんを強制的に覚醒させたのでしょうか」

〈おそらく、そうだろう。我々はもっと急ぐべきだ〉

「栗原さんたちに知らせるべきですかね」

〈もう知ってる。舘山の動静は最高レベルの関心事だ。彼らだって馬鹿じゃない。何らかの手を打っている。部外者の俺たちまでが知ってるんだ〉

「杉山さんは、自分はまともなジャーナリストの部類に入ると言ってました。それは良識ある記者のことですよね」

返事はなく、スマホは切れた。現在進行していることは絶対に外部に漏れてはならないことだ。

6

真名瀬は羽田に到着してそのまま防衛省に戻り、小野寺に会った。

「成果はあったのか」

「中国の軍部が暴走している可能性は高そうです」

「我々も多少の情報はつかんでいる。華国家主席の権力基盤はかなり弱い。彼の性格からして、軍に影響されている可能性は高い」

「それは確かですか。私の情報とは違っている」

「華国家主席選任のときにアメリカから届いた資料にあった。華氏は本命ではなかった。任法唐と陽経武の権力争いの結果、中道の華家平が漁夫の利を得た。知名度は低く、日本ではほとんど知られていなかった。

優柔不断な男だが、農村部に根強い人気がある。日本政府はアメリカの資料に頼った」

その資料は真名瀬も読んだことがある。先日のシューリンの説明とはかなりの差がある。彼女の評価は高かった。中国の首脳部では、周囲の状況に合わせて、かなり自己を曲げなければ生き残れないのかもしれない。結果、どっちつかずの優柔不断と見られる。

「ここしばらくは、軍主導の政策が続く可能性があります。華国家主席と総理とのホットラインの構築を確固たるものにする必要があります。尖閣周辺での軍事衝突だけは避けなければなりません。アメリカは中国を十三億人の市場と見ています」

「アメリカの介入は期待できないということか」

「現状ではそう思います」

「総理は護衛艦に加えて、イージス艦の派遣も視野に入れている。すでに大臣を通して統合幕僚長には指示が行っている」

イージス艦派遣となると、護衛艦、潜水艦などを含めて八隻規模の艦隊になる。これでは余計、中国に反感と警戒を抱かせる。

「その規模では中国への威嚇は難しいでしょう。やはり、アメリカ軍の支援がなければ、何の抑止にもなりません。むしろ、挑発と捉えられかねません」

「総理には伝えておこう」

舘山の話は出ない。真名瀬は聞こうとしたが思いとどまった。小野寺は意図的に舘山の話に触れないのだ。舘山の意識が戻り、病院から消えたことは知らないことにしておいた方がいい。

「きみのチームは解散した。各自、元の職場と部隊に戻った。ご苦労だった。きみと鳥羽君には引き続き、レポートの背景を調べてもらう」

話しながら小野寺がデスクの書類を取って目を向けている。

　ポケットでスマホが震えている。真名瀬は一礼して部屋を出た。

ドアを閉めてから、スマホを見た。鳥羽からの着信だった。

真名瀬は自室に戻る前にチームの置かれていた部屋に行ってみた。持ち込まれていたパソコンやプリンター、電話は撤去され、普通の会議室に戻っている。十人の職員が核爆弾を追っていた痕跡はなかった。

自室に戻って鳥羽を呼んだ。

鳥羽は五分でやって来た。息を切らしている。

「聞きましたか、チームが解散したことは」

「ついさっきだ。小野寺さんの部屋で直接聞いた」

「僕は残務整理です。しばらくは真名瀬さんの指示に従うように言われました」

鳥羽が真名瀬に向かって顔を曇らせた。

「解散の日には小野寺さんが来て、全員が機密保持誓約書にサインさせられました。知ったことは墓場まで持って行けって。違反すると逮捕を匂わされました。みんな異存はありません。自衛官であればね」

　鳥羽が当然だという顔で言う。

「舘山さんの居場所はまだ分かりません。報告は核爆弾のほうです。東京近辺には二ヶ所しかありません。核爆弾を移動して隠すことができそうな施設は」

　鳥羽がタブレットで地図を出して真名瀬に示した。

「一つは埼玉。もう一つは相模原です」

「一人では行くな。既に栗原さんの部下が二人死んでいる。たとえ事故だとしても」

「そういう指示は、早く出してください」

「行ったのか」

鳥羽は頷いて地図の埼玉を指した。

「昔、防衛省と取引のあった企業の倉庫です。警備は普通ですが道路事情が悪く東京から遠すぎます。おそらく、相模原の方です」

真名瀬は立ち上がった。

「待って下さい。危険なんでしょ。一見そうとは思えませんが」

「なんでわかる。こっちはまだ行ってないんだろ」

鳥羽はストリートビューを立ち上げ、倉庫の周りを映し出す。相模原精密機器工業——主力製品は乗用車や航空機の電子機器だが、ミサイルの誘導装置も作っている。従業員二百名ほどの中堅企業だ。場所は市街地のはずれだ。

「昼間はそこそこ人通りのあるところです。人の少ない時間帯を選んで撮影しているのでしょう」

「外観と周囲の環境は分かった。あとは実際に行ってみるだけだ」

二人で防衛省を出て電車で最寄り駅まで行き、タクシーを使った。

鳥羽の言葉通り、人通りはそこそこある。正門には守衛の詰め所があり、車止めが置いてあった。防衛省関連の仕事をしていれば当然のことだ。

「近づけないいな。もし自衛隊関係者が警備していたら、我々を知っているかもしれない」

「じゃ、どうするんですか」

「自衛隊には自衛隊だ」

真名瀬はタクシーに向かって手を上げた。

真名瀬は鳥羽を連れてお台場に向かった。栗原のいるマンションだ。

「舞い戻って来たか。よほど、死にたいらしいな」

部屋に入るなり、秋元曹長が真名瀬の前方を阻むように立ちはだかった。鳥羽が驚いた顔で見ているが助けようとはしない。足がすくんで動けないのだ。

「私に害を加えることは、栗原さんが許さないんじゃないか。私は彼と話しに来た」

曹長は舌打ちして真名瀬の横に移動し、姿勢を正す。

栗原は前と同じように海に面したソファーに座っていた。

顔色は悪く、かなり気力が衰えているように見える。真名瀬を見てかすれた声を出した。

「もう用はないはずだが」

「協力をお願いに来ました。あなたは自分たちの造り上げたヤマトが、戦争の危機を招くのは本意ではないでしょう。それに――」

真名瀬は舘山の意識が戻り、家族と共に行方不明になっていることを告げた。

栗原はすでに知っていたようだ。真名瀬を見る目にわずかに力が戻った。

「あれは破壊されたのではないのか」

「そうあってほしいと思っていました。でも違うらしい」

「誰かが持ち去ったというのか」

「あなたは何を望み、何を行なうために、核爆弾を造ろうとしたのか。話してくれませんか」

心なしか栗原の顔に生気があらわれたような気がした。海に睨むような視線を向け、しばらく考えていたが、やがて話し始めた。

「作戦名ヤマト。我々は二度と戦争を起こさないために、そして日本が敗戦国という位置付けから脱し、国際社会で正当な立場を主張することができるように、核を持つことを選択した。核爆弾ヤマトを造り上げ、世界に示すとともに政府に送るつもりだった。後は政府が対応するだろう」

「馬鹿げている」

真名瀬の口から洩れた。周りの男たちに緊張が走るのを感じる。

「きみは、そう言い切れるのか」

「そう信じています」

真名瀬の言葉に躊躇《ためら》いはなかった。

「このままでは、自衛官の死も無駄になる。森島一等海尉がそうだ。自衛官の誇りと尊厳が保たれない」

「彼は一人の人間を助けるために全力を尽くし、命を失いました。敵、味方を超えた彼の行為で多くの命が救われたはずです。決して無駄死にではありません」

栗原はかすかに息を吐いた。

「世界は核を持つ国と持たざる国に分かれている。国連など、前の大戦の戦勝国が力を誇示する場にすぎない。戦勝国による戦勝国のための組織だ。安保理の常任理事国を見ろ。すべてが戦勝国で核保有国だ。世界は核保有国によって動かされている」

「それこそ、平和を危うくする愚考です。日本は戦後七十年以上、平和を貫いてきた。誇るべきことです」

「それがどれほど世界に評価されているか。近隣諸国はさらなる譲歩、屈辱を強いて来るばかりだ。我が国もそろそろ世界の標準国家に足を踏み入れるべきではないのか」

「諸君は今後、心ない国民の言葉に胸を痛めることもあるだろう。しかし、その国民を護ることに命を捧げることが我々、自衛隊の務めである。あなたの退官時の言葉です。私は防衛省職員としてこの言葉を心に刻んできました」

栗原が視線を海に移した。何かを見つめる遠い眼差しからは何を考えているのか分からない。

「濃縮ウラン、あるいはプルトニウムは、どうやって手に入れるつもりだったのですか」

真名瀬の言葉に栗原が我に返ったように背筋を伸ばす。

「あの装置は核物質がなければ、ただの金属の塊です。よくできた玩具と変わりがありません。あなたが、核物質を得る手段を考えることなしに計画を行なったとは思えません」

「私は敗れた。これ以上仲間の者たちを巻き込みたくない」

「あなた方が造った核爆弾装置はすでに何者かの手に渡っています。それが真の核爆弾になる前に破壊しなければなりません」

「彼らも核物質を手に入れる手段を持っていると言うのか」

栗原が真名瀬に視線を戻し見つめる。

「分かりません。その見込みがなくて装置を持ち去るとは思えません」

「我々は――」

栗原は言いかけた言葉を呑み込んだ。そして改まった表情で真名瀬に問いかけた。

「そのグループは何のために我々から核爆弾を奪ったのだ」

「私も目的を知りたい。それ以上に核爆弾を破壊する必要があります」

「破壊、破壊と言うな。奪い返すことも考えろ」

秋元曹長が姿勢を正したままいらだった口調で言う。鳥羽が信じられないといった顔で曹長を見ている。

「それでは場所を教えることはできない。私の仕事は核爆弾の存在を消し去ることだ」

「持ち帰ることは考えるな。現在の我々の力では、持ち帰ることにも、護ることにも無理がある。核爆弾が彼らに利用されることを防げばいい」

栗原が曹長を諭すように言い、視線を真名瀬に向けた。

「きみはどうする。上司が持ち出したのなら、ただじゃすまんだろう」

やはり栗原は小野寺が関係していることを知っているのか。

「私の任務は組み立てられた核爆弾を見つけ出し、消し去ることです。その役目はまだ終わっていません」

「たしかにそうだな」

曹長が曖昧な顔で頷いている。

テーブルに置かれた地図とタブレットを数人の男が覗き込んでいた。鳥羽が相模原精密機器工業について説明した。

「手榴弾でふっ飛ばせばいい」

秋元曹長の口調はまんざら冗談でもないようだ。

「警察が動き出す。いくら破壊されていても調べれば何であるか分かる。ガソリンをかけて火を付けたくらいでは、大したダメージはない。核爆弾は耐熱性、耐衝撃性に十分考慮してつくられている」

常に栗原の背後にいた黒服が前に出て口を開いた。

「どうすればいい」

「爆縮装置を完全に破壊した後は、倉庫の瓦礫と共に埋めるしかない。警察も消防も疑問を持たず、何であるか調べない程度の爆発を起こす。できるか」

「保管倉庫を見てみないと分からない」

曹長は再度、地図を覗き込んだ。真名瀬は栗原に聞いた。

「倉庫に行くのは、我々を入れて何人ですか」

「運び出すわけじゃない。破壊して火を付けるだけだ。俺一人でもいいくらいだ」

曹長が地図とストリートビューを見ながら言う。

「これだけは守ってくれませんか。誰も殺さないこと」

「いつもそう心がけている。しかし必要な場合は――」

曹長が真名瀬を見て言うが、顔には不気味な笑みが浮かんでいる。

「おまえの所属は」

「防衛省の分析官だ。情勢を分析して戦争を避けることを第一に考える」

「非常時には味方の損害を最小限に止める努力をする。そうなんだろ。今がその非常時だ」

曹長はデイパックから複数の拳銃と弾倉を取り出して、真名瀬と鳥羽に見せ付けるようにテーブルに並べた。鳥羽がまた驚いた表情をしている。

「横浜の倉庫では、いいようにやられた。まさか、銃で武装した奴らが奇襲してくるとは思わなかった。想定外だ。今度は奴らも俺たちが銃で武装して奇襲するとは思っていないだろう」

「これでは死傷者が出る」

「それが戦争だ」

「自衛官と元自衛官が殺し合うのですか。あってはならないことだ」

「相手は現役の自衛官か」

「陸自の特殊部隊だと思います。小野寺さんの指示で動いているはずです」

「弾は抜いておけ」

栗原が言う。曹長は一瞬信じられないという顔をしたが、弾倉を外して弾を抜き始めた。

「相手の銃には弾は入っているぜ。いざというときには、おまえらに弾避けになってもらう」

曹長が真名瀬の耳元で囁く。

栗原が並べられた銃の一丁を取って、弾入りの弾倉を装塡した。

「きみが持て。隊員の命が危険にさらされる時は、きみが責任を持って護れ」

断固とした口調で言うと、真名瀬の手に握らせた。

「まさか、銃を撃ったことがないと言うんじゃないだろう」

「入省後の研修で一週間、陸自の訓練を受けた。銃器の扱いも含めて」

曹長が大げさにため息をついて、両腕を広げた。

「あんたは荷物運びだ」

　曹長が鳥羽にデイパックを渡した。中には爆薬が入っているという。

　真名瀬と鳥羽、そして秋元曹長と中年の男の四人がマンションを出ると、黒のＳＵＶが停まっていた。既に午前零時をすぎている。

　深夜の道路を相模原に向かって走った。真名瀬たちの乗るＳＵＶは大型トラックを追い抜いていく。

　ＳＵＶを運転している中年の男を、真名瀬は前に見たことがある。男は無言で運転する。一時間後には倉庫の見える場所に来ていた。

　街灯の明かりが倉庫を照らしている。倉庫の前に男が二人立っているのが見えた。見張りだろう。

「奴ら、ここの従業員じゃない。自衛隊経験者だぜ。あんたのように背広組じゃなくて実戦部隊だ。姿勢が違うだろ。拳銃くらいは持ってるな。やはり銃に弾は必要だ。それともあんたが弾避けになるか」

　曹長が拳銃で真名瀬の頭を小突いた。

「この辺り、消防署に近いのか。火事が起こると何分で消防が駆け付ける」

「俺が知るわけないだろう。火事の程度によるんじゃないか。いずれにしても要請があってからだ」

「彼らが消防を呼ぶとは思えない。自分らで消そうとする」

　待ってろと言って、曹長はデイパックを担ぐと闇の中に消えていった。


「どこに行ってた。まさか見張りを――」

　戻って来た曹長に聞いても答えない。

　ボンという低い音と同時に、通りを隔てて止めてあった軽トラックが炎を上げ始めた。真名瀬は思わず身体を低くした。倉庫のドアが開いて数人の男たちが飛び出してくる。

「行くぞ」

真名瀬の頭上で曹長の声が聞こえる。

曹長が倉庫の陰に隠れながらドアに近づいていく。真名瀬と鳥羽、中年の男が後を追った。

開けられたままのドアから中に入った。人影はない。

廊下の両側にドアが並んでいる。倉庫というよりオフィスに近い。最初のドアを開けると、教室ほどの部屋に段ボール箱が積まれている。

曹長が拳銃を構えて、一つ一つのドアを開けていく。

「ここだ」

突き当たりの部屋のドアを開けた中年の男が、真名瀬たちに合図を送っている。

部屋の中央の台座の上にステンレス製の円筒形の装置が置いてある。図面で見た核爆弾だ。

デイパックを下ろした曹長が、発火装置を手際よく仕掛けていく。

「二分後に爆発する。大した爆発じゃない。爆縮装置がバラバラになって、爆弾本体は焼け焦げるだけだ。どのみち、二度と使えないがね。あとはこの部屋は火の海だ。おまえらはできるだけ早く、遠くに逃げろ」

「あんたは」

「俺は爆発を見届けてからあとを追う」

そのとき、ドアが開いて男が飛び込んでくる。

男は秋元曹長に飛びかかった。曹長が男に銃を向ける。曹長の手から拳銃が叩き落とされ、身体が背後に吹っ飛び、壁に当たる。

真名瀬は慌てて男に拳銃を向けたが、硬直したように動けない。

男が転がっている曹長の拳銃を拾い上げて真名瀬に向ける。

男が引き金を引くのと、曹長が男の顔面を殴り付けるのが同時だった。

「あんた、強いな」

「こいつの引き金が早かった。弾が入ってたら、おまえの額に穴が空いてた」

真名瀬の言葉に曹長は笑みを浮かべた。

部屋を出たところで、ドンという音が背後で響く。全身に衝撃波を感じた。振り向くと開いたドアから炎が噴き出している。可燃性のものに火花が引火したのだろう。

倉庫の入り口で人の声が聞こえる。

「裏口にSUVがある。先に行け。俺は奴らを食い止める」

曹長が真名瀬の手から拳銃を取り、背中を押した。

裏口を飛び出したとき、銃声が数発聞こえた。

真名瀬たちは一ブロック先に停めてあるSUVに向かって走った。車に乗り込んで倉庫を振り返る。さらに火の手が上がった。ドアが開き、曹長が乗り込んでくる。

SUVは静かに走りだした。


真名瀬と鳥羽は途中でSUVを降りた。鳥羽と別れ、夜の東京を一人で歩いた。

これで終わった。核爆弾は破壊した。妙に寂しい気分だった。森島も今はいない。このままマンションに帰る気にはなれなかった。

一度、家に帰ったら。お母さんも心配してるよ。一時間もかからないんだから――由香里の言葉がふっと浮かんだ。アメリカから帰国して、実家には一度しか帰っていない。それも、帰国の報告と土産を渡すだけで数時間の滞在だった。いつでも帰れると思っているとできないものだ。

時計を見ると始発電車の動き出す時間だ。真名瀬はその足で実家に向かった。

突然の帰宅に、母親は驚きと嬉しさの入り混じる複雑な表情をしている。

「森島君には驚いたよ。お通夜とお葬式には行ったけど、ご両親の顔は見られなかったけんね」

お茶を持ってきた母親が言った。母親は今でも家族の前では広島弁が出る。

高校時代には森島は家にも遊びに来ていたし、母親とは何度も会って、話している。陽気な森島は真名瀬の友人の中で一番のお気に入りだったのだ。

「僕はまだ線香もあげてない。色々あったんだ」

「一般人には言えないことがあるんだろ。そういうのが多すぎるから、テレビや新聞であることないこと言われるんだよ。森島君が死んだときだって、あの子はそんな人じゃないって怒鳴りたくなるようなことを言ってる人もいた」

テレビでは、一自衛官の暴走とまで言うコメンテーターがいた。森島のせいで一触即発の事態に陥ったと公言する者もいる。

「本当を言うと、母さんは純が防衛省に入ると言い出した時には驚いたよ。何とか思い止まってほしいと思ったけど、純は意固地なところがあるけんね。反対すれば、かえって意地になる。森島君が防衛大学校に行った影響かとも思ったけど、そうでもなさそうじゃったけん。やっぱり、お婆ちゃんや私のことがあったせいかとも思っとった。そうじゃないんか」

母親は改まった顔で真名瀬を見た。

「そんなことはない。国を護ることは重要なことだと思う。それに誰かがやらなきゃならないことだから」

「それが、なんであんたかと思っとった。よりにもよって自分の息子が。人からもうるさく言われる仕事だし。世界中で、いまだに人は色んなところで殺しあってるし。母さんは戦争は絶対に許さんけんね」

「僕だって、そう思ってる。そのために自衛隊があるんだ」

いかなる時も戦争は避けなければならない。避けられない場合は、最小限に抑える。真名瀬は声には出さなかった。それが自分たち文官の役割だ。

「本当はあんたの防衛省就職を知って、母さんは驚いたと同時にがっかりしたんよ。何のために育ててきたのかと思って、親戚にも言えんかったたんよ。でも、今じゃ母さんが悪かったと思ってる。あんたは馬鹿じゃない。私らより遥かに賢い。そのあんたが自分で考えて生涯の仕事を選んだんだからね」

「知ってる。伯母さんに言われた。なぜ、そんなところに就職したのかって。母さんが悲しんでるって」

「悲しんでるってのとも違う。驚いたんだね。昔の軍人さんになるって言われたんだからね」

母親は遠くを見るような目で言う。

「軍人と自衛官は全く違うんだけどね」

真名瀬は強くは言わなかった。うまく説明する自信はなかったし、理解してもらえるとは思わなかった。

「純が大学を卒業した時、家に荷物を送って来ただろ。就職前に帰って、荷物を解いて整理しかけたまま東京に行ってしまった。整理しようと部屋に入って、悪いとは思ったけどあんたの書いたものを少し読んでしまった。国防とか、世界情勢だとか、国際政治学って言うのかね。難しそうな本が山ほどあった。でも何となく分かった。あんたは戦争を止めさせるために防衛省に入ったんだって」

真名瀬の胸が熱くなった。改めて考えたことはなかったが、母親の言葉が今までの自分の行動を代弁してくれているようだった。

「あんたは、すごく育てやすい子だった。最後に肩透かしを食った気がしてたけど、あんたにはあんたの信念があって今の仕事を選んだと思ってる。色々言われてるけど、母さんのことは気にする必要はないよ」

真名瀬は無言で聞いていた。口を開くと涙がこぼれそうだった。

「ただし、危険なことだけはやらないでほしいからね。テレビや新聞によると法律が通って自衛隊はこれからはますます危険な目にあうし、森島君は亡くなってしまったんだから。勝手な言い方かもしれないけど、母親としての気持ちだね」

「分かってる」

真名瀬はそう言うのが精いっぱいだった。

「ところで、純はなぜ帰って来たんだ。私に何かいい報告でもあるんじゃないかと思ってたんだけど」

母親は相好を崩して真名瀬を見ている。

真名瀬は由香里の顔を思い浮かべた。新聞社を走り回っている姿が脳裏をかすめる。

「今は仕事が忙しすぎる」

「楽しみにしてるんだからね」

昼前には実家を出た。森島の家に行こうとしたが途中で足が止まった。

やはり今は行けない。森島の両親に会うのは彼の死についてすべてを話すことができるときだ。

第五章　日本核武装

1

核爆弾の破壊から二日がすぎた。

小野寺の様子を真名瀬は気にかけていたが、いつもと変わらなかった。真名瀬に対しても普段通りに接している。よほど演技がうまいのか、関わりがなかったのか。疑問に思い始めたころ、本人に呼び出された。

小野寺の部屋に入ると、椅子を持って来てデスクの前に座るよう言われた。長い話になるという合図だ。覚悟を決めて従った。

「尖閣に灯台と船溜まりを作ることを内々に決定していたが、中国船の領海侵犯騒ぎで延期になっていた。それが急遽建設に入ることになった」

小野寺は顔を曇らせた。真名瀬は思わず立ち上がっていた。

「時期が悪すぎます。せっかく落ち着いたところなのに、あえて刺激することはありません」

森島が亡くなった一件以来、尖閣諸島周辺に中国の艦船は見られない。大連を出港した中国海軍の艦隊は、南下していたがそのまま南シナ海に向かった。日本の艦船も通常警備に戻りつつあった。

現在、尖閣諸島周辺を警備する海上保安庁の巡視船は二隻、海上自衛隊の護衛艦が二隻となっている。この四隻で島と上陸している自衛隊員二十名を警護している。ただ海自の護衛艦二隻はいつでも駆け付けることができるように佐世保基地に停泊している。

航空自衛隊の増強も議論されたが、現在のところはP３C哨戒機の通常偵察にとどまっている。中国機の領空侵犯は見られないが、接近の数は増え緊急発進が急増している。

「今日中に佐世保から建設部隊が出港する。上陸部隊は、すでに受け入れ準備を始めている」

「なんとか中止にできないんですか。今動くと中国はもとより、世界からも日本側の挑発と取られます」

「強硬派議員たちの暴走だ。それに総理が乗ってしまった。現在、尖閣に滞在している自衛隊への強力な援護とでも気楽に考えているようだ。一部の議員の発言がきっかけになったらしい」

小野寺はため息をついた。

議員の中には明らかに世界情勢、日本の状況を無視して、思いつきでしゃべる者もいる。マスコミはそういう議員の発言を大きく取り上げ、煽るのだ。

「中国は南沙諸島の埋め立てを終わり、戦闘機が離着陸できる三千メートル級の滑走路も完成した。島の領有権と共に領海の主張を強め、領空権も主張している。アメリカは前大統領と違って、偵察機を飛ばして威嚇する気もないらしい」

前大統領も民主党だったが、中国が島に軍事基地を作る様子が伝えられたときには、偵察機を飛ばして情報を世界に流した。中国が反論し、両国間の緊張が高まった。今はアメリカは世界の警察官から商人になったと揶揄されている。

「いずれ、周辺諸国と衝突が起こる。ベトナム、フィリピン、インドネシア。そうなると、日本の立場をさらに明確にしなければならない。このままでは、必ずどこかで戦闘が始まる」

小野寺が一気に言う。

「官邸は尖閣に灯台や船溜まりを建設するために輸送船を送ることを、中国が静観するとでも思っているのですか」

「一部の閣僚は戦争など起こるはずはないと信じている」

「実態が全く分かっていない。根拠なき妄信にすぎません」

「中国の中央政府と軍との関係が非常に不安定なことは、私から官邸に説明はしたのだが」

「こんな中で相手国を刺激することがいかに危険であるかは国際政治では常識です」

「今となっては、どうにもならない」

小野寺は軽くため息をつく。

真名瀬の思いは複雑だった。脳裏では核爆弾の破壊と日本が直面している状況が交錯する。考え込んでいたが、口を開いた。

「そうであれば、一気に事を進めるべきです。気が付けば日本の基地ができている。その後直ちに尖閣は日本の領土であり、南沙諸島に対する中国の行為と同じことだと世界に公表する。尖閣諸島の実効支配を世界に示すことです。中国の南シナ海での行動に再考を促すくらいの」

「私も総理にそう進言した。軍事基地化するなら一気に進めるべきだと」

意外だった。小野寺はもっと慎重派だと思っていたのだ。中国は小野寺を危険人物とマークしている、というシューリンの言葉がよみがえる。

「オスプレイを含めたヘリポートの建設ですか」

「港の建設も含めてだ。船溜まりと言ってるが、七千トンクラスの船の接岸が目的だ。一気に物資を運び込み、基地化できる」

「防衛大臣と総理の反応は」

「驚いていた。それこそ、急ぎすぎだと。だが長中期的にみれば、同意せざるを得ないだろう。中国が引くことは考えられない。問題は国内世論だが、完全に二つに分かれる」

「灯台と船溜まり建設の発表はいつですか」

「夕方には官房長官が会見する。ほぼ同時に建設部隊が尖閣に向かう。九州と沖縄の業者が主に請け負う」

「一夜城というわけですか」

「そのつもりだ。今さら批判しても仕方がない。当面の対処をどうすべきか」

冗談のつもりの言葉が否定されなかった。

「アメリカ、韓国との共同軍事演習しか思い付きません。それも危険すぎますが。しかし、今回はアメリカの了承は取れないでしょう」

一九九六年、台湾の総統選挙のおり、中国が台湾海峡で軍事演習を行なった。反中国政権の樹立にプレッシャーをかけるためだ。対抗して、アメリカ、台湾、日本の三国で軍事演習した。台湾海峡ミサイル危機だ。

「私もそう思うが、官邸に進言しなきゃならん。気が重い」

中国は必ず行動を起こして来る。最悪のシナリオをちらつかせながら。問題はどの段階で対話に入り、そのシナリオを回避するかだ。相手もそれを望んでいる。

「中国側はすでにこの事実を知っているのですか」

「分からない。全て極秘で行なわれている。きみのルートで情報はないかと思って知らせた」

「下手に問い合わせると、寝た子を起こすことになるかもしれません」

「それも心配している。政府内でも知っているのは少数だ。アメリカと中国が知るのは時間の問題だろう」

両国は人工衛星で尖閣周辺を二十四時間監視している。輸送船の出港と同時に疑問に思うはずだ。

「やはり今から引き返させることはできませんか。何も言ってこないのは、知らない可能性のほうが高い」

「一度放たれた矢は戻すことはできない。成り行きに任せるしかない」

小野寺が立ち上がった。話は終わったという合図だ。三十分がすぎていた。核爆弾についての話は出なかったし、小野寺の表情にもそれを窺わせるものはなかった。

真名瀬は部屋を出た。官邸は何を思ってこの時期にわざわざ、中国を刺激するようなことをするのか。

尖閣は二〇一二年に東京都に対抗する形で個人所有者から国が買い上げて国有地とされたが、それまで放っておいたのは政府の失策の一つだ。強い意思表示がもっと早くに必要だった。

一番悪いタイミングで、最悪のことを行なう。意図的に中国を刺激しているようなものだ。

真名瀬が自分の部屋に戻り、ドアを閉めたときスマホが鳴った。

〈中国大陸の移動式核ミサイルの位置情報が消えている。つまり十二発の核ミサイルがどこかに移動した〉

デビッドの声が飛び込んでくる。

中国は現在、約四百五十発の核弾頭を持っている。そのうち、およそ二百五十発が大陸間弾道弾などの戦略核だ。大半は秦嶺《しんれい》山脈の太白山《たいはくさん》に掘られた地下基地に保管されている。この地下基地は「二十二基地」と呼ばれ、地下トンネルでつながり、中国共産党中央軍事委員会によって直接管理されている。核ミサイルの発射基地は国内に六ヶ所あり、平時から核弾頭が置かれている。こうした固定サイロ発射型の大陸間弾道ミサイルに加え、移動発射型、潜水艦発射型、重爆撃機搭載型の核爆弾を所有する。

この中の移動式核ミサイルが場所を変えたと、デビッドは言っているのだ。

「衛星で見失ったのか」

〈我々の宇宙からの目を意識してカモフラージュが行なわれていたが、一時間前から追跡ができなくなった〉

「日本政府にもその情報はいっているのか」

〈俺は知らない。おそらく――〉

一瞬の沈黙があったが話し始めた。

〈今ごろミサイルは日本に照準を定めて待機している。東京、名古屋、大阪、福岡――一つの都市か、それとも複数か。核弾頭は二百五十発以上ある。一つ一つが都市を地上から消し去る能力を持っている〉

「日本に照準を合わせる理由はなんだ」

〈それが分からないから、ペンタゴンは大慌てでだ。アメリカには心当たりがない〉

「それで電話してきたわけか。理由は日本にあると考えて」

〈そういう意味じゃない。俺は中国の状況を教えてやっただけだ。友人だからな。心当たりはあるのか〉

真名瀬は沈黙した。

〈あるんだな。言ってみろ〉

「尖閣に灯台と船溜まりをつくるために、輸送船が出港した。そっちに情報はないのか」

〈やはりそうか。中国の無言の威圧だ。彼らの決意を示している。軽率なことをしたというのがアメリカの意見だ〉

「シューリンには連絡を取ったのか」

〈彼女には下手に連絡できない。迷惑がかかることになる〉

「アメリカが介入することはないのか」

〈その結果がこれだ。日本はもっとうまく立ち回るべきだった。パソコンを見ろ〉

電話を切った後、パソコンを立ち上げると、デビッドから添付ファイル付きのメールが来ている。

添付ファイルを開くと、二隻の艦船が並走している映像だった。速度はさほど速くはない。

両船の国旗が大写しになった。一隻は中国の中型貨物船、もう一隻はベトナム海軍の小型フリゲート艦だ。音はなく映像のみだ。

ベトナム海軍の軍艦の砲口が火を噴くと同時に、中国船の船腹に黒煙が上がる。続いて炎が上がった。ほぼ同時に船尾寄りに砲弾が命中した。甲板で動いているのは乗組員だ。中国船は船尾から沈み始めている。

五分ほどで映像は終わった。

かなりの遠距離から望遠レンズで撮ったらしく、粒子が粗く全体にぼやけてはいるが何が起こっているかは明確に判断できた。多くの死傷者が出たことも想像できる。

〈ベトナム海軍のフリゲート艦によって砲撃され、撃沈された中国貨物船の映像だ。南沙諸島の一つに物資を運んでいた。ベトナム海軍の停船の呼びかけはあったのだろうが、音は消されている。一時間前のユーチ

ューブにアップロードされていた。拡散され、今ごろは世界中で見られている〉
メールの本文でデビッドが指摘している。
この映像を流したのは中国かベトナムか。ベトナムが断固たる意志を示すための行動か。中国が今後の軍事行動の正当性を主張するためか。おそらく中国だ。そして、核ミサイルが移動を始めた。

真名瀬は小野寺の部屋にタブレットを持って行った。

「中国船がベトナム海軍によって砲撃されました」

タブレットの映像を示しながら言った。小野寺が無言で映像を見ている。

「南沙諸島に物資を運んでいた中国の貨物船が、ベトナム海軍の砲撃によって沈められました。その動画がインターネットによって世界に配信されています」

「誰が撮影した。ベトナム海軍か」

「ナレーションなし。キャプションなしの映像だけです。ベトナムか中国か、分かりません。アメリカも撮影者を探していますが、見つかってないようです。アメリカが流した可能性も捨てきれません」

真名瀬はデビッドの話を思い浮かべていた。この映像に反発して、中国はベトナムを威嚇するために核ミサイルを移動させた可能性もある。

「中国かもしれません。軍事衝突を誘発させるためのおとりの可能性もあります」

「もっと詳しい情報はないのか」

「今のところ、これだけです」

真名瀬は中国軍の核ミサイル移動については黙っていた。デスクの電話が鳴り始めた。

「官邸からだ。この映像についての電話だ」

小野寺が送話口を押さえて言う。

「新しい情報が入ったら、直ちに知らせてくれ」

小野寺は背を向けて話し始めた。

真名瀬は部屋を出た。デビッドの電話の中身について考える。

中国の核ミサイルの移動はベトナムに対する警告か、日本に対してか。貨物船を砲撃されて、ベトナムを核ミサイルで威嚇するのか。それはない。中国にとってベトナム海軍は物の数ではない。やはり、日本に向けてだろう。領土に対する主張を固持するためには、中国は核攻撃も辞さないという強い意思表示だ。

中国に何らかのサインを送る必要がある。

真名瀬は深夜近くに防衛省を出てマンションに帰った。頭が働かなくなったのだ。

ベッドに入った途端スマホが鳴り始めた。

待ち受け画面には英語で非通知設定の表示が出ている。

〈シューリンよ。あなた、ジュンでしょ〉

黙っていると恐る恐るの声が聞こえてくる。

「この電話は大丈夫なのか」

〈核軍縮会議の後で、デビッドにもらったスマホ。盗聴防止機能が付いているスマホだからって〉

信用できるのか、という言葉を呑み込んだ。シューリンはデビッドを信じているのだ。しかし、彼はアメリカ政府の――。真名瀬はその考えを振り払った。

〈香港での話、続きがある。それは今も進行している〉

「華国家主席と軍部の話か」

〈中国海軍の野望。いよいよ海洋進出が始まる。これはあなたの国にとって最悪の事態を招く可能性がある。そして、私の国にとっても〉

シューリンの声がいつもと違って甲高く聞こえた。かなり緊張している。真名瀬はベッドから起き上がった。

〈軍部は南シナ海で戦争を始めるつもりよ。ベトナムやフィリピンを挑発している。これは避けられそうにない。アメリカが断固とした態度を取らないから、軍部はチャンスをうかがっていた〉

「中国海軍は今以上の海洋進出を行なうということか」

〈近いうちにベトナム海軍と小規模ながら戦闘状態に入る。これで国内世論と外国の反応を確かめる。アメリカが積極的な行動を取らないなら、強硬姿勢に対して世界は無力だと軍部は判断する。だから――〉

シューリンが言葉を呑んだ。

〈東シナ海でも同様の行動を取る。日本政府はそのことを十分に認識して、外交を行なう必要がある〉

「中国海軍は尖閣でも軍事行動を取るのか」

〈前の時も一歩踏み出そうとしたが、思わぬ事態が起こって全軍が引き上げた。あなたの友人の行為で兵士の間に非戦の空気が広まったの。あなたの友人に対する追悼の思い。でも上層部が締め付けを厳しくしたので、今度は感情よりイデオロギーが優先される。あなたたちも覚悟を決めて対応しなければならない〉

「なぜ、そこまで情報をくれる」

〈私がもっとも恐れているのは戦争。二度と中国と日本が戦ってほしくはない。今度は国の存亡をかけた戦争になる。私の言ってる意味が分かるでしょ〉

核爆弾を使うということか。

「俺だって同じ思いだ。きみの国の軍部と同じ考えを持つ者は日本にもいる」

残念ながら、それは事実だ。国益を叫び、何よりも力を優先する者たちだ。

〈私は戦争を避けることができるなら、何でもやるつもり。たとえそれが、国を裏切ることであっても〉

穏やかだが強い決意のこもったシューリンの声が聞こえ、電話は切れた。

真名瀬は長い時間、スマホを握ったままでいた。シューリンの言葉がまだ聞こえてくるような気がした。

インターホンの音が聞こえる。

2

ドアを開けると、由香里が倒れかかって来る。

倒れる前に、真名瀬が抱きかかえた。由香里はかなり酔っている。

「何かあったのか」

「いつも何かが起こってる。今日も起こった」

由香里が真名瀬にもたれかかったまま、歌うように言う。

「紀子さんが妊娠している。今日打ち明けられた」

「森島の子か」

「馬鹿なこと聞かないで」

真名瀬を睨むと、しばらく無言で目を閉じている。

「産む気よ。そして自分で育てるつもり。彼女、森島さんが亡くなってから、ずいぶん強くなった。今じゃ私が励まされてる」

真名瀬は紀子を思い浮かべた。優しい顔をした穏やかな女性というイメージしか浮かばない。

「森島の両親は？」

「まだ話していないけど、きっと喜ぶ。森島さんの子供だもの」

由香里は肩の力を抜いたように言い、改まった表情で真名瀬を見つめた。

「あなた最近、杉山さんとよく会ってるでしょ。二人で何を企んでるの」

「もう終わった。何が終わったかは言えないけど」

「だったら、森島さんのお墓参りに行ってきたら。まだ一度も行ってないでしょ。お葬式にも出ていなかったし」

「近いうちに行くつもりだ」

これは本音だった。彼の両親には会わなければならない。どこまで真実を話せるか分からないが。

「一つ教えてあげる。杉山さんは、まだ動き回ってる。同じ件についてよ。彼の中ではまだ終わってない」

「別件じゃないのか。彼は社会部の記者だろ。事件は日々起きている」

杉山がまだ事件を追っているとは意外だった。真名瀬は極力、話題を逸らそうとした。

「あれは明らかに前の続きよ。態度を見てれば分かる。まず、私を避けてるもの」

「ポーカーフェイスが優秀な新聞記者の条件じゃないのか」

「あの人もあなたと同じ。演技が下手。なぜ、私には正直に話してくれないの。確かに私は記者だけど、書いていいものと悪いものの区別はつく」

由香里の表情が変わっている。杉山が同じようなことを言っていた。良識あるジャーナリストだと。

「僕たち防衛省の役人には守秘義務がある。それは記者であるきみが、一番よく分かってるはずだ」

「一番損なのは私。自力で見つけた特ダネでも、親のおかげだとされてきた。あいつの父親は閣僚だからスクープは当たり前。行き詰まってたら、親の人脈を使え。もう、止めてという感じ」

そう言ってバッグをベッドに投げると、上着を脱いでバスルームに入っていく。

真名瀬はどうしていいか分からず、呆然としていた。

サイドテーブルのスマホが震え始めた。デジタル時計を見ると午前二時前だ。

「出たら」

由香里はそう言うと、真名瀬に背を向けた。

真名瀬がスマホをタップすると小野寺の声が聞こえる。

〈迎えの車が十分後に到着する。通りに出て待ってろ〉

由香里のスマホも震えている。スマホを持ってベッドを出るとバスルームに入っていく。

「何事です」

〈車の中で話す〉

バスルームに入ると由香里がシャワーを浴びようとしている。真名瀬は隣りに滑り込んだ。

「社からの呼び出し。あなたもなんでしょ」

「おそらく同じ理由だ。ただし、僕はまだ知らない」

「私もよ。すぐに出社しろって」

二人で部屋を出て、一階に降りた。真名瀬が車に乗るのを待って、由香里がマンションを出ることにした。

通りに出ると同時に黒塗りのセダンが真名瀬の前に止まった。後部座席に乗り込むと小野寺がいた。

「これから官邸だ。中国海軍の巡洋艦と海自のイージス艦が尖閣沖で睨み合っている」

さらに、と小野寺が続ける。

「中国の核ミサイルが数基移動している。きみは知っているか」

「初耳です。どこに移動しているのですか」

やっと気付いたか。官邸はこれをどう判断するのか。

「半分はベトナムだとして、残りは日本だ」

小野寺が躊躇なく言う。

「なんで核ミサイルなんです。この状況下で」

「この状況だからだ。中国は実力以上のことをやろうとしている。日本と本気でやりあう気だ。緒戦で中国海軍の半分が消え去る。中国自身もそれを知っている。だったら、自分の持ち駒はすべて使おうと思うんじゃないか。最強の駒だ。脅しだけじゃない」

真名瀬は舘山のことを聞こうかとも思ったが、やはり止めた。小野寺も舘山についてはおくびにも出さない。強制的に意識を覚醒させたというのは、中国のミサイル移動とも関係しているのか。小野寺はそれを見越して、核爆弾に関して最終的な決断を下したのだろうか。

「今までより確実にヒートアップしています。これは完全に中国海軍の暴走です。華主席の考えじゃない」

「それが真実なら、総理に納得させることができるか」

「私にはできません。小野寺さんの方が適任でしょう」

「では、できるまで努力しろ」

小野寺は前方を睨むように見たままだ。総理に話すのは真名瀬の役目なのか。

人の絶えた深夜の道路を車は疾走した。永田町に近づくと機動隊の輸送車が並び、深夜にもかかわらず盾を持って立つ機動隊員の姿がある。

来月、東京でサミットが始まる。尖閣諸島の緊迫に隠れているが、イスラム過激派のテロ問題で、東京は戒厳令並みの警備が行なわれる。

昼間は連日、国会と官邸周辺でデモ隊を見かける。それが日々大きさを増していく。

「官邸は大丈夫なのですか」

「かなり神経質になっている。今は国会より官邸が大事なときだ。デモ隊くらいはあっちに引き受けてもらいたいのだが」

小野寺は手元のタブレットに目を向けたまま言う。

「国民には今この時がどれほど重要か分かっていない。かじ取りを間違えば、国益を損なうことはもちろん、戦争に突入する恐れすらある」

小野寺の言葉は決して大げさではない。現在でも尖閣諸島周辺では中国海軍の艦艇と自衛隊の艦艇が睨み合っている。どちらかの緊張の糸が切れれば小競り合いが始まり、海戦へ広がり、全面戦争に突入する。

官邸に着くと、待っていた職員に地下の危機管理室に案内された。

本郷総理以下、五人の閣僚、統合幕僚長と海自幕僚長がいた。正面のディスプレイには暗視装置による海上が映し出されている。

午前二時半の東シナ海だ。右上に見える島が尖閣諸島。正面に艦船の黒い影が見える。

「護衛艦『あすなみ』から送られているライブ映像です。黒い影は中国海軍の055型ミサイル駆逐艦です」

海自幕僚長が淡々とした口調で説明する。

中国海軍の055型ミサイル駆逐艦の戦力は、イージス艦を超えるとも言われている。排水量は一万二千トンで中国海軍の艦船としては過去最大級。中国が海洋進出に乗り出した根拠としてあげられる、高性能の艦船だ。電磁砲も搭載していると話題になったが、すぐにデマだと訂正された。

「尖閣に灯台と船溜まりを建設する輸送船が昼前には当海域に到着します。それに合わせて中国海軍は055をよこしたと思われます」

「このまま輸送船を尖閣に進めるとどうなる」

総理の問いに海自幕僚長は、統合幕僚長を見ている。統合幕僚長は防衛大臣に視線を向ける。これは政治判断になるのだろう。

「建築資材を積んだ輸送船は、引き返させた方が賢明かと思われます」

柴山防衛大臣が言う。

「あれは日本政府長年の――」

本郷がディスプレイに目をやった。青みを帯びた夜の東シナ海で睨み合う艦船のうちの一隻が映っている。

あの闇の中で数千人の若者たちが、生命をかけた緊張の頂点に立たされているのだ。

総理、と小野寺が声をかけた。部屋中の視線が小野寺に向かう。

「真名瀬君から話があるそうです。きわめて重要な内容ですので、真偽については現在調査中です。しかしお耳に入れておいた方がいいと判断しました」

小野寺が真名瀬を促した。

真名瀬は小野寺にした話を繰り返した。本郷は無言で聞いている。

「この事態は軍部、特に海軍の暴走だと言うのか。華国家主席の真意は和平を望んでいると。だが明確な根拠はない。だったら私はどうすればいい」

「現状維持でしばらく様子を見るべきかと。輸送船は引き上げさせ、中国の内政が落ち着いてから行動しても遅くはありません」

「落ち着くと言っても、どのくらいかかる」

「分かりません。数週間か数ヶ月か。いずれにしても半年はかからないと思います」

「明確な根拠が何もない状況での中止か。弱腰と取られないか。そうなると相手はますます増長する」

「戦争より賢明かと」

真名瀬は迷うことなく言い切った。閣僚たちの視線が集まる。どんなに弱腰と見られようと、戦争を避けることに重点をおきたい。そうでなければ森島の死に意味がない。

本郷が考え込んでいる。息詰まる沈黙が続いた。

「輸送船に引き返すように伝えてくれ」

本郷は呻くように言った。

柴山が背後の防衛省の事務官に指示すると、急ぎ足で部屋を出ていく。

目を閉じて動かない本郷に秘書が駆け寄って具合を聞いている。本郷は身体を起こして、閣僚たちを見回した。

「こちらの信号は送った。まだ中国側がどう出るか不明だが、待つしかない」

しばらく残るという小野寺と別れた。真名瀬は官邸を出て、街を歩いた。夜が明け始めている。新聞配達のバイクが真名瀬を追い抜いていく。そのまま防衛省に行こうかと思ったが、地下鉄でマンションに帰った。


定時に防衛省に行くと省内の空気が微妙に変わっていた。いつもより緊張感が漂っている。総理の指示、その経緯が省内に伝えられたのだろう。小野寺はまだ総理官邸から戻っていなかった。

尖閣周辺では自衛隊のイージス艦と護衛艦、中国海軍の055型ミサイル駆逐艦が依然睨み合ったままだ。鳥羽に電話したが、舘山の捜索結果についてはまだ待ってくれと言う。

昼前に小野寺から電話があった。

〈新たなトラブルの勃発だ〉

真名瀬にすぐに大臣室に来るようにと言う。

部屋には小野寺と防衛省の事務次官がいた。二人の正面に柴山防衛大臣が座っている。テーブルの上にはA3サイズのカラー写真が数枚置かれていた。海洋資源開発用のプラットホームの写真だ。衛星から撮った写真だが解像度はかなりいい。日本のものではないだろう。

「中国が東シナ海でガス田開発を再開した。大型の採掘基地をさらに三基、運んで来ている。明らかに我国を挑発している。弱腰だと判断したんだろう。輸送船を引き返させたのが逆効果になった。相手はあきらかに我々の反応を確かめつつ、次の手を用意している」

小野寺が写真を目で追いながら言う。真名瀬に言葉はなかった。

東シナ海のガス田は、中国が三十年以上前から開発を続けている。一九九九年には平湖ガス田で天然ガスの生産を開始した。以降も複数の採掘施設を建設し、二〇〇五年には天外天ガス田の生産を始めた。

背後には、経済成長にともなう電力需要の急激な上昇がある。これらのガス田は、いずれも日中両国の排他的経済水域の中間線よりも西の中国側に存在している。日本側はガス田の地下構造がつながっていれば日本側の資源を吸い上げられるという「ストロー効果」を理由に、開発中止を要求した。だが中国は「地下構造はつながっていない」と主張し、採掘を続けている。日本は詳しいデータを持っていないため、十分な反論ができていない。

日本政府はこれらの施設が、「人工的な中国領土」となり、中国の軍事的優位を確立することを危惧しつつも、経済的に見合わないことから対抗開発を行なっていない。

そうした中で二〇〇八年、日中は白樺（中国名・春暁）ガス田の共同開発で合意した。翌年には共同開発より一段下がった「出資」とするよう中国側から要求があり、受け入れている。出資比率は中国が半分以上となることも譲った。前後して中国海軍による海上保安庁への武力示威行動が発生している。

「最新鋭のガス田基地を運んで来た。これで合計十五基だ。しかも、通常より大きなヘリポートがついている。明らかに大型軍用ヘリの離着艦を念頭に置いたものだ」

「ガス田基地というより軍事基地ですか。いつの情報ですか」

「二時間前だ。アメリカ軍から送られてきた」

「これほどの事を突然行なうはずはありません」

「私もそう思う。問い合わせたが返事はない」

「報せてこなかったのではないですか。自分たちのことは自分たちでやれと。日米同盟に反しますがね」

問題なのは、こういう事態になる前に防衛省が気がつかなかったことだ。中国側がよほどうまくカモフラージュしてきたのだ。

「ガス田基地は大連で組み立てたものを一気に運んで来たということだろう。尖閣諸島の基地化に先手を取られた形だ」

「明らかに日本を挑発する行為だ」

事務次官がうめくような声を出す。

「それが目的でしょう。十五基ともなると、使いようによっては尖閣を取り囲む軍事基地化できます。ヘリポートも付いているし、軍港としても使えます」

「かなりの数の完全武装の兵士が乗り込んでいると言われている。尖閣を奇襲されたらひとたまりもない」

「なんでこの時期にそんな挑発的な行動を取るんだ」

「何とかして、日本に先に手を出してもらいたいのでしょう」

小野寺が皮肉を込めて言う。

「それが事実なら由々しきことだ」

事務次官が強く言った。

「日本の領海でないことは事実なので、我々はどうしようもありません」

「だが、ガス田は境界を越えて日本の経済水域内に延びている可能性がある。いや、必ず延びている」

日本はその調査を怠ってきました——真名瀬は出かかった言葉を呑み込んだ。事務次官はさらに続けた。

「中国はよほど焦っている。正確には軍部はということだが。自分たちの意思に従う華国家主席の間にやれることはやっておけということだろう」

秘書が入ってきて、柴山にメモを渡し、何ごとか囁いた。

「太白山の地下基地から移動された核ミサイルは、瀋陽《しんよう》の基地周辺に設置されたという情報がアメリカ国防省から入った」

柴山は告げると、小野寺に向き直った。

「核ミサイルの移動はベトナムというより、日本に対してということか」

「そう取らざるを得ないでしょう。防衛省は対抗策を直ちに取る必要があります」

「今回の場合、日米安保条約に基づき、米軍に協力を頼むことです。アメリカの出方も分かります」

「中国海軍に対する軍事的優位は自衛隊にあるはずだが」

柴山が事務次官と小野寺を交互に見ている。

「通常戦力の場合です。敵は核ミサイルを用意しました。これは最終的には核ミサイルを発射する用意があるというメッセージです」

「周海軍大将とはどういう男だ。至急調べてくれ。分からなければアメリカに問い合わせろ。このさい、メンツも恥も関係ない。集められるだけの情報を集めて、分析しろ」

柴山は厳しい口調で告げた。


部屋に戻り真名瀬は迷った末、デビッドに連絡することにした。

ワシントンでは夜の十一時だ。

スマホの呼び出し音が始まるのとほとんど同時にデビッドの声が聞こえる。

〈最近、電話が多いな。友情に目覚めたのか〉

「周海軍大将について知っているか。中国の——」

〈中央軍事委員会の一人だが小物だ。劉銀朱国防部長の操り人形にすぎない〉

真名瀬の言葉を遮るようにデビッドの声が返って来る。周りからは話し声と電話の呼び出し音が聞こえる。まだ職場にいるのだろう。ホワイトハウス、ウエスト・ウイングだ。

〈基本的に中国軍の主流は陸軍だ。軍幹部はほとんど陸軍が占める。だから中国軍部は海と空はド素人と考えていい。要するに彼らは騎馬民族なんだ。空軍と海軍はアメリカ軍の敵ではないと考えている。自衛隊だってそう評価しているはずだ。こういうことを言うとシューリンにはぶん殴られそうだけど〉

「それは五年前、いや十年前の考え方だ。今じゃ、海軍、空軍の装備は世界第三位の規模だ。戦闘機にしても艦船にしても第一級のモノを持っている」

〈やっと空と海の重要性に気付いた。空軍、海軍の装備を急ピッチで進めてはいるが、冷戦時代のアメリカとソ連くらいの差がある。装備の電子機器はまだ十年の開きがある。だから海洋での戦略にはミスが続いている〉

南シナ海、東シナ海での中国軍の動静について言っているのか。あれをアメリカはミスと捉えている。デビッドはミスで片付けるが真名瀬にはそうは思えなかった。世界最大のハッカー部隊を持っているのは中国だ。背後には十三億の人材が控えている。

強大な軍事力を背景として、周到な準備と経済をからめた戦略のような気がする。目先のドタバタに気を取られていると、いつの間にか中国のペースにはまり、赤い領土は増え続ける。

〈それで周海軍大将がどうかしたのか〉

「中国のガス田開発が大規模になった。その指揮を執っているのが周海軍大将らしい」

真名瀬の推測にすぎないが、事実であればデビッドは反応するはずだ。

〈軍がガス田開発をやるというのか。やはり軍事衝突を狙っているんだろ。あの国は戦争をやりたくてしょうがないらしい。ここまで巨大化した軍備を使いたくてムズムズしている。挑発に乗ると両方が破滅する〉

デビッドは曖昧な言い方をした。明確に否定しないということは事実なのか。

〈中国軍は特殊な連中の集まりだ。世界を知らず、経済を知らず、歴史を知らない。知っているのは軍内部の特殊事情ばかりだ。かつては党の指示で動く図体ばかりでかいボディガードだったが、多少知恵がついて巨大になりすぎた。最近の共産党の弱体化に伴い表面に出つつある。党よりも最悪な連中の集まりだ。理屈が通じない。西洋列強に負け続け、小国日本にも負けた。今度こそという意識が染みついている〉

「どこかで一旗上げたいというわけか。その結果が戦争とは短絡的すぎる」

〈それが軍というものじゃないのか。かつての日本もそうだった。世界を知らない軍部の暴走だ〉

真名瀬には反論できなかった。様々な事情はあるにせよ、事実をたどるとそうなる。多少極論すぎるが。

〈大草原を刀と槍と弓矢を持って馬で駆け抜けていく。平原に溢れる軍勢で怒濤の勢いで勢力を拡大していく。始皇帝やチンギス・ハンだ。二十一世紀に海や空でそれをやろうとしているのが中国軍だ〉

デビッドは言い切った。

一部は当たっている気もするが、そんなに単純なものではないだろう。世界一のサイバー部隊を持ち、移動式大陸間弾道ミサイルを配備し、ステルス戦闘機を開発している。世界二位の経済大国であり、世界三位の核保有国でもある。ホワイトハウスがデビッドと同じ考え方であれば、かなり危険だ。

中国も韓国同様、自国の政権基盤が緩むと、反日感情をあおり立て国民の意識を外に向かわせるのが常套手段だ。国民共通の敵こそ国を結束させる。ほぼ全ての中国人民には幼児期から抗日戦争の悲劇、被害者意識が刷り込まれている。

シューリンのように欧米の教育を受け、客観的に自国を見ることができる者は、反日教育には事実と異なることが多いのに気づくが、大半の中国人は事実と受け止め、反日感情が染み込んでいる。

「戦争を避けることができるなら、何でもやる。たとえそれが国を裏切ることであっても」

〈反逆罪だ。死刑になっても文句は言えない〉

「シューリンの言葉だ。僕じゃない」

息を呑む気配を尻目に、真名瀬はスマホを切った。


真名瀬がマンションに帰ったのは深夜だった。冷蔵庫からビールを出してテーブルに置いた時、スマホが鳴り始める。シューリンからだ。また新しい情報が入った、と言ってシューリンは話し始めた。

〈劉銀朱国防部長は中日戦争で祖父母を日本兵に殺されている。その話を両親に聞かされて育ってるの。日本人を憎む気持ちは人一倍強いはず〉

真名瀬は無言で聞いていた。

アメリカから送られてきた劉銀朱国防部長の経歴を思い浮かべた。一九四九年河南省生まれ、六十七歳だ。十九歳で人民解放軍入隊、同年共産党入党。二〇〇三年に北京軍区参謀長に任命された。この頃、胡錦濤国家主席の平和と発展路線を批判し、台湾の武力解放、アメリカと日本を殲滅《せんめつ》するには核使用も辞さないと発言している。

二〇〇七年総装備部長、同年に中央軍事委員に選出、上将に昇進した。二〇一三年より国務委員および国防部長に任命されている。このときにも「台湾の解放」を訴え、世界の注目を浴びた。筋金入りのタカ派だ。

シューリンは疲れ切った声で続ける。

〈尖閣諸島を取り戻すためには手段を選ばない、とも公言している〉

「それがどういう意味か彼は知っているのか」

〈彼は核ミサイルを使うことも辞さないと思う。驚くことに、彼の支持者は多い。特に退役軍人にね〉

真名瀬は言葉に窮した。今どき、そんな男がいるとは信じられなかった。

〈悲しい話だけど、劉が日本との戦争も辞さないと考えていることは確かね〉

「戦争ともなれば、勝者はない。世界は大混乱に陥り、破滅への第一歩を踏み出す」

〈おそらく、劉は短期決戦を考えている。国民の支持を得られている間に決着を付ける。長引くと不利なことは知っている〉

「軍備は、日本が中国に勝っている。勝敗は兵や艦船の数じゃない。特に海軍力は日本の方が――」

真名瀬は言いかけた言葉を呑み込んだ。デビッドの言葉が浮かんだのだ。

「中国軍は核を使うつもりなのか」

〈劉は野心家で愚かだけど馬鹿じゃない。中国の海軍力が日本の海上自衛隊より劣っていることは十分に知っている。それにもかかわらず、強気を通しているのは理由があると思う〉

「もし、核を使ったりしたら――。そうなれば、世界は破滅に向かうだけだ」

〈劉の勢力は増している。軍の若者の間にもね。華国家主席は軍部の支持を失いつつある。残念だけど〉

「まだ一部の支持は残っているのか」

〈穏健派にはね。でも、それも時間の問題。穏健派は切り崩しにあっている〉

「劉の真意をさぐってくれ。それに、華国家主席の真意も」

〈出来る限りのことをやる。あなたも、日本の暴走は食い止めてほしい。一兵士のちょっとしたミスさえもが全面戦争を引き起こす〉

前線の兵士たちの緊張と疲れを言っているのだ。

電話は切れた。核ミサイルを使うことも辞さないと思う――シューリンの言葉が真名瀬の耳にずっと残っている。

今夜も眠れそうにない。真名瀬は缶ビールを冷蔵庫に戻すと、デスクに座ってパソコンを立ち上げた。

3

始業時間前に防衛省に行って小野寺に連絡を取ろうとした。

秘書が今日、小野寺は直接官邸に行き、一日つめることになっていると言う。電話しても電源が切られていた。自分が持つ情報の重要性に反して、防衛省はその真偽を検証し、正しいなら生かす構造ではないことを思い知った。

部屋に戻ると、全身の力が抜けるのを感じた。緊張が続いている上、寝不足だ。

中国軍が日本相手に核攻撃を真剣に考えている――シューリンの言葉が頭から離れない。

思い立って岸本に電話して、これから行ってもいいか聞いた。岸本は一瞬の躊躇の後、渋々了解した。真名瀬は本郷に向かった。

岸本は研究室で憂鬱そうな顔をしてデスクに座っていた。

「どうせ、人に聞かれるとまずい話だろ。一時間、僕は昼寝するから誰も来ないように言ってある」

岸本はコーヒーを淹れた。その芳醇な香りが部屋に満ちる。岸本の表情もわずかにやわらいだように見えた。

「日本で核爆弾を製造する場合、核爆弾の本体以外で問題になりそうなところはどこだ」

真名瀬はコーヒーカップを受け取りながら聞いた。

岸本の顔は再度こわばり、ソファーに座り込んだ。長い時間がすぎていく。真名瀬は早く話すように促す。

「核爆弾は入れ物と同時に、中にセットされるプルトニウム球が重要だ。核物質にプルトニウムを使うとするとね。通常爆弾の火薬にあたる部分だ。プルトニウム球は爆縮装置にセットされる。爆縮装置は核爆弾の心臓部にあたり、中性子発生材、プルトニウム球、ウラン・ダンパーからできている。プルトニウム球は直径四・二センチほど、重さは六・二キログラムある。爆縮装置は大きさの割りに重量があるんだ。使用されるのが重い原子だからね」

岸本は真名瀬の理解を確かめるように、表情を見ながらゆっくりと話した。

「プルトニウムさえあれば、その核爆弾の中心となるプルトニウム球は日本の一般企業でも作れるのか」

「僕は知らんね。考えたことも、調べたこともない。関わり合いになりたくないからね」

「前に会ったとき見せたリストにあった企業で、作れるところはないのか」

「ないね」

岸本が間髪をいれず言い切る。彼のことだからリストの企業は覚えていて、既に調べているはずだ。岸本はしばらく真名瀬の反応を窺っていたが続けた。

「リストにはなかったが、東洋原子力という中堅企業がある。東洋重工の百パーセント子会社だ。原子炉の核燃料を作っている。そこなら燃料棒の加工技術もある。放射性物質の取り扱い設備も持っている。プルトニウムは猛毒だし、放射線も出しているので、取り扱いには万全な対策を取らなきゃならない」

「プルトニウムを手に入れれば、東洋原子力でプルトニウム球というものができるのか」

「詳しい設計図があればね。プルトニウムの量、中性子発生材の材質と形、ウラン・ダンパーの正確な量。そして極めつきは、爆縮に使う火薬の量と形。燃焼速度の違う二種類の火薬の量とセットの方法など、クリアしなければならない工程は山ほどある」

今度は真名瀬が考え込んだ。岸本がさらに続ける。

「そういったものが全てそろって、核爆弾の心臓部ができる」

「あのレポートにはなかった、参照部分がプルトニウム球の製作図と詳細説明かもしれない。それと実験データもだ」

真名瀬は病院のベッドに横たわっていた舘山のことを思った。彼は今、意識を回復してどこかにいるはずだ。消えたパソコンも脳裏に浮かぶ。中には岸本が言った爆縮装置に関するデータと設計図が入っている可能性が高い。

あれはやはり小野寺が持っていったのか。彼は既に、あのファイルを開いたのか。

「ちょっと待ってくれよ。前にも言ったが、日本が核保有国になることは、政治的に不可能なんだ。日本は様々な条約に加盟している。下手をすると、国際社会からはじき出される。だから、今まで核爆弾の開発など話題にも上らなかったし、本気で考える者はいなかった」

少なくとも表面的には、と岸本は付け加えた。

「日本は条約破棄はやらない。そのために努力している。世界の信頼を失えば生きていけない国だ」

「あの核爆弾の図面は最終的にはなかったことにすると言っていたが、できそうなのか」

岸本が深刻な表情で聞いてくる。

「消し去るように努力している」

「努力する、というのは官僚用語では、できないの意味なんだろ」

「日本は核爆弾は持たない。これでいいか」

いつになく強い口調で真名瀬は言い切った。岸本が驚いた顔で真名瀬を見ている。

真名瀬は岸本の研究室を出た。

大学の建物を出て、思わず目を細めた。明るい光が全身を包み、別世界のように感じられる。真名瀬は歩みを速めながら、切っていたスマホの電源を入れた。

いくつかメールが入っていたが、重要なものではなかった。


翌日、真名瀬は舘山が入院していた警察病院に行った。舘山がいた病室の前にもはや警官はいない。

受付で聞いたが、既に退院していると答えるだけで、それ以上は知らないようだ。

舘山の娘、明美に再度電話をしたが、呼び出し音が何度か続いた後、留守番電話に変わる。真名瀬はそのままスマホを切った。

もし舘山を無理やり覚醒させて、連れ去ったのが小野寺のグループだとしたら。核爆弾装置が破壊された今となっては、用はないはずだ。だとするとすでに――。真名瀬の脳裏に不吉な予感がよぎる。

どうしていいか分からず、迷った末に杉山に電話した。

〈俺も舘山の居場所を探しているが、消えてしまった〉

「もしかして彼らは既に舘山さんを――」

口にしかけた言葉を呑み込んだ。

〈まだ生きている。そこまではやらないだろう〉

杉山は自信のなさそうな言い方だ。

「核爆弾の全容を知っているのは舘山さんです。彼を殺すはずがないですよね。わざわざ家族まで連れ去っていんだから」

〈俺ももう一度、探してみる〉

真名瀬は自分自身に言い聞かせるように話した。そんな真名瀬を力付ける杉山の声が返ってくる。

防衛省に電話をしたが、小野寺はまだ戻っていなかった。秘書が今日も帰ってこないかもしれないと言う。


真名瀬は栗原のいるお台場のマンションに行った。

秋元曹長は倉庫の襲撃以来、真名瀬に対する態度が変わり、愛想もいい。

舘山の居場所について相談するつもりだったが、栗原の様子も知っておきたかった。

栗原は相変わらず生気がなく、ぼんやりと海を見ていた。何を考えているのか分からない。

「我々は舘山さんを探していますが、いまだにどこにいるか分かりません。舘山さんは何を知っていて、消えたパソコンには何が入っていたのです。あなたは知っているでしょう」

「舘山の意識は非常に不安定らしい。かなり強い薬物が使われた」

杉山の言葉通り、栗原はすでに知っていた。

「むしろ、意識が戻る前より危険な状態になっているということだ。今までは身体を護るために、脳が働きを停止していたのかもしれない」

真名瀬は栗原のパソコンに入っていた情報が核爆弾の心臓部に当たる、プルトニウム球と爆縮装置に関するものではないかと疑問をぶつけた。

「そうであっても、今さら意味のないことだ。我々は核兵器製造に失敗した。日本が世界と対等に渡り合える唯一の機会を逃したのだ」

「その点では全く考えが違います。やはり平和維持こそが最大の武器だと思っています」

真名瀬は栗原を見据えた。

「栗原さん、あなたはヤマトをもう一基造るつもりだったのではないですか」

　一瞬栗原の表情が変わり、真名瀬に険しい視線を向けた。栗原の顔にわずかに生気が戻ったと真名瀬は感じた。

「防衛省に入省当時、あなたの論文をいくつか読みました。作戦を遂行するにあたり、常に第二の道を開いておけ。最初が失敗する可能性は高い。第二の道があることにより、より大胆に安心して作戦を遂行できる。それが作戦の本道であり、平和への道だと」

「それがなぜ第二のヤマトにつながるのかな」

「奪われたヤマトの破壊に、あなたが簡単に手を貸してくれたからです。十年近くかけて造り上げたものを簡単に破壊する。それは予備が存在するからではないのですか」

「そんなものはない。我らは奪われ、それは破壊された。日本が核を持つ唯一のチャンスは失われた」

「時を待って再びその機会を狙うつもりだった。違いますか」

「あり得ないことだ。現在の日本では、我々が核を持つことはない。それを悟っただけだ」

　真名瀬は中国の進出について話した。尖閣周辺では自衛隊と中国海軍の艦船が一触即発の状態で対峙していること、核弾頭を搭載したミサイルが日本を狙っていることを。栗原ならすでに十分な情報を得ているはずだ。

「日本政府は尖閣にイージス艦を派遣しています。危険な賭けです。小さな衝突から全面戦争へと発展する恐れがあります。そうなると日本は戦渦に巻き込まれ、多くの犠牲者が出ます。いや日本の存続そのものが危うくなる可能性もあります」

「もはや、私とは関係ないことだ」

　栗原が視線を真名瀬から外し、再び海に向けた。真名瀬はさらに語りかける。

「あなたの力でそれを防ぐことができます。これ以上の自衛官の死を見たくないはずです」

「私は自分の無力を思い知った。老兵は消え去るのみだ」

「今までにこの作戦にかかわった複数の者が死んでいます。彼らはどうなるのです。あなたはその死を無駄にするつもりですか」

真名瀬は懸命に語りかけるが、栗原の答えは変わらない。

「今となってはどうすることもできない」

「もう一度聞きます。舘山さんのパソコンに入っているファイルは何なんです。なぜ彼らは強制的に意識を回復させたのですか」

栗原が顔を上げ、真名瀬を見つめている。

「核爆弾を奪った者は、爆縮装置の詳しい設計図と、プルトニウム球の製造方法をまだ握っていない。その詳細がパソコンにきっと入っています」

真名瀬は話を続けた。やっと栗原が口を開いた。

「舘山の行方は分からないのか」

「おそらく警察病院内にいると思われます。あの状態では移動は難しい。名前と部屋を変えれば隠すことができます。彼らは、まだ舘山さんの意識が戻ったことは秘密にしたいようです」

「舘山には気の毒なことをした」

栗原が力なく言った。背後に立つ曹長たちが心配そうな表情で見ている。

真名瀬はマンションを出た。

西の空を見ると赤く染まっている。核爆弾の炎に焼かれる町のようだと思った。

栗原が二基目の核爆弾を用意しているのかは分からない。たとえ二基目が存在しても――。真名瀬は小さく頭を振ってその考えを振り払った。やはり核爆弾は造るべきではない。核兵器も戦争も大嫌いという、母親の率直な物言いが改めて心に響く。

由香里に電話をしようと取り出したスマホをポケットにしまった。

今もはるか南の海では、イージス艦「金剛」、護衛艦「あすなみ」が中国海軍の艦船と睨み合っている。「あすなみ」は森島が乗艦していた護衛艦だ。

このままでは尖閣諸島をめぐる日中の対立は再び激化する。回避方法が見つからなければ、再度衝突の起こる危険性が高い。今度は全面戦争に突入する恐れさえある。

真名瀬は地下鉄に向かって歩みを速めた。

4

スマホが鳴っている。真名瀬は無意識のうちに腕を伸ばした。

時計を見ると午前二時の表示がある。中国軍に関する最新レポートを読みふけっているうちに日にちをまたいでいた。

着信を見たが非通知なので、デビッドではない。

電話に出た。相手は何も話してこない。息遣いさえ聞こえないが、ただ確かにつながっている。

「栗原さんですね。私の話を理解してくれましたか。私に協力してほしい」

〈窓の外を見てくれ〉

真名瀬は机を離れ、窓のカーテンをわずかに開けた。

「信号近くの黒い車に乗っている。これから五分待つ。それまでにきみが来なかったら、私がきみの前に現われることは二度とないだろう」

真名瀬はスマホをポケットにしまい、部屋を飛び出した。

黒のセダンに近づいた。秋元曹長が助手席から出て後部座席のドアを開けた。今日は黒っぽいスーツを着ている。

真名瀬が乗り込むと、栗原が座っている。

「プルトニウム型核爆弾とウラン型核爆弾の二基を造るつもりだった。マンハッタン計画と同様に」

車が走り始めると同時に言う。

「核爆弾の部品を二組作ったということですね」

「我々には設計まで変える余裕はなかった。ウランとプルトニウム、核物質だけを変える予定だった。すべては破壊したヤマトと同じ部品だ。精度も要求通りだ。部品さえ揃えば数日で組み上げることができる」

「その部品はどこにあるのです」

栗原は胸ポケットから一枚の紙を取り出した。

「部品リストだ。横の社名は発注先。部品は三十に分けて全国の工場に置いてある。一社だけでは何を作っているのか分からない。メールを送れば一日で東京に届き、翌日には全ての部品が一ヶ所に集められる」

「どこに集めるのです」

「それは極秘だ。きみが知る必要はない」

「集めて組み立てるだけですか。それは誰がやるのです」

「それも、知らないほうがいい。きみは私の決断で、日本が戦禍に巻き込まれるのを防ぐことができると言った。それは今も変わらないかね」

「そうでなければ死んでいった者たちは浮かばれません」

「私たちの造る核爆弾が日本を、ひいては世界を救うことになると言った。その言葉を信じよう」

「では新しいヤマトが手に入るのですね」

「ただ核物質入手の手はずはまだついていない。計画が狂いすぎた。今さら、どうなるものでもないが」

栗原が言葉を濁す。海外から買い取る話があったのだろう。舘山が昏睡状態になった段階で流れたのか。

「それは私の領域です」

「どうするつもりだ。それが決まらない限り、協力はできない。我々が造るのは核爆弾そのものであって核爆弾の実物模型ではない」

「アメリカが核燃料サイクルの研究用に提供したプルトニウム四・四トンが、ある場所に保管されています。中には兵器用プルトニウムとして使用できるものが含まれています。当時はソ連との冷戦時代で、いざというときにはアメリカも日本の核武装について本気で考えていたのでしょう。それを手に入れるつもりです」

「我々も考えた。けど管理は厳重だ。持ち出すことなどできない」

「厳重と言っても、日本ではたかが知れています。警備員も銃で武装しているわけではない。私も防衛省、政府の職員です。あなた方も、警察官やガードマンとは違う。特別な訓練を受けた元自衛官でしょう」

確かにそうだと思う。その気になれば、意外とたやすいのかもしれない。

「だがIAEAの定期査察によってプルトニウムの紛失はただちに発覚し、世界に知られます。そうなると世界中の非難が日本に集まります。そんな危険を冒してまで核爆弾を製造するメリットはありません」

「何が言いたい」

「プルトニウムの入手は私に任せてください。完成した核爆弾に関しても私に任せていただきたい」

「どうするつもりだ」

「任せると言ってください」

栗原は考え込んでいたが、やがてゆっくり話し始めた。

「核は保有しているという事実がメリットなのだ。北朝鮮、インド、パキスタン。イランもそのために核保有にこだわっている。この事実は曲げられない」

「そのために失ったものも多くあります。そのことを考えてください」

「その危険を冒しても、きみは核爆弾を造るつもりなのか」

「ただ一国、イスラエルだけは、核の存在を公にしていません。核実験を行なったこともない。しかし世界はイスラエルの核保有を確信し、周辺諸国は恐れている」

「日本もイスラエルになるというのか」

「日本は核を持ちません。だが造ることはできる」

「きみは核物質の入手についても確信があるのか」

「あなたたちと同じ手段ではありません」

栗原が視線を真名瀬から前方に移した。

「一度は失敗した計画だ。かけがえのない者たちを犠牲にした。私にはもう何も残ってはいない。私はきみに賭けてみようと思う」

栗原が前方を見つめたまま、ポツリと言う。

「プルトニウムを手に入れた場合、それをどこで加工するつもりだったのですか」

栗原は答えない。まだ真名瀬を全面的には信用していないのか。

「東洋原子力ですか。あそこにはプルトニウム加工の装置がそろっています」

栗原の視線が一瞬だが揺らいだ。

「そうなのですね」

「すべての準備はできていた。あとはプルトニウムを手に入れ、加工して装置にセットする。それで我が国は核保有国の仲間入りができた」

栗原はかすかに息を吐いた。車は高速道路を降りて国道に入っていく。

「これからどこに行くのです」

「安心しろ、危害は加えない」

「承知しています。あなたはそこまで愚かではない」

「あんたのそういう言い方が嫌味なんだ。ぶん殴ってやりたくなる」

助手席の秋元曹長が口を挟んだ。

「組み立て場所は極秘でなければならない。横浜の倉庫のような事態は二度とごめんです」

「私もだ。弟に頼んだ。東洋重工の現役工場の一画だ。新製品の試作品の一つとして紛れ込ませる」

「大貫さんがよく了解しましたね。今回の事件はかなりショックなようでしたが」

「私にとってもだ。部下が二人死んだ。この事実は消しようがない」

真名瀬を乗せた車はいつのまにか千葉県を走っていた。東洋重工と関連企業の工場が軒を連ねる地域だ。車は東洋原子力の工場に入っていく。

正門前で止まると守衛室から守衛が二人飛び出してきた。

一人が車の前に立ち、もう一人が窓を下ろすように合図している。守衛が車の中を覗き込む。栗原に気づくと慌てて頭を下げて、車止めを移動させるように指示した。

車は守衛室の前を通って工場の中に入っていった。

「原子力関連の機器や核燃料を作っているので、警備が厳しくなっている。警察と特別回線でつながっていて、何かあれば五分以内に交番の警察官が、十分以内に県警の機動隊が駆け付ける」

「不審者を発見すればということでしょう。発見できなければ意味がありません。事が起こってからでも」

「不審者の発見のためには最新のシステムが導入されている。カメラはもとより、レーザーも使っている。詳細は私にも言えないそうだ」

車は工場の一角にある建物の前に止まった。「東洋原子力研究施設」のプレートがかかっている。

研究施設の前には大貫と数人の男が立っていた。栗原の下にいた男たちだ。大貫の背後に、頭ひとつ大きな痩せた外国人がいた。

白人で、身長は二メートル近いだろう。白いというより青白い顔をしている。

大貫が男を真名瀬に紹介した。

「ドクター・コウジ・カトー。白人のようだが、母親が日本人だそうです。子供のころ、一時日本で暮らしたこともあるようです。核科学者です。アメリカのロスアラモスに五年いました」

「ロスアラモスでは何を」

真名瀬が英語で聞いた。一流の研究施設での外部研究者の五年はかなりの長さだ。よほど優秀で必要とされたのか。

「レーザー核融合です。核爆弾の新型爆縮装置の開発にも加わっていました。レーザーで瞬時に濃縮ウランやプルトニウムを高温高密度にして、効率のよい核分裂反応を起こす方法です。実験室レベルでは成功しましたが、大きさがね。長さ五メートル近いレーザー装置です。こんなのどうやってミサイルに積むんだと言われましたが、三年あれば半分の長さにできた。さらに一年でその半分」

カトーが答える。無表情というより、意思を感じさせない顔だ。

「通常の核爆弾の爆縮装置についても詳しいんですね」

「ヤマトの爆縮装置は私が設計して実験しました。コンピュータ・シミュレーションですがね」

「核物質を装塡すれば核爆弾の完成でしたか」

「完璧な核爆弾です」

無意思なカトーの顔に笑みが浮かんだ。だがやはり、どこか能面のような笑顔だった。

真名瀬たちは大貫に案内されて、建物の中に入った。クリーンルームがいくつか並んでいる。その中の一つに入った。

中央に長さ一・二メートル、直径四十センチほどの円筒形の装置が置いてある。図面で見たものだ。

「新ヤマトです」

大貫がヤマトに目を向けたまま言う。カトーが慈しむような視線を向けて周りを歩いている。そのカトーを秋元曹長が目で追っていた。

「すでに出来ていたのですか」

真名瀬は栗原に問いかけたが、彼はヤマトに視線を向けたままだ。

「組み立てに三日かかりました。ただし、急げば二日でできます」

「つまり日本は、二日あれば核爆弾装置を製造できるということですか」

「完璧な部品と製造場所、製造経験があればということです」

大貫が真名瀬に向き直った。彼は前に東洋重工の東京本社で会ったときより元気そうに見える。

「言っておくことがある。我々は核爆弾装置を組み立てた。そして兵器級プルトニウムを手に入れ、加工できるとしよう。だが、中性子発生装置、爆縮の火薬の量とセッティングについては、すべてのデータが舘山のパソコンに入っている。それを手に入れない限り核爆弾は完成しない」

栗原が真名瀬を見すえて言う。カトーがやはり意思のない顔で聞いている。彼は日本語もできるのか。

真名瀬たちは二時間ほどで東洋原子力を出た。

栗原がマンションまで送るというのを断り、真名瀬は途中の地下鉄の駅で降りた。電車に乗る前に杉山に電話をして、カトーのフルネームと経歴を知らせた。

「大貫の下にいた男です。偽名ではないと思います。大貫は身元を調べているはずです。アメリカ国籍で、ロスアラモスにいた科学者だそうです。子供のころに日本で暮らしたこともある。今回の核爆弾の製造に関して技術関係の中心人物だと思われます。調べてもらえませんか」

〈二時間もあれば十分だ。おまえが何を考えてるかも教えろよな〉

ちょうど、始発電車が入ってきた。

杉山から電話があったのは、真名瀬がマンションに帰ったときだった。依頼してから一時間しかたっていない。

〈ドクター・コウジ・カトー。MIT卒の核科学者だ。ロスアラモス研究所に五年いた。ここまではおまえの言った経歴通りだ。ただし、FBIから逮捕状が出ている〉

「ただならぬ雰囲気を感じました」

〈イスラム過激派やIS、イスラミックステートのメンバーと接触したという容疑だ。もし有罪になれば、かなりの重罪だ。おそらく、核物質を売ろうとしたか、核爆弾についての極秘事項の取引だろう。国際指名手配になっている。アメリカ生まれの二重国籍だ。日米のパスポートを持っている〉

「そんな男が、なぜ大貫さんや栗原さんのところにいるんですか。それも本名のままで」

〈俺も知りたいよ。あんたも注意した方がいい。カトーの周りには、ヤバいのが多すぎる。おそらく、栗原たちも知っている。それを承知で組んでいる〉

「特別優秀な科学者なんでしょう。それほどの危険を冒してまで、核爆弾を造るには必要な男だった」

〈いっとき、ISがカトーを狙っていた。彼らの支配地域に連れていくか、どこかの国に売るか〉

「売る？　人身売買ですか」

〈核兵器をほしがっている国なら涎が出る男だ。百万ドルの値段がついてる。ひょっとするとそれ以上だ〉

真名瀬はカトーの姿を思い出した。能面のような表情のない顔の裏に、狂気を感じさせるものがあった。唯一の意思だ。

〈俺たちにはカトーを警察に知らせる義務がある。彼は世界を危険に晒す可能性がある男だ〉

「彼には注意します。もう少し、泳がせておいてください」

〈あんたが何を考えているのか教えてくれ。それによって考える〉

「電話では無理です。会って話します」

〈いつだ〉

「いずれです。申し訳ありません」

杉山が何かを言ったが、真名瀬は電話を切った。

5

真名瀬は一時間遅れで防衛省に出た。

小野寺を訪ねたが、すでに官邸に出かけたと言う。

「すぐに真名瀬さんも来るようにという伝言です。公用車を使うようにと」

秘書に言われて官邸に行ったが、小野寺は危機管理室に入ったままだ。一部の閣僚、防衛省の制服組と、会議の準備をしているのだろう。

真名瀬は時計を見た。防衛会議の始まる前のこの時間、総理は一人で執務室にいるはずだ。

執務室の前に行ったが警護官の姿は見えない。真名瀬はノックした。完全に規則を無視した行為だ。

「入ってくれ」

本郷の声が聞こえ、部屋に入った。デスクに屈み込んで書き物をしていた本郷が顔を上げた。

「きみは――真名瀬君だったね。防衛省の」

本郷は意外そうな顔で真名瀬を見た。

「聞いていただきたいことがあります」

「ルールに反したやり方だ。きみの上司は小野寺君だ。柴山防衛大臣もいる。彼らを通すのが筋だろう」

「緊急を要することです」

「核爆弾についてかね」

真名瀬は一瞬動きを止めた。総理の口から出るとは思ってもみなかったのだ。

「そうです。あの核爆弾は――」

「すでに破壊されたと小野寺君から報告を受けている。この事件はなかった。再びこのような事件は起こらない。今後何が起ころうと、私は国内はもとより諸外国に対して日本が核爆弾の開発に関係したことはないと公言する」

「ですが、現在の国際状況を考えると――」

そのときドアのノックとともに、秘書が入って来る。

「防衛会議の時間です。ほとんどの皆さんが既に危機管理室にそろっておられます」

秘書が真名瀬をちらりと見て、慇懃な口調で言う。

「この件はこれで終わりだ。きみはこの部屋に来なかった。私もきみには会っていない。今後はルールを守るように。時間を有効に使うためには必要なことだ」

本郷が言いながら、早く出ていくようにと真名瀬を見つめている。真名瀬に返す言葉はなかった。

一礼して執務室から出たとき、小野寺と会った。真名瀬は小野寺について危機管理室に入った。

真名瀬はシューリンとの話を出所を隠しながら話した。小野寺は時折り頷きながら聞いている。

「突飛すぎる話だな。政治家は誰も信じないだろう。彼らは現状とデータで考えない。先入観から抜け出ることができない。常に選挙と大衆が先に立つ」

「話を聞いたときには疑問を感じました。しかし、考えると根拠のない話でもありません」

「今どき、核ミサイルの使用を本気で考えるなど現実離れしている。老人たちのノスタルジーだ」

老人たち――。小野寺の言葉には栗原たちも含まれるのか。その核爆弾装置を栗原たちから奪ったのは小野寺たちなのではないのか。

「このまま放っておける話でもないと思います」

「この話は他言無用だ。外部に漏れると収拾がつかなくなる。中国側をさらに刺激し、局地戦の誘発も起こしかねない。私からも確認を取ってみるが、進展があれば直ちに知らせてくれ。私だけに直接」

真名瀬は頷かざるを得なかった。やはり小野寺は真名瀬が総理と会ったことを知っている。新ヤマトの存在は、絶対に彼に知られてはならない。

官邸を出てもそのまま防衛省に戻る気がしなかった。

核爆弾、シューリン、尖閣諸島に集結する日中の艦船、そして森島の顔が真名瀬の脳裏に現れては消えていく。地下鉄に向かって歩き始めたとき、軽い目眩がして立ち止まった。肩を叩かれて我に返った。

「偶然とは怖いものだな。俺も官邸に用があった」

振り向くと、杉山が立っている。

「これは偶然とは言いません。僕も杉山さんも官邸には結構来ています。もともと高い確率です」

「理屈を言うな。死神を見たような顔をしてるぞ。時間はあるか」

二人はしばらく歩いて、地下鉄の駅近くの喫茶店に入った。

「官邸に何の用だ。俺に言えないことは承知の上で聞いている」

「小野寺さんに呼ばれてきました。中国関係の新情報を伝えに」

「それにしてはひどい顔をしている。もっと何かがあったのだろう」

「核爆弾の話です。日本は核武装すべきだと」

「冗談だろ。そんなこと小野寺に言うと即刻クビだぞ。表社会から抹殺される」

杉山は持っていたコーヒーカップをテーブルに置いた。そして身体を寄せてくる。

「核武装すべきか。実は俺もそう思っている。最近の中国の内情を知るにつけ、思い始めた。それと今回の一連のドタバタ劇に参加してだ。力には力を。これは中国の兵法書にあるのか」

「孫子の兵法ですか。詳しくは知りません」

「嘘を言え。防衛省に入るキャリアなら、古今東西の兵法書は、読破しているだろ」

「ここひと月あまりの出来事で、抑止力は必要だと思えてきました。相手は最後の切り札を握っています。

いくら緒戦にやぶれても、最後のコマを握っている限り、強気で攻めて来ます。そのコマをちらつかせて」

杉山がさらに真名瀬に身体を寄せ、声を低くした。

「ずい分柔軟になったんだな。おまえ、被爆三世なんだろ。俺はおまえだけは最後まで反対すると思っていた。何がおまえを日本核武装に行き着かせた」

「最終結論じゃありません。そういうことも考えられるということです」

「何があった。おまえの考えをそこまで変えさせるとは。なぜ核爆弾を造りたくなった」

「造りたがっているのではありません。状況を考えればということです。亡くならなくていい者まで亡くなってしまった。彼らが護ろうとしたのは何だったのか。その方法はベストだったのか考えました」

真名瀬は新ヤマトの存在を話した。それに続く自分の考えを。しゃべりながら、いつの間にか杉山を信頼している自分に驚いていた。杉山はコーヒーカップを睨むように見ながら聞いている。

「そんなこと、誰にも言うんじゃないぞ。マスコミに漏れると袋叩きだ。省内でもだ。おまえは防衛省を追われ、将来を断たれるぞ」

杉山が真名瀬を見つめている。しばらくして、やっと口を開いた。

「やはり信じられないね。歴史を尊ぶことは必要だ。何が起こり、どうなったか。その上でより良い未来を語ることができる」

「歴史を尊ぶより、未来を壊したくないから考えているんです」

杉山が一瞬間を置き、抑止力か、と低く言う。

「そうかもしれませんが、求められているのはもっと直接的な力のような気がしています」

「おまえがやろうとしていることが外部に漏れれば政権が潰れる。防衛省の解体も考えたか。国内ばかりじゃない。世界からもそっぽを向かれる。政権どころか日本が危機にさらされる。ただし漏れなければ、絶大な効果を発揮する」

「漏れない秘密はありません。いつか世に晒され、大きな損失を出します。そのためのマスコミでしょう」

「だったらやめろ。やるなら絶対に漏らすな。闇に葬り去れ」

杉山の顔は今までになく真剣だ。

「戦争と核爆弾のリスクを考えました。僕はなんとしても戦争を防ぎたい」

「違いないが、やはり納得がいかないね。その根本部分が」

「たしかに、僕は被爆三世です。僕の祖母が広島で原爆にあいました。母もそのために苦しみ、苦労したと聞いています。だから、僕は核爆弾は世界から消し去るべきだと信じてきました。今もその考えは変わりません。だが戦争は絶対に避けなければならない。戦争さえなければ、核爆弾も必要ない。僕が防衛省に入ったのも、そのことが無意識のうちにあったのかもしれません」

杉山が真名瀬から身体を遠ざけて、見つめている。真名瀬はさらに続けた。

「中国は日本を挑発しています。挑発が続くといつかは小競り合いが起こり、全面戦争へと発展します」

「堤防に空いた小穴は放っておくとすぐに大きさを広げ、堤防が崩れる。直ちに修復が必要というわけか」

「戦争なんてしない方がいいことは、幼稚園児でも分かる。戦争が起こると、人を殺したり、傷つけたり、町を含めてすべてが破壊される。いいはずがない。そんなことは誰しも分かっている。誰が好き好んで戦争に近づくような法律を作ったり、爆弾を造ったりしますか」

真名瀬は気分を鎮めるように軽く息を吐いた。

杉山が意外そうな顔で真名瀬を見ている。感情を露わにした真名瀬を見るのは初めてなのだろう。

「有史以来、人類は常に殺し合っている。人類の歴史は戦争の歴史だと言ってもいい。その規模はますます大きくなり、悲惨になっていった。日本の戦国時代、ナポレオン戦争、南北戦争、第一次、第二次世界大戦。そしてベトナム戦争、湾岸戦争へと続いています。世界は戦争に明け暮れてきました。歴史は戦争とともにある。現在も世界各地で小規模な小競り合いが続いている」

戦争だけは防ぎたい。真名瀬は繰り返した。

「まさか総理にそれを言ったのか」

杉山の声が突然大きくなった。真名瀬は頷く。

「何と言っていた。答えは分かっているが」

「話す以前の問題でした。ルールを守るように言われました」

「直訴はルール違反だと言うことか。あの男の言いそうなことだ。最悪の事態を描いて、そこに自分がいないようにする。これで、おまえの将来も断たれたということか。おまえには偉くなってほしかったんだが」

杉山が大げさにため息をついて、真名瀬の肩を叩いて立ち上がった。

「これは聞かなかったことにする。おまえ、柴山由香里をもっと大切にしろ。彼女、かなり追い詰められている。社の期待が大きすぎることもあるが、彼女が自分自身に求めるものが大きいこともある。もっと気楽に生きることも重要だ。力になれるのはおまえだけだ」

「僕は無力です。つくづく思い知らされました」

「彼女は防衛省のトップの娘だぞ。何か頼むこともあるだろう。彼女はおまえを助けたいんだ。俺にはその気持ちがありありと分かる」

杉山が真名瀬に向かって右手を軽く上げ、店を出て行く。

真名瀬が店を出ようとしたところでスマホが鳴った。鳥羽からだ。


真名瀬が防衛省に戻ると、部屋の前には所在なげに立つ鳥羽の姿がある。真名瀬に会えて、ホッとした表情をした。

「部屋にカギをかけるということが、どれだけ仕事の効率を下げるか分かりましたよ」

真名瀬について部屋に入りながら言う。

「二つ質問があります。一つは、あの核爆弾のことです。本当にあれですべてが終わったのですか。舘山さんも行方不明です。栗原さんたちも、このまま忘れられていく存在なのですか。もう一つは僕自身のことです。これで臨時の仕事は、終わったと理解していいんですか。僕はそうは思わないんですが、真名瀬さんを含めて上の考えが分かりません。もし、このまま収束であれば、元の部署に戻してください」

鳥羽が遠慮がちに続けた。

「チームはすでに解散して、みんな元の部署に戻っています」

「もうしばらく、私と一緒にいてくれないか。小野寺さんは何も言ってはいないんだろ」

「僕はすでに忘れられた存在なんですかね」

「あの人のことだ。危険な人物は自分の手元に置いておきたいんだ。きみは既に知りすぎている」

「僕は防衛省の人間です。秘密に囲まれて仕事をしてきました。これからもこの仕事を続けたいと思っています。秘密は守ります。何も恐れることはありませんよ。ただ、早くドイツに行きたい」

「核爆弾についてだが、あのままではただの金属の塊だった。爆弾ですらない」

「だったら放っておけばよかった。でも、我々は必死にあとを追い、見つけ出して破壊しました。これって、かなりの無駄、矛盾じゃありませんか」

「無駄じゃない。経験として我々の中に残った。あれはただの金属の入れ物だが、少しのことで日本の姿を大きく変えるものになる。我々の知恵と経験の産物、本物の核爆弾だ。ただ残念なのは――」

真名瀬は深く息を吸い込んだ。

「それを知るのが我々だけだということだ」

「真名瀬さん、あなたはいったい何を考えているんです」

鳥羽は真剣な表情で真名瀬を見つめている。

「もう少し待ってほしい。いずれ、すべてを話して協力を頼むことになる」

「だったら、今話して下さい。その方が効率的だ。僕だって迷うことなく手伝える」

真名瀬の脳裏にシューリンの言葉が浮かぶ。小野寺と総理の顔がその言葉に交錯する。杉山の言葉は正しい。もし鳥羽が知れば、失敗した場合、彼の将来は閉ざされてしまう。

「分かりました。真名瀬さんが待てと言うなら、それなりの理由があると思います。時が来れば必ず話してください。僕も新しい道に踏み出せない。とりあえず僕は舘山さんの捜索に全力を尽くします」

鳥羽は真名瀬に一礼すると部屋を出ていった。

6

その日の夜、真名瀬は由香里と会った。

由香里から食事の誘いがあったのだ。二人は銀座で落ち合い、イタリアンレストランに入った。

「この店、覚えてるでしょ」

真名瀬は辺りを見回した。黙っている真名瀬に由香里が言った。

「あなたがアメリカ留学に出発する前の日、食事をしたレストラン。あなたが誘ったのよ、森島さんから教えてもらったって」

森島の名を聞いて動揺した。彼の死からひと月もたっていないのに、ひどく懐かしい気がした。まだ彼のために何ひとつできていない。

由香里が真名瀬の思いを察してか、慰めるように言う。

「大丈夫。紀子さんとは時々会ってるから」

「強くなったと聞いてほっとしている。おなかの赤ちゃんは――」

「あなた、人の心を考えたことがあるの。彼女、強くなった。子供の存在が彼女を助けてる。一人じゃないんだって。でも、フィアンセが死んだのよ。赤ちゃんのことも知らないで、何の言葉も残さないで。近いうちに、あなたも会うって言ってたでしょ。森島さんの両親にだって――」

真名瀬は答えることができなかった。ただ無言で、由香里の押し殺した声を聞いていた。

「はっきり言ってよ」

突然、由香里が背筋を伸ばして声を出した。周りの客が驚いた表情で二人を見ている。

「杉山さんから言われた。あなたの助けになってやれって。父に会う必要があるんでしょ。公式の場じゃなくて個人的に」

「きみを使いたくない。きみは防衛大臣の娘以上に、僕の大切な人だ」

「でも会わなきゃならないんでしょ。杉山さんは理由は聞くなって」

真名瀬は答えられなかった。由香里の思いは十分に感じることができる。

「私は信じてる。あなたのやろうとしていることは、意味のあることなんでしょ。森島さんに誓って」

真名瀬は頷いた。口を開くと涙がこぼれそうだった。

食事のあと、二人は日比谷に出た。

由香里が少し歩きたいと言ったのだ。彼女はかなり疲れている。二十代の女性にとっては肉体的、精神的にもハードな仕事だ。永田町に近づくにつれて人が多くなってくる。デモ隊の声が聞こえてきた。横を走る若者に押され、由香里がよろめいた。真名瀬は由香里の腕をつかんで身体を支えた。目の前をデモ隊が通りすぎていく。

「東京サミット反対。サミットを阻止しろ」「核兵器反対、世界に平和を」

シュプレヒコールが二人を取り囲み、別の世界へ連れ去ろうとする。

由香里が真名瀬の腕を強くつかんだ。

「なんだか怖いわ。よくないことが起こりそうな気がする」

「きみまで勘を信じるのか。記事は勘では書かないだろ」

「そんな言い方しないでよ。調べて自分の足で体験する。人の話を聞く。その上で自分の信じる真実を記事に書き上げ、新聞に載せる」

由香里が淀みなく言う。何度か聞いた言葉だ。いつの間にか二人はデモ隊に逆らうように反対方向に歩いていた。

「東京サミットは荒れそうね。国内は今からこの調子だし、本番ではイスラム過激派のテロまで噂に上っている。主要国のトップが集まるんだもの。何かあったら最悪。当分帰れない日が続きそう」

由香里がつかんでいた真名瀬の腕をそっと離した。


次の日曜日、真名瀬は由香里に呼び出されて、由香里の実家近くの公園に行った。中央に大きな池があって、その周りを遊歩道が取り囲んでいる。学生時代に家庭教師の帰り、一人でよく歩いた。由香里とも何度か散歩したことがある。

通りの向こうから、ハルを連れた柴山と由香里が歩いてくる。ハルは柴山家の飼い犬の柴犬だ。真名瀬が家庭教師をしていた頃は子犬だったが、今は老いた。

SPはいない。これは由香里の配慮なのだろう。柴山が真名瀬に気付いて近づいてくる。

「珍しく由香里が帰って来ていた。私を散歩に連れ出したのはこのためか」

「申し訳ありません。私は――」

「謝る必要なんてない。日本の体制が悪いのよ。下の意見がトップに直接伝わるなんてまずない。政府も企業も同じ」

由香里が強い口調で言う。

「真名瀬君の意見ならいつでも聞く」

「それは、本人と私の前だから言ってるだけでしょ」

「開かれた政府だ。常に門は開いている」

「口先だけなら何とでも言える。実際は門さえ見えない。あるのは延々と続く分厚い鉄の壁よ」

「重要な話なんだろうね」

柴山が真名瀬に向き直った。

「内密に願いたいことです」

「小野寺君にもということか」

「そうでなければ、わざわざお呼び立てすることはありません」

「となると、ますます聞きたいね。純粋な興味からだが」

柴山がベンチに腰かけ、隣りに座るよう真名瀬に言った。真名瀬も座り、由香里を見上げた。

「私がいると話せないことなのね。今日は記者として同行しているわけでもないんだけど」

由香里は不満そうだが、ハルを連れて池の方に歩いて行く。真名瀬は後ろ姿を見ながら口を開いた。

「核武装についてどう思いますか。日本核武装です」

柴山が軽く目を閉じた。半ば予測していた言葉のように動揺はない。

「驚かないんですか」

「驚いてるよ。私は防衛大臣だ。こんな重要な話に取り乱しては、国民に対して申し訳が立たないだろう」

「日中問題、さらには北朝鮮問題で、日本が置かれている立場、さらに現在のアメリカの動向に抗するためには、一つの選択肢にはなりえませんか」

「その前に日本がひっくり返る。国内はもとより、諸外国、特に中韓の反応は尋常ではないだろう。アジアの友好国すら敵に回す。国連でも日本は吊るしあげられる。だからこそ、秘密裏に消し去った――」

柴山が言葉を切り、真名瀬を見つめた。

「まさか、あの核爆弾がまだ存在しているのではないだろうな」

「小野寺さんの報告の通りです」

真名瀬は小野寺がどう言ったかは知らないが、柴山は核爆弾が消滅したと信じている。

「きみは広島出身だったね。小学生時に関東に出てきたようだが」

柴山が真名瀬に問いかける。職員から報告されているのだろう。

「祖母が被爆者です」

「核には特別な思いを持っているのではないかね」

「私は防衛省の分析官です。日本の防衛を第一に考えています。そのために核が必要なら、そう提言します」

「本当にそう思うのか」

「中国の侵攻を食い止めるには核抑止力も有効かと。いえ、それでなければ戦争は防げません」

柴山は無言で考え込んでいる。やがて呟くような声を出した。

「驚いたね。きみがそこまで――」

「東シナ海は非常に危険な状況です。一度は一人の自衛官が命をかけて防ぎましたが、偶発的なトラブルから全面戦争に発展する可能性があります。それを抑止するには、核しかないと判断しました」

「その核爆弾は破壊されたと小野寺君から報告を受けている」

真名瀬はハルを連れて池を覗き込む由香里に目を移した。

柴山と知り合ってから七年近くになる。柴山は政治家として、人間として信頼に足ると判断した。

真名瀬は今までの経過を柴山に話した。栗原、大貫、核爆弾が消え、それを破壊した話。柴山がどこまで小野寺から報告を受けているかは分からなかった。だが、真名瀬は目の前の男を信じることに決めたのだ。

「さらなる核爆弾が日本にあるとすれば――」

「それは栗原たちが造ったものかね。小野寺君たちが持ち去ったと思っていたが。話の様子からすると、それをきみたちが破壊したようだな」

柴山が落ち着いた声で言う。

「小野寺さんたちが持ち去ったことを、知っていたのですか」

「詳しくは知らない。報告は前の通りだ。だが小野寺君があのまま破壊するとは思えなかった」

「それを知っていながらなぜ見逃したのです」

「どう使うか知りたかった。小野寺君が国を想う心に偽りはない。国にとって愚かな使い方はしないだろうと信じてもいる」

「危険な賭けです。もし、あのまま突っ走っていけば――」

「プルトニウムと高濃縮ウランさえ押さえておけば、単なる精密機器だ。それも使い道のない。核爆弾製造計画の話が出た時から、公安を通して核物質を保有する各研究所、施設に対して特別警戒を指示している」

さらに、と柴山が続ける。

「アメリカから持ち込まれた研究用のプルトニウムが話題に上るが、厳重に保管されているし、IAEAの査察官も特別厳重に調べている。持ち出しは不可能だ」

異論はあったが、真名瀬は反論しなかった。

「海外からの調達という方法が残っています。ソ連崩壊時に核弾頭のいくつか、兵器級核物質が世界のテロリストグループの手に渡ったという報告もあります。近年でも核軍縮のたびに解体と称して横流しされる核爆弾、核物質があるとも聞きます」

「問題は解体された核爆弾から回収された核物質の管理だ。ロシアやウクライナの現実を考えると、うまくいっているとは思えない。IAEAの査察団の目を逃れることは十分に可能だ」

柴山の口調は淡々としている。

真名瀬はアメリカ留学中に見た、解体された核弾頭を思い浮かべた。取り出された核物質は厳重に管理されているはずだが、その確証はない。イスラエルに渡らない保証はあるかと案内の科学者に聞くと、彼女の上司が飛んで来てあり得ないと強調した。

「日本への核物質の持ち込みは極めて難しい。旅行者の手荷物としては、まず不可能に使い。貨物も放射性物質に対しては極めて厳重だ」

真名瀬は頷かざるを得なかった。

「私はどのような理由があれ、日本が核保有国になることには反対だ。この思いは変わらない」

「大臣の小野寺さんへの信頼は厚いと――」

「彼は有能な防衛官僚だ。総理の信頼も特別厚い。今度の核爆弾騒ぎも、彼がうまく抑えたと思っている。今日のきみの話は黙っておこう」

真名瀬に反論の言葉はなかった。

「何か動きがあれば知らせてほしい。由香里を通さず、直接私にだ。プライベートの私の携帯電話の番号は知ってるね。昔と変わっていない」

真名瀬は頷いた。由香里の家庭教師時代に秘書から教えられていた。実際にかけたことはない。

柴山は顔を上げて手を振った。視線の先には、ハルを連れた由香里がいる。

由香里は父親が手を振っているのに、まだ気付いてはいない。ハルが覗き込んでいる草むらを一緒に見ている。子供の声が聞こえ、目の前を寄り添った老夫婦が歩いていく。ありふれた休日の一場面だ。

真名瀬は思わず横を向いた。涙がこぼれそうになった。この光景が途切れることがあってはならない。真名瀬は強く思った。

父親の視線に気づいた由香里が手を振っている。久しぶりに見る彼女の穏やかな表情だ。

「日本はどのようなことがあっても、核爆弾を持つことはない。そんな動きがあれば、私は断固阻止する」

強い意志が込められた柴山の言葉を聞いた。

7

翌日、真名瀬は柴山防衛大臣に会ったことを告げるために杉山を訪ねた。

いつもの新聞社近くの喫茶店に行き、椅子に座ると杉山が身を乗り出してくる。

「大臣と会って、彼の核爆弾についての考えを聞くことができました」

真名瀬は柴山との会話について話した。杉山が頷きながら聞いている。

「大体は俺の想像通りだ。防衛省内も一枚岩ではないということだ。官邸もそうだろう。まったく、誰が何を考えているか分からない時代だ」

「栗原さんたちも第二のヤマトを本気で造る気だったんでしょうかね」

「いずれにしても、最後のカギを握るのは舘山ということか。いよいよ、死ぬ気で探した方がいいかもな」

「家には行きましたか」

「カギがかかってる。郵便物と新聞も溜まっていない。誰かが取ってるんだろうな。隣りの家の者にも聞いたが、知らないそうだ。父親と娘がいないと知って、驚いていた」

「意識の戻った舘山さんが、家族との面会を望んだ。だから二人は舘山さんの所に連れて行かれた」

「俺もそう思って病院関係者に聞いて回ったが、手掛かりゼロだ。こういうのを神隠しって言うんだろうな」

「意識が戻っても、長期入院した後です。舘山さんはかなり体力が落ちているはずです。それに覚醒に使った薬のために心臓も弱っていると聞いています。自力で歩けるとは思えません。医者も必要です。とすると、移動は限られます」

杉山が考え込んでいる。

「まだあの病院にいるはずです。他に移すと言っても適当な場所は思い付きません」

「確かにそうだな。大きな病院だ。名前さえ変えればうまく隠せる」

杉山が立ち上がった。

「もう一度当たってみる。おまえも、おまえのルートで調べてくれ。情報は共有だぞ。俺が良識あるジャーナリストであることは分かったはずだ」

杉山は伝票を取って歩き始めている。


真名瀬は防衛省に戻った。

総務に行って舘山のことを聞いたが、いぜん入院中とだけしか知らないようだ。やはり、秘密裏に移動させられているのだろう。

杉山から電話があったのは昼をすぎてからだった。

〈警察病院だ。彼は家族と特別室にいる〉

「すぐ、行きます」

答えたときには電話は切れていた。

真名瀬は防衛省を出てタクシーに乗った。

杉山が病院待合室の最後尾の椅子に座っている。頭を心持ち下げ、前方を向いていた。近づくと目を閉じ、かすかな寝息が聞こえる。

真名瀬が前に立っていると目を開けた。

「寝てたんじゃないぞ。目を閉じてただけだ」

そう言いながら手の甲で涎を拭っている。

「もう一度、病院関係者に会ってみた。問い詰めると、特別室に誰かいるという。おそらく舘山一家だ」

「特別室ってあるんですか。病院案内を調べましたが載っていません」

「最上階だ。院長室のある階の一番端だ。政財界の要人が秘密に入院するときに使う。金があれば入れるというわけじゃない」

歩き始めた真名瀬の腕を杉山がつかむ。

「行かないんですか」

「俺たちが突然行って、入れる部屋じゃない。下手に近づくとマークされる。他に移されたら終わりだ」

杉山が真名瀬を食堂に連れて行く。

ナプキンに病院の見取り図を書き始めた。

「最上階の右の突きあたりが特別室だ。中は三室ある。バス、トイレ、キッチン、応接室付きだ。一番奥が病室だ。別の部屋にはデスクが置かれ通常の仕事ができる。家族や関係者が泊まることもできる。一流ホテルのスイートなみだ。裏にはかなりの大物がいるんだろうな」

「舘山さんと娘さんと父親は、そこにいるんですか」

「舘山の看病のために連れてこられたと思ってるだろう。おそらく、最初の部屋に見張りの警官がいる」

「じゃ、どうやって奥の病室まで入るんですか」

「それを考えてる。おまえも考えろ。いい方法は浮かばないのか」

真名瀬は舘山の娘、明美の番号を押した。現在、電源が入っていない……と機械音が聞こえてくるだけだ。

「とりあえず行くしかないな。院長に用があることにでもするか」

杉山が立ち上がった。

エレベーターの前に立っているとドアが開き、三人の白衣の男がストレッチャーを押して出てくる。ドクターのネームプレートを付けたマスクの男が、救急搬送の出入口を指して指示を与えている。

すれ違ったドクターを見たことがある。病院には何度か来ているので、どこかで会ったのかもしれない。

二人はエレベーターに乗って、九階まで上った。フロアはひっそりとしている。廊下には警察関係者の姿は見えない。

「見張りは中だ。特別室は公表されていない。ものものしい警備はかえって不自然だろう」

ドアの前に立った杉山が隙間を覗いている。

「カギがかかっていない」

杉山がドアを開けて中に入った。

二人のスーツ姿の男がソファーに座っているが、眠っているようだ。テーブルの上には空のコーヒーカップが二つ置かれている。首筋に手をあてると脈動を感じる。気を失っているのだろう。

杉山がそのまま進んで、奥のドアを開ける。

ソファーにはぐったりした明美と老人が座っていた。二人の肩を揺すったが反応はない。顔色も普通で呼吸は穏やかだ。やはり眠っているのだろう。テーブルにはやはり飲みかけのコーヒーカップがある。

さらに奥の部屋に進んだ。数本の点滴スタンドに囲まれたベッドがあるが、誰もいない。舘山が消えてしまったのだ。その時、真名瀬は思い出した。

「エレベーターから降りてきたマスクの男は遠山だ。あの目には見覚えがある。彼が舘山さんを連れ去った」

真名瀬は部屋を飛び出しながら言った。杉山が後を追う。

「クソッ、見失った」

一階でエレベーターを降りた杉山が正面入り口に目をやった後、吐き捨てるように言う。

「ストレッチャーだ。舘山さんはストレッチャーで運ばれていました。救急搬送口だ。そこから舘山さんを連れ出す気です」

二人は救急搬送口に向かって走った。患者と看護師たちが驚いた顔で見ている。

救急搬送口には誰もいない。

「どこに行ったか心当たりはあるか。俺はゼロだ」

そのとき真名瀬たちの前にグレーのSUVが滑り込んできた。

「乗れ、急げ」

運転席から顔を覗かせた秋元曹長が怒鳴る。助手席には栗原の部下が乗っていた。真名瀬と杉山が乗り込むと、SUVはタイヤ音を響かせて発進した。

「遠山と彼の部下たちが舘山を病院から連れ出した」

「俺たちも病院を見張っていた。黒いバンに舘山さんが乗せられたと思ったら、あんたらが出て来た」

曹長がハンドルにしがみ付くようにして運転している。腕力ほど運転には自信がなさそうだった。

「バンは右折した。そのまままっすぐ走っててくれよな」

曹長が呟き、やがて前方に黒いバンが見え始めた。

「あの車の前に回り込め」

「馬鹿野郎。こんなところで騒ぎを起こす気か。警察が出てくると、こっちもヤバいんだ」

杉山の指示に、曹長が冷静に返した。

真名瀬たちの乗ったSUVは、黒いバンを見失わないように慎重に後ろを走っていく。

三十分ほど走って、黒いバンはビルの前に止まった。舘山が担がれるように降ろされ、ビルの中に入って行く。

「どうする。なんだかヤバい気がする」

「舘山さんを連れて帰る。栗原統合幕僚長の指示だ」

曹長が強く言った。

「警備なんてしてないぞ。勝手に入って連れて行けという感じだ。何かヤバい」

「核爆弾装置が破壊されてデータは必要なくなったはずだ。だったら、なぜ病院から連れ出した」

「新しい計画があるのか。それとも、もう用済みになって――」

十分ほどして遠山たちが出て来て、一人の男を残してバンは走り去って行った。

曹長がSUVを降りて、しばらくして戻って来た。

「行くぞ。舘山さんがいる部屋が分かった」

曹長がデイパックからスタンガンと拳銃を出して上着のポケットに入れた。杉山が横目で見ているが何も言わない。

曹長を先頭にして階段を上った。三階に出たところで部屋のドアが開き、男が出てくる。

曹長が素早く近づいて男の首にスタンガンを押しつけ、気を失わせた。男を抱きかかえるようにして部屋に入る。真名瀬も続いた。

部屋の中にはベッドが置かれ、舘山が座っていた。表情はない。声が出せないのか。

テーブルの上にはパソコンがある。防衛省の舘山の部屋から消えたパソコンだ。

曹長は気を失っている男を床に寝かせ、舘山を立たせた。

真名瀬はパソコンを抱えると、曹長の反対側から舘山の身体を支えた。舘山は倒れそうになりながらも必死に歩こうとしている。意識はあるのだ。

「階段でも大丈夫ですか」

真名瀬の言葉に頷いたが、かなり苦しそうだ。

曹長を先頭に真名瀬と杉山の二人で舘山を支えて階段を下りた。ビルの外に出たところで栗原の部下が運転するSUVが滑り込んでくる。舘山を後部座席に押し込むと車は走り出した。

「どこに行く」

「栗原統合幕僚長の知り合いの病院だ」

電話していた曹長が言う。確かに顔色は悪く、呼吸も浅く荒い。

三十分ほど走って車は病院の駐車場に入った。

舘山は直ちに病室に移された。

舘山はベッドでぐったりしている。

「どうした。何か不満があるのか」

曹長が、舘山を見つめて考え込んでいる真名瀬に言った。

「あまりに簡単すぎたとは思わないか。病院では二十四時間警察官の見張りを置いていた。それが見張りを簡単に倒し、舘山さんを連れ出して、パソコンまで手に入った」

「できるだけ早く栗原統合幕僚長のところへ連れて行く。そう指示されている」

ベッドに横たわっていた舘山が目を開き、しばらく何かを探すように視線を泳がせている。

「明美と父は？　二人は無事なのか。何をした。警察官も倒れていた」

言いながら、舘山は起きようともがいた。真名瀬は慌てて肩をつかんで寝かせようとした。

「全員、無事です。薬を飲まされたのか、眠っているだけです。警官も同じです」

舘山の顔にホッとした表情が現われ、全身から力が抜けていく。再びベッドに横になり、真名瀬の顔を見つめてくる。

「私は真名瀬です。あなたの後に配属された防衛省防衛政策局の分析官です」

「私の後に？」

「あなたは事故で昏睡状態でした。覚えていますか」

舘山は答えない。

「与えられた仕事は、あなたがやっていたことを調べること。核爆弾の開発を行なっていましたね」

「開発というほどのものじゃない。日本が核兵器を造るための正確なシミュレーションと聞いています。日本が核爆弾を造る日のために。どのようにやるか。何日かかるか」

「栗原さんの指示ですか」

「そうです。もっと上の人からの指示だとも聞いています」

顔がわずかだが引きつった。言ってはならないことだったのだろう。

杉山が真名瀬を押し退けるようにして前に出てきた。

「もっと上と言うと、次官か防衛大臣。それとも防衛省の外か」

「あるいは、高柳を筆頭とする政治グループですか」

真名瀬が選択肢を広げるが、舘山は答えようとはしない。

「あんた、少し考えて本当のことを言った方が楽だぜ」

舘山が杉山に視線を向ける。真名瀬は杉山の腕を引いて背後に下がらせた。

「我々は味方です。あなたの言ったことは外には漏れません」

「これは公にはできないから、秘密裏に動くようにと、栗原元統合幕僚長が」

「ヤマトとは何の名前ですか」

「作戦名です。オペレーション・ヤマト。日本核武装計画です。日本も中国、アメリカ、ロシアと対等に渡り合える。栗原元統合幕僚長の悲願です。自衛隊をもっと陽のあたる場所に導くと約束しました」

舘山は一気に言うと荒い息を吐いた。ひと月以上も意識が戻らなかったのだ。体調は回復していない。

「あなたは栗原元統合幕僚長の命を受けて、核爆弾の開発に力を貸した。それに間違いはありませんね」

真名瀬は畳み掛けて聞いた。舘山は必死に思い出そうとしている様子だったが、やがてゆっくりと頷いた。

「栗原元統合幕僚長に一枚の設計図を渡されて、これを造ることができる日本企業を探すように頼まれました。大企業ではなく、中小企業に当たるようにと。日本企業の総力を挙げたプロジェクトにしたいと言われていました」

　舘山は何かを思い出すように目を閉じた。

「あなたは技本の研究技官としての経験を生かし、全国の中小企業を回った。相手には何を造っているかを悟られることなく、すべての部品を集めることができた」

「やはり日本は物作りに徹するべきだと思いました。日本の中小企業の能力は素晴らしい。名もない下町の工場で世界最先端の技術力が必要な製品ができ上がる。誇るべきことだとは思いませんか」

「思います。ただ、その力をもっと他の部分で発揮してほしかった」

　真名瀬の偽らざる気持ちだった。

「核爆弾の爆縮装置とシミュレーションデータの詳細だけを別にしたのはどうしてですか」

　舘山の息遣いはさらに荒くなり、膝の上の手は細かく震えている。

「あなたは、栗原さんたちに一抹の不安を抱いていたのではないですか」

　舘山が顔を上げる。

「このまま核爆弾装置のすべてを彼らに渡していいものか。彼らがもし、濃縮ウランかあるいはプルトニウムを手に入れて装置に装填したら、使用可能な核爆弾ができてしまう。不安と疑惑が生まれた。人類を滅ぼしかねない爆弾の製造に自分が力を貸したとなると耐えられない。それは日々増していった。だが、部品は次々と運び込まれて組み立てられていく。そういう時、あなたは今までの資料を持って来るように栗原さんから呼び出しを受けた」

　真名瀬の言葉に、舘山が苦しそうに顔をゆがめる。

「核となる爆縮装置の部分をレポートから削り参考資料に変えた」

　そうでしょうという顔で真名瀬は舘山を見つめた。舘山の口はいぜん閉じられたままだ。何度も苦しそうに息を吐いていたが、やがて腹を決めたように真名瀬に目を向けて、話し始めた。

「核爆弾のハードとソフトの部分とを分けました。もしものことを考えたからです。二つがそろわなければ、核爆弾を完成させることはできません。そして、最後はプルトニウムの入手です」

舘山は深い息を吐いた。時折り手の震えを抑えるように両手のひらをこすり合わせている。

「ハードの部分はレポートにまとめ、栗原さんと大貫さんに説明していました。日本の高レベルの技術を持つ中小企業にヤマトコーポレーションを通して各部のパーツに分けて発注、東洋重工の子会社の東洋原子力に集めて組み立てました。さほど難しいことではありません。こうしてヤマトが造られました」

舘山はそのヤマトが破壊されたことはまだ知らない。

「ソフトの部分はパソコンに入っています。ハードが完成した後でも間に合うものです」

「パソコンのパスワードが分かりません」

「そうでした。最終的なレポートとソフトを届けに行く途中で、私は事故に遭いました。あのとき――」

舘山の言葉が途絶え、激しくせき込み始めた。額には大粒の汗が滲んでいる。左手で胸を押さえている。

「パスワードを教えてください」

真名瀬は繰り返し言った。舘山は顔を上げて真名瀬を見つめた。その目はまだ完全には信用していない。

「娘と父は無事なのですか」

「大丈夫です。眠っているだけでした。手荒なことはされていません」

「私を襲ったのは政府ですか」

真名瀬には答えることができなかった。自分も政府の人間だ。

「たとえ政府が私を殺そうとしても憎みはしません。私は襲われて当然のことをしたと思っています。でも私の娘と父には何の関係もありません」

「なぜ、あなたは協力したのです。技本にいれば核兵器の恐ろしさは十分に分かっているはずです」

舘山は一瞬、目を伏せた。すぐに視線を上げ、遠い記憶をなぞるように話し始めた。

「私の妻は三年前に死にました。拡張型心筋症・拡張相肥大型心筋症で、重症心不全を繰り返していました。

心臓移植しか生き残る手段はありませんでした。日本では移植の可能性がほぼゼロだと分かった段階で、アメリカでの移植を模索しました。そのために金が必要でした。そんなときに大貫さんに栗原さんを紹介されました」

「舘山さんの奥さんは――」

「手術のためアメリカに発つ一週間前に亡くなりました。もう少し早く連れて行くことができれば――」

「この仕事を引き受けたのは金のためですか」

「そればかりではありません。栗原元統合幕僚長は私の上司でもありました。この人のためなら、という思いもありました」

舘山が何かを探すように視線を宙にさまよわせた。真名瀬は持ってきたパソコンを立ち上げて舘山に向けた。

「レポートと図面に足りないものが、ここに入っているのですね」

「添付資料には爆縮装置の詳細と共に、起爆のタイミング、圧縮火薬の量などのデータがついています。核爆弾というのは微妙なものです。実際に核爆発を起こして得られるデータが不可欠なのです。濃縮ウランやプルトニウムの品質と量によって、有効な起爆設定があります。それがなければ、有効爆発規模の何分の一、何十分の一しか核分裂は起こりません。最悪の場合、爆発すら起こらず核物質を辺りにまき散らすだけで終わってしまいます」

舘山が低い声で続ける。

「核爆弾は怖い。ダーティボム。汚れた爆弾。それでも、日本は核保有国となる」

そう言うと、舘山は激しくせき込みながらも、指をキーボードに置いた。


翌日、真名瀬は小野寺に呼ばれた。

舘山のことかと思っていたら、来週から始まる東京サミットの警備に関する防衛省の役割についてだった。

通常、サミットの準備は一年以上かけて行なわれる。世界が直面している課題を先進八か国が協議するばかりではなく、各国の威信を世界に向けて発信するイベントでもあるからだ。今回はその準備が万全だとはいえなかった。間近になって世界情勢が目まぐるしく変わっていったからだ。それに乗ずるように、国内外の様々な組織や団体がサミット反対を掲げる声明を出し行動を起こしている。

「過激派、平和団体、テロリスト。国内、海外、右翼、左翼の集団が入り乱れている。大荒れのサミットになりそうだ」

「防衛省の役割は決まりましたか。自衛隊は表には出られませんね」

「警察の背後に控える。警察の手に余る事態になれば出動する」

警察の手に余る事態とは、銃器を持ったテロリストのテロだ。自爆テロや毒ガス攻撃まで想定している。

「様々な情報が入っている。テロリストにとっては日本は狙いやすい国だ。ビッグターゲットも来る」

「ハシェット大統領ですか、その他の国家元首を狙う動きもあるのですか」

「いくつか情報はあるが、警察の領域だ。我々はあくまで二番手だ。警察の手に負えないときに出動する」

「裏方に徹するということですね」

今回はそこまで考えなければならないか。

小野寺が露骨に顔をしかめた。

「核軍縮会議やサミットなど、茶番にすぎない。自らを先進国などと呼ぶ、おごれる国家の気安めだ」

小野寺が眉間を指で揉む。精力的な男だと思う。このひと月あまりの激務は並の者では耐えられない。

「過去にはこの会議で世界は多くの危機を乗り越えてきました」

「国連の常任理事国について考えろ。アメリカ、ロシア、中国、イギリス、フランス。第二次世界大戦の戦勝国だ。すべての国が核爆弾を持っている。この事実が現在の世界の姿を物語っている。国連が世界のための組織なんてのは名ばかりだ」

小野寺が落ち着いた口調で続ける。栗原も言っていたことだ。

「北朝鮮のＧＤＰは百二十億ドル程度だ。こんな小国がアメリカと対等に話すことができるのは、核兵器を保有し、取引材料に使っているからだ。中国とロシアは表面にこそ出さないが、それを歓迎している。事が起これば、自分たちは静観していればいいし、アメリカの出方を探ることができる。本気で核を使うかどうか。もっとも気になるところだ」

真名瀬は言い返せなかった。誰もが口には出さないが思っていることだ。さらに、と小野寺が続ける。

「イランの核放棄を誰が信じている。いずれまた核開発を始める。数ヶ月後の核保有を数年先に延ばしたにすぎない。経済制裁解除によって、欧米の先進技術を積極的に取り入れ、より精度の高い核爆弾の開発に近づく。世界にはいかなることにも裏の姿があり、それを支えているのが軍事力だ」

「違います。それは――」

真名瀬は言いかけたが次の言葉が出てこない。

小野寺は間違っている。それでもはっきりと反論できない自分にもどかしさを覚えた。

「かつてのアメリカ大統領の核軍縮提案はまやかしだ。世界はその言葉に沸き立ったが、意味のないものだった。核爆弾は放っておけば劣化が始まる。追加しなければ、いずれ、核弾頭の数は減っていく。それを見越した上での核軍縮提案だ」

核物質、濃縮ウランも兵器級プルトニウムも時間がたてば劣化してくる。そのため、ある年数ごとに核弾頭は取り換えが必要になる。ロシアは数万発の保有核爆弾の取り換えをほとんど行なっていない。これでは不発のおそれがある。保有するだけで危険性もある。

「そういうことを考慮しての発言だ。核軍縮には意味はない」

小野寺が言い切る。

「きみは、日本が核保有国になったときのシミュレーションをしたことはないのか」

小野寺が真名瀬を見据えた。

「私はプラスよりマイナスの方が多いと考えました。日本は核を持つ必要はないと。ただし――」

真名瀬は言葉を濁した。そして、しばらくして続けた。

「世界情勢は変わっています。これからも変わり続ける。その時々によって、考え方を変えた方がいいのかもしれません。ですがやはり歯止めは必要です。防衛省の最大の責務は戦争を回避することです」

自分が消極的な言い方をしているのは分かっていた。

「日本が核保有国になるためには、まず核拡散防止条約から脱退しなければなりません。日本にはそれはできません」

「核拡散防止条約などというものはまやかしだ。核保有国が自国の優位を維持するために、他国に核を持たせないようにする仕組みにすぎない。不参加のイスラエル、インド、パキスタン、北朝鮮は次々に核保有国の仲間入りをしている」

真名瀬は無言で、小野寺の言葉を何度も反芻した。

第六章　サミット

1

遠くで地響きのような音が聞こえる。真名瀬にはスマホの着信だと分かっていた。放っておけばどうなるのかとも思うが、誰からだと考え始めると、自然に手が伸びてしまう。

〈ベトナムの軍用艦が撃沈された。二隻だ。死傷者が多数出ている〉

小野寺の声が飛び込んでくる。真名瀬の眠気は吹っ飛んだ。

「それは正確な情報ですか」

〈間違いない。南沙諸島の滑走路を飛び立った中国軍の戦闘機と軍艦とで攻撃した。十分で勝敗が決したようだ。中国政府の公式発表はまだないが〉

「華国家主席の命令ですか」

〈誰の命令であろうと責任は彼にある〉

軍の跳ね返りの暴走、という言葉を呑み込んだ。あくまで想像の域を出ていない。

「ベトナムは報復を考えているのですか」

〈当然だろう。ただ、現状ではどうしようもない。力の差は歴然としている。事を起こせば、さらに被害を出すだけだ。国際世論に訴えるしかない。知りたいのはアメリカの動きだ〉

「アメリカは動きません。前に言った通りです」

真名瀬は確信を持って答えた。

〈いずれは、アメリカが介入すると考えている者が多くいる。去年もアメリカとベトナムは、対中国想定で

海軍が共同演習をしている〉

「去年と今年では違います。アメリカと中国は水面下で取引ができているはずです。だから中国はベトナム海軍の艦船を攻撃して撃沈までした。EU諸国も経済を考えると非難声明は出しても、あからさまな介入は躊躇するでしょう。せいぜい時をおいての経済制裁でしょう」

〈全面戦争に突入するか、国連の裁定を待つか。ベトナムの選択を世界は見守っている〉

「ある程度の譲歩は仕方がないでしょう。たとえば、南沙諸島は諦めるとか――」

真名瀬は自分の言葉に屈辱を感じた。結局は中国に屈することになる。

〈他の周辺地域、韓国、北朝鮮、フィリピン、インドネシアなどはどう動く。中国と海を通じて直接接している諸国だ〉

「これだけ島に対する実効支配と圧倒的な軍事力を見せ付けられると、どうすることもできないでしょう」

真名瀬は軽く息を吐き、続ける。

「いずれ、尖閣周辺でも同様なことが起こります」

真名瀬はシューリンの言葉を考えていた。彼は温厚で誠実な人。強い人でもあるけれど。それに何より、世界を知っている。中国も世界の中の一国であることを。だから無謀なことはしない――彼とは華国家主席だ。

〈どう手を打つと言うんだ。核ミサイルが日本に向けられている。標的は東京か、大阪か。あるいは名古屋か横浜か。日本政府はアメリカに仲裁を働きかけている〉

「自衛隊に非常事態を通達すべきです。全部隊に出動態勢を取らせる。ベトナム政府に追悼の意も。これだけでも中国政府と軍部に強いメッセージを送ることになります。彼らは力しか信じていません」

〈他国の戦闘だ。世界各地の紛争と同じで静観すべきと騒いでいる野党政治家がいる。国民を巻き込んでね。彼らは自衛隊の艦船を尖閣に送るだけで騒ぐ〉

「アメリカ政府の反応はどうなんですか。既に大統領とは連絡を取り合っているはずです」

〈言葉と行動では、月とスッポンほどの差がある。今のところ、言葉すら出ていない〉

「なんら行動を取っていないのですね。アメリカはベトナムを見捨てる気です」

〈それを確かめたい〉

「ベトナム戦争を思い出してください。あの戦争でアメリカの兵士が何人死んだか。その反発は大きい。日本だって、世論次第で簡単に見捨てられます」

〈日本の取るべき道は何だと思う〉

「ベトナムを援助すべきです」

〈何を援助する。食料、医薬品を送るということか。彼らには誇りがあるだろう〉

ベトナムはかつて三つの大国と戦い、勝った。植民地時代のフランス、ベトナム戦争ではアメリカ。そして北部国境に攻めてきた中国を追い返した。自国を侵略する者とは徹底的に戦う。

「時代が違います。そして、戦いの舞台も違う。中国は強大になり、舞台は海洋です。ベトナムはジャングルでの戦い方は知っていますが、海洋については知りません。中国海軍の力も未知数ですが、ベトナムの軍備は明らかに劣ります。彼らが周辺諸国に求めているのは、ともに中国と戦うことの意思表示です」

〈具体的には——〉

「海上自衛隊の部隊を南シナ海に派遣してはどうですか。イージス艦と護衛艦の艦隊です。名目は何だっていい。ただ、あの海域を航行し、攻撃されたら反撃するという意思表示をすることです」

〈意外と積極的なんだな。実際に自衛隊が攻撃され、死傷者が出たらどうする〉

「事実を事実として公表するだけです。変な小細工なしでね」

真名瀬は森島のことを言ったつもりだが、小野寺の反応はない。

「中国が正常なら、攻撃などしてきません。彼らも自国の海軍が海上自衛隊に比べて劣勢なのは十分に知っています」

海上自衛隊のイージス艦艦隊は一週間で中国艦船をほぼ全滅させることができるという、シミュレーションがある。

〈核搭載のミサイルが日本に照準を合わせている状態で、うかつなことはできない。日本は尖閣諸島に主力部隊を注ぎ込む。これ以上、艦隊を分散できないとのことだ〉

小野寺が強い口調で言うと、電話が切れた。

パソコンを立ち上げニュース画面にすると、華国家主席の顔が大写しになっている。

〈中国海軍とベトナム海軍が南沙諸島周辺で衝突しました〉

女性アナウンサーが興奮した口調で告げている。


真名瀬が防衛省に入ると、普段の倍近い人が行き交っていた。省関係者が緊急招集され、他の省庁からも多数の者が派遣されてきている。

真名瀬はその間を縫うようにして、部屋に入る。スマホが鳴った。

非通知設定、シューリンだ。

〈今朝のニュース信じてないでしょ。華国家主席が攻撃を指示したなんて。あれは軍の暴走よ〉

「俺はね。世界はそうは思わない。俺も上司を説得できなかった。日本としては相応の手は打たなければならない。俺は直ちに南シナ海にイージス艦派遣を提案したけどね。これ以上のベトナムとの戦闘を避けるためだ。でもイージス艦は東シナ海に待機しているが」

〈あれは軍の暴走。決して華国家主席の意志ではない〉

シューリンが繰り返した。

「だったら、軍を掌握できない無能な指導者だ。世界は戦争の危機にさらされる羽目になった」

〈彼は有能よ。タイミングが悪すぎた。バブル崩壊の危機、少子高齢化、国境問題、領土問題、そして軍部の暴走。彼は中国の負の遺産を背負い込んで国家主席になった。時間が必要。どうしたら分かってくれるの〉

「きみが何を言っても仕方がない。俺がきみの国や華国家主席を理解しようとしまいと、何も変わらない。政府の上層部はきみの国と同じだ。思い込みが強く、頭が固すぎる」

〈私はどうすればいいの〉

か細い声が返ってくる。シューリンが弱音を吐くのは初めてかもしれない。

「戦争だけは防がなければならない。そのためには、きみの国の軍関係者の首をすげ替える必要がある。アジアで最強の国は、核を持つ中国だけじゃないことを分からせなきゃならない」

〈何を言い出すの。難しい仕事よ。あなたが思っている以上に。軍の人たちは一度思い込んだら、そこから抜け出せない。世界と国際情勢を知らなすぎる〉

「大戦前の日本と同じだ。もう二度と同じ過ちは繰り返さない」

真名瀬は強い意志を込めて言った。

〈私だってそう思う。でも軍部は核使用も辞さない覚悟よ。もしアメリカや日本が出てくれば――〉

言ってから、しまったという空気が伝わってくる。単なる脅しや牽制ではなさそうだ。

「それって、情報として伝えてくれているのか。単なる失言なのか」

〈勝手に判断してちょうだい。でも今度、戦争が起これば今までのような終結の仕方はしない。何年、何十年にも亘って、影響の残る戦争になる〉

暗に核の使用を匂わせているのだ。

「そうなると、アメリカが黙っていない。日本は日米安保条約で護られている」

〈本気でそう思っているの。だったら、国際政治が全く分かっていない。中国はアメリカも射程内にある大

陸間弾道ミサイルを持っているし、潜水艦だってある。アメリカで何を学んできたの〉

「アメリカが日本を見捨てると言うのか」

〈どの国でも、もっとも大切なのは自国。自国の国民。その安全を犠牲にして、他の国民を護ろうとは思わない。さらに大事にしたいのは自分自身よ〉

「アメリカはかつては他国にも軍を送った。ベトナム、アフガニスタン、イラク、さらにはエクアドル。多くの若いアメリカ兵が犠牲になった」

つい最近までのアメリカは、世界の警察と称して睨みをきかせていた。そのための犠牲も大きかった。

〈それはアメリカの思い上がりと勘違い。共産主義を止めるため、大量破壊兵器の製造を阻止するため、大量虐殺を防ぐため。それがいずれ自国への攻撃やテロを防止することになる。理由は色々あったけど、思ったほど効果的ではない。逆に多くの敵を作ることになったのに気付いた。今が境界点だと思う。それに経済ね。アメリカも昔ほど豊かではなくなった。十三億人の中国市場は魅力的よ〉

シューリンは考えながら話している。自分の言葉が重大な結果をもたらすことを知っているのだ。

「中国はアメリカの出方を見ながら、日本に対応していると言うのか」

〈それはあなたたち自身で判断すべき。私が口を出すことじゃない〉

「そうだと考えていいんだな」

真名瀬は念を押すように言う。

〈政治サイドは平和を望んでいる。でもこのままでは何かが起こった場合、報復として軍がなりふり構わず攻撃を仕掛ける可能性は高い〉

「日本は対抗するだけだ。できるだけすみやかに。自衛隊は自分たちの弱点を十分に理解している」

〈中国軍もね。窮鼠猫を噛むだったかしら。軍部は追い詰められると、最後の手段に出る可能性がある。中国にも牙はある〉

「核を使うということだな」

その質問にシューリンは答えない。

〈私は平和を望んでいる。あなたもデビッドも。絶対に戦争だけは防がなきゃならない〉

最後は静かな声だった。

真名瀬はしばらくスマホを手にしたまま、ドアの外を行き交う慌ただしい靴音を聞いていた。軍は最後の手段に出る可能性がある。シューリンの言葉が耳の奥に残っている。

「彼らに対抗するには――」

思わず呟いていた。

「核爆弾しか残っていない」

真名瀬は自分自身の言葉を打ち消すように頭を振った。


その日の夕方、真名瀬は大学近くの食堂に岸本を呼び出した。

「会って直接話したい」

〈電話じゃだめなのか。今、忙しい。学会発表が近づいている〉

真名瀬は岸本の言葉を無視して、時間と場所を言って電話を切った。岸本が来ることは分かっている。

岸本は時間通り現われた。相変わらずのぼさぼさ頭で、落ち着きなく辺りを見回している。気乗りがしないときの彼の癖だ。

周りの席は授業を終えた学生や若手の大学職員らしい人々で溢れている。真名瀬が岸本を見据えると、視線をそらした。

「兵器級プルトニウムを手に入れたい」

「声が大きすぎる。こんなところで話す内容じゃない」

岸本が慌てて辺りを見回す。

「おまえは前に言ってたはずだ。無理ではない、可能性はあると」

「夢物語だった。現実的には不可能だ。常にＩＡＥＡの目が光っている」

「三日、いや二日持ち出すだけでいい。必ず元に戻す。査察の目をごまかすことはできないのか」

「無茶を言うな。犯罪だ。刑務所には入りたくないし、経歴にも汚点を付けたくない。僕は科学者だ。今もこの先も科学者でありたい」

「そのためにも頼んでいる。持ち出したものは必ず元に戻す。おまえには迷惑をかけない」

「もうかけてる。こうして会っていること自体、僕にとっては大きなリスクで大冒険なんだ」

岸本は腰を浮かし、立ち上がろうとする。真名瀬はさらに身体を近づけた。

「これは森島の遺志でもあるんだ。彼は戦争だけは絶対に避けてほしいと願っていた」

森島の名に岸本は椅子に座り直した。真名瀬は森島の最後の話をした。岸本は何度も目をしばたたかせながら、こわばった表情で聞いていた。

「これは国際的な隠蔽だが、俺はいつか必ず森島の両親に真実を話すつもりだ」

岸本の表情が変わり、目には涙がたまっている。

「核爆弾を造ることが、本当に戦争を避けることになるのか」

「中国の軍部に対するメッセージだ。日本は核武装できる。いざというときには、断固とした態度で臨む」

真名瀬の押し殺した声に岸本はしばらく無言だった。

「考えさせてくれないか。重すぎる決断だ。猶予がほしい」

「ダメだ。俺は極秘事項をおまえに話した。おまえは承知するしかないんだ」

「メチャクチャだな。森島ときみと僕の中で、きみが一番まともだと思っていた」

「なんとしても戦争を防ぎたい。おまえは森島にはずいぶん助けてもらっただろ。覚えているはずだ」

岸本は中学時代にいじめにあった。勉強一筋、スポーツ音痴の中学生は、簡単にいじめの対象になる。体力、腕力とは程遠かった岸本は、その典型だった。殴られたり、からかわれたり、弁当に虫を入れられたり、トイレに閉じ込められたこともある。

岸本を救ったのが森島だ。森島は勉強はそこそこだったが、体力、腕力は学校でも一、二を争っていた。ある放課後、数人に囲まれた岸本が、からかわれ殴られていた。森島は彼らの所に行き、リーダー格の男の胸倉をつかむと窓の前まで行って、身体を半分以上窓から突き出した。教室は三階だ。以後一切、岸本に手を出さないことを約束させて、教室の中に戻した。その間、真名瀬は椅子を振り上げて他の奴らが手を出さないように睨み付けていた。以来三人は特別な仲間意識ができている。

二人は命の恩人だ。あれがなかったら、僕は確実に自殺してた。そろそろ限界だったんだ——卒業式の日、岸本が森島と真名瀬に告白した。

真名瀬はスマホを出して一枚の写真を岸本に見せた。森島と紀子が肩を寄せ合っている写真だ。弾けるような笑顔の森島、はにかんだ表情の紀子はピースサインをしている。森島から送られてきたものだ。

「彼女が森島のフィアンセだ。あの航海から帰ったら結婚するつもりだった。内輪だけの小さな結婚式だが、おまえも招待される予定だった」

「僕も？」

「俺たちは中学時代からの友達だ」

岸本の目から涙が流れ落ちた。隣の女性グループがちらちらと二人のほうを見ている。

「おまえが助けてくれると、彼女も生まれてくる子供も、胸を張って生きていくことができる。森島が日本と中国を戦争から救った」

「生まれてくる子供——」

「森島の子供だ」

「僕は何をやればいいんだ」

岸本が真名瀬の方に身体を乗り出してくる。

「プルトニウムを手に入れる方法を考えてくれ。もちろん兵器用プルトニウムだ。おまえ一人でやれとは言わない。こちらにも科学者はいる。彼らが手伝う」

岸本がかすかに頷く。それに、と真名瀬は付け加えた。

「中国とアメリカの核査察体制を調べてくれ。誰が実権を握り、権限はどうなっているか。上層部の具体的な名前が必要だ。本物の核爆弾であることが見分けられる専門家を知りたい」

「難しいが調べてみる。何をやる気なんだ。それで本当に森島が満足するのか」

「俺を信じてほしい。俺たちは友達だ」

「二日くれ。考えてみる。どうやれば誰にも気付かれず、誰も傷つかないか」

「一日だ。おまえの行動が日本を救うんだ。少しくらい傷ついても報われる」

「全力を尽くすよ」

「胸を張ってやればいい。森島もおまえも世界を戦争の危機から救うんだ」

「核爆弾を製造する手助けをすることで、か。やめてくれよ。嬉しくないね」

真名瀬に囁くと立ち上がった。

「忘れものだ」

真名瀬はフラッシュメモリーを岸本のポケットに入れた。

岸本は一瞬、怪訝そうな顔をしたが何も言わず店を出ていった。

フラッシュメモリーには、舘山のパソコンにあったレポートの参照部分が入っている。

マンションに戻ると、真名瀬はデビッドに電話をした。

ワシントンは早朝にも拘わらず、すぐにデビッドが出た。

「今度の東京サミットに中国は出席するのか。オブザーバーとしての招待状は送っているが、日本政府に返事は来ていない」

考え込む気配が伝わってくる。背後では電話の声や忙しく歩き回る音がする。ホワイトハウスは二十四時間オープンのようだ。

〈俺だったら仮病を使ってでも欠席するね。どうせ悪者扱いにされるだけだろ〉

「いや、出席する。逃げ出したとは思われたくないだろう。そうなれば、ますます国民の信頼は得られない。自国の正当性を強調する機会だ。欠席裁判は避けたいはずだ」

〈分かってるのなら聞くな。南沙諸島問題はどうする。国連では審議中だし、今度のサミットの中心テーマになる。集中的な非難を受ける〉

「居直ればいい。いつもの態度を通すんだ。中国は領土問題では一歩も譲る気はない。そう公言している」

〈だったら、それでいいだろう。俺になんて聞くな。俺は彼らに会いたくはない。シューリンは別だが〉

デビッドの声は切実な響きを含んでいる。何度か中国に行き、折衝によほど疲れたのだろう。

「華国家主席には参加してほしい。アメリカは華国家主席の動向を確認しているはずだ。既に担当部署間では協議に入っているとも聞いている。協議事項のすり合わせだ」

真名瀬は再度聞いた。どうしても知っておかなければならないことだ。

〈アメリカは今回のサミットにシークレットサービスを何人投入すると思う。百五十人だ。これでも、少ないくらいだ。そっちの警察にも応援を頼んでいる。大統領専用車も空軍機で空輸される。バズーカ砲くらいでも大丈夫なやつだ。警護班からの強い要請があった。イスラム過激派が待ち構えているとの情報がある。本来なら中止するところを大統領が参加を強く望んだ。テロには屈しないという信念を世界にアピールするためにね。これ以上、人気を下げたくないのが本音だが。大統領には様々な仕事があるんだ〉

デビッドが一方的にしゃべった。真名瀬は確信した。中国は日本に来る。ハシェット大統領は日本で華国家主席と会うつもりだ。

「イスラム過激派がサミットを狙っているのは事実なのか」

〈FBIが逮捕した国内のイスラム過激派のアジトから押収した資料の中にあった。東京サミットでの襲撃計画だ。CIAの捜査でも同様のものが見つかっている。日本の警備が甘いということは世界の常識だ〉

「日本側へ情報は――」

〈連絡はしている。だから警備も強化されているはずだ〉

今朝の都心の状況を思い浮かべた。ゴミ箱は撤去され、マンホールは封印のステッカーが貼られていた。

数秒の沈黙があった。しゃべりすぎたというデビッドの後悔が伝わってくる。

〈これ以上はシューリンに聞け〉

「おまえが渡したスマホの盗聴防止機能は完璧なのか。俺はかなりきわどい話をした」

〈CIA技術部の友人がくれた最新のものだ。海外ではこれを使うようにと〉

「その友人が、おまえの電話を盗聴するために渡したってことはないだろうな」

〈あり得ない。たぶん――〉

声のトーンが落ちた。真名瀬も声の調子を変えた。

「今度の東京サミットでは経済ばかりではなく、中国の南シナ海進出が大きな問題になる。南沙諸島に建設された飛行場は周辺国だけではなく、アメリカにとっても、黙って見逃すことのできない問題だ。三千メートル級の滑走路だ。こういうのを、軍用機が離着陸できる不沈空母と言うんだ」

〈議会でも大きな問題になっている。しかし、時すでに遅しだ。既に飛行訓練が始まり、来週には大型輸送機が来るという情報もある〉

「中国が目指す実効支配だ。彼らは尖閣諸島でも目論んでいる。だから日本は一人の中国人も上陸させない」

〈中国軍部は閉鎖的だし考えが古すぎる。ミスをしなければいいが。どんな些細なミスも海戦につながる〉

デビッドの言葉には、どこか他人事のような雰囲気が感じられる。真名瀬はシューリンと連絡が取れたら、すぐに知らせるように頼んだ。

パソコンにメールの着信が表示された。〈すぐにテレビを見ること。ユカリ〉

真名瀬はスマホを切ってパソコンを立ち上げ、テレビ画面に切り替えた。

〈今日の午後五時ごろ、尖閣諸島周辺で中国空軍の戦闘機が自衛隊の戦闘機に異常接近してきました。ミサイルのレーダー照射はありませんでしたが、今週に入り挑発行為は増えています。ここひと月間の自衛隊機の緊急発進はすでに百回を超えています〉

若い女性アナウンサーがニュースを読み上げる。画面には自衛隊のＦ４戦闘機が沖縄の基地を飛び立つ様子が映っている。

〈さらに中国空軍は福建省に軍用空港を完成させている模様です。この基地は東シナ海への最前線基地と位置付けられ、戦闘機は離陸後十二分で尖閣諸島に到着します〉

真名瀬はテレビ画面を切って、パソコンに向き合った。残された時間はもう多くはない。

翌日、真名瀬は再び岸本を訪ねた。

研究室にいた岸本の顔は青白く、目は腫れぼったい。昨夜は寝ていないのだろう。真名瀬を見ると露骨に顔をしかめた。パソコンには、真名瀬が昨日、岸本のポケットに入れたフラッシュメモリーが差してある。

「まだ何もやれていない。時間が必要だ」

「時は待ってくれない。情勢は日々悪化している」

「どんな科学者を人選しろと言うんだ。僕は個人的に知ってるわけじゃない」

岸本がいらついた口調で言う。

「中立性を保つことができ、人望のある科学者だ」

真名瀬は岸本にメモを渡した。要求される事項が箇条書きになっている。

「難しい注文だ。かなり高度な核物理の専門家になるし、僕は人格までは分からない」

「装置の外観を見て、説明を聞いて、本物の核爆弾だという判断が出来る科学者でなきゃならない。しかも彼らの言葉を大統領と国家主席が信じる科学者だ」

真名瀬は繰り返した。

「やはり無理だ。僕にはできない。こんな危ない話にはまともな科学者は乗って来ない」

「アメリカと中国の元ＩＡＥＡの核査察官がいるだろう。すでに引退している査察官ならなおいい」

「彼らが極秘に動くはずがない」

「金を積めば――必要な金はすべて出す」

「金ではなく、大義かもしれない。核査察官の大義は核保有国を増やさないことだ。世界平和につながる」

「今どき、そんな律儀な者がいるのか。金まみれの国際政治だ」

「信頼せよ、されど検証せよ。核に対するＩＡＥＡの態度だ。イランの核合意がなされた。歴史的な合意だ。これで中東の紛争地図が変わる。核査察官の地道な努力の結果だ」

「イスラエルはイランの経済封鎖解除に反対しているし、核放棄を信じていない」

岸本が考え込んでいたが、やがて顔を上げた。

「明日までにリストは作る。僕にできるのはそこまでだ。彼らの説得まではできない」

「森島のためにも成功させたい。そして生まれてくる子供のためにも」

「僕だって同じ思いだ」

岸本がパソコンの前に移った。

「きみの同僚のパソコンに入っていたのは核爆弾の爆縮装置の詳しい図面とソフトだ。このソフトで各々の部分が機能的に働くタイミングをセットする。ハード以上に重要な部分だ。この核爆弾の唯一、新しい部分でもある」

「おまえ、この内容が分かるのか」

真名瀬の言葉を無視して、岸本はパソコンの画面を凝視している。しばらくして、やっと口を開いた。

「図面を見せられてから勉強したからね。本当は関わりたくなかったけど、内容が内容だったから」

要するに興味を持ったのだ。それに、勉強したということは岸本は理解しているのだろう。

「プルトニウムはいつ手に入れる」

「爆縮装置は核爆弾の心臓部だ。プルトニウムの周りにセットした高性能火薬の量と点火のタイミングでプルトニウムの圧縮度が変わる。発生する中性子をいかに有効に働かせるかが、核爆弾としての性能を左右する」

岸本が真名瀬の質問には答えずに説明する。

「プルトニウムはどのように保管されている」

「ステンレス製の円筒形容器に入っている。臨界を避けるために三キロごとに小分けしている」

「だったら二本持ち出すだけでいい」

「不可能だ。必ず発覚する」

岸本の顔が青くなり、声は高くなった。

研究室に来て二時間近くがすぎている。岸本をこれ以上刺激したくない。真名瀬は研究室をあとにした。

その日の夜、真名瀬がマンションに帰ってパソコンを開くと、添付ファイル付きのメールが来ていた。ファイルにはアメリカと中国の核爆弾を専門とする科学者と技術者について、岸本の感想を含めた詳細な経歴付きのデータが入っていた。中には真名瀬が知っている名もある。


休日の夕方、真名瀬は柴山防衛大臣とＳＵＶの中で向き合っていた。学生時代に聞いていた柴山の携帯電話の番号に初めてかけたのだ。防衛政策局の分析官として重要な話があると告げた。

〈この携帯に電話をしてきたということは、私一人で行くべきなのかね〉

「そのようにお願いします」

数秒の間があった。セキュリティ上の問題を考えたのだろう。閣僚の外出にはＳＰがつき、自宅横には警察官の臨時詰め所がある。

〈時間と場所を言ってくれ〉

静かな声が返ってくる。

柴山の自宅近くで、真名瀬と秋元曹長は柴山をＳＵＶで拾った。

「これはどういうことかね」

柴山が真名瀬を見据えている。

「これからある場所にご案内します。そのために、しばらく目隠しさせていただきます」

「芝居がかったことは嫌いだ」

柴山はそう言いながら、目隠しのための袋を自分で被った。

車は三十分ほど走って、千葉の工場についた。速度を落とし工場の建物内に入っていく。

「着きました。私が目隠しを取りましょうか」

曹長の言葉を受け、柴山は自ら目隠しを取った。明かりに慣れるまでしばらく目をしばたたかせていた。

手を貸そうとする真名瀬の腕を払うと、自分で車を降りた。

部屋には栗原を始め、数人の男がいた。

柴山は辺りを見回した後、中央に置かれた台に目を留めた。しばらく見詰めていたが、ゆっくりと台に近づいていく。

「これが日本が造り上げた核爆弾です」

栗原が語りかける。

柴山は台の前に立ち、凍りついたように目の前の装置を見ている。やがて、かすれた声を漏らした。

「本物の核爆弾なのか」

「プルトニウム型核爆弾です。十キロトン。長崎型の半分の威力があります。ただしプルトニウムはまだ装塡されていません。安全上からです」

「この核爆弾は誰の管理下にあるのかね」

「誰の管理下でもありません。もちろん、政府のものでもありません。強いて言えば、日本の管理下にあります。日本で造られた日本の核爆弾です」

「存在はしているが、存在していると見なされない核爆弾か」

「その通りです」

「舘山君が持っていたレポートで造り上げたものか。そうであれば、破壊されたとの報告は間違いなのか。すべてはなかったことになっているはずだが。関係者はそのために免責を受けている」

事件に関わった者全員の罪を問わないと言う異例の免責だった。個人の罪よりも、核爆弾製造の計画が防衛省をはじめ、政財界の要人が関わって行なわれていたという事実が漏れることが恐れられたのだ。

「すべてはなかったことになっています。しかし、すでに部品はできていました。日本の技術が最大限に発揮できれば、数日で核爆弾を製造する能力を持っています」

「それは核物質を含めてかね」

「そうです。この核爆弾に装塡される兵器レベルのプルトニウムも含めてです」

「プルトニウムはどこで手に入れる。核爆弾の製造にはそれが最も難しいのではないのか」

「極秘事項です。既に準備はできています」

栗原が一瞬、真名瀬に視線を向けた。真名瀬はかすかに頷いた。

柴山が核爆弾を見つめたままゆっくりと周りを歩いていく。

「これが公になれば政府は大騒ぎになる。世界からバッシングを受け、日本の立場は非常に危ういものになる。いずれプルトニウムの入手先が明らかになるのではないのか。そうなればすべてが明るみに出る」

「それまでに元の場所に戻します」

「可能なのか。そんなことは信じられん」

柴山は核爆弾から顔を上げて、真名瀬と栗原を見据えた。

「私に何を望むのかね。それを頼むために、私に見せたんだろう」

「本郷総理に頼みたいことがあります。サミットの間に会って頂きたい人がいる。そのために力を貸してくだされればと」

「ハシェット大統領と華国家主席か」

真名瀬は頷いた。

「日本は既に核保有国である。このような話を、総理はもとより二人は信じないだろう。日本と中国、アメリカとの関係はますます悪くなるだけだ」

「それは政府の力次第です。今後、日本外交はアメリカ、中国に対して核保有国として行なわれます。過去の偉大な外交は、トップ同士の腹を割った会談から多く生まれています。それも公の場ではない会談です」

柴山がヤマトを見つめながら考え込んでいる。

「総理には私から話をしよう。聞き入れてくれるだろうか。言われている以上に用心深い方だ。だからこそ、総理になったのだが」

柴山はヤマトから栗原と真名瀬に向き直った。

マンションに帰って、シューリンに電話をした。何度か繰り返さなくてはならないと思ったが、二度目のコールで出た。

「サミットで華国家主席が来日したとき、頼みたいことがある」

真名瀬は言葉を選びながら慎重に話した。その間、シューリンは無言だった。

「きみの国の核科学者と技術者を東京に招待して、華国家主席にアメリカ大統領と日本の総理大臣と話し合ってもらいたい」

〈核爆弾を見ながらということね〉

か細い声が返ってくる。

「本物だという検証がすめば直ちに解体する」

〈あなたはデビッドとは違うと思っていた。もっと足が地に着いた考え方をする人かと〉

「きみが話してくれた中国軍部のことを考えていた。戦争だけは絶対に避けなければならない」

〈私だってそう思っている。華国家主席だって――でも、私には何もできない〉

「香港で、きみに俺のことを聞いたという女性が訪ねて来た。森島に助けられた中国兵士の母親だ」

〈その中国海軍の士官は王力源《ワンリーヤン》先生の息子よ。彼自身も両親も感謝してる。できれば森島さんの両親、家族、また近しい人に会ってお礼を言いたいと言っていた〉

「彼と華国家主席との関係は？」

〈非常に近い人。幼馴染だと聞いている。政治を超えた友人だとも〉

「彼に頼めないか。森島のためなら何でもすると言っていた。これは森島が望んでいることだ」

〈話してはみるけど、期待はしないで。現在の中国は渾沌としてる。この先、どう動くか分からない〉

シューリンの声は弱々しく、彼女自身の立場を物語っていた。

2

「サミットで中国の国家主席、アメリカ大統領、そして日本の総理大臣を会わせたいと思っています。他国とマスコミに知られることなく」

真名瀬の発言に、杉山が持っていた缶コーヒーを落としそうになった。

「核爆弾を囲んでの会議というわけか。バカげた話だ。サミットは分単位でマスコミ監視の下で行なわれる。ホスト国の総理と一人の首脳、そして招待された話題の首脳が同時にいなくなれば、どんな節穴記者でも気が付き、何かあると思う」

真名瀬と杉山は日比谷公園のベンチに腰掛けていた。真名瀬が杉山を呼び出したのだ。

「三人は会場から出るわけじゃありません。ほんの三十分、別室でモニターを見ながら核爆弾専門の自国の科学者と技術者と話し合ってもらう。誰にも悟られず、秘密裏に」

「なおさら無理だ。おまえはサミットの警備の実情を知らない。たとえ会場内であっても、三人の首脳が消えるということは大変なことなんだ。しかも三十分。せめて、警備側の了解は得られないのか」

「それはあり得ません。あり得ないことを実行するのですから」

「本郷総理は了解済みなのか」

「ヤマトのことは知っています。柴山大臣がどう言ったかは知りませんが。目的は、日本が既に核爆弾を製造し保有していることをアメリカと中国、二人のリーダーに理解させることです。他国とマスコミに漏れることなく」

「過去に秘密に行なわれた首脳会談がなかったわけでもない」

杉山が缶コーヒーを一口飲んで、ぼそりと言う。

「十年以上前の日本でのサミットになるが、ロシアとアメリカの大統領がそれぞれ家族で食事に行った。ところが行った店が同じで、偶然二つの家族が出会って、食事を共にしたという筋書きだ。あらかじめ用意されていた別の部屋で二人の首脳は一時間の話し合いを行なった。ロシアと旧東側諸国との問題がこじれていた時期だ。この極秘会談でわずかだが東西の緊張が解けた。歴史の隠された部分だ」

「今度も、三家族で食事に行けと言うのですか。マスコミを引き連れて。テロリストが大喜びだ。会ってもらうのは会場内です」

二人の前を犬を連れた老夫婦が腕を組んで歩いていく。昼下がりの平凡な光景だ。真名瀬はひどく懐かしい気分になった。

「ところで、俺に何の用だ。単なる情報提供だけじゃないだろう」

「マスコミの動きを知らせてください。ヤマトのことは絶対に外部に知られてはならないことです」

「漏れたらどうなる」

「その時点で中止です。核爆弾は直ちに解体し、なかったことにします」

「初めからそうした方がいいんじゃないのか」

「僕はなんとしても戦争を防ぎたい。同じ思いの者はいるはずです」

真名瀬は老夫婦を目で追った。脳裏にはデビッドとシューリンの顔が浮かんでいた。二人なら必ず協力してくれる。現在の危機を乗り切るには、それしかない。

「分かったよ。俺にできることは協力する」

杉山が飲み終わった缶コーヒーを持って辺りを見回した。ゴミ箱を探したのだろうが、見当たらない。サミットのために撤去されているのだ。諦めて立ち上がった。

今回の主要国首脳会議、いわゆるサミットは三日間、東京・迎賓館で開催される。

参加国は日本、ドイツ、イタリア、カナダ、フランス、アメリカ、イギリス、ロシアの首相および大統領、そしてEUの欧州理事会議長と欧州委員会委員長だ。中国の首脳も招待されている。

日程をずらして財相会合と外相会合が軽井沢と鎌倉で開かれる。

サミットの初日は世界経済や貿易、それぞれの国家が持つ問題について話し合いが行なわれた後、ワーキングディナーにおいて外交政策が語られる。宿泊先のホテルは格だけでなく、それぞれの大使館への距離なども考慮して選定される。

二日目の午前は各国首脳の写真撮影とともに、気候変動への対策やエネルギー政策、国際テロ対策、そして南沙諸島問題など、世界への影響が大きい問題についての踏み込んだ話し合いが行なわれる。

その後、歓迎レセプションなどの社交行事へと移る。一般招待者も混じり、伝統芸能などの歓迎パフォーマンスが披露される。その後、ホテル・オリエントの日本庭園に面した山茶花荘で、公式晩餐会がある。

最終日の三日目、午前にまとめとなる首脳会合が行なわれ、午後に結果をプレスセンターで議長が発表し、サミットは終了する。

警察庁は庁内に警備対策委員会を設置し、各国首脳らの安全と諸行事の円滑な進行の確保に全力をあげる。同時にテロ対策を中心に本格的な準備作業を始めている。警視庁も、公共施設を狙ったテロに備えた訓練を行なっていた。既に国内過激派が、集会、デモ等で反対運動を行ない、一部右翼も動き始めているという情報をつかんでいるのだ。

真名瀬はマンションに帰ってから、デビッドに電話した。

〈またおまえか〉

背後では電話のベルと声が慌ただしく聞こえてくる。時差を考えるとワシントンは午前七時だ。

「今度のサミットでハシェット大統領をしばらく借りたい」

真名瀬は華国家主席を交えての核爆弾の検証と会談について話した。その間、デビッドは一言も発しなかった。

「頼みたいのは大統領の了承と、核爆弾を検証する科学者と技術者の手配だ。候補者リストは作ってある」

〈おまえ正気か。そんなことを考えるだけで刑務所行きだ〉

声が低くなり、場所を移動する気配がする。

〈大統領のスケジュールはすでに決まっている。中国の華国家主席だって同じはずだ〉

「だからおまえの助けが必要だ」

〈そんなことを口に出せば、俺はメンバーを外される。二度とホワイトハウスには入れない〉

「成功すれば歴史に残る。キューバ危機に対抗した大統領と同じだ。愚かな大統領を説き伏せて、この危機を救う若きホワイトハウス・スタッフ、それがデビッド・ウイリアムズだ」

沈黙が続いている。考えているのだ。どちらが得か。真名瀬はさらに続けた。

「サミット会場で三十分、別室で華国家主席と本郷総理に会うだけだ。大統領の安全は保障する」

〈おまえの言質じゃ、何の保障にもならない。不可能なものは不可能なんだ〉

「華国家主席はシューリンに頼む。彼女なら――」

〈シューリンに気の毒だ。これは普通の頼み事とは違う。一国の政策に関わる問題なんだ。普通なら何ヶ月も事務レベルの協議が行なわれ、最後にトップの決断を求めるケースだ。いい加減な情報で、もしもの事が起これば国家の問題だ。世界秩序が破壊される。俺のキャリアどころか、生命さえ危険にさらされる〉

真名瀬の言葉をさえぎり、慎重な意見が返って来る。確かにそうかもしれない。

〈シューリンには話したのか〉

「おまえと同じことを言われた。でも賛成してくれた」

真名瀬は嘘を言った。シューリンに断られたら、この話は終わりだ。

〈やはり、おまえは嘘がつけないな。こんな話にシューリンは乗らない。彼女は俺より百倍も現実派だ〉

「シューリンが承知してくれれば、おまえも協力してくれるか」

〈考えてみる。まず不可能だがね〉

「ひとつ考えがある。おまえの叔母さん――」

電話は切れた。常識外れの話に、いつも一番に乗ってくるのがデビッドだったが、やはり無謀すぎるのか。


十分後にデビッドから連絡があった。

〈おまえの提案、考えてみた。何とかなるかもしれない〉

「ドロシー叔母さんに頼めばいい。彼女も大統領と一緒に来るんだろ」

〈俺も、そう考えたところだ。叔母さんは大統領夫人の大学の先輩であり友人だ。母校で一緒に講演をしたこともある。ただ問題がある。叔母は俺の頼みごとを聞いてくれたことがない〉

「ホワイトハウスで働いているのは、叔母さんのおかげじゃないのか」

〈チャンスをくれただけだ。後は俺の実力だ〉

頼みを聞いたことと同じだという言葉は呑み込んだ。

「じゃ、今度もチャンスをもらってほしい」

〈おまえが自分で頼め。叔母さんはサミットの二、三日前に日本に行くと言っていた。予定を知らせるから、食事をしてそのとき話せばいい〉

「それじゃ時間がない。サミットを逃したら、チャンスは二度とない」

〈叔母さん抜きで、おまえの計画がうまくいくとはもはや思えない。頑張ってみるんだな。俺は歴史に名を残すより、今日を安全に生き抜きたいね〉

真名瀬はドロシー上院議員の顔を思い浮かべた。白髪に薄い唇、細い目が意志の強さを表わしている。女性にしては精悍な顔つきだ。

留学時代、真名瀬がデビッドとドロシーの家へ食事に行くと、深夜まで国際政治、世界情勢について話し込んだ。隣りではデビッドがいびきをかいていた。

今思えば、当時から真名瀬を第一線の国際政治アナリストとして認め、接してくれていた。

現在、日本は午後九時、ワシントンが朝八時だ。真名瀬はスマホを手にして、迷ったがドロシーの番号を押した。

最初の呼び出し音が終わらないうちにドロシーの高い声が返って来る。

〈ジュンなのね。全然、電話くれなかったわね。もう忘れられたかと思っていた〉

「ドロシー叔母さんのビーフシチューと七面鳥の味は忘れられませんよ。また、ぜひランチを食べに行きたいです。デビッドとも話しています」

〈あの子とまだ付き合ってるの。ロクなことないわよ。ホワイトハウスに入る前は、しきりに私に胡麻をすっていたのに、入ると電話一本ありゃしないんだから〉

「彼の極東に関する論文は的を射ていますよ。政府がもっと読み込んでいれば、今のような泥沼にはならなかったのに」

〈彼の論文は読みましたよ。中々うまく書けています。ただし、スペルの間違いがかなりありました。スペル修正ソフトにもかけていない。本当にあの子が書いたのかしら。あなたなら真相を知ってるでしょう〉

「安心してください。彼自身で書いてます。しかし少し早かった。現実を知る官僚が少なすぎた。デビッドは見かけより遥かに優秀です。ときどき、わざと自分を愚かに見せているのかと思います」

半分以上が本音だった。彼は上流社会出身を妙に嫌うところがあるが、しっかり利用はする。

〈まあ、ありがとう。お世辞にしても嬉しいわ。身内が褒められるというのはね。特に私は子供がいないから、デビッドは昔から我が子のような気がしてたの。これは、絶対に内緒よ。調子に乗るのもあの子の悪い癖だから。それで、何の用なの。私の声が聞きたくて電話してきたわけじゃないでしょう〉

突然、ドロシーの声の調子が変わった。

真名瀬は言葉を選んで、アメリカ大統領に会わせたい人がいると告げた。核爆弾のことは言わなかった。

〈中国の国家主席と日本の首相と秘密会談というわけね。それは国務省の仕事。私は何もできない〉

「難しいことは分かっています。でも世界の秩序を護るにはどうしても必要な会談なのです」

あえて平和という言葉を使わず、秩序という言葉を使った。ドロシーは言葉を非常に大事にする人だ。平和はあまりに抽象的で情緒的すぎる。

〈私に日本の富士山に登れと言ってるようなものね。他人には易しそうに見えるかも知れないけれど、本人にとっては無謀な挑戦。私にとっては、大統領に会うのは簡単なこと。電話して空いている時間を聞けばいい。あるいは、家族を訪ねて夕食でも一緒に食べればいい。でも、他国の元首との会談のセッティングはやはり国務省の仕事だと言ったでしょう。私の力では不可能に近い〉

「実現すればあなたの功績は限りなく大きい」

〈それは大いに魅力的ね。そろそろ私も後世に残す仕事のことを考える歳になった〉

真名瀬は核爆弾のことを言うべきか迷った。彼女は秘密を守る人だ。だが言葉が出てこない。

〈何のためにと、私は聞くべきなんでしょうね。でもあなたは教えてくれない。あなたは日本の防衛省の役人だったわね。アメリカで言えば国防総省〉

「そうです。下っ端ですが」

〈下っ端はそんなことを頼んでこない〉

考え込む気配がする。

〈少し待ってちょうだい。私にも考える時間が必要〉

「でも時間がありません」

〈即答できる問題でもないでしょう。第一、今は朝食の途中なのよ〉

じゃあ、という言葉と共に電話は切れた。

サミットは四日後に迫っている。早めに来る首脳たちは、明後日には到着するだろう。日本の総理を含めて、アメリカ大統領、中国国家主席のスケジュールすらまだつかんでいない。真名瀬は全身を締め付けられるような焦りを感じていた。

3

真名瀬は再度岸本の研究室を訪ねた。

岸本はわずかながら元気を取り戻していた。中学のときから、一度やり始めるとのめりこむタイプだ。今度の仕事は彼にとって興味のあるものに変わったのかもしれない。

「改めて図面を見たが、とても個人では製造は無理だ」

岸本がパソコンを立ち上げた。画面には真名瀬が提供した核爆弾の図面が表示される。

「何人いれば可能なんだ」

「人数の問題でもない」

そう言うと岸本はしばらく考え込んでから、続けた。

「核爆弾の殺傷能力は強力な熱、爆風、そして放射線だ。この核爆弾はかなり小型だ。ミサイルにも搭載できるし、タイマーによって爆発させることもできる。ミニ・ニュークと呼ばれている小型版だ。また、この爆縮方式を用いると、わずか二キログラムのプルトニウムで超臨界が可能になる。計算によると、長崎型のほぼ半分の破壊力を持つ核爆弾を造ることができる」

これがきみの同僚のパソコンに入っていたものだ、と岸本が新しい図面を出す。

「この新しいタイプの爆縮装置によると、必要とされるプルトニウムはプルトニウム２４０の含有量が七パーセント以下のものでいい。それ以上だと過早爆発の原因になり、核兵器製造に向かない。これは製造上かなりのメリットになる」

「爆発力は？」

「十キロトン。半径二キロ以内の生物が死に絶える。残っても放射線障害に苦しむことになる」

「とんでもない殺傷能力だ」

「だから安易な気持ちで造ってはいけない。問題は核物質だ。核爆弾に使われるのは濃縮ウランかプルトニウムだ。この図面ではプルトニウム型の核爆弾を考えてる」

「プルトニウムは日本にもある。十分な量がね」

「簡単に言ってくれる。プルトニウムにも原子炉級プルトニウムと兵器級プルトニウムがある。僕たちが求めているのは兵器級プルトニウムだ」

岸本が僕たち、という言葉を使った。

「プルトニウムは自然界には存在していない。原子力発電所から取り出した使用済み核燃料を再処理工場で再処理して得られる物質だ。このとき得られるのが原子炉級プルトニウムで、プルトニウム２３９が六十パーセント含まれている。残りの中にはプルトニウム２４０も含まれていて、未熟爆発の原因にもなる」

真名瀬はここひと月で覚えた知識を総動員して岸本の話を理解しようとした。

「原子炉級プルトニウムでも原爆は造れるが、爆発力は弱く、様々な問題が生じる」

「問題解決はおまえにまかせる」

「まず、プルトニウム２３９以外の同位体により、臨界量が約三十パーセント多くなり小型化が難しい。次にプルトニウム２３８が出すアルファ線は熱を放出するので冷却が必要になる。プルトニウム２４０は自発核分裂を起こす確率が高く、未熟爆発を起こすことがある。プルトニウム２４１はベータ崩壊をしてアメリシウム241になり、アルファ線とガンマ線を出すので扱うときは放射線防護対策が必要になる」

岸本の説明を真名瀬は半分も理解できない。もう一度聞いた。

「核爆弾を造るには、何人必要なんだ」

岸本が一瞬真名瀬を見た後、諦めたように言う。

「少なくとも三人。核物質を扱える核物理学者。実際にプルトニウムを加工して装置にセット可能な状態にする。もう一人は核爆弾の本体を理解してメンテナンスのできる技術者だ。そして、三人目は爆縮装置のプロだ。装置によって爆縮装置のタイミングが微妙に違う。実験ができないので、コンピュータ・シミュレーションをやってデータを取っている」

「一人は東洋重工の社員がいる。彼は優秀で信頼できる技術者だ」

「プルトニウムの取り扱いのできる核科学者も必要だ。最低二人」

真名瀬は岸本を見つめた。

「僕は駄目だ。こんな大それた計画に参加できない」

「プルトニウムをＩＡＥＡの査察官に気づかれることなく入手して加工する。それを装置に組み込むだけでいい。初めて図面を見たとき、よくできた装置だと感心していた。プルトニウムの扱いにも慣れている」

「僕ができるはずがない。プルトニウムの加工と成形装置はどこにある。大学の実験室は使えない」

「東洋重工は原発の燃料製造の企業を子会社に持っている。そこを使うことができる」

「東洋原子力か。僕はこれ以上、巻き込まれたくない。森島のためにはできる限りのことをしたいが」

岸本は泣きそうな声を出している。真名瀬は岸本の気持ちがよく分かった。自分の行為がどれほど危険か、違法かを十分に理解しているのだ。それ以上に良心の問題がある。大量破壊兵器を造るのだ。

「プルトニウムはどのくらいの量が必要なんだ」

「広島型の核爆弾リトルボーイに使われた濃縮ウランは二十キロで、野球のボール程度だった。七十年以上も前の話だ。今では爆縮装置の性能を上げれば、三キロもあれば十分だ」

「それで都市一つが消えるとは――」

「核爆弾はそれだけ大きな爆発力を持っている。だから世界中の国やテロ組織が狙っている」

岸本が新しいメモを取り出した。細かい数字がぎっしり書いてある。

「問題は二つある。一つは核物質の入手。そしてもう一つは、核物質を効率よく臨界に到達させるための爆弾構造だ。現在は爆縮型が主流だ。長崎型のプルトニウム原爆もこの形だ。中心に中性子発生剤を置いて、臨界量以下のプルトニウム球を爆薬で包んで、さらにウラン・ダンパーで取り囲む」

岸本が一気にしゃべって図面から顔を上げた。分かるかと、目で真名瀬に問いかけている。真名瀬は続けるように促した。

「爆薬を爆発させると衝撃波が発生してプルトニウム球が急激に圧縮される。プルトニウムの密度が急激に大きくなり、超臨界の状態になる。同時に中心の中性子発生剤から中性子が飛び出し、プルトニウムの核に吸収され核分裂が瞬間的に起こる。巨大な爆発、核爆発だ」

「それは設計図の説明に書いてあるのか」

「プルトニウムの量、大きさ、衝撃波を起こす爆薬の量と形、プルトニウムからの距離。爆縮レンズについて、すべて詳細に書いてあった」

爆縮レンズとは、爆薬による衝撃波を均等に効率よくプルトニウム球に伝えるための構造だ。現在使われている一般的なものは二種類の爆薬を使っている。燃焼速度の速いものと遅いものだ。

「この爆薬の位置と量は、実験によるかスーパーコンピュータでのシミュレーション実験によるしかない」

これで終わりという風に岸本がパソコンを閉じた。

その日の午後、真名瀬は岸本を連れて、東洋重工の大貫の部屋にいた。ヤマトの製作にかかわった科学者を、大貫に紹介してもらうためだ。

大貫の背後には栗原と数人の男が立っている。

「ドクター・コウジ・カトーです」

大貫が真名瀬と岸本の前に一人の男を押し出した。カトーが真名瀬に英語で聞く。

「あんたがプルトニウムを手に入れるのか」

「私じゃない。日本の科学者が手伝ってくれる」

「アーノルド博士、あなたがロスアラモスにいたというのは本当か」

カトーが岸本に視線を移した。

「五年いた。その前はカルテックだ」

「優秀なんだな。やっていたのは」

「レーザー核融合だ。三年前から核爆弾のシミュレーション実験に関わっていた」

「実際に核爆弾装置や核物質には手を触れてはいないんだ。それに軍関係の研究所だと守秘義務がある」

「ここは日本だ。そんなものクソくらえだ。私は実験グループにも加わっていた」

カトーは視線をせわしなく変えながら答えた。

「プルトニウムのハンドリングの経験は」

「ロスアラモスの前に核燃料の製造企業で二年間働いた。装置さえあれば問題ない」

「マニピュレータはどこにあるんですか」

岸本はカトーから大貫に視線を移した。マニピュレーターとは隔離された箱の中の高レベル放射性物質を外部から扱うマジックハンドだ。

「東洋重工の関連会社に東洋原子力があります。そこの研究所を確保しています。二日間、自由に使えます。通常の業務が終わって一時間後、そのセクションのすべての社員が帰宅します。それから七十二時間、ラボは施設整備のため、立ち入り禁止になります。もちろんこれは口実です。その間に核爆弾の心臓部、核物質を入れた爆縮装置を製造します。この国では誰もやったことがありません。できますか」

「それだけあれば十分です。そこでプルトニウムを加工して、放射線遮蔽した装置に入れます。それを核爆弾装置に組み込みます」

「被曝については考えなくてもいいのか」

真名瀬は岸本に聞いた。

「考えているからこんな面倒な方法を取らなきゃならない。すべての工程で直接、手に触れる場面はないし、放射線防護には細心の注意を払っている」

カトーが無言で聞いている。日本語はかなり理解しているのだろう。

「小野寺に知られないようにしろ。彼は危険だ。すでに感づいているのかもしれない。あまりに静かすぎる」

黙っていた栗原が言う。

「彼の目的は日本が核保有国の一員になることだ。第二、第三の核爆弾を造るつもりだ」

「我々がそれを阻止するということですか」

真名瀬の問いかけに栗原が頷いた。


「あの連中がきみの仲間か」

帰りの車の中で岸本が声をひそめて聞いた。

「仲間じゃない。ただの協力者だ。栗原さんは元統合幕僚長だ。自衛隊制服組のトップだった」

「カトーという男は？」

「紹介された以上のことは知らない。この計画に最初から参加している技術面の中心人物だ。知識も経験もある」

真名瀬はカトーがイスラム過激派と関係を持ち、ＦＢＩに追われていることは言わなかった。岸本が知れば即座に計画を降りる。

「驚いたね。ロスアラモスの科学者が日本にいるとは。彼がいなければ、ここまではできなかっただろう」

「あとはプルトニウムを装塡するだけだったが、考えていた入手経路が断たれたらしい。それで、おまえに頼んでいる。入手方法は考えたか」

「アメリカから預かっている研究用プルトニウムが東海村の原子力施設に保管されている。日本の保管施設としては最高の警備体制を取っている」

「おまえは入ることができるのか」

「施設の周りには監視カメラシステム、侵入検知センサーが設置されている。門には車両ゲートがあり、二十四時間複数の警備員が詰めている。施設の建物と各部屋の出入りには、磁気カードが必要だ。人の出入りは本部の管理システムで完全に把握されている。施設全体と各建物内は監視室で監視されている。核物質そのものはサーベイランスシステムで一グラムのオーダーまでチェックされる」

「俺が知りたいのは、おまえが入れるかどうかだ」

「入れないことはない」

言ってから、岸本はしまったという顔をした。

「研究用ウランとプルトニウムを受け取りに行った。ただし量的にはごく少量だ」

「今度はかなり多くなる。核爆弾のコアの部分を埋める量だ。つまり核爆弾を造るために必要な量だ」

「どうすればいいんだ。五キロだぞ。いや、三キロでいい」

岸本は話しながら考えている。

「三キロのプルトニウム。大きさはどのくらいだ」

「純度によって多少の違いが出るが、テニスボールよりひと回り大きい程度だ。プルトニウムの密度は十九・八グラム。水の約二十倍だ」

岸本が指で大きさを示した。

「持ち出すプルトニウムは四十七トン中、三キログラムだ。約一万五千分の一。わずかな量だが、ＩＡＥＡ査察団は見逃さない。発覚すれば世界中が大騒ぎだ。僕たちの将来はおろか、日本の国際的な立場と信頼度は地に落ちる。平和国家を貫いてきた日本が核保有国になろうとしてるんだから。衝撃度は最高だ」

「すべて承知の上だ。成功すれば、戦争を回避できる」

果たしてそうだろうか。問題は華国家主席がシューリンの言葉通り平和を望み、日本政府、アメリカ大統領と話し合う気があるかどうかだ。なければ、かえって軍部を刺激する可能性がある。

「ここまできたら、やるだけだ」

真名瀬は自分自身を鼓舞するように強い意志を込めて言った。隣りで岸本が不安そうな顔で外の闇を見つめている。

深夜の大学、研究棟は静かだった。物音ひとつ聞こえない。

真名瀬とカトーは岸本の研究室にいた。プルトニウムの入手方法を聞きに来たのだ。

カトーは外国から買うことを主張していた。どこかに心当たりがあるのかもしれない。

岸本が二人の前に置いたパソコンのキーを押した。車からの映像が映っている。助手席でカメラを構えているのだ。

「茨城県にある国立原子力研究所の紹介ビデオだ。学生に研究所と研究テーマを紹介するために作った。所内の建物や、プルトニウムの保管場所まで撮影の許可が出た。ただし映像に音声はなしだ」

正面に高い塀に囲まれた箱形の建物が見え始める。

「ここに日本にあるプルトニウムの大部分が貯蔵されている。その他は外国に預けているが、その量は明らかにされていない。施設に沿って張り巡らされた塀には、監視カメラと侵入検知センサーが取り付けられている」

岸本が説明する。カメラを載せた車は施設の正門に近づいていく。正門前には頑丈そうな車止めが設置され、その横に警備員室がある。警備員室から複数の警備員が出てきた。

「日本の核施設の警備員は銃は持っていないが、警備員室には警察署に通じる非常用のベルがある。それを押すと十分以内にパトカーが到着する。施設に入るには、あらかじめ提出している書類と顔写真付きの身分証明書を見せる必要がある」

車は動き出し車両ゲートを通ると、核物質保管施設に向かった。

「施設内は撮影が禁止だが特別に許可してもらった。ただしあとでチェックして、監視カメラや重要施設の配置などが分かる映像は消されている」

車が止まり映像が消えた。

「核物質の保管施設に入るには磁気カードと暗証番号がいる。基本的には部外者は保管施設には入れないが、これは施設の案内用ビデオなので所員同伴で入ることが許された」

カメラは所員に案内されて、保管スペースに向かった。地下二階にある保管スペースには数十のプルトニウム容器が適切な間隔を保って埋め込まれている。距離が近すぎると臨界量に達して臨界が起こるからだ。

「このプルトニウム保管室は常時ＩＡＥＡの監視カメラで監視されている。おかしな動きをすると、監視室から警察に連絡が行って警察官が飛んでくる」

「監視カメラはどこにある」

「監視カメラは撮影できない規則だ。ここの撮影アングルはこれだけ」

映像には床に直径三十センチほどの丸い蓋が並んでいる室内が映っている。

「貯蔵容器は一つ一つがＩＡＥＡのシールによって封印されている。正式な移動でない限り、持ち出されたかどうかが分かるシステムだ」

職員がその中の一つのシールを外し、慎重に抜き出していく。長さ五十センチほどの円筒形のステンレス容器が出てきた。

「この中に兵器級プルトニウム粉末が入っている。これを球形に加工して、爆縮装置の中に組み込んで核爆弾にセットする」

「プルトニウム保管施設には部外者は入れないはずだ。持ち出すことはできない」

無言だったカトーが口を開いた。岸本がパソコンの映像を止めて、二人に向き直った。

「その通り。そういうシステムになっている。武器を持ったテロリストが襲っても保管施設の中には入れない。武装した警官が駆け付け、逮捕されるだけだ」

「なんとか手はないのか」

「施設に入って持ち出すことは不可能だ」

岸本の言葉に真名瀬とカトーは黙り込んだ。しばらく沈黙が続いた後、岸本がまた話し始めた。

「プルトニウムの劣化は世界的な研究テーマになっている。核兵器の劣化と関係があるからだ。この施設のプルトニウムは僕の研究室で定期的に劣化の状況を調べている」

「さっさと言うんだよ。日本人は芝居がかっているから好きじゃない」

岸本に向かってカトーが吐き捨てる。

「その定期調査が二ヶ月後にある」

「それではサミットは終わってしまう」

「検査を早めてもらった。プルトニウム保管施設から一・五キロのプルトニウムがここに送られてくる」

岸本の口調は平然としていた。

「それでは量が足りない。最低三キロの兵器級プルトニウムが必要だと、おまえは言ってた」

「この研究室に〇・五キロのプルトニウムが保管されている。東洋原子力にも燃料加工用に一キロのプルトニウムがある。合わせると三キロ、核爆弾を造ることのできる量になる」

岸本が断言した。

「加工した後で元の状態に戻す必要がある。プルトニウムはグラム単位で管理されている。それぞれのプルトニウムには固有の特徴があって、専門家が調べればどこのプルトニウムかすぐに分かる。混ぜると分離できなくなって、どこのプルトニウムか分からなくなってしまう」

言ってから、カトーが薄ら笑いを浮かべた。岸本はホワイトボードに視線を向ける。全面に数式と数字が書かれている。

「別々に加工して三個体を合わせて球体を作るというのか」

カトーが呟いた。

「それぞれの施設のプルトニウムで球の部分を作る。保管施設のもので半球、僕の研究室と東洋原子力のものとで、それぞれ六分の一、三分の一の球を作り、その三つを合わせてひとつのプルトニウム球にする」

岸本は細かい数字が書かれた用紙をカトーに出した。カトーは引っ手繰るように取り、見入っている。

「コンピュータ・シミュレーションをやってみた。爆発効率は多少落ちるが問題はない。核爆弾のプルトニウム球として十分に使用できる」

岸本の押し殺した声が研究室に静かに響いた。

「保管施設からのプルトニウムはいつここに届く」

「明日だ」

それを聞いて、カトーが用紙から顔を上げた。表情が変わっている。

真名瀬と岸本は大学の研究室から二つの保管容器を東洋原子力の研究所に運んだ。一つは岸本の研究室、もう一つは国立原子力研究所のものだ。

研究所の入り口に大貫と栗原、カトーと秋元曹長たちが待っていた。大貫に連れられ、研究所に入った。

「ここから先は放射線管理地区です」

部屋に入るには全面マスクの防護服に着替え、二重扉を通らねばならない。中は陰圧になっている。

部屋は壁に沿って五つのセクションに区切られ、ガラス面にはそれぞれゴム製の手袋が付いている。その中に腕を通して、放射性物質には直接触れることなく作業ができる。

「ヤバそうなところだな。おまえは慣れているのか」

真名瀬は岸本に聞いた。

「慣れてはいないが、やるしかないだろう。ここまできたら、もう抜けられない。震えているのは、プルトニウムが怖いからじゃない。科学的に冷静に扱えば、事故は起こらない」

岸本が部屋の中に入っていく。真名瀬はそれに続いた。二人の様子をカトーが冷めた目で見ている。

その日、真名瀬は岸本やカトーと一緒に明け方近くまで東洋原子力の研究所ですごした。岸本はテニスボール大のプルトニウム球を作り上げた。

真名瀬は柴山防衛大臣から大臣室に呼ばれた。

「本郷総理が断ってきた。話が荒唐無稽すぎて現実味がない。アメリカ、中国、日本の秘密裏の会談などは画策しても無理があるということだ。失敗した時のことを考え、怖れている」

「ハシェット大統領と華国家主席は同意してくれました。すべては日本側の配慮にお任せすると」

まだ二人の同意を得ていない。デビッドもシューリンも必ず説得してくれると信じている。

「二人に会談内容は伝わっているのか。我が国は核爆弾を造ったと」

「話せば、日本には来ません。日本は世界から非難を浴び、当分国際舞台に立てません」

「なぜ、そんな危険まで冒す」

柴山が真名瀬の真意を探るような視線を向けている。

「尖閣諸島で死んだ森島一等海尉の代わりです。そして自衛官たちの切なる思いです。戦争はなんとしても避けなければならない。そのための核爆弾です」

「もう一度考えてみよう」

柴山が苦渋に満ちた顔を真名瀬に向けている。


真名瀬は東京経済新聞社近くの喫茶店に、杉山を呼び出した。他に相談する相手がいなかったのだ。これまでの経緯を話す間、杉山は無言だった。

「本郷は逃げたか。あいつのやりそうなことだ。石橋を叩くがそれだけだ。回り道をしてでも安全な道を行く。そのための不利益など考えない。いつも自分の安全を第一に考える」

杉山が腕を組んで考えながら、話す。

「高柳は栗原を援助してる。この件には最初から関わっている男だったな」

「数年前に政界を引退してからは表舞台に出ることはないと聞いています。栗原さんを助けてはいるが表に出たことはありません」

「そういう力の発揮の仕方もあるんだよ。高柳なら本郷を引き出すことができるかもしれない」

俺は他を当たってみると言って、杉山は立ち上がった。

「東洋重工の後藤相談役、覚えているだろう。三代前の社長だ。彼は本郷の後援会の会長をやったことがある。政治献金でも力になっているはずだ。持てる弾はすべて使え」

言い残すと店を出ていった。

真名瀬は電話で栗原に、高柳から本郷を説得してもらうよう頼んだ。しばらく沈黙が続いた後、栗原は分かったと呟いた。

柴山防衛大臣から連絡があったのは二時間後だった。

〈本郷総理がきみの案に従うそうだ。たった今、連絡があった。失敗は許さないと言っている。どういう手を使ったのかね。知りたいんだ、参考までに〉

「高柳さんに頼みました。政界を引退した高柳幸次郎氏です」

真名瀬は正直に話した。この件に関して、関係者は免責対象に入っている。罪に問われることはない。

〈うまくいくことを祈るよ。日本を変える日になってほしいね。もちろん、いい方向に〉

スマホを切った後、真名瀬は杉山に電話をして本郷の協力が得られることを話した。

「高柳さんとはどういう人です」

〈老練な元政治家だった。秘書歴十八年、三人の首相に仕えた。その後、政界に三十九年いた。六十年近く、政治に関係している。清濁併せ呑む世界だ。いや、濁っている方が多いか。高柳ファイルというモノがあるそうだ。政界で知り得た真実は膨大で、それをまとめているという。数十人の政治家を葬り去る事実もあるそうだ。この核爆弾の件もいずれファイルに入るだろうな〉

「高柳が本郷総理を脅したと言うのですか」

〈そんなことは知らん。本郷を心変わりさせるだけの事実をチラつかせたのだろう。高柳が何をしようと、本郷が決心をしただけで十分だと思うがね〉

杉山の低い声が真名瀬に聞こえてくる。いずれにしても一つの問題はクリアーした。

その日の夜、由香里からメールが届いた。日本、アメリカ、中国の首脳たちの三日間の詳細なスケジュール表が添付されていた。

シューリンから電話があったのは日付が変わる直前だった。

〈王力源先生から連絡があった。華国家主席は会ってもいいそうよ。科学者と技術者も連れていくって。信じられない。こんなことが起こるなんて。王力源先生はよほど頑張ったのね。森島一等海尉に感謝して、彼の精神《こころ》に報いたいと伝えてほしいって〉

ひさしぶりに聞くシューリンの明るい声だ。

「感謝するよ。サミットにはきみも来るんだろ。中国随一の国際通だ」

〈行けるかどうかは分からない。この時期になっても正式メンバーは発表されていない。内々には決まっているだろうけど。あなたの国では当たり前なことも、私の国では月に行くほど難しいことだってあるの〉

「通訳として来ることはできないのか」

〈難しいと思う。華国家主席は英語は堪能よ。必要だと信じたから必死に学んだ、と聞いたことがある〉

「国連では通訳をおいている」

〈当然でしょ。自国の言葉で話すのがもっとも有利〉

「華国家主席のイメージは国際感覚の乏しい、英語も苦手なガチガチの共産主義者だ。最近は商売にも熱心な領土拡張主義者。払拭する必要があるね」

〈私もそう願っている。でも今は難しい。彼は軍部の者と違って欧米事情には詳しい。だから、中国のこれまでの路線には、反対している。もっと国際基準に従うべき。その方が長期的に見て、必ず中国のメリットになるとね〉

「だったら、なぜ、その路線を取らない。そんなに難しいことじゃない」

〈それは、あなたたちの考え方。中国には十三億の人間がいる。一つの国家としてまとまるためには、多少の理不尽、犠牲は仕方がないという考えが上層部の多数を占めている。ソ連崩壊の二の舞だけは、繰り返し

てはならないというのが、中国共産党指導部に課せられた最大の責務よ〉

シューリンは淡々としていた。その言葉は現実のものとして、真名瀬の胸に沁《し》み込む。

「僕にできることがあったら何でも言ってくれ」

〈ありがとう。同じことをデビッドにも言われた。私は最強の外交官になれるかもしれない。日米の有能な若手官僚の協力が簡単に得られるんだから〉

「細かいスケジュールはメールで知らせる。安全な連絡方法を教えてほしい。東京での再会を願っている」

計画は動き始めた。

4

真名瀬の乗った車はビルの地下駐車場に入っていった。その後ろに総理専用車がついてくる。駐車場にはSUVとバンが数台停まっているだけで他の車は見えない。

車を降りた真名瀬は背後の車に目をやった。警護官が開けた後部座席からは本郷総理と柴山防衛大臣が降りてくる。本郷が柴山と共に総理官邸を極秘で抜け出し、真名瀬の案内でビルまでやって来たのだ。

地下エレベーター前に岸本、大貫、そして栗原とその部下たちがいた。

真名瀬は反射的に姿勢を正した。栗原は自衛官の制服姿だ。階級章は四つ星。陸海空各幕僚長と同じで、統合幕僚長のものだ。背後に控える秋元曹長たちは自衛隊の作業服を着用していた。

栗原は本郷に対して敬礼した。自衛隊の最高指揮官である内閣総理大臣に最高の礼を尽くしたのだろう。本郷が軽く会釈をして通りすぎる背後で、柴山が返礼している。

「誰だね、あれは」

本郷が柴山に尋ねる声が聞こえた。

「栗原信雄元統合幕僚長です。今回の件の関係者の一人です」

「なぜ、そんな人間がここにいる」

「あとで真名瀬君に説明してもらいます」

本郷、柴山、真名瀬の三人は大貫の案内で駐車場のエレベーターに乗った。

部屋に入ると本郷総理は一瞬立ち止まって凝視していたが、やがてゆっくりと近づいていった。中央の台にはステンレス製の円筒装置が置いてある。

「これが舘山が持っていたレポートから造ったという核爆弾か」

「ヤマトです。十キロトン。長崎型の半分の威力を持つものです」

「ついに日本が核保有国となったということか」

「事実を事実として認識し、その後消滅させることが重要です。この核爆弾が表に出ることはありません」

大貫が本郷に言う。

「官邸から車で二十分。ここはどこだ。私は日本の総理として知っておかなければならない」

「核爆弾の場所は常に変わっています。その存在を誰にも知られないためです」

「国を挙げて安全を確保すべきだ。直ちにその措置を取るべきではないのか」

「この核爆弾は用が済めば、解体されます。私は日本が核を持つことには反対しています」

アメリカ大統領と中国国家主席に、日本が既に核保有国であることを示すべきだと、真名瀬は告げた。その準備はできていると。

「それは事実か。ハシェット大統領と華国家主席が私と秘密裏に会ってもいいというのは」

本郷が真名瀬の顔を見つめてくる。

「サミットの会場で極秘で三人に会い、ヤマトを見せると言うのか」

「すでに了解は取れています。マスコミに漏れるとすべてが裏目に出ます。世界の非難を浴びることになります。国連の制裁措置も確実です。日本は現在も、未来も核爆弾は持たないのです」

本郷が考え込んでいる。視線は再びヤマトに移っている。

「可能性があるとしたら――やはり無理だ。彼らには自国の警護官が付いている。首脳がいなくなれば警護官たちが騒ぎ出す。しかも同時に三人もだ。マスコミが黙ってはいない。おまけに今回のサミットには、テロリストが紛れ込んでいる可能性がある。アメリカからは情報も得ている。そのための厳重警備だ。三人の首脳に三十分の空白の時間など不可能だ」

「それではヤマトを製造した意味がありません。何とか考えてください」

本郷がヤマトに近づいていく。そっと手を触れ、周りを歩く。

「国民は私のことを様々に言う。ヒトラー、戦争仕掛け人。だが、戦争を望んでいる人間などいない。それは私も同様だ。だが国を護るためには、他国にいい顔ばかりしているわけにはいかない。ときには威嚇することも必要だ」

本郷が自分自身に言い聞かせるように呟いている。

戦争総理、自分が銃を持て、よほど戦争がやりたいんだ――戦争法案とも揶揄される安全保障関連法が成立して以来、官邸前のデモ隊のプラカードやマイクで叫ばれている言葉だが、どういう思いで見聞きしているのか。普段、馬耳東風を装ってはいるが、かなり気にしているのだ。見かけよりよほど小心な男なのかもしれない。

「これは他国の首脳にも当てはまる。国を治める者にとっての宿命と言えるものだ」

「だからこそ、あらゆる手段を使って話し合うべきなのです。最悪の事態を避けるためには必要な会談なんです」

真名瀬は粘り強く説得した。本郷が心持ち視線を上げ、聞いている。本郷の本心を真名瀬は読みきれなかった。

「確かにチャンスかもしれない。二つの大国と同じ舞台に立つことができるのだ」

本郷が呟くような声を出し、ヤマトにまた目を移した。

「この核爆弾は大統領と国家主席に見せた後、本当に解体するのか」

「我が国に必要なのは核そのものではなく、核を持ったという事実です」

本郷はヤマトを見つめ続けている。真名瀬の胸に不安の影が掠め、次第に濃く深く広がっていく。


真名瀬はあくびをした。成田空港に到着してすでに二時間が経った。ボードに到着の表示が出てからは三十分がすぎている。入国ゲートが混み合っているのだろう。

ゲートから記憶に強く残る顔の女性が出て来る。

身長は真名瀬より少し低いくらい。ショートカットの白髪と、薄茶のサングラス。レッドとブルーの派手な縞模様のブレザーに、白のパンツ。一見アンバランスだが、この女性が着ると品のいい華やかさを感じさせた。

背後からは大型トランクを引いた小柄な女性がついてくる。年代は四十代か。秘書のサンデーだ。

真名瀬はゆっくりと二人に近づいた。前方の女性がいきなり両腕を広げると、真名瀬を抱きしめた。満面に笑みを浮かべている。

「ハーイ、ジュン。どのくらい会っていなかったかしら」

「二ヶ月と二週間ぶりです。卒業式前にデビッドとシューリンと一緒にランチに招待されて以来です」

「あなたは私をすっかり忘れてたんでしょ。この間まで電話一つよこさなかった」

ドロシー・ウイリアムズ上院議員は真名瀬を見つめて言う。

「そんなことないです。ただ――」

「言い訳は後でいいわ。先日の話、考えてみた。私もあと何年かしたら引退を考える歳になった。そろそろ大きな仕事をしてみたい」

「それで、急遽日本に来たわけですか」

昨日の夜、突然電話があった。

〈今、ケネディ空港よ。これから日本に行くわ。迎えをお願いね〉

「到着は何時ですか」

〈あなたが調べなさい〉

そう言うとフライトナンバーを言って電話を切った。

「ジュンはサンデーを知ってるわね。私の秘書。日本は初めて。今回は私のボディガードよ」

サンデーは空手二段、日系三世の女性だ。

「あなたとこうして会ってるのを見られるの、まずい？　あなたは政府のお役人なんでしょう」

ドロシーはサンデーの大型トランクを真名瀬に預けながら言う。

「大丈夫です。アメリカ時代の大切な旧友との再会です。政治的な話は一切しません」

「私の心配は男女のスキャンダルよ。まあいいか。あなたは独身だし、私も夫に逝かれて十年になる」

笑いを含んだ目で辺りを見回した。

「日本はこれで三度目。前は夫の仕事についてきたの。彼が医者だったことは知ってるわね」

「大学医学部の教授でしたね」

「そう、脳外科医。彼の死因は脳腫瘍よ。他人の病気は治せても自分のは駄目だった。自分の脳は自分では手術できないものね。これは政治にも通じること」

ドロシーは遠い昔を思い出すように言った。話しているうちに、真名瀬にアメリカ時代の思い出がよみがえってくる。彼女は信頼できる人間だ。

ドロシーは先に立って歩き始めた。

「さあ、大統領を誘い出す理由を言ってちょうだい」

東京に向かう車中で、ドロシーは言った。表情が変わっている。明らかに政治家の顔だ。

「ここではまずいです。東京に着いてどこか――」

真名瀬は運転手に目をやった。

ドロシーがドアに並ぶスイッチの一つを押した。運転席と後部座席の間に遮音ガラスがせり上がってくる。

「これはアメリカ大使館の公用車よ。防音装置はついているし防弾構造にもなっている。リムジンじゃないけれどね。ここで話したことは誰にも聞かれない。サンデーは身内同然だし」

ドロシーが笑いを含んだ声で言い、真名瀬に身体を寄せてくる。

真名瀬は核爆弾について話した。途中からドロシーの指がせわしなく動き始める。これは彼女が興奮しているときの癖だ。聞き終わると、ドロシーはシートにもたれて大きく息を吐いた。

「必ず使用後は解体するつもりです。僕のすべてをかけて」

「その核爆弾はすでにできているの」

「十キロトンの爆発力を持ちます。搭載可能なミサイルも選定済みです。日本はすでに核保有国です」

栗原の部下は、ヤマトはそうりゅう型潜水艦に搭載するハープーンミサイルに搭載可能だと言った。ＧＰＳを使い地上目標を攻撃することができるミサイルだ。射程距離は三百キロ弱。目標に接近すれば弾道ミサイルとして使用できる。少しの改良で射程距離は十倍に延ばすこともできるという。

それ以上の飛距離が必要となると、ＪＡＸＡの小型人工衛星打ち上げ用固体燃料ロケット「イプシロン」がある。大陸間ミサイルとなるが、ロケットを小型に改良する技術は持っている。

「核爆弾を検証できる科学者と技術者はどこにいるの」

「すでに東京についています。デビッドが手配してくれました」

「手放しで、おめでとうとは言えないわね。大統領は腰を抜かす。いえ、まず信じようとはしないでしょうね。華国家主席も同じよ」

「だからそれぞれの国の専門家に来てもらいました。彼らが検証してくれます」

「三十分でそのすべてを実行すると言うの。見て、調べて、判断する。それもモニターで。大統領が信じると思うの。華国家主席もよ」

ドロシーはしばらく考え込んだ。

「日本の首相は納得しているのね」

「最優先事項にしています」

「中国側は?」

「了解は取っています。あとはアメリカだけです」

真名瀬の言葉に、ドロシーは目を大きく見開いた。

「大したものね。日本の総理はいいとして、華主席を説き伏せるとはね。シューリンに頼んだの?」

「そうですが、彼女だけの力ではありません。森島という、僕の友人の命をかけた行為のおかげです」

「勇敢な自衛隊員の話ね。デビッドから聞いた。彼は感激して涙を流していた」

そんな話は知らなかった。

「分かりました。私も政治生命――いえ、そんな下らないものじゃなくて、アメリカ国民としての名誉にかけて引き受けるわ」

ドロシーは真名瀬の手を強く握った。

「今日の来日をデビッドは知ってるんですか」

「あの子は大統領チームに付ききりよ」

ドロシーがポケットに手をやった。スマホを出して着信画面を見ている。

「デビッドからよ」

そのままスマホをポケットにしまった。

「出ないんですか」

「重要ならまた電話してくるでしょ。今日はあなたと楽しみます。まず、ウナギを食べましょ。脂ののったウナギ。あなた、いつも言ってたでしょ。日本の味だって。私の夫も大好きだった。実はあなたを見てると夫を思い出すのよ。もちろん若いときの夫だけど」

ドロシーは真名瀬を抱き寄せて頰にキスをした。

その日の夜、真名瀬のスマホにシューリンからメールがあった。

〈いま、成田に着いた。これから大使館に行く〉

シューリンが日本にいる。真名瀬の心にかすかな光がともった。


真名瀬がホテルのラウンジに着くと、奥のテーブルで男が立ち上がって手を振っている。デビッドだ。隣りにはシューリンが座っていた。

「香港以来だな」

ほんの二週間前だが、ひどく昔のように感じる。

デビッドはダークスーツにネクタイ、シューリンも地味なブレザーとパンツ姿だ。二人とも自国の首脳の随行員として来ている。

ビールを頼んで乾杯したが、お互いどこかぎこちない。

「受け取ったリスト内の科学者と技術者はすでに東京に到着している。彼らは二人とも日本には来たことがあるそうだ」

デビッドが身体を二人に近づけ声を低くした。シューリンもデビッドに合わせるように顔を近づけてくる。

「中国、アメリカ、日本の新米スパイが核爆弾の話をしている」

真名瀬がからかうと一気に距離が近くなり、ハーバード時代の空気が戻ってきた。

「私の国の科学者と技術者も大丈夫。アメリカと日本の首脳との極秘会談は、華国家主席は非常に乗り気で協力的だった。会談は軍部に対する圧力になると思っている」

「核爆弾についてはまだ話してないんだろ」

「言えっこない。即刻、日本行きは中止になる。やってくるのはＩＡＥＡの核査察団だ。本郷総理の提案で華国家主席と非常に有益な会談がセットされているとだけ告げてある」

「私も同じ。ぎりぎりでないと話せない。核爆弾を見せられるとなると、どういう反応を示すか分からない」

核爆弾に対する二人の見解は否定的だった。真名瀬自身、まだ半信半疑なところがある。既に列車は走り出している。しっかり地に足をつけなくては、と言い聞かせてはみるものの、やはり現実離れしている思いは拭い去れない。

真名瀬はデビッドとシューリンに具体的な手順を説明した。

「二日目の午前中の会議のあと、午後の会議までに昼食時間を含めて一時間の休憩がある。その間、ハシェット大統領と華国家主席には別室に来てもらう。そこのコンピュータと核爆弾の置かれている研究所を回線で結んで、リアルタイムの映像が送られてくる。二人には研究所にいる自国の科学者、技術者と話して、核爆弾が本物であることを確認してもらう。彼らには二日間に亘って核爆弾を検証してもらっている」

「待ってくれ、本物の核爆弾を前にしての検証ではないのか。それじゃハシェット大統領は納得しない。単なる映像ではなく本物の核爆弾を見るまで、大統領は信じない。本物を見ても信じないかもしれないのに。国家の方針を変える重要事項だ」

デビッドはドロシーと同じ意見だった。同意を求めるようにシューリンに視線を向ける。

「私もそう思う。映像だけでは華国家主席を納得させることは難しい。映像がいかに修整され作られるかは、身をもって知っている人だから。ハシェット大統領も同じだと思う」

シューリンはデビッドに同意した。二人の反応に真名瀬は困惑していた。

「やっとここまで来たんだ。核爆弾も検証チームもすでに準備に入っている。会場内の別室を確保して、回線はつないである」

「核爆弾を移動させることはできないのか。何とかして、二人を核爆弾がある場所に連れていく」

「サミット会場から、秘密裏に三人の首脳を連れ出すということは不可能に近い。すでにスケジュールは決まっているし、会場はマスコミで埋まっている。各首脳自身の警護の問題もある」

「私たちはジュンの言葉を信じる。でも大統領と国家主席に信じさせるには、実物しかない。実物を見ながら自国の専門家の判断を聞くしかない。映像では意味がない。中途半端なやり方だとかえって疑惑を招く」

シューリンの言葉にデビッドが頷いている。真名瀬はそれ以上説得できなかった。

「分かった。考えてみる」

真名瀬は答えたが、その困難さを思うと絶望的な気分になった。

真名瀬は二人と別れて、東洋原子力の研究所に向かった。

研究所では岸本やカトーたちが最後の仕上げを行なっていた。警備をしているのは秋元曹長を含めた栗原の部下たちだ。

明日にはアメリカと中国の科学者と技術者が来て、何度目かのヤマトの検証を行なう。そしてそれぞれの自国の指導者にヤマトが有効な核爆弾であることを宣言する予定だった。

真名瀬はホテルでのデビッドとシューリンの言葉を岸本と曹長に伝えた。

「彼らは、大統領と国家主席は自分の目で本物を見ない限り納得しないと言っている。研究所に二人の首脳を連れて来るか、ヤマトを彼らのところに移動させるしかない」

「サミット会場から彼らをここに連れてくるには時間がかかりすぎる。核爆弾をサミット会場に持ち込むなんてクレイジーだ」

「つまり、どちらも難しいということか」

真名瀬は岸本に視線を向けた。

「分からない。僕にできるのは目の前のものが核爆弾であり、爆発可能だと専門家に説明するだけだ」

三人の話を聞いていたカトーが寄ってきた。

「いっそ、ヤマトを彼らの泊まっているホテルに運び込むか」

カトーは言う。真名瀬は杉山の話を思い出した。偶然二つの家族が出会って、食事を共にしたという筋書きだ。

由香里が送ってきた各国首脳たちの日程表を思い浮かべた。一日目の夜はワーキングディナー。二日目の夜は公式晩餐会だ。その後、首脳たちはそれぞれ、家族と日本の夜を過ごすことになっていた。時間と場所は警備上、極秘扱いとなっている。

「ヤマトを移動させて、そこに三人の首脳を連れてくる」

真名瀬はシューリンに電話して、二日目の夜の華国家主席のスケジュールを聞いた。

〈私たちには知らされていない。随行員は公の仕事をするだけ。調べれば分かるけど明日になる〉

デビッドにも電話をしたが、シューリンと同じような答えだった。

真名瀬は杉山に電話をして、ハシェット大統領と華国家主席の二日目の晩餐会後のスケジュールを調べるように頼んだ。

〈ハシェット大統領は知らないが、華国家主席は嫁さんと赤坂の日本料亭〈菊〉に行く。彼女は芸者を見るのが夢だったそうだ。極秘扱いだが周辺は警備で大騒ぎだ。それで何かあるのか。いずれ話してくれるんだったな〉

「そうです、いずれ話します。確かに杉山さんは良識ある記者だ」

真名瀬は礼を言ってスマホを切った。

「赤坂付近にヤマトを運んでおくことはできないか。車で十分以内の場所だ」

真名瀬がタブレットの地図上の一点を指した。

「ハシェット大統領と華国家主席は夫婦で食事に出る。二人が夫婦で出会い、食事を共にする。ただ両首脳と本郷総理は別の場所でヤマトの検証を行なう」

「二人が同じ料亭で食事をするのか」

「そうならなければこの計画は失敗する」

「与えられる時間は」

「一時間だ。警護上の問題があるし、マスコミに知られてはならない」

「三十分の検証時間と片道十五分の移動時間か。やってみる価値はある」

三人の話をカトーが聞いている。

「時間までに検証のできる、新たな場所探しだ」

真名瀬が言うと、秋元曹長は部下たちに指示を出し始めた。

その日の深夜、曹長から真名瀬に電話があった。

〈料亭から十分のところにビルが見つかった。そこなら核爆弾を研究所から移動させることができる〉

「安全なところか」

〈二日前に完成したビルでまだ人が入っていない。入居は来週からだ〉

「首脳到着の前に運び込んで、終わったら直ちに研究所に戻してほしい。その場所はだれが見つけた」

〈カトーだ。あの野郎、どういう奴だ。日本語もそこそこできるし、取り巻きが多い。どうも気に入らない〉

真名瀬はスマホを切って窓の外に輝くネオンを見つめていた。あとは、なんとかしてハシェット大統領を料亭に行かせればいい。

真名瀬のスマホが着信した。

〈すぐに出てこい。俺のホテルは知ってるな。大統領と同じだ〉

デビッドの怒鳴るような声が聞こえてくる。

〈着いたら電話をくれ。このホテルは厳戒態勢の警備が行なわれている〉

いちばんいいスーツを着てネクタイを忘れるな、という声とともに電話は切れた。

真名瀬は着替えると外に出て、タクシーを拾った。

ホテルの敷地に入ったところで電話をした。正面玄関前にデビッドが立っている。ダークスーツにネクタイ姿で緊張しているように見える。

「馬子にも衣装だな。極秘の話がしたい」

「俺もそう思っていたところだ」

デビッドが先に立って歩いていく。真名瀬はその後を追った。

エレベーターに乗ると、デビッドは上部の階のボタンを押した。

「フロアの半分を借り切っている。大統領はここのスイートルームが気に入っておられる」

エレベーターを降りると雰囲気が違っていた。緊張感が漂い、廊下に数人の男が立っている。

デビッドが奥の部屋の前で立ち止まり、立っている男にIDを見せた。

部屋の中にはドロシーと長身の女性がソファーに座ってお茶を飲んでいた。

「連れてきました。ハーバードでの友人、ジュン・マナセです」

「ファーストレディのシエル・ハシェットよ」

デビッドに続いて、ドロシーが大統領夫人を紹介する。真名瀬はシエルの勧めでソファーに座った。

そのときバスルームのドアが開き、中肉中背、頭が半分禿げ上がった男があらわれた。ウイリアム・ハシエット、アメリカ合衆国大統領だ。

「ミスター・プレジデント。お会いできて光栄です」

真名瀬が差し出す手を大統領は力強く握った。

「ドロシーから聞いた話は本当かね。日本がとんでもないことをしでかしてくれたというのは」

「大統領の目で直接確認していただきたいと思っています」

「それで国際社会は納得すると思っているのか」

「するはずです。私の言う国際社会はアメリカと中国ですが。核爆弾はすぐに解体します」

「本郷首相も来るのかね。そして華国家主席も」

「その予定です」

「予定では私は動くことはできない」

「それでも必ずいらっしゃっていただきたいです」

真名瀬は強く言った。

「私はどうすればいい。警備責任者と話し合わなければならない。おそらく否定的な答えだと思うが」

「華国家主席は警備の目をかいくぐっていらっしゃいます」

「確かなのか」

「そう聞きました。信頼できる者から」

デビッドの目が点になっている。ドロシーの視線は大統領夫人に向いているが、耳で真名瀬の言葉を拾っているだろう。

「二日目の夜、公式晩餐会のあと、華国家主席は日本料理店にいらっしゃいます。本郷総理夫妻も同じ店の予約を取っています。ハシエット大統領ご夫妻も必ずご満足いただける店です」

「妻たちが食事を楽しんでいる間に、我々はきみらの創造物を前に話し合うということか」

「専門家の方たちはあらかじめ案内しておきます」

「マスコミに漏れると何と言われるか」

ハシェットがわざとらしく大きなため息をついた。

「平和のための会談を行なったと言えばいいことです。マスコミに漏れることは絶対にありません。将来、歴史的な会談だったと高く評価されることでしょう」

大統領は小さく頷いている。

帰りのエレベーターの中で、デビッドが真名瀬に身体を寄せてきた。

「よく華国家主席が納得したな。やはりシューリンは大した奴だ」

「彼女なら必ず何とかしてくれる」

「待ってくれ。華国家主席は会談をまだ承知してないのか。おまえは大統領をだましたのか」

デビッドが大げさに両腕を広げたが、落胆した様子ではない。彼もシューリンを絶対的に信じている。

「明日になれば事実になる」

「華国家主席が来なければ俺はどうなる。大統領にもしものことがあれば、俺は一生鉄格子の中だ」

「成功すれば、戦争を防ぐために大きな役割を果たした大統領側近だ。歴史に残る。望んでいただろう」

「おまえにしては楽観的だな。何かもっと確信できることを隠しているのか」

「大統領に会わせてくれたのは、ドロシー叔母さんの力だろ。礼を言っておいてくれ」

真名瀬はデビッドに答えず言った。

「彼女はファーストレディの友人だが、大統領との面会に関しては俺の力だ。二人がホテルでくつろぐ時間を、俺が叔母さんに教えた。核爆弾の検証チームを日本に呼び寄せる手配をしたのも俺だ」

「アメリカは日本の核武装については反対していない。むしろ歓迎している。それだけ日本を信頼しているんだ。核爆弾を持てば、日本は自国の力で中国とロシアを牽制できる。その分、極東に対するアメリカの負担が軽減できる。ただ、それを公にはできない。核軍縮を世界に訴えているのはアメリカだから」

違うのか、という顔で真名瀬はデビッドを見た。

「アメリカ大統領が中国に近づいたのは――」

「経済を重視しているのは分かっている。だが日本を追い込むことで、中国に対して日本自身により確実な防衛体制を整えさせておきたかったんだろう」

真名瀬はデビッドをさえぎって言った。

デビッドは真名瀬から視線を一瞬外した。すぐに真名瀬を見据える。

「おまえは、それを知っていて俺をけしかけたのか」

「大統領とおまえに協力しただけだ。だから、今度はそっちが協力してくれ」

真名瀬の強引な態度に、デビッドが黙り込んだ。彼が反論しないのは、認めている証拠だ。

真名瀬のスマホにメールが着信した。メールを読んだ真名瀬が画面をデビッドに向ける。

〈「菊」で会いましょう〉

シューリンからだった。

5

東京サミット開催にあたり、警察庁は全職員の三分の一以上にあたる約一万六千人を警備に動員した。関東近県、神奈川県警、千葉県警、埼玉県警にも応援を要請し、総勢三万人の体制であらゆる事態を想定した警備が行なわれた。会場となる赤坂の迎賓館周辺、さらに参加する各国大使館の近くでも検問が行なわれ、パトロールが強化される。

サミットに対して抗議行動を取る者たちは、機動隊と警察官により動きを徹底的に制限されていた。

首都高速では交通規制が実施され、都心環状線や湾岸線は各国首脳の動きに合わせて車線規制が行なわれる。その詳細なスケジュールは一切発表されないため、車の使用を控えて電車やバスなどの公共交通機関を利用するよう大々的な広報活動が何日も前から実施されていた。

東京メトロでは主要駅のコインロッカーがすべて閉鎖され、ゴミ箱も一時的に撤去されている。不審者、不審物の早期発見のため、数万台の防犯カメラが各所に設置された。

真名瀬と岸本は秋元曹長の運転するSUVで核爆弾の置かれたビルに向かっていた。

あと一時間で日本、アメリカ、中国の核爆弾専門の科学者と技術者がきて、ヤマトを最終的に検証する。その後に、ハシェット大統領と華国家主席が本郷総理と共にやって来る予定だった。

「三人を連れ出す時間はきっちり一時間。往復の時間を入れると、ビルでの滞在時間は最大三十分。その時間内に、核爆弾が本物であり、日本はいつでも核を持つことができることを、彼らに納得させることができるのか」

曹長が真名瀬に確認するように問いかける。

「そのために彼らの国の核爆弾の専門家を同行させる。科学者と技術者だが、彼らは核開発の専門家で、それぞれの国内では十分に著名で、信頼されている」

岸本は真名瀬の説明を半信半疑の表情で聞いている。自分自身で科学者と技術者の選別を行ないながら、まだ納得はしていない。そもそも納得できる話でもない。

「僕の役割は同行してくる科学者と技術者に、ヤマトは本物の核爆弾であることを分からせること」

目を閉じて呪文のように繰り返している。

「専門家であれば見れば分かるはずだ。僕がとやかく言う必要はない。使われているのは本物の兵器級プルトニウムで、爆縮措置は効率的に核爆発を起こす機能を備えている。この核爆弾を人工衛星の代わりにロケットに搭載すれば、望むところに飛ばすことができる。これだけのことだが、世界を震撼させる内容だ」

「その通りだ。彼らが納得すれば日本を見る目が大きく変わる」

「プルトニウムの出所に疑問を持ったらどうする。プルトニウムの真偽は重要だ」

「出所についてはいっさい言わない。プルトニウムがそこにあるという現実のみを納得させる。彼らが帰り次第、元に戻す作業に入る」

「持ち出したことがIAEAにばれれば国際問題になる。日本は世界の非難を浴びて、あげくのはてに経済制裁を受ける羽目になる。政府は転覆。僕らには関係ない。刑務所の中だからね。罪名はプルトニウムの窃盗か。それとも大量破壊兵器の製造か。いずれにしてもすべてを失う」

岸本は搾り出すような声で言った。顔は青白く生気がない。

「おまえらしくないぞ。冷静になれ」

「もうなってる。冷静すぎるくらい冷静にね。だから、自分の将来が見えて絶望的な気分だ」

かすかにデモ隊のシュプレヒコールが聞こえてくる。国会と総理官邸の周辺は、連日デモが行なわれている。

真名瀬たちの乗ったSUVは警察に止められないように、規制地域外を東に向かって走った。通りの要所要所には警察車両が止まり、盾を持った機動隊が立っている。現在、都内には三万人の機動隊と警察官がサミット警備のために配置されているのだ。

「すごいな。これ全部が俺たちの敵になるのか」

曹長は辺りを見回して言う。

「俺たちは敵じゃない。みんな日本を守るために動いている」

真名瀬は途中でSUVを降り、タクシーで官邸に向かった。

本郷総理を大統領と国家主席が行く料亭に案内するためだ。

日本料亭「菊」で、ハシェット大統領、華国家主席、そして本郷総理がそれぞれ妻を伴い、居会わせた。

三組の夫婦が食事をしている際中に、三人の首脳が抜け出すことになっていた。

真名瀬は三人を裏口に案内した。八人乗りの総理大臣専用車が待っている。大統領、国家主席、総理大臣、続いて、デビッド、シューリン、真名瀬が乗った。

車は前後を警護官の車に挟まれて都内を走った。この移動を知っているのは本人たちと、側近の警護担当者のみだ。

目的地は「菊」から十分以内で行ける建物だ。車の中でハシェットと華は、居心地悪そうに互いの様子を時折り窺っている。

「こういう形でお二人を連れ出すことになって、まことに申し訳なく思っています」

後部座席の真ん中に座った本郷が言った。その言葉を真名瀬が英語に訳す。

車はちょうど十分でビルの中に入った。

完成したばかりのオフィスビルだ。内装を少し手直しして、来週から入居が始まる。

「内部の安全は我々が責任を持って確保しています」

真名瀬は英語で説明した。華は英語は堪能なはずだが、シューリンが通訳している。

入り口には栗原と大貫が待ち、ビルの要所には栗原の部下が配置されている。

臨時に設置された金属探知機を通り、すべての金属製品をトレイに入れた。

「国家元首に対してすべき行為ではありませんが、ご容赦願いたい」

本郷は二人に向かって、深々と頭を下げた。二人の元首は戸惑いを隠せない様子だ。

大貫は三人と随行員たちを室内に案内した。

さほど広くはない部屋の真ん中に台座があり、その上に「ヤマト」が置かれていた。周辺には様々な機器が並べられている。

既にアメリカ、中国の科学者と技術者のチームが、ヤマトの周りに集まって、最終の検証を始めている。

時折り頭を寄せては低い声で話し合っていた。

三人の首脳に気付いて、彼らは壁の方に移動した。

「これが日本が独自で造った核爆弾だと言うのか」

ハシェット大統領のつぶやきのような声が漏れる。華国家主席の目もヤマトに釘付けになっている。

「疑問があれば、各自の国の科学者と技術者に聞いてください。彼らには二日間で核爆弾の詳細について説明しています」

岸本がヤマトの前で首脳たちに説明する。

「この核爆弾のコンピュータ・シミュレーションの結果です。使用しているのは兵器級プルトニウムです。詳細はすでに伝えています」

岸本はデータシートを、首脳たちに示した。

「ヤマトは全重量三十二キログラムと比較的軽量で、核弾頭としてロケットに搭載することもできるし、タイマーで起爆することも可能です。日本の科学技術の粋を集めて造ったものです」

「外国の科学者と技術者に、すべてを見せていいものかね」

岸本の説明を聞いて、総理が真名瀬に囁いた。

「仕方がありません。彼らは核爆弾については精通し、扱いなれている者たちです。大統領と国家主席に核爆弾として機能することを説明してもらうためです」

「問題はプルトニウムの入手だがどう説明する。ＩＡＥＡの査察の目をかいくぐるのは問題が残る」

「プルトニウムの分析表を見せています。世界のプルトニウムはすべて、製造過程が分かるように分類されています。ここにある核爆弾に使用されているものは、間違いなく本物であることを説明しています」

プルトニウムは天然には存在しない。原子炉を運転することにより生まれる人工的な物質だ。そのため、生成されるプルトニウムは原子炉により固有の同位体の割合となる。そのデータを調べれば、いつどこの原子炉で作られたものかが分かる。

「プルトニウムの入手に関しては秘密を押し通します」

「私が聞いても答えてくれないということか」

「知らない方がいい場合もあります。使われているプルトニウムが本物であり、核爆弾が本物であることが分かればいいのです」

真名瀬の言葉に総理は納得のいかない顔をしているが、追及はしてこない。

「本郷総理に聞きたい。もし、この核爆弾が本物だとしたら、あなた方はどう使うつもりですか」

ハシェットが本郷に質問した。華が二人に向き直った。やはり、彼は英語を理解している。

「使う気はありません。直ちに解体します。我が国は核兵器を保有していない。ただ技術は持っている」

事前の打ち合わせ通り、本郷が強い口調で言う。

「この現実を二人の指導者に知ってもらいたい。日本は核をいつでも持てるという事実を」

「何か質問があればしてください。なければ次に進みます」

岸本の声が響いた。

電動ドライバーを使って手際よく中央部の蓋を外していく。核爆弾の爆縮装置が取り出された。二国の科学者と技術者が近づき、覗き込んでいる。

「触らないで」

岸本の鋭い声が飛んだ。ヤマトの装置の一部に手を伸ばした中国の技術者の身体がびくりと震える。周りの者たちも動きを止めて見守った。

「爆縮装置のタイマーです。下手に触って起動したら、東京が吹っ飛び焼き尽くされます」

「やはり問題はプルトニウムの入手です。まさか、ＩＡＥＡの査察官の目を盗んで、保管施設から運び出したんじゃないでしょうね」

ハシェットが何気ない口調で聞いてくる。本郷が岸本から真名瀬に視線を移した。

「ソ連崩壊時には、兵器級プルトニウムが相当量行方不明になったと聞いています。何基かの核爆弾が国外に持ち出されたとも。その一部が行方不明ということはないですか。いずれにしても、この装置に装填されているのは、本物の兵器級プルトニウムです」

アメリカも相当量のプルトニウムをイスラエルに提供したことは、公然の秘密となっている。二人の首脳が知らないはずはない。

岸本が放射線検知器を示した。わずかながら針が振れている。装置からは微量の放射線が出ているのだ。科学者と技術者たちはお互いに深刻な表情で顔を見合わせている。

岸本がリモコンのスイッチを入れた。核爆弾の横に置かれている大型ディスプレイに映像が映った。ヤマトが組み立てられる過程の後に、プルトニウムが映し出される。黄色い粉末状のプルトニウムが、実験室で核爆弾用に加工されていく。二人の首脳と科学者、技術者は食い入るように、その映像に見入っている。

「入手した兵器級プルトニウムは加工されて、核爆弾の爆縮装置に装填されました。そのときの映像とデータです。現在のところ、何らの問題も起きていません。我が国は核実験を行なう気はありません。しかし、ここにある核爆弾はミサイルに組み込まれれば、正確にその役割を果たすことを確信しています」

本郷が二人の首脳を交互に見ながら説明する。その表情には、初めて満足感がうかがえた。

ハシェットと華が、それぞれ自国の科学者と技術者と話し合っている。

すでに二十分がすぎていたが、帰る気配はない。やがて二人が、申し合わせたように本郷に向き直った。

「我々は何と言うべきか――言葉を失っている。残念に思っている。日本が核保有国になったことは認めざるを得ないようだ」

ハシェットの言葉に華も頷いている。

「中国は今後、あなたの国との接し方を変えなければならないということですか」

華が初めて英語で語りかけた。なめらかできれいな発音だ。

「そう願いたいですな。我が国はこの事実を公表する気はありません。日米安保条約は続行され、日本が積極的に他国と争うことはないでしょう。日本はこれまでと同様に、アメリカの核の傘の下にいます。中国とは平和を前提に、話し合いにより問題を解決することを望んでいます。あなた方にはしっかりと現実を見極めておいてほしい。日本はあなた方の国と対等であることを。そして他の核保有国とも」

本郷は強い口調で、同意を求めるように話した。

「我が国は軍部の意向を無視できません。そのことはご理解願いたい」

華が本郷とハシェットに向かって言う。華が初めて軍との厳しい関係を認めた瞬間だった。

「そのために、日本の要請に従い科学者と技術者に同行してもらいました。彼らの中には軍部、それも核兵器部門に近い者もいると聞いています。日本の核爆弾の技術レベルの高さは十分に軍幹部に伝わっていくと思います」

「そうであればいいのですが」

華国家主席の言葉は消極的だが、態度は穏やかで余裕すら感じさせる。この調子で危険な局面を何度も乗り越えてきたのだろう。彼は平和を求めている――シューリンの言葉は間違いなかった。

「私はここでの事実を公表することはありません。あなた方もあなた方の脳裏にのみ、止めておいていただきたい。日本が核兵器を持つことは現在も未来もありえません。ただし――」

本郷が華国家主席とハシェット大統領に交互に視線を止めて大きく頷いた。状況によってはいつでも核保有国となることができる、と釘を刺したのだ。

「そろそろお願いします」

真名瀬は三人に向かって、日本語と英語で言う。すでに予定の三十分をすぎている。

料亭に戻る車の中で三人の首脳たちは無言だった。

ハシェットは窓の外に視線を向け、華は腕を組んで目を閉じている。本郷は正面を睨んでいたが時折二人を窺っている。三人三様の思いが胸を駆け巡っているのだろう。

料亭に戻り、車を降りると三人の表情は変わった。

「この会食は大いに有益であったと、後世の人たちに言われるように、我々は努力しなければなりません」

本郷の言葉にハシェットと華は無言のままだ。

三人の首脳が料亭に入ると、それぞれの妻たちが出迎えた。


その日の夜の官房長官の定例記者会見はマスコミ関係者で溢れていた。午後十時に予定されていた会見が一時間以上遅れて始まった。前列の記者から声が飛んだ。

「日本、アメリカ、中国の首脳の夫妻が一つの料亭に集まるなど、とても偶然とは思えませんが」

「私どもも驚いているところです」

官房長官が平然と答える。

「三首脳が極秘に話し合いを持たれたという噂が飛び交っています。それは事実ですか」

「話し合いの場はあくまでサミットです。極秘会談などという言葉はなしにしましょう」

「特別なことを話し合うために中国の華国家主席を招待したという話もあります。その真偽については」

「中国は隣国です。二、三時間もあれば直接顔を合わせることができます。そういう機会は多ければ多いほどいい。そうした会合の一つです」

「では、会合はあったとみていいんですね」

官房長官はかすかに笑みを浮かべただけで答えない。会場にざわめきが起こり、広がっていく。

「昨今における、南シナ海、東シナ海の緊張緩和についてですが、中国、アメリカ、日本の三国で何らかの解決策を探ったということですか」

「私はそういう場があったともなかったとも言っていません。現状を考えると、そういう場が必要なことは確かでしょう」

「この話し合いによって、東アジアの緊張が解けると考えてもいいんですか」

「そうあってほしいと願っています。だが、そのような話し合いを私は知りません」

官房長官は時計を見た。既にどんなに急いでも朝刊には間に合わない時間に入っている。テレビも今頃は資料集めに奔走しているだろうが、情報はなく、適当なコメンテーター集めが精一杯だろう。

「サミットはまだ続いています。そちらに焦点を当ててはどうですか。今頃、事務方は共同声明の草案作りで大わらわでしょう。前向きな発表ができれば開催国日本としては喜ばしいことなのですが。明日も早い。みなさんも休息が必要でしょう」

官房長官は慇懃な口調で言い、頭を下げた。


本郷を総理官邸に送って行った帰りだった。

真名瀬はタクシーでシューリンとデビッドの待つホテルに向かっていた。二人も自分たちの国のトップを宿泊先に送っている。スマホが鳴り始めた。

〈何があったんだ。たったいま官房長官の会見があった。日米中の三首脳が、夫婦で食事に行った料亭で会ったらしい〉

小野寺が聞いて来る。

「私も驚いています。あくまで偶然だと思います」

〈三人が料亭にはいなかったという話もある〉

「夫婦で食事に出たら、偶然同じ料亭で、首脳同士が話し合ったのではないですか」

真名瀬は平然とした口調で言った。

〈明日までに、何があったか調べるんだ〉

分かりましたと言って、真名瀬はスマホを切った。

6

真名瀬、デビッド、シューリンの三人は、サミット会場近くのホテルのロビーで会った。

「ハシェット大統領はかなり機嫌が悪かったぞ。同盟国に裏切られたんだからな。こんな重要なことを知らなかったとなると、何のための同盟かってことになる」

デビッドの言葉は、憤慨している割に迫力がない。時折り笑みさえ浮かべている。

「裏切ったわけじゃない。最終的にはキッチリ報告をしているし、公になることはない。今日見たものは幻だったんだ。いや幻すらも見なかった」

「華国家主席もホテルに帰ると一人で部屋に閉じこもったと聞いている。今後の対日政策を考えているんだと思う。それに、軍への対応もね」

シューリンはホッとした表情をしている。彼女なりに手ごたえを感じているのだ。

「すでに劉は知っているはずよ。技術者の一人は軍の核爆弾製造に関係している。ただちに報告が行っている。日本は核を持っていると」

劉銀朱国防部長は中国人民軍の実力者だ。彼は陸軍と共に海軍も掌握している。中国軍の力を誇示し、威信を護るためには核使用も辞さないと発言している、筋金入りのタカ派だ。

「今ごろ大慌てで対策を練っているぜ。今までのように、強気一辺倒には出られないはずだ。華国家主席にとっては、やりやすくなっている。ひょっとして日本に感謝してるかもな」

デビッドがはしゃぐように言う。国務次官補と中国に行ったとき、劉国防部長に会ったことがあるのだ。

よほどひどい目に遭ったのだろう。

「それはないだろう。だが路線変更は簡単にできるのか」

「簡単じゃない。でも華国家主席はやるでしょうね。その足がかりはできた。一歩間違えば両国が滅びるというね。これで軍は少し考えるようになる。彼は重要な決断はいつも一人で下して来たと言われている。やりやすくなったのは確かかね」

「いずれにしても、明日の華国家主席とハシェット大統領の演説が重要だ。今後の日中米の関係が決まる。それは世界に影響を与える。あの核爆弾は本当に解体されるんだろうな」

「今ごろは研究所に戻され、直ちに解体される」

真名瀬の脳裏にかすかな不安がよぎった。

あの後、岸本たちの手によって運び出され、東洋原子力の研究所に戻される手はずになっている。出発したという連絡がまだ入って来ない。

岸本が解体チームのリーダーだ。真名瀬は電話した。呼び出し音が続くだけだ。

〈現在、電波の届かない場所にいるか、電源が入っていません〉

女性の機械的な声が聞こえてくる。

疼き始めていた不安が、急激に膨れ上がっていく。

「どうかしたの」

シューリンが覗き込んでくる。

「また連絡する」

呆気に取られる二人を残して、真名瀬はホテルを出た。タクシーに手を上げながら、栗原の番号を押した。

呼び出し音が続いた後に留守番電話に切り替わる。通話を切ったとたん、スマホが鳴り始めた。

〈ヤマトが消えた。仲間が怪我をした。俺も腕を負傷している〉

秋元曹長の声が飛び込んでくる。

「いま、どこにいる」

〈ヤマトの検証が行なわれたビルだ〉

真名瀬はタクシーの運転手にビルの住所を伝えた。

「赤坂の辺りは少し前まで交通規制が敷かれてた。もう、大丈夫だろうね」

運転手がバックミラーをうかがいながら、胡散臭そうに言う。

「これからそっちへ向かう」

真名瀬は曹長に告げると、スマホを切った。

通りは空いていた。ビルの近くに来たとき、見覚えのあるブルーのバンとすれ違った。運転していた男はサングラスとマスクをしていたが、見覚えがある。

真名瀬は駐車場の前でタクシーを降りた。駐車場に入ると、隅に岸本と曹長たちが茫然とした表情で立っている。彼らが取り囲む形で、中央に男が倒れている。曹長の下で動いていた若い男だ。

「どうした」

「腹を刺された。早く医者に見せた方がいい」

「何が起こった」

真名瀬は岸本に聞いたが、答えたのは曹長だった。

「カトーが裏切った。核爆弾を奪って逃走した」

見覚えがあると思ったはずだ。飛び出していったバンを運転していたのは、カトーだった。

壁に車体をすりつけて止まっているＳＵＶを、曹長が指差した。

岸本と曹長が乗り込むと、真名瀬は発進させた。助手席に座った曹長がシートから身を乗り出し、フロントガラスに顔を付けるようにして前方を見ている。

真名瀬はバンが向かった方に車を走らせた。

「バンに核爆弾を積み込んだ時に襲われた。ビルにカトーの仲間が潜んでいた。カトーがあのビルにこだわったのは核爆弾を盗むつもりだったからだ」

真名瀬は秋元曹長の言葉が信じられなかった。岸本に聞く。

「核爆弾に異常はないのか」

「今のところはないはずだ。カトーが一緒だ。これからどうなるか分からない」

岸本がタブレットを出して操作しながら答える。

「カトーは核爆弾をどうするつもりだ」

「俺が知るか。大貫さんが連れて来た科学者だ。あの野郎、最初から核爆弾を奪うつもりだったんだ。タイミングを計っていた。嫌な奴だと思ってたぜ。あの目は異常者のものだ」

曹長はまだ身を乗り出したままだ。

真名瀬は杉山が調べたカトーの経歴を思い浮かべた。イスラム過激派と接触したという容疑でロスアラモス研究所を解雇され、ＦＢＩに国際指名手配されている。

「イスラム過激派のテロリストに売るつもりなのかもしれない」

真名瀬の言葉に曹長が意外そうな顔をして、シートに座り直した。通りを五分ほど走ったが、バンは見つからない。

「止めてくれ」

岸本の言葉に真名瀬は車を路肩に寄せた。

岸本がタブレットの画面を睨んでいる。

「もしもの時のために、核爆弾に追跡装置を組み込んでおいた。ここから直線で一キロの所を北東方向に向けて走っている」

「もっと早く言えよ」

曹長が電話で応援を求めながら言う。真名瀬は車を急発進させた。

「急いでくれ。追跡装置の有効範囲外に出そうだ」

真名瀬が横目で見ると、赤い点は画面の端を動き、時折りはみ出す。アクセルを踏み込んだが、点は画面から消えてしまった。追跡装置の範囲外に出た。

そのまま数分通りを走ったが、バンの輝点は現われない。

「カトーはなぜ核爆弾を盗んだ」

「彼はアメリカでイスラム過激派のテロリストと接触して指名手配されている。核物質を売りつけようとした容疑だ」

曹長に真名瀬が答えた。

「今度は核爆弾を売るつもりか。テロリストに売っても、どうやって日本から持ち出す。簡単に持ち出せる大きさと重量じゃない」

「持ち出す必要はない。彼らの目的は核爆弾を爆発させることかもしれない。最大の宣伝効果を狙って」

真名瀬の一言に、一瞬全員が黙り込んだ。

「サミットに来ているのは世界主要国の首脳たちだ。東京で爆発させればすべての目的は達成される。核爆弾を使った最高のテロだ」

永田町に近づくにつれて機動隊の車両と隊員の姿が目立つようになった。

「引き返そう。警察に止められると面倒だ」

真名瀬はＳＵＶを路肩に移動させて、止まった。

「明日になればテロリストにより核爆弾が持ち出されたことを発表しなければならない。そうなれば、直ちに首脳たちは帰国する。だったら彼らはその前に――」

「ありうることだ。十キロトンの爆発だ。都心で爆発させれば、ホテルに宿泊している各国首脳のすべてが犠牲者だ。数万人の都民も死亡する。最悪の自爆テロだ」

最悪の自爆テロ――その言葉が真名瀬の中で現実となって膨らんでくる。秋元曹長が怒鳴る。

「警察に通報して、非常線を張ってカトーを確保するんだ」

「通報すれば、彼らは爆発を早める。そうなれば東京は破壊され、死の町となる」

「カトーの目的はなんだ。首脳たちの殺害か、それとも金か」

「知るか。だがあの目は正常じゃない。衝動的に何でもやる」

「爆弾が爆発したときの致死範囲はどのくらいだ」

真名瀬は地図を出して広げた。二人が覗き込んでくる。

「半径三キロと聞いている。長崎型の半分のコンパクトタイプだ」

「公称はそうだが、兵器用プルトニウムの濃度がかなり低い。せいぜい二キロだ。それでもその範囲内は焼き尽くされ、破壊される。放射能もまきちらされる」

岸本が地図を指した。

「カトーはそのことを知っているのか」

「当然だ。爆弾の性能と扱い方を十分に理解している」

真名瀬は地図上に迎賓館から半径二キロの円を書いた。

「迎賓館近くは警備が厳重で近づくことはできない。だとすると、この円中でできるだけ人の出入りの少ないところに置けばいい」

三人は地図の上に屈み込んだ。

「警備に邪魔されず、自分が安全圏に逃げるまで見つからずに隠しておける場所はどこだ」

「車に積んだまま置いておけばいい。俺だったら、どこかの駐車場だ」

「そんな場所は山ほどある。半径一キロ以内は警察がチェックして、一般車の通行は禁止されている。関係車両も厳重にチェックされる」

「その外だ。バンをうまく隠せそうなところはないか」

「時間がない。警察に協力を頼もう。防犯カメラをチェックしてブルーのバンの行方を突き止めるんだ。ナンバープレートが分かっていれば、時間はかからない。起点は赤坂のビルだ」

真名瀬は柴山防衛大臣に電話した。柴山から警察庁を通して警視庁に頼んでもらうためだ。彼なら核爆弾のことは伏せてくれる。

柴山はすぐに出た。背後からは英語と日本語の会話が聞こえる。深夜をとっくにすぎているが、迎賓館近くのホテルで開かれている防衛関係の会議がまだ続いているのだ。

〈例のものに関することか〉

「車ごと奪われました」

真名瀬はバンの特徴とナンバーを言って、防犯カメラを使ってバンを探してほしいと頼んだ。

〈判明次第、きみに連絡を入れるように言っておく。その後はどうするつもりだ。警察の力が必要か〉

「私たちで解決します」

〈失敗は許されないぞ、絶対に〉

真名瀬が多くを話さなくても、大体の事情は察したようだ。

「承知しています」

警視庁からは十分後に連絡があった。

カトーのバンは、迎賓館から一・二キロの場所にあるビルの駐車場に入っていった。厳重警備地区の外でありながら、迎賓館や各国首脳の泊まるホテルに爆発の影響が及ぶ場所だ。

真名瀬たちはビルに向かった。

「輝点が現われた」

岸本がタブレットの地図を見ながら言う。

しばらくしてから岸本の指示を受け、真名瀬はSUVを止めた。前方三十メートルあまりのところに駐車場が見える。

「核爆弾は無傷で取り戻すんだ。プルトニウムを元の状態に戻さなきゃならない」

「優しく、優しくってわけか。女と一緒だ」

秋元曹長は一度は手にした拳銃と手榴弾を、バッグにしまった。

「相手の人数は？」

「カトーと我々を襲った数人だが、おそらく仲間と合流する。警視庁の情報によると、日本に滞在しているテロリストと思われる者は二十人以上いる」

「どうして逮捕しない。それだけ分かっているのに」

「日本の弱点だ。憶測だけではどうにもならない。密入国した者もいるだろう」

「こっちは三人。しかもあんたら二人は戦力外だから実質俺一人か。かなり分が悪い」

真名瀬も認めざるを得なかった。

「不意を突くしかない。それでもかなり難しい」

そう言いながら曹長は再びバッグを開けた。


SUVはスピードを落として駐車場に入って行った。広い敷地には車は数えるほどしかない。大部分の車は撤去されているか、サミットの間は駐車場の利用者がいないのだ。

ブルーのバンが奥に止まっている。真名瀬はSUVをゆっくりと近づけた。

「気を付けろ。バンを見張っている奴らがいるかもしれない」

「奇襲すれば大丈夫だ。核爆弾は問題ない」

曹長の言葉はあまりに楽観的すぎる。

そのとき、バンの背後から男が飛び出してきた。カトーだ。

「車を止めろ。銃を持っている」

曹長が叫んだのと同時に、銃声が轟いた。

真名瀬はハンドルを思いきり切った。激しい衝撃が伝わる。SUVは柱に車体をこすりながら止まった。

マガジンに弾が入っていることを確認して、曹長が拳銃を真名瀬に差し出す。真名瀬は受け取って構えた。

「自分の手を汚さずに、任務達成なんて汚いことを考えるな」

「射撃が下手なだけだ。あんたに当たると困る」

「的をしっかり見て引き金を絞るように引け。今度はためらうな」

曹長の顔は真剣だ。真名瀬は構え直した。

思わず頭を低くして、身体をシートの隙間に沈めた。フロントガラスが吹き飛び、シートの背もたれがズタズタになっていく。SUVに銃弾が撃ち込まれている。真名瀬は銃声が聞こえた方に、引き金を引いた。

バンの背後から複数の男たちが出て来て、真名瀬たちに向け、撃っている。

「あいつら、待ち伏せていたんだ。カトーはここで合流するつもりだった」

曹長が銃を撃ち返しながら言う。

真名瀬と岸本は曹長の指示で、SUVから降りて背後に回った。連射音が響き、頭上を銃弾がかすめて背後のコンクリート壁を削り、車に銃弾の痕を残していく。

「向こうは短機関銃を持っている」

曹長が撃ち返しながら言う。

銃撃はさらに激しくなっていった。背後の車が燃え始めた。

「このままだとやられる。ヤマトを渡すわけにはいかない。警察を呼ぶべきだ」

「すぐに来る。これだけ派手にやっているんだ」

岸本の悲鳴のような声に、真名瀬が拳銃を撃ちながら返す。

遠くで複数の爆発音が聞こえた。パトカーのサイレンも響いている。

曹長がスマホを出して、話し始めた。

「国会と官邸近くで爆発。警察官に対して発砲もあったらしい。イスラム過激派の同時テロだ」

「陽動作戦だ。注意をここから他に向ける」

そのとき、一台のワゴンが駐車場に入って来た。

真名瀬たちの前に止まると数名の男たちが飛び出して来た。短機関銃を持っている。自衛隊の特殊部隊の装備だ。

「小野寺さん——」

ワゴンから降りた小野寺が真名瀬の横に来た。

「アラブのテロリストが潜入している。彼らは核爆弾を狙っている」

「核爆弾はあのバンの中です。しかし、どうしてここに——」

「柴山大臣から連絡があった。核爆弾を絶対に渡すなと。自爆テロを平気でやる連中だ。このままここで起動させるかもしれない。早急に取り戻す」

銃撃は激しくなり、テロリストの数も増えている。

小野寺が連れてきた男たちの戦闘能力は抜群だった。指揮を執っているのは、あの習志野空挺レンジャー部隊の遠山一等陸佐だ。

銃撃戦は十分ほど続き静かになった。

真名瀬たちは拳銃を構えたままバンに近づいていく。

アラブ系の男五人とカトーが倒れている。カトー以外はすでに死んでいた。カトーは胸と腹から血を流し、咳き込むと口から血が溢れて来る。

真名瀬は小野寺の部隊の一人に、カトーの止血を頼み、バンに向かった。小野寺に続いてバンに入る。核爆弾を覗き込んでいた曹長が顔を上げた。

「タイマーが作動している。止めるには、暗証番号がいる」

岸本があわててバンに乗り込んでくる。真名瀬はカトーのところに戻った。

「暗証番号を教えてくれ。すぐに病院に運べばあんたは助かる」

「嘘を言うな。自分の傷は分かる。東京は破壊される。首脳と閣僚たちも道連れだ」

カトーが苦しそうに顔をゆがめた。不敵な笑みを浮かべている。アスファルトに血が広がっている。

「きみも死ぬぞ」

「人はいずれ死ぬ。俺は神のもとに行き、名は永遠に残る」

「正気じゃない。数万人の犠牲者が出る」

「おまえだって狂ってる。こんなものを造るんだからな。世の中が狂っている。神はこの世界を――」

カトーの声が途切れた。目は見開かれたままだ。

真名瀬はバンに戻った。岸本が核爆弾の前に座り込み、電動ドライバーでカバーを外している。タイマーの時間は十二分五十二秒。数字は目まぐるしく減る。

「ここで爆発すればどうなる」

「二キロ四方は衝撃波で完全に破壊される。各国の首脳たちのホテルは熱と爆風で跡形もない。あとは放射能がまき散らされる」

岸本が慎重にカバーを扱いながら、躊躇なく言う。

「そんなに難しい回路じゃないんだ。落ち着いてやれば問題ない」

岸本は自分自身に言い聞かせているようだ。

「この爆弾を組み立てたのは僕たち自身だ」

「だがタイマーの暗証番号はカトーが設定した」

岸本の手元を覗き込んでいる秋元曹長が言う。岸本が胸のポケットからメモ用紙を出した。アルファベットと数字が並んでいる。

「こんなもの、絶対に爆発させちゃいけないんだ。万が一の時を考えてマスターの解除番号を作っておいた。これを打ち込むと爆縮装置のタイマーはストップする」

岸本がメモ用紙を見ながら番号を打ち込んでいく。

タイマーが止まった。残り時間は五分二十七秒。

「おまえにしちゃ上出来だ。防衛省でスカウトしたいね」

「常に裏口は開けておけ。そう言ったのはきみだ」

岸本が呟くように言って、ヤマトの横にへたり込んだ。

バンの外で再び銃撃音が聞こえ始めた。真名瀬がバンから顔を出すと腕をつかまれて引き下ろされた。

「死にたいのか。頭を下げろ」

小野寺が拳銃を撃ちながら言う。横には特殊部隊の隊員が頭から血を流して倒れている。

横の車が大音響を立てて跳ね上がる。爆発物が投げ込まれた。

「彼らは死ぬ気だ。警官隊はまだか」

「警官隊は国会周辺に移動している。ここは後回しだ」

「敵の数が増えてる。このままだとヤバい。銃器も半端じゃない」

いつの間にか、向こうの数は十名以上に増えている。いたるところから銃弾が撃ち込まれる。

曹長が相手から奪った短機関銃を撃ち始めた。

「そろそろ弾が尽きるぜ。何か考えろ」

「ヤマトを運び出せ。核爆弾を彼らの手に渡してはいけない」

「僕が運転する」

岸本が真名瀬に言って、バンの運転席に乗り込んだ。

バンは走り始めるも、すぐに衝突音が響き、止まった。相手のワゴン車が回り込み、ぶつかったのだ。ワゴン車は出口への通路を塞いで止まっている。後部から炎が上がった。

ワゴン車の中から男が短機関銃を撃ち始めた。銃弾が真名瀬の横の車の車体を撃ち抜いていく。

小野寺が倒れていた相手から短機関銃を取ると、ワゴン車目がけて連射した。

頭から血を流した男がワゴン車から転がり降りて来る。

「バンを移動させろ。核爆弾をここから運び出すんだ」

バンの中では岸本がアクセルを吹かしているが、ワゴン車が邪魔して動けない。

銃撃はさらに激しくなり、ワゴン車の炎が運転席のほうに移動している。

真名瀬は飛び出そうとしたが、その前を銃弾が通りすぎていく。

「あいつらも必死だ。どうしてもここで爆発させるつもりだ」

そのとき駐車場の入り口付近に一台のセダンが止まった。中から数名の男たちが降りて、真名瀬たちの方に走ってくる。栗原とその部下たちだ。

「核爆弾はどこだ」

「バンの中です。前のワゴン車が邪魔をして動かせません」

「あのままだと爆発する」

炎がワゴン車の運転席にも広がっていく。

バンが爆発しても核爆弾が爆発したりプルトニウムが漏れ出すことはない。ただ核爆弾は東洋原子力の研究所に戻す必要がある。

複数のパトカーのサイレンが聞こえ始めた。

「核爆弾を運び出すんだ。ここで発見されると終わりだ」

銃撃戦は続いている。

出口への道を遮り炎を上げるワゴン車が、ゆっくりと動き出した。燃え盛る運転席に人の姿が見える。

「栗原幕僚長」

曹長が叫んだ。

「降りてください。車が爆発します」

栗原はハンドルを握り、背筋を伸ばして前方を見据えている。

炎が栗原を巻き込んでいくが、ワゴン車はゆっくりと動き続ける。ワゴン車に向かって、曹長が飛び出そうとした。

「やめろ。もう手遅れだ」

真名瀬は曹長の腕をつかんだ。振り払おうとした曹長の腕から力が抜けていく。

ワゴン車は炎に包まれたまま柱にぶつかり止まった。運転席も炎の中だ。

ワゴン車の後ろに、車一台通れるスペースができた。

「行け」

真名瀬は運転席の岸本に向かって叫んだ。

銃を構えた男がバンの前に飛び出して来たが、岸本は構わずスピードを上げていく。男が慌てて飛び退いたが壁とバンに挟まれ、その場に倒れて動かなくなった。

バンは出口に向かってスピードを上げていく。

「必ず核爆弾を解体して、プルトニウムを元に戻してくれ」

真名瀬は言ってから、バンが駐車場を出るまで見ていた。

燃え盛るワゴン車を見つめる秋元曹長の頰を、涙が伝っている。

「幕僚長は俺にとって、父親同然だったんだ。高校を中退して暴力団に入る寸前の俺を自衛隊に入れてくれた。あの方がおられなかったら――」

そのとき、鈍い音が響いた。ワゴン車が爆発したのだ。

「こいつらを駐車場から出すな」

パトカーのサイレンが駐車場内に響いた。数台のパトカーが近づいてくる。

真名瀬が立ち上がったとき、強い力で突き飛ばされた。真名瀬は倒れながら、髭の男が発砲するのを見た。

真名瀬を突き飛ばしたのは、小野寺だった。真名瀬の身体をかばいながら短機関銃を撃っている。

男たちの銃弾が小野寺に集中する。小野寺は真名瀬に覆いかぶさるように倒れ、動かなくなった。

真名瀬は小野寺を持ち上げ、寝かせた。上着を丸め、小野寺の頭の下に敷いた。小野寺の胸が赤く染まっていた。アスファルトに血が広がっていく。小野寺が息をするたびに口に鮮血が溢れた。

「救急車を呼べ。急ぐんだ」

真名瀬は入って来た警察官に向かって叫んだ。

「真名瀬か――」

小野寺がわずかに目を開けた。

「きみを選んだのは間違いだったのか。正解だったのか」

小野寺の口が動き、かすれた声を出した。

「テロリストグループがサミットを襲撃しようと日本に集まっていた。彼らとカトーという国際手配されていた男が手を組んだという情報が入った」

「最初に核爆弾を運び去ったのは小野寺さんのグループですね。舘山さんを覚醒させて核爆弾を完成させせようとした」

小野寺は目を閉じて答えない。

「なぜ、そんなことを。核爆弾が破壊されると、今度はわざと舘山さんを解放して、栗原さんたちにヤマトを造るチャンスを与えた。そうなんですよね」

「日本の誇りと威信を取り戻すためだ。日本は核を持つべきだ」

小野寺が目を開けて、低いがはっきりした口調で言う。

「核爆弾を持つことで、誇りや威信は取り戻せません」

「小国が大国と対等にやっていくには、核爆弾が必要なんだ。世界は非難するだろうが、すぐに認めざるを得ない。きみもそう考えたから核爆弾を完成させた」

「戦争を防ぐためです。日本は核保有の実績を示しました。あとは解体すべきです。あなたは、核爆弾の存在は消し去ると言いました。そうすべきです」

「よくやったよ、きみは。ここまでやるとは思わなかった。だが、せっかく造ったものだ。解体する必要はないと思った」

「人は強欲です。ないと持ちたがる。持つと使いたがる。欲望には限りがない。だから、ない方がいいものもあります。核爆弾がそうです。プルトニウムを取り出し、元に戻します。来週にはＩＡＥＡの査察が入ります」

真名瀬は小野寺を見つめ、冷静に言った。

「あなたは最初に、栗原さんたちから核爆弾装置を奪った。その核爆弾装置をどうするつもりだったのです。核物質がなければ、意味のないものです」

「核物質は世界に溢れている。日本にもね」

「確かにその通りです。問題は、どうやって手に入れるかです。あなた方にその手段はあったのですか」

「これは私だけの意志ではない。さらに上の意志でもある」

真名瀬の脳裏にまさかという疑問と、やはりという納得が交錯した。小野寺のさらに上の者というと――。

個人ではなく国家の意志ということか。

「嘘だ。私たちの意図は了解してくれました。だから私の計画に乗り、総理は大統領と国家主席に会ってくださった」

「カトーは核爆弾をテロリストに売り渡す約束をしていた。テロリストはサミット会場の近くで爆発させるつもりだった」

「あなたと陸自の特殊部隊がそれを防いだ」

「違う。私は――」

小野寺の口から鮮血が溢れた。

「もう、しゃべらないで。すぐに救急車が来ます」

「私がここに来たのは核爆弾を奪うためだ。一度手に入れた力を失いたくないのは権力者の常だ。核保有国になれば、ＩＡＥＡもあえてことを荒立てることはないはずだ」

「それはあってはならないことです。現在の世界はＩＡＥＡの査察によって、かろうじて核保有国が最小限に止まっています。その権威が地に落ちるようなことがあってはいけない」

「ロシアとアメリカはウクライナとベトナムに軍事行動を行なった。ソ連はアフガニスタンに侵攻した。北方領土はいずれロシアに編入されるだろう。日本が何も言えず黙って見ている間に、ロシアはそれだけの実績を作っていった。竹島しかりだ。尖閣諸島もそうなる恐れがある。時間をかけて解決していくという幼稚で現実から目を背ける政治家もいるが、世界もそれを認めざるを得なくなる。南沙諸島がそうだ。既に中国の軍事基地として機能している」

一気に言うと小野寺が苦しそうに顔をゆがめる。

「日本が核爆弾を持つことと関係ありません」

「本気でそう思っているのか」

小野寺は真名瀬に視線を向けてくる。弱々しかった眼差しに、強い意志が込められている。真名瀬は答えることができなかった。

「なぜ、私を助けたのです」

「私にだって分からん。気がつくと――。きみだって同じ行動を取る。それが国民を護る防衛省の人間だ」

言葉が途切れ、息が荒くなっている。

「これ以上しゃべらない方がいい。肺をやられています」

小野寺が何かを言いかけたが声にならない。

「救急車はまだか。重傷者がいる」

なぜか涙が流れた。真名瀬は辺りを見回し大声を上げ続けた。

救急車が到着し、小野寺がストレッチャーに乗せられて運ばれた。

「関係者の方ですか」

「私の上司です。私を助けて撃たれました。何としても助けてください」

救急隊員に告げ、真名瀬は救急車に乗り込んだ。

通りはパトカーと救急車が行き交っている。逃げ惑う人とマスコミ関係者で混乱していた。

「信濃町の大学病院に向かいます。近くの病院はいっぱいです」

無線で話していた救急救命士が真名瀬に言った。

病院には医師と看護師が待っていた。小野寺は直ちに病院のストレッチャーに移され、手術室に運ばれていった。

真名瀬は手術室の前で待っていた。ポケットでスマホが鳴っている。

〈研究所に着いた。直ちにプルトニウムを取り出して元に戻す〉

「急いでくれ。ただし、細心の注意を払って」

分かってるという岸本の落ち着いた声が返ってくる。

真名瀬は不思議な気持ちだった。なぜ、小野寺は自分をかばって銃弾を受けたのか。無意識の反応だったのか。それとも小野寺の言葉が全てなのか。答えは出そうもない。

手術中というランプが消えて、医師と看護師たちが出て来る。

医師が真名瀬の前にやって来た。

「真名瀬さんですか」

真名瀬が頷くと話し始めた。

「残念です……。最善を尽くしたのですが、既に手遅れの状態でした。手術室に運び込まれたとき、あなたの名前を呼んでいました」

「私の名を？」

「これでよかった。確か、そう言ってました」

真名瀬は医師に一礼してエレベーターに向かって歩いた。

待合室を通る時、深夜にもかかわらず、テレビの前に人が集まっている。

〈日本で初の大規模テロ事件です。今夜、都心で複数の同時爆発と銃撃戦がありました。サミットを狙ったイスラム過激派による犯行です。この爆発と銃撃戦で少なくとも市民五人、警官三人、自衛隊員二人、テロリスト十三人が死亡しました。日本では初の、最大のテロ事件です〉

アナウンサーの興奮した声が聞こえてきた。

小野寺は死を望んでいたのかもしれない。ふっと真名瀬は思った。抑えられない自分の思想。現実の矛盾、核爆弾同様、自分を消し去ってしまいたかったのかもしれない。

真名瀬は病院の前に止まっているタクシーに乗った。市ヶ谷の駅前に行くように頼んだ。

「あなたもテロに巻き込まれたんですか」

運転手が話しかけて来る。

「血がついていませんか。シャツの袖口に」

真名瀬は袖口を見た。確かに黒っぽいシミがついている。

「日本も欧米並みにテロリストに狙われるようになったんですね。こんなことが国際レベルになってもね。かと言って、サミットを開かないわけにいかないしね。これでしばらくは大騒ぎだ。また、交通規制が敷かれると商売あがったりだ」

市ヶ谷駅の前でタクシーを止めてもらった。防衛省に向かって、歩き始める。

月が明るく輝いている。冷たい風が吹き抜けていく。妙にさびしい気分だった。

ポケットのスマホが鳴り始めたが取り出す気にもなれなかった。十回ほど鳴って、呼び出し音は止まった。終わった。自分の仕事は終わった。真名瀬は全身から力が抜けていくのを感じた。その場に倒れそうになるのを何とかこらえた。

ふっと森島の姿が脳裏に浮かんだ。

森島に報告に行かなければならないが、これで良かったのか。彼の望んでいた世界は来るのだろうか。

とりあえず、次の休みの日には故郷に帰ろう。森島の両親に会って、自分が見たことを正直に話そう。そして、墓参りをしよう。

エピローグ

サミットを襲った同時多発テロ。イスラム系テロリスト集団は警察と自衛隊のテロ対策部隊によって、射殺か、逮捕された。警察と自衛隊も多数の死傷者を出した。銃撃戦により車数台が爆発を起こし、居合わせた市民にも死傷者が出てしまった。市民の名前と職業が公表されたが、栗原は無職とあり、元の役職は書かれていない。

総理官邸前での自爆テロも計画されていたが、幸い爆弾は不発で回収された。

翌日、テレビでは本郷総理の声明が発表された。記者会見で本郷は悲壮な表情で答えていた。

〈ついに日本も国際テロリストから狙われる国になったということですか。それはやはり有事法制により自衛隊の海外派遣が可能になったことによる——〉

〈日本を狙ったというより、サミットに集まった首脳たちを狙った卑劣な犯行というのが正確です。日本は今後も平和国家として、イメージを大切にしていきたいと思っています〉

本郷がテレビカメラに向かって、淡々とした口調で語りかける。記者席の中ほどから唐突な声が上がった。

〈テロリストたちが爆発させようとしたのは核爆弾だという噂がありますが〉

一瞬記者席が静まり返る。本郷は質問した記者に視線を向けた。

〈馬鹿なことを言わないでいただきたい。そういう無責任なことを言うから、日本のマスコミは信用できないということになる。日本の非核三原則をご存知でしょう。持たず、造らず、持ち込ませず。そんなものをテロリストが持ち込もうとすれば、必ず水際で阻止します〉

本郷は相手を睨みながら、憮然とした表情で言い放った。

サミットは閉幕して、参加国の首脳たちは帰っていった。

シューリンは帰国後、直ちに華国家主席のブレーンとして北京に移った。華国家主席がマスコミに出るときには、必ず近くにその姿がある。

軍部の力が弱まったとも思えないが、日本に対して強気一辺倒な方針は諦めたようだ。アメリカと同盟を結ぶ日本が十分な核爆弾製造技術を持ち、短期間で核武装可能であると知った。お互いに喉元にナイフを突き付けあった状態だと判断しているのか。アメリカもこの事実を最大限に利用し、中国を牽制するだろう。

デビッドは最年少の大統領補佐官としてホワイトハウスで働いている。東アジア担当の補佐官で華国家主席と強いパイプを持つ中国通という触れ込みだ。

最後にあった電話では、大統領が二期目の選挙に当選して、その任期が終わった後はドロシー叔母さんの後継者として上院議員に立候補することを嬉々として話した。そして、いずれは――。

〈そのときには、おまえとシューリンには力になってもらう。いや、おまえもシューリンも国のトップを目指せ。俺たちは対等でなきゃ意味がない〉

能天気な自信に満ちた言葉を聞いているとハーバード時代を思い出し、本当に実現する気がしてくる。

市ヶ谷駅近くのカフェに真名瀬は座っていた。隣りでは杉山がコーヒーカップを手にして、顔をしかめている。

「カトーも小野寺さんも栗原さんも死んでしまった。遠山一等陸佐は、核爆弾については知らされていなかったようです。ただ小野寺さんの指示で動いていたと言っています。彼は軍人です。今となっては何もしゃべらないでしょう。省内に小野寺さんを信奉していた制服組が意外と多いのに驚きました」

遠山を軍人と呼んだことを、真名瀬は訂正しようとはしなかった。杉山も気付いたはずだが指摘しない。

小野寺の葬儀には多くの防衛省制服組が集まっていた。遠山たちから、核爆弾の情報は漏れていない。

「真相は闇に葬られたということか」

「違います。日本は確実に核武装を行なった。その事実はアメリカ大統領も中国の国家主席も脳裏に刻み込んだはずです。両国の軍部にも伝わっています。政権が替わろうとも、申し送りがなされるはずです。この事実が今後の日本をどう引っ張っていくかが重要なのです」

真名瀬にも本当のところは分からなかった。だが前向きに考えなければ、命を落とした者たちに申し訳が立たない。

「意外と簡単なんだな、核爆弾を造るというのは」

「だから怖いんです。その前できっちりと線引きしておかなければ」

杉山は納得していないはずだが、それ以上は言わなかった。彼はやはり良識あるジャーナリストなのか。

「いずれ、十年、いや二十年後に平成の闇を暴く回顧録でも書くよ。それまでは俺の胸にしまっておく」

杉山は真名瀬の肩を軽く叩くと、店を出て行った。


鳥羽がドイツに渡ってから、すでに半年がすぎていた。

インターネット電話サービスを使って、近況報告をしてくる。通話場所は鳥羽が籍を置くベルリン大学や街角のカフェ。今日は夕方のオープンカフェからだった。

〈ドイツはいいです。歴史と伝統の国です。留学先をここにしてよかった〉

「日本と同じじゃないか。勤勉な技術立国。世界を敵に回して戦ったことまで」

〈それに正面から向き合っています。中途半端なことはしていません。ヨーロッパの国々は地続きだからかもしれませんが。いい加減なことをしていると弾き出される〉

鳥羽の説明は日本にいたときより落ち着いていて、説得力が増して聞こえる。

〈保守の傾向は強いですが、日本のように硬直した考えを持つ者はいません。謙虚というのとも違う。やは

り、言わなければならないことは伝えるべきです。日本はとにかく外交が下手すぎます。もっと宣伝、ロビー活動をすべきだ〉

「それは外務省の仕事だろう。防衛省は――」

〈ひと昔前の考え方です。縄張り意識なんて捨てなきゃ。国民一体となって正しい日本の姿を世界に伝えなきゃ。こうして地球の反対側にいる僕と真名瀬さんが、お互いの顔を見ながら話している。世界は狭くなりました。もはや一国だけじゃ生きていけない〉

鳥羽の横をブロンドの若い女性が歩いていく。身体にぴたりと合ったジーンズとTシャツ、スタイル抜群のドイツ女性だ。鳥羽が目で追っている。

〈とにかく僕は防衛省職員として、防衛省と日本の宣伝に努めていきます。国際親善交流を実践することによって――〉

通話は唐突に切れた。あの一件以来、鳥羽が日本の核武装について触れたことはない。

事件に関係した大貫や高柳は完全に引退して、静かな生活を送っていると聞いている。

舘山は徐々に回復してはいるものの、体力の低下を理由に防衛省を退職した。今は娘と父親と東京を離れて、生まれ故郷の長野に住んでいる。

久し振りに岸本から電話があった。サミットの翌週から始まったＩＡＥＡの査察報告が届いたと伝えてきたのだ。

〈茨城県の施設の監視カメラは異常なし。入退室管理システムも異常なし。プルトニウムの量も問題なし。すべて変化なし、問題なしだ。かなり緊張したよ。でも無事に終了した〉

「日本は信頼されているから、スムーズに行ったということはないのか」

〈それはない。世界の安全に関わることだからね。何ごとにも曲げられず、手を抜かないのが誇りだ〉

「信頼せよ。しかし、手を抜くな。ＩＡＥＡ査察国の理念か」

〈その通り。今度、森島の家に行こう。墓参りを兼ねて〉

岸本の声にはホッとした様子と共に、仕事への自信が感じられた。


由香里が手を振っている。

真名瀬は森島の家を訪ね、両親に会った帰りだった。これから二人で森島の墓参りに行くのだ。

「森島さんの両親はどうだった」

「かなり疲れた様子だった。特におばさんは一気に歳を取ったって感じ」

「当然ね。事実は話したんでしょ」

真名瀬は頷いた。

「おじさんは両手を握り締めて、目を閉じていた。おばさんは泣いてた。でも真実を聞いて喜んでくれたと思う」

本当のところは分からない。自分の息子がなくなり心安らかな親がいるはずはない。

「一番の慰めは、紀子さんとお腹の子供だと思う。でも、二人もこれから大変でしょうね」

二人は乗り越えて行くと思う。森島が愛した人と、彼らの子供だ。

今回の危機は何とか乗り越えることができた。しかし、多くの人の命が失われた。その上に築かれたひと時の平和だ。人はこの平和をできる限り長く維持していかなければならない。それが命を落とした者たちに対する生き残った者の義務であり責務だ。

「きみのお父さんは？」

「忙しそう。何か目標ができたみたい」

由香里が笑いをこらえて言った。由香里の父の柴山は、次の内閣には残らないことを決めたという。さらに上の座を狙うのかもしれない。今度のことで本郷総理に疑念を持ったのだろうか。政治家としての責任と重要性を感じたのか。

森島の墓には新しい花が供えられていた。

「誰か来たのか」

「紀子さんじゃないかしら。月に一度は来ていると言ってたから。お腹、すごく目立つようになっている」

真名瀬は空を見上げた。青い空に雲が流れて行く。あの空は世界を包み込んでいる。

主要参考文献

『核兵器のしくみ』(山田克哉、講談社)
『核兵器廃絶への道』(朝日新聞大阪本社「核」取材班、朝日新聞社)
『原子爆弾開発ものがたり』(ロバート・W・サイデル、小島龍典訳、近代文芸社)
『現代中国政治［第3版］グローバル・パワーの肖像』(毛里和子、名古屋大学出版会)
『原爆は誰でも作れる』(ジョン・マックフィー、小隅黎訳、文化放送開発センター出版部)
『十三億分の一の男　中国皇帝を巡る人類最大の権力闘争』(峯村健司、小学館)
『尖閣諸島問題　領土ナショナリズムの魔力』(岡田充、蒼蒼社)
『「尖閣問題」とは何か』(豊下楢彦、岩波書店)
『尖閣を獲りに来る中国海軍の実力　自衛隊はいかに立ち向かうか』(川村純彦、小学館)
『大統領執務室　裸のクリントン政権』(ボブ・ウッドワード、山岡洋一・仁平和夫訳、文藝春秋)
『チャイナ・アズ・ナンバーワン』(関志雄、東洋経済新報社)
『中華帝国の野望』(宮崎正弘、ごま書房)
『ニッポン核武装再論』(兵頭二十八、並木書房)
『日本核武装入門』(平松茂雄・原作、丹州一心・画、飛鳥新社)
『日本核武装の選択』(中川八洋、徳間書店)
『日本は原子爆弾をつくれるのか』(山田克哉、PHP研究所)
『ヒロシマを壊滅させた男オッペンハイマー』(ピーター・グッドチャイルド、池澤夏樹訳、白水社)

本作は日刊ゲンダイ（二〇一四年六月二日〜十二月二十七日）の連載を大幅に加筆、修正したものです。あくまでフィクションであり、実在する個人、団体とは一切関係ありません。

装幀　片岡忠彦

〈著者紹介〉
高嶋哲夫　1949年岡山県玉野市生まれ。神戸市在住。慶應義塾大学工学部卒業。同大学院修士課程修了。日本原子力研究所研究員を経て、カリフォルニア大学に留学。79年、日本原子力学会技術賞受賞。94年、「メルトダウン」で第1回小説現代推理新人賞、99年、「イントゥルーダー」で第16回サントリーミステリー大賞・読者賞を受賞。著書に、『ミッドナイトイーグル』『M8』『TSUNAMI 津波』『東京大洪水』『乱神』『衆愚の果て』『首都感染』『首都崩壊』『富士山噴火』『浮遊』など多数。

日本核武装
2016年9月20日　第1刷発行

GENTOSHA

著　者　高嶋哲夫
発行者　見城 徹

発行所　株式会社 幻冬舎
〒151-0051 東京都渋谷区千駄ヶ谷4-9-7

電話:03(5411)6211(編集)
03(5411)6222(営業)
振替:00120-8-767643
印刷・製本所:中央精版印刷株式会社

検印廃止

ISBN978-4-344-03005-3 C0093
幻冬舎ホームページアドレス　http://www.gentosha.co.jp/

この本に関するご意見・ご感想をメールでお寄せいただく場合は、
comment@gentosha.co.jpまで。